Fanny Schönau

Herzklopfen und Hüttenzauber

Roman

GOLDMANN

Dieses Buch ist auch als E-Book erhältlich.

MIX
Papier aus verantwortungsvollen Quellen
FSC® C014496

Verlagsgruppe Random House FSC® N001967
Das FSC®-zertifizierte Papier *Pamo House* für dieses Buch
liefert Arctic Paper Mochenwangen GmbH.

2. Auflage
Originalausgabe April 2015

Umschlaggestaltung: UNO Werbeagentur, München
Umschlagbild: Getty Images/E+/ingmar wesemann,
Westend61; FinePic®, München
LT · Herstellung: Str.
Satz: omnisatz GmbH, Berlin
Druck und Bindung: GGP Media GmbH, Pößneck
Printed in Germany
ISBN: 978-3-442-48158-3
www.goldmann-verlag.de

Besuchen Sie den Goldmann Verlag im Netz:

1

Also: Paula bekommt dreißigtausend Euro.«

»WAS?«, schreit Paula.

Meine ältere Schwester ist von klein auf schwerhörig, was aber erst mit Schuleintritt festgestellt wurde, weil bei uns am Land Gespräche mit Kindern eher wenig forciert werden. Und weil vor fünfunddreißig Jahren, als wir noch kleine Kinder waren, in Hinter-Russbach die Hörgeräte so aussahen, als trüge man ein gefährliches Haushaltsgerät am Kopf, verzichtete Paula auf das Hilfsmittel und lebte bis zu ihrer Heirat mit Sepp, einem Bauern aus Vorder-Russbach, in einer mehr oder weniger schallfreien Zone. Sie hat jetzt zwar seit Jahren ein modernes Hörgerät, ein unsichtbares, steckt es sich aber nur selten ins Ohr. Sie hört dann nämlich ihren Mann reden.

»DREISSIGTAUSEND EUROOOO!«, brüllt meine Mutter und wedelt mit einem Sparbuch.

Paula nickt.

Dann schweigen meine Eltern, die uns drei Kinder am rustikalen dunkelbraunen Küchentisch in der holzvertäfelten Bauernstube versammelt haben, weil »es etwas zu besprechen gibt«. Sie wollen bereits jetzt, wo sie sich noch bester Gesundheit erfreuen, die Erbangelegenheiten regeln, weil steuersparend und so. Der Gedanke, dass prozentuelle Anteile von Haus, Grund, Wald und Wiese dem Fiskus zugute kämen, würden wir Kinder erst nach ihrem Tod erben, scheint ihnen noch unsympathischer zu sein als die Gefahr, noch zu Lebzeiten ihren gesamten Besitz an den Fortpflanz zu überschreiben und damit de facto mittellos zu sein.

Ihre Blicke pendeln nun abwägend zwischen meinem zwei Jahre jüngeren Bruder Matthias, seiner Frau Sonja und mir hin und her.

»Wir haben uns entschlossen, Matthias das Haus zu vermachen …«

Bumm.

»… und du, Heidi, du bekommst dafür die Liegenschaft auf dem Zwölferhorn.«

Bumm.

»Äh, welche Liegenschaft?«

Mein Vater seufzt. »Die Almwirtschaft, die mein Bruder, dein Onkel Franz, mir vermacht hat. Wir waren doch schon mal dort oben. Oberhalb vom See. Die Sausteigalm. Wennst von der Gondel rübergehst zum Zwölferhorn.«

Ich denke scharf nach. Fehlanzeige. Das letzte Mal, als ich mit meinem Vater auf dem Zwölferhorn wandern war, ist sicher fünfundzwanzig Jahre her. Von einer feudalen Almwirtschaft … Moment! Moooooment!

»Du meinst jetzt aber nicht diese windschiefe Hütte, die aussieht wie ein zu groß geratenes Plumpsklo?«

Mein Vater setzt einen beleidigten Blick auf: »Du tust ja grad so …«

»Wir haben uns über alles g'freut, was wir von unseren Eltern – Gott hob sie selig – gekriegt haben!«, blökt meine Mama vorwurfsvoll.

Und Sonja, die Frau meines Bruders, macht mit säuerlicher Miene »Ts-ts-ts.«

»Wie bitte???«, werde ich etwas lauter. »Paula bekommt

ein kleines Vermögen, Matthias ein Haus, das mehr als fünfhunderttausend Euro wert ist, den Wald noch gar nicht dazugerechnet – und ich? *Ich?* Ich krieg einen Haufen zusammengenageltes Altholz auf der *Sausteigalm*?«

»Jetzt reicht's aber!«, erhebt meine Mutter ihre Stimme und fixiert mich mit bösem Blick, »auch noch frech werden, wennst was kriegst? So zeigst du deinen Dank?«

Ich schaue meine Schwester Paula auffordernd an. Das ist doch nicht fair, oder? »Paula! Sag was.«

»Was?«

»SAG WAS!«, brülle ich.

Paula schüttelt verwundert den Kopf.

»MATTHIAS KRIEGT DAS HAUS, DU KRIEGST DREISSIGTAUSEND EURO, UND ICH EINE ALTE HOLZHÜTTE!«, versuche ich ihr die himmelschreiende Ungerechtigkeit kurz und prägnant zusammenzufassen.

»Aha«, meint sie und schaut meine Eltern fragend an.

»Schau! Genau das ist das Problem mit dir!« Mit moralinsaurer Miene lehnt sich meine Mutter in ihrem Stuhl zurück. »Die Paula, die ist wenigstens dankbar für das, was sie geschenkt bekommt. Du nicht.«

»Die Paula kriegt aber einen Batzen Geld und hat nebenbei schon einen Bauernhof, einen Wald, einen Mann, einen Haufen Rindviecher und weiß der Geier was«, kontere ich.

»Jahaaa. Die Paula, die hat was geleistet in ihrem Leben. Und das, obwohl sie so schlecht hört.«

»Die Paula hat ge-hei-ra-tet! Der Sepp hat das alles in die Ehe mitgebracht«, kann ich mir nicht verbeißen.

Nicht, dass ich das alles meiner Schwester nicht gönne oder ihre Leistungen schlechtreden will. Aber ich bin es leid, dass mir ständig zwischen den Zeilen vorgehalten wird, nichts in diese Richtung – Mann, Haus, Misthaufen, eheliche und katholisch getaufte Kinder – vorweisen zu können.

»Außerdem ist bei der Hütte auch ein Grund dabei«, wirft meine Mutter ein.

Mein Vater verdreht die Augen.

»Ah so. Darf man fragen, um wie viel Land es sich handelt?«

Mein Vater presst die Lippen zusammen. Kein gutes Zeichen.

»Na, so … so … siebenhundert Quadratmeter werden es schon sein. Mit der Böschung dahinter«, denkt meine Mutter laut nach.

Siebenhundert Quadratmeter! So groß ist allein der Obstgarten vor meinem Elternhaus, einem stattlichen Bauernhof nebst Wiesenflächen, der bald meinem Bruder und seiner Frau gehören wird.

»Hat das überhaupt einen Wert?«

Mein Vater wiegelt ab: »Sicher hat das auch einen Wert.«

»Und welchen?«

»So kann man das nicht sagen. Es is' halt …«

»… Tradition …«, ergänzt meine Mutter und schaut feierlich in die Runde.

»Kann ich das verkaufen?«

Meine Eltern schütteln zögerlich den Kopf.

»Warum nicht?«

»Wegen der Zita.«

»Wer ist die Zita?«

»Von meiner Tante die Cousine die Tochter.«

»Wer?«

»Von der Jodelbauer-Rosi-Alttant die Cousine die Tochter.«

Ich verstehe noch immer nicht. Und auch meine Mutter richtet einen zögerlich-fragenden Blick auf meinen Vater.

»Na geh!«, stöhnt der genervt, »von der Jodelbauer-Rosi-Alttant die Cousine, des Sauberger-Hannerl, die mit dem Sauberger Karl anno dazumal verheirat' war, und von denen die Tochter – die Zita.«

Es ist bei uns am Land so eine Eigenart, einander mit dem – oft etwas unglücklich klingenden – Hausnamen anzureden. Also nicht mit dem offiziellen Familiennamen, sondern mit dem inoffiziellen Namen, unter dem seit eh und je der Bauernhof bekannt war oder ist. Außerdem werden Frauen gerne mit einem »es« versachlicht und ihr Vorname mit einem »-erl« zum Schluss verniedlicht. Oder verblödet. Wie man es halt sehen will. Es gibt bei uns daheim viele Frauen mit dem »-erl« hinten dran: Reserl, Hannerl, Greterl … Im schlimmsten Fall wird aus einer Widlroither Therese, die bei uns auf der Post arbeitet, das Sauberger Reserl. Da brauchst du keine behaarte Warze mehr im Gesicht.

Bei mir war das Schicksal in der Hinsicht etwas gnädiger. Unsere Familie hat den Hausnamen »Gaderlbauer«, und mein Vorname – Heidi – eignet sich nicht dafür, ihm ein -erl dranzuhängen. Ich werde daher nur Gaderlbauer Heidi genannt. Auch zart dämlich, aber das geringere Übel im Vergleich zum Sauberger Reserl.

»Die Zita ist dann quasi so was wie … wie …« Mein Vater denkt nach.

»Die Groß-Großcousine?«, schlägt meine Mutter vor.

Alle denken nach. »Studieren« sagt man bei uns am Land zu so einer Situation. Vielleicht eine Erklärung dafür, warum die Akademikerquote bei uns so gering ist, wenn schon das schlichte Nachdenken als Studieren bezeichnet wird.

»Nein!«, widerspricht mein Vater und kratzt sich an seinem lichten Haarkranz, den er von der linken Seite über den Kopf nach rechts kämmt, um den Eindruck zu erwecken, er hätte noch so etwas wie Haupthaar. Ich finde, dass das doof aussieht, vor allem, wenn es windig ist und seine linken, etwas längeren Haarsträhnen zu Berge stehen. Als würde man auf einem zugigen Fjord Wäsche auf die Leine hängen.

»Gar nix is die Zita!«, brummt mein Bruder Matthias und zuckt mit den Schultern.

»Gar nix«, wiederholt Sonja.

»Is' auch wurscht«, stellt meine Mutter fest, schenkt sich noch eine Tasse Kaffee nach und hält Paula die dampfende Kanne auffordernd unter die Nase.

Paula winkt ab und fixiert meinen Vater. Sie liest von den Lippen ab. Das hatte ihr in jungen Jahren schon das eine oder andere Missverständnis eingebracht. Merke: Schau auf dem Land einem testosterongebeutelten Jungbauern nicht zu eindringlich auf die Lippen – er könnte es falsch verstehen.

»Also: Die Zita is nix, aber hat a Alm«, knüpft mein Vater an den verworrenen Faden der Erbangelegenheiten an. »Und jetzt du kriegst die Alm.«

»Und die Zita«, ergänzt Mutter der Form halber.

Mich fröstelt. Eine Alm und eine Zita. Ich stelle mir eine Ahnfrau vor, die sich nachts oberhalb der Baumgrenze in einen Sarg mit transsylvanischer Erde bettet.

»Und was macht die dort oben?«

»Die lebt dort oben. Meistens. Solang's halt geht. Wenn's schneit, geht's ned. Egal – du bekommst die Alm jedenfalls auf Leibrente.«

»Auf was?«

»LEIBRENTE«, schreit Paula. Hört die jetzt auf einmal?

»Was soll das denn heißen?«, will ich wissen. Ich komme mir vor wie eine dieser C-Promis im Dschungelcamp, wenn sie erfahren, dass sie in der nächsten Runde Mehlwürmer essen sollen. Die fragen auch gerne drei Mal nach, wenn ihnen die frohe Botschaft überbracht wird.

»Also: Was heißt bitte Leibrente?«

»Wenn die Zita stirbt, gehört alles dir allein. Bis dahin …«

»… aber sie schaut eh schon recht schlecht aus, die Zita«, versucht meine Mutter der Angelegenheit eine erfreuliche Note zu geben.

»Und was ist bis dahin?«

Mutter – heute, dem feierlichen Anlass entsprechend, in ihrem knöchellangen schwarzen Dirndlkleid mit dunkelgrüner Schürze, der weißen Puffärmelbluse und einem dunkelgrünen Schultertuch – zuckt mit den Schultern und schaut mich mit diesem Blick an, den Sonja Zietlow um 22.30 Uhr gerne aufsetzt, wenn sie sagt: »Ja, natürlich leben die noch! Drum musst du fest auf den Mehlwurm draufbeißen, ehe du ihn schluckst!«

»Das ist nicht fair«, murmle ich matt und lege den Kopf auf die Tischplatte.

»Ja, bist du jetzt vielleicht neidisch auf deine Geschwister?«, wirft mir mein Vater vor und bedenkt mich mit einem vorwurfsvollen Blick aus seinen Bernhardiner-Augen. Auch er hat sich heute sein »Sonntags-G'wand« angezogen, wie man bei uns am Land sagt, und verströmt mit seiner alten, speckigen Hirschlederhose, dem dunkelbraunen Janker und der dunkelgrünen Strickweste jene trist-miefige Aura, die unsere Familie umweht.

»Nein, Papa, ich bin nicht neidisch. Aber … aber ich finde das unfair.«

»Wenn ich mal was sagen darf …«, mischt sich Matthias' Frau Sonja ins Gespräch ein.

»WAS?«, schreit Paula.

»SIE WILL WAS SAGEN«, brüllt meine Mutter und zeigt auf Sonja.

»Ah so«, murmelt Paula und guckt desinteressiert auf die gegenüberliegende Wand, wo in der Ecke ein martialisches Kruzifix mit einem blutüberströmten Jesus hängt und darunter in einer langen Reihe alte Zierteller mit Jagdszenen.

An der Wand daneben haben meine Eltern ein schillerndes Kippbild von Papst Benedikt XVI. eingerahmt angebracht, daneben ein kleines Poster von Rudi Nierlich, einem berühmten Sohn des Salzkammerguts – weil Skifahrer –, der bei einem tragischen Verkehrsunfall ums Leben gekommen war. Die Kirche, die Jagd und der Skisport – die heilige Dreifaltigkeit, die hier regiert.

»Der Matthias und ich finden das schon in Ordnung so. Gell, Matthias? Heidi, ganz ehrlich: Du kannst mit dem Haus ja eh nix anfangen. Du lebst in der Stadt, du wolltest mit uns …« – sie wirft einen gruppendynamischen Blick in die Runde und setzt ihr alttestamentarisches Gesicht auf – »… wolltest mit uns nie was zu tun haben. Du wolltest eh nie da hergehören. Du tust immer so vooornehm … Du bist halt bloß … a Stadtingerin.«

»*Was* tue ich? Und *was* bin ich?«

»Eine von der Stadt.« Sie betont das so, als würde sie mir gerade erklären, dass ich direkt aus einem rumänischen Bordell komme.

Und tatsächlich: Menschen aus der Stadt haftet in den Augen meiner Familie, die seit Jahrhunderten aus dem Salzkammergut stammt und sich von dort niemals entfernte, etwas Anrüchiges an. Meine Mutter Grete, eine Bauerntochter aus Hinter-Russbach, kannte nie etwas anderes als die Gegend zwischen Preiner Kogel und Dachstein. Mein Vater Alois, ein alteingesessener Bauernsohn aus – *genau!* – Hinter-Russbach, verweist gerne auf die fast dreihundert Jahre alte Geschichte unseres Hofes und setzt dann in Bayern-München-Manier ein kerniges »Mir san mir. So wars immer. So wird's bleiben« drauf.

Anscheinend gehöre ich nicht mehr zu »Mia san mia«, was Sonja folgendermaßen skizziert: »Was willst denn *du* mit dem Haus? Dafür bist dir doch eh viel zu gut. Du weißt ja ned einmal, was arbeiten ist!« Sie zieht pikiert eine ihrer buschigen Augenbrauen hoch und sieht meinen Bruder auffordernd an.

Aber der weicht ihrem Blick aus und schweigt. So wie immer. Nur einmal im Leben hat er den Fehler gemacht, nicht zu schweigen – als der Pfarrer fragte: ›Matthias Herzog, willst du die hier anwesende Sonja Kriechbaumer zur Frau nehmen?‹

»I sag' gar nix«, fasst sich Matthias kurz und blickt konzentriert auf die Tischplatte, als wolle er hineinbeißen.

Die Stimmung am Küchentisch war schon mal besser.

Sonja nimmt sein Schweigen zum Anlass, noch ein Schäuflein Boshaftigkeiten nachzulegen. »Du redst ja ned amal so wie wir. Die Leut kennen dich gar nimmer, und großkopfert bist auch. Und dann dein Bankert, des uneheliche. Mann hast auch keinen. Wie willst denn du des alles schaffen? Ha?«

Holla! Das ist jetzt aber schon alles sehr persönlich. Ich warte, ob nicht meine Eltern oder wenigstens Paula aufstehen und Sonja bremsen. Tun sie aber nicht. Alle blicken auf die Tischplatte.

Aha. So ist das also. Die Gemeinheiten, die Sonja mir entgegenschleudert, sind also keine Einzelmeinung. Betretenes Schweigen macht sich breit, und eine Zeit lang hört man nur das hohle Ticken der alten Wanduhr, die neben dem Herrgottswinkel hängt. *Tunk-tunk-tunk.*

»Na gut. Dann is ja alles geredet. Der Notar kommt morgen«, höre ich meine Mutter noch sagen, als ich die Küchentüre wortlos, enttäuscht und traurig hinter mir zufallen lasse.

2

Und? Können wir jetzt endlich auf Urlaub fahren, wo Oma und Opa die große Erbrunde gestartet haben?«, will Benni, mein fünfzehnjähriger Sohn, wissen, und wedelt mit dem Reiseteil der Tageszeitung herum.

»Sicher. Auf die Sausteigalm.«

»Wohin? Ich hab' dich, glaub ich, nicht verstanden.«

Ich wiederhole: »Auf die Sausteigalm.«

Benni lacht über meinen vermeintlichen Witz. Da ich allerdings normalerweise am lautesten über meine eigenen Witze lache, jetzt aber schweige, kommt er ins Grübeln.

»S-a-u-s-t-e-i-g-a-l-m?«, buchstabiert er und guckt mir ins Gesicht, als blicke er in ein schwarzes, Unheil bringendes Loch.

»Korrekt.«

Nachdem er halbherzig nach Riechsalz gerufen hat und sich theatralisch Luft zufächelt, erzähle ich ihm vom Verteilungsschlüssel, den seine Großeltern »bei der großen Erbrunde«, wie Benni es nennt, angewandt haben.

»Aber die blöde Sonja? Die kriegt was?«

»Ja.«

»Aber die ist doch gar nicht das Kind von Oma und Opa. Wieso kriegt die was?«

»Weil die mit Matthias verheiratet ist.«

»Oiiii«, nörgelt Benni, »warum bist du nicht verheiratet? Dann würdest du halt woanders erben.«

»Mir fällt jetzt auf die Schnelle keiner ein, der da infrage kommt.«

»Papa?«, schlägt Benni vor und grinst mich frech an.

Ich schüttle den Kopf und verbeiße mir meine Antwort. Die da lauten würde: Lieber auf ewig verdammt, als mit dem Kerl verheiratet sein. Obwohl: Das liefe im Prinzip auf dasselbe hinaus. Die kurze Affäre, aus der Benni entstand, reicht mir, um für alle Zeiten von seinem Erzeuger geheilt zu sein. Aber das braucht Benni nicht zu wissen. Er liebt seinen Vater, den er regelmäßig sieht, und das ist auch gut so.

»Ach, ich bin nicht so der Heirats-Typ«, lenke ich ab.

»Ich weiß. Papa ist das auch nicht. Die Frauen sind einfach zu kompliziert, nicht wahr, Dobermann?«, intoniert Benni den väterlichen Tonfall, tätschelt unser Meerschweinchen – Dobermann Nr. 13.

Bis vor Kurzem war Dobermann noch mit Katharina der Großen zu zweit in Bennis Zimmer vereint. Leider ist Katharina aufgrund ihrer Verfressenheit – daher der Beiname »die Große« – verstorben. Ich habe Benni versprochen, eine würdige Nachfolgerin für Katharina zu finden, weil diese Tierchen noch weniger allein sein können als der Mensch. Bisher hatte ich aber noch keine Zeit und andere Sorgen.

Andere Sorgen hat auch jetzt eben Benni. »Warum? Warum kriegst du nix? Warum bekommen wir nix?«, bohrt er neuerlich nach und fährt sich genervt durch die Haare. Die hat er sich bei einem In-Friseur in der Kaiserstraße schneiden lassen: seitlich fast abrasiert und oben, das Deckhaar, fingerlang. Er sieht aus wie ein femininer Nazi. Aber ich habe angeblich von »Style«, wie er mir erklärt hat, keine Ahnung.

»Mamaaaaa! Sag mir jetzt, warum wir gar nichts … also diese doofe Almhütte bekommen?«

Nun, die Antwort ist fast zu banal, um wahr zu sein. Kurz gefasst: Ich war und bin einfach nicht so, wie meine Eltern sich das vorstellen. Sie werden es schon gemerkt haben, dass ich keinen Dialekt spreche, beziehungsweise tendenziell eher Hochdeutsch. Da haben Sie sich schon gewundert, gell? Aber das hat seinen Grund, und da muss ich jetzt ein bisschen ausholen.

Um es einmal förmlich zu sagen: Ich weigere mich, einen Lebensweg zu gehen, der den Normen und Werten meiner Eltern entspricht. Und wer jetzt einwirft, dass so etwas nur in Romanen aus dem achtzehnten Jahrhundert vorkommt: Nei-hein! Falsch gedacht! So was ist bei uns am Land auch im einundzwanzigsten Jahrhundert ein Grund, einen Fortpflanz als *persona non grata* zu betrachten – und auch so zu behandeln. Nichts geht über die Tradition! Und die kommt ziemlich konservativ im grünen Loden und mit Gosauer-Bergschuhen daher. Meine Eltern sind mit ihren Werten so verbunden, als wären diese aus Beton, und ihre Füße wären darin einzementiert. Egal, ob man damit absäuft – man tut es wenigstens traditionell. Und die Ehre, speziell die Familienehre, die steht über allem.

Was sich meine Eltern hinsichtlich meiner Zukunft vorgestellt haben? Das zum Beispiel, was Paula so lebt: Verheiratet, ein Haus besitzend, drei Kinder, solide, ständig am Arbeiten. Ein Leben, so vorhersehbar wie der Fahrplan der Schweizer Eisenbahn. Oder Matthias: Im Angesicht des Schweißes sein Brot verdienen, sich vermehren, Sachwerte anhäufen. Merke: Ein Mensch ohne eigenes Haus ist kein Mensch. Über den beige- oder silberfarbenen Diesel-Mercedes, Baujahr 1989, der in jeder zweiten Garage steht, kann man ja noch reden. Aber nicht über das Haus!

Und ich? Oje! Vollversagerin auf der ganzen Linie.

Meine Familie glaubt nämlich, dass ich ein Fall fürs Sozialamt bin. Erstens: In ihren Augen habe ich keinen Beruf. Außerdem bin ich Single und alleinerziehend. Ersteres, also das Single-Dasein, geht bei uns am Land bis zum achtzehnten Lebensjahr noch durch – nicht aber, wenn man, so wie ich, schon fünfunddreißig Jahre auf dem Buckel hat. Da stimmt doch was nicht mit einem, oder? Letzteres geht nur als Witwe.

Ich persönlich würde meinen Ist-Zustand anders beschreiben: Ich bin nicht fest angestellt, sondern Freie Mitarbeiterin mit einem halbseidenen Dienstvertrag, der mir vorschreibt, wann ich zu arbeiten habe. Ja, ich arbeite! Ich bin Reporterin, nebenbei fotografiere ich, layoute und renne für diverse Umfragen – etwa wenn ein Promi stirbt oder die Schneeräumung nicht klappt – auf Friedhöfen und Straßenkreuzungen herum, um Leute zu interviewen. Nebenbei erwähnt: Das ist *Arbeit.* Eine anstrengende noch dazu. Menschen reden nämlich nicht gerne mit einem, wenn man ihnen eine Kamera vor die Nase hält, während sie eben dabei sind, den Tod ihrer Lieben zu betrauern, oder wegen des triefigen Schneeregens grundstinkig sind. Aber der Chefredakteur besteht darauf, »ganz nah am Leser zu sein«, auch wenn selbiger der Reporterin dafür am liebsten eine aufs Dach geben würde.

Dabei mache ich wirklich schöne Bilder. Nicht unbedingt von trauernden Triefnasen am Friedhof – ich fotografiere lieber Kinder und Landschaften. Ist genauso kitschig, wie es klingt, aber wer will schon Motive wie »Händchenhalten im Gewerbegebiet« oder »Küsse vorm Atomreaktor« sehen?!

Außerdem: Ich mag es gerne grün. Trotz meiner Vorbehalte gegen das Landleben schätze ich die Natur. Nein, wirklich: Die Natur ist schön. Solange ich jederzeit mit der Straßenbahn in die Stadt zurück flüchten kann.

Das nimmt mir meine Familie natürlich auch krumm: Dass ich lieber in der Stadt wohne als auf dem Land. Als ich nach der Schule nach München gezogen bin, habe ich versucht, alles hinter mir zu lassen: Meine Vergangenheit, das Provinzielle, das Miefig-Ländliche, das ich schon als Kind in Hinter-Russbach nicht leiden konnte. Ich habe immer jene paar Kinder beneidet, die von der Stadt zu uns ins Salzkammergut auf Urlaub gefahren sind. Nicht wegen des Urlaubs, sondern weil sie dann wieder heimfahren durften – in die Stadt. Ich musste da bleiben. Ich habe die Magazine und Zeitschriften, die die Urlaubsgäste im Dorfgasthaus, dem *Schwarzen Adler*, liegen gelassen hatten, regelrecht inhaliert. Was musste das für ein wunderbares, buntes Leben sein – in der Stadt!? Außerdem waren die Stadtkinder immer so schön angezogen. Und sie rochen nicht nach Stall. Sie hatten immer wunderschöne Spielsachen und außerdem Eltern, die mit ihnen fast jeden Tag zum *Schwarzen Adler* essen gingen. Da ging man bei uns entweder sonntags zum Frühschoppen hin – wenn man der Vater war –, am Kirtag oder bei seltenen hochfeierlichen Feierlichkeiten wie der Kommunion, der Firmung oder nach dem Begräbnis. Also immer dann, wenn jemand anderer das Zeitliche segnen musste.

Ich fühlte mich als Kind die meiste Zeit wie das kleine Stück Gurke in der Leberkässemmel, das einem nur dann auffällt, wenn man es nicht mag. Mein Gurkendasein hat sich als roter Faden in meinem Leben entpuppt.

Sage ich. Lydia, meine Freundin, sagt was anderes. Sie sagt, ich sei gar keine Gurke, sondern ein freundlicher Mensch mit einem gut sortierten Kleiderkasten und ebenso gut sortiertem Kosmetikregal. Sie findet, man sähe mir das Provinzielle zwar noch ein bisschen an, aber das würde mich sympathisch machen.

Wenn ich ganz ehrlich bin: Ich würde lieber weniger »sympathisch« wirken, wenn Sie wissen, was ich meine. Es muss mich ja nicht jede Dritte gut leiden können, nur weil mein Haar dünner, mein Hintern flacher und meine Ohren abstehender sind als ihre. Was mir auch auf den Nerv geht: Diese Sommersprossen! Die Provinz hat mir quasi ins Gesicht geschissen. Und jeder, der mir jetzt erklärt, das sei doch soooo süß, der soll den Shopping-Kanal auf HS35 einschalten. Dort habe ich kürzlich eine Werbesendung gesehen, in welcher ein Camouflage-Make-up angepriesen wurde, das garantiert jede Brandnarbe, jedes Feuermal und jede Sommersprosse abdeckt. Ich wäre viel lieber so kühl-schön wie Maria Furtwängler. Mit blonden langen Haaren, einer scharf geschnittenen Nase, blauen Augen und einem aristokratischen Gesicht. Bei mir hat es leider nicht mal zum Landadel gereicht.

Und das Blöde ist: Ich kann es auch nicht wirklich verbessern. Einmal habe ich versucht, meine rötlich braunen Haare mit blonden Strähnen aufzupeppen – ich sah aus wie Simple Jack, in dessen Haargestrüpp sich Strohhalme verirrt hatten. Alle anderen Haarfarben gingen auch in die Hose, weil mein Gesicht mit Sommersprossen übersät ist und zu dunklen wie hellen Haaren so gut passt wie Turnschuhe zu einem Abendkleid. Das Einzige, womit ich gut leben kann, sind meine grünen Augen. Aber die machen halt, prozentual vom Gesamteindruck gesehen, das Kraut auch nicht fett.

Lydia versteht das Gejammere ob meines Aussehens nicht. Sie meint, es sei langweilig, so auszusehen wie Maria Furtwängler. Sie meint, ich solle froh sein, eine echte Rothaarige zu sein. Davon gäb's ganz wenige in München. Aus gutem Grund, wie ich meine. In Hinter-Russbach gibt's davon übrigens sehr viele. Es hat halt schon auch Nachteile, wenn Ehen vorzugsweise innerhalb eines Tales geschlossen werden.

Aber wie auch immer: Lydia ist eine echte Freundin. Eine, die dir deine Makel als Vorzüge verkauft! Ich werde sie nie im Stich lassen, weil ich, glaub' ich, sonst keine Freundin mehr fände, die so gnädig mit mir umgeht. Wobei ich mich manchmal auch frage, ob das womöglich nur Kalkül ist, karmamäßig betrachtet. Andere haben Fehler oder Schwächen – einen Stotterreflex, einen Hallux valgus, eine Warze im Gesicht oder ein tätowiertes Arschgeweih – Lydia hat mich. Seit über zehn Jahren ihre Heidi. Vielleicht ist sie nur deswegen mit mir befreundet, weil sie dadurch vor eben Aufgezähltem verschont bleibt? Nicht, dass ich mich jetzt wichtig machen will, aber angenehmer als eine Warze im Gesicht bin ich allemal. Auch wenn ich dezent autistische Tendenzen habe, diverse Neurosen so innig pflege wie andere ihre Blumenbeete und an meinen Komplexen so festhalte wie der Gläubige an der Bibel.

Am nächsten Tag, in der Arbeit, denke ich noch mal über die Erbsache nach.

Es ist unfair. Ich habe genau nichts von meinem Erbe. Nicht einmal ein schöner Extra-Urlaub schaut für Benni und mich raus.

Apropos Urlaubszeit: Ich bin derzeit als Redakteurin beim »Aktuellen Blatt« engagiert. Den Job, den ich hier mache, mache ich nicht gerne. Er ist *unwürdig*. Ich habe kein eigenes Ressort, sondern bin für aktuelle Geschichten aus dem

Lokalbereich verantwortlich. Leider. Leider deswegen, weil der Chefredakteur, Hartwig Borscht, den ich persönlich für gefährlich geisteskrank halte und von dem ich glaube, dass er sonntags nackt unter einem schwarzen Morgenmantel aus Polyestersatin und mit einem antiken Schwert in der Hand am Balkon steht, mich ausschließlich mit Artikelwünschen belagert, die derart blöde sind, dass mir beim Schreiben graust.

Einen Urlaub könnte ich dringend brauchen. Doch Borscht hat mal wieder Angst, in der Sommerloch-Zeit ohne Publikum den Tyrannen in der Redaktion geben zu müssen. Ich sehe es an seinem frustrierten Gesicht, das er schon seit Tagen zieht und mir gerade sehr unschön zur Türe reinsteckt.

»Ham'se Zeit, Frau Herzog«, stellt er eher fest, als dass er fragt, denn ehe ich noch »Nein« sagen kann, steht er schon neben mir am Schreibtisch und legt mir einen Papierschnipsel hin.

»Is'n Bericht. Aus'm Englischen.« Borscht hat neben seinem charakterlichen Defizit auch noch ein sprachliches. Er verschluckt die Hälfte der Wörter, die in einem Satz vorzukommen haben – grammatikalisch gesehen –, und imitiert eine Art norddeutschen, schlampigen Slang, von dem er meint, die Macher der Bild-Zeitung würden ihn verwenden. Als kämpften sie sich durch sumpfigen Morast, stolpern die Sätze zwischen seinen bärtigen Hamsterbacken aus ihm heraus und verlieren auf diesem beschwerlichen Weg meistens die Verben und Artikel. So wie man Sandalen verliert, die im Schlamm stecken bleiben, wenn man achtlos durchstapft.

»Aus'm Englischen« heißt, dass er den Artikel aus *The Sun* hat. Er liest das Revolverblatt sehr gerne, legt dabei in seinem verglasten Kobel die Beine übergeschlagen auf den Schreibtisch und meint, er verströme damit weltmännische Aura – Gott sei Dank unter Ausschluss der Öffentlichkeit, weil ihm jeder aus dem Weg geht.

Die Einzige, die freiwillig sein Zimmer betritt, ist Renate, die Horoskoptante. Und das auch nur, weil sie ein Mundwerk hat, mit dem sie Godzilla kurz vorm Japan-Besuch locker einbremsen könnte, und weil sie Borscht gerne mal einen seiner Schokoriegel klaut. Renate ist super! Sie ist wie ein Bollwerk: riesig, dick, fröhlich, verfressen. Eine Frau ohne Furcht und Tadel und stets mit dem letzten Wort auf den Lippen. Das hatte Borscht wohl vergessen, als er sie, die rauchend vor der Redaktionstür stand, einmal annörgelte: »Sie sollten mit dem Rauchen aufhören!« Darauf Renate, energisch mit ihrem kolossalen Hinterteil wackelnd: »*Was?* Damit ich zum Schluss noch fett werde?« Was haben wir, die in der Kaffeeküche standen und alles mit angehört hatten, gelacht! Borscht spuckte Gift und Galle. Das, was bei ihm halt so durch die Adern fließt.

»Super Geschichte ham die Englischen da, Frau Herzog, auf Augenhöhe mit'n Lesern. *Das* is' Journalismus! Machen Sie was Deutsches draus!«, grölt er jetzt und atmet mir eine Mischung aus Knoblauch und Ei-Aufstrich in den Nacken.

Die »Super Geschichte« besteht aus zehn Zeilen: Eine Britin, die sich seit fünfundvierzig Jahren nichts sehnlicher wünschte als ein Kind, hat jetzt endlich eines bekommen. Der Grund: Sie fand einen Stein, angeblich aus dem Weltall, und der hat ihr zu einer unverhofften Schwangerschaft verholfen.

»So ein Blödsinn! Kein Mensch glaubt einen derartigen Schwachsinn!«, möchte ich sagen. Und sage: »Aha. Ja, ja.« Es ist nämlich ganz, ganz schlecht, Borscht dagegenzureden. Wenn er kommt und sagt, er will einen Artikel über vierzig weiße Elefanten, sagt man am besten: »Große oder kleine?«

Ich halte also die Klappe und stelle mir vor, wie ein großer Stein aus dem All auf ihn drauffällt. *PLOMP*.

»Ich denke an einen doppelseitigen Bericht. Für das *Schicksal*«, fordert er.

»Eine Doppelseite??? Aus den zehn Zeilen? Hier steht ja nicht mal der Name der Frau … Hier steht nichts! Wo soll ich denn da zu recherchieren beginnen?«

»Papperlapp, Recherche! Frau Herzog, seien Sie einfallsreich! Bisschen mehr Fantasie, was? Wir machen eine Hausfrau aus Schwabing draus. Unsere Leser wollen Geschichten aus Bayern. Mia san mia, nüscht? Hahaha. Und unsere Frauen, also die bayerischen, sind ja viel – hömhöm – schöner als die englischen. Gell?«

Ich halte meine Klappe und hoffe, dass ihn eine Giftschlange totbeißt, die jetzt bitte zufällig aus dem Kabelkanal hinter ihm hervorkommen soll.

Er hält seinen dicken Zeigefinger auf das Magazin und labert weiter: »So wie die aussieht, isses kein Wunder, dass ihr eher ein Stein auf'n hässlichen Kopf fällt … und sie schwanger macht … als … Höhöhö.«

»Bis wann soll es fertig sein?«, bremse ich ihn aus.

»Nächste Ausgabe. Montag früh will ich es am Schreibtisch lieg'n ham.«

»Okay.« Ich wende mich meinem PC zu und schaue sehr intensiv auf den Bildschirm. Und jetzt hau endlich ab, denke ich mir und sehe aus den Augenwinkeln, wie er unschlüssig herumsteht.

Borscht steckt seine dicklichen Pfoten in die Gesäßtaschen

seiner braunen Cordhose, dreht sich zum Fenster, wippt mit den Hüften vor und zurück und blickt theatralisch schnaufend hinaus. Jetzt kommt der Moment, in dem er darauf wartet, dass ich mich ihm und seiner abstrusen Gedankenwelt zuwende.

Tu ich aber nicht.

»Dann werde ich mal. Ah, ich muss ja den Herrn Herausgeber anrufen«, macht er auf wichtig, zwinkert mir zu wie ein Akut-Schlaganfallpatient und entfernt sich endlich aus meinem Zimmer.

Ich sehe ihn durch die Glaswand – keiner hier hat das Privileg, hinter geschlossenen Wänden zu arbeiten – pfeifend den Gang entlangtrotten.

Eine Doppelseite! Über einen Fruchtbarkeitsstein! Ich brauche dringend Zuspruch von Renate, die ich in der Kaffeeküche finde.

»*Was* sollst du schreiben? Sicher nicht! Fahr weg! Soll sich der Alte doch die Drecksgeschichte selber dichten«, blafft Renate und gießt sich beherzt einen halben Liter Milchkaffee in den Schlund.

»Wie? Ich soll einfach auf Urlaub gehen? Quasi abhauen?«

»Ja, sicher! Das ist doch seine alte Masche: Wenn die Leute auf Urlaub gehen wollen, müllt er sie noch mit doofen Aufträgen zu. WEHRET DEN ANFÄNGEN!«, dröhnt sie und knallt ihren Becher auf die abgenutzte Resopal-Tischplatte, dass der Kaffee überschwappt.

Ich denke nach. Eigentlich hat Renate Recht. Abgesehen davon, dass ich freie Mitarbeiterin bin und jeden Auftrag ablehnen kann, habe ich meinen Sommerurlaub im vergangenen Monat rechtzeitig angekündigt. Es wird ja kein sooo großes Problem sein, wenn ich ihn zwei Wochen vorziehe. Darüber hinaus habe ich überhaupt keine Lust, mir diesen idiotischen Fruchtbarkeitsstein-Artikel aus den Fingern zu saugen.

»Hau doch einfach zu deiner übergossenen Alm ab, von der du mir erzählt hast«, rät sie mir.

»Was soll ich dort?«, winke ich ab.

»Also, ich würde mir das schon anschauen. Außerdem findet dich Borscht dort nicht«, kichert sie. »Und es hört sich total spannend an. Voll nach Berg-Klischee.«

»Klischee?«

»Na, wegen der Alm, der Bauernkiste und deiner alten Tante dort. Diese Zita, oder wie sie heißt.«

»Ist nicht meine Tante. Ist die Großgroß-Urahn-Cousine meines Vaters.«

»Oha! Die Mumie lebt.«

»Ja, so ähnlich.«

»Und was macht die dort oben?«

»Die wohnt dort.«

»Wie? Das ganze Jahr?«

»Keine Ahnung. Is' mir auch egal.«

»Und was tut sie dort oben? Kränze flechten?«, bohrt Renate nach.

Ich zucke mit den Schultern. Ich weiß wirklich nicht, warum und wie die alte Frau da oben ihr Dasein fristet. Ich an ihrer Stelle würde mir ein schönes Zimmer in einem Pensionistenheim nehmen und mich umsorgen lassen.

Renate lässt nicht locker: »Echt jetzt! Warum fährst du nicht wirklich dorthin und machst dir ein genaues Bild von der Gipfelmumie und der Hütte?«

»Kann ich das nicht von hier aus machen?«

»Wie soll das denn gehen?«, will Renate wissen, setzt einen hölzernen Gouvernantenblick auf und fischt aus ihrer Tasche eine Zigarettenschachtel heraus. Ich nicke, und beide gehen wir vor die Redaktionstüre.

Dort hat Borscht, der Unselige, alles mit Zetteln zutapeziert, auf denen zu lesen ist, dass jeder, der raucht, Arbeitszeit, die der Herausgeber blecht, verschwendet. Wer außerdem die Kippen nicht in den dafür vorgesehenen Aschenbecher wirft, dem droht mittelfristig die Kündigung.

Renate zeigt belustigt auf Borschts irrwitzigen Versuch, hier bei uns einen auf Erziehungsanstalt zu machen: »Krieg' ich jedes Mal Angst. Huch«, grölt sie, lacht schallend und zündet eine Ecke eines der Drohbriefe an. Ich klatsche schnell mit der Hand drauf, ehe Renate die Bude hier abfackelt. Wobei …

»Na, na …«, tadelt sie mich und schaut streng. »Der glaubt vielleicht noch, wir nehmen den Mist hier ernst, wenn niemand irgendwas raufmalt oder es ankokelt. Das nennt man zivilen Ungehorsam, und das ist die Grundlage der Demokratie. EMPÖRT EUCH!«, ruft sie laut und reißt die Arme in die Luft. Mit ihren kurzen, hennarot gefärbten Haaren, die ihr wie ein Flammenkranz vom Kopf abstehen, sieht sie in dieser Pose aus wie ein bengalisches Feuer – sehr schön!

Weil ich aber – im Gegensatz zu ihr – nicht auf Krawall gebürstet bin, versuche ich zu kalmieren: »Pssst! Wenn Borscht das hört …«

»Mir doch egal«, beharrt Renate und qualmt beherzt ins Stiegenhaus. »Wenn er blöd wird, drohe ich ihm, mich auf ihn draufzulegen.« Renate intoniert ein Erstickungsgeräusch und grinst. Ich muss lachen.

»Also: Du ziehst jetzt deinen Urlaub vor und fährst dorthin. Dringende familäre Angelegenheit und so. Schlimmer als hier kann es nicht sein.«

»Naaaa, ich hab keine Lust. Kannst du nicht in deinem Aszendentenhoroskopdings nachschauen, ob sich in dieser beschissenen Angelegenheit was tut? Vielleicht will die Mumie dort das Feld räumen, und ich könnte die Hütte verkaufen?«

Renate grinst. Sie formt ihre linke Hand zu einer Mulde, hält sie sich direkt vor die Nase und schielt angestrengt hinein.

»Renate?«

»Moment! Ich sehe grad in die Zukunft«, murmelt sie mit dunkler Stimme und setzt ein paar inhaltsschwere »M-hmmmm, mmm-hm, aha, jaja, hm-hm« nach.

»Renate!«

»Was? So mache ich das immer, und unsere Leser vertrauen darauf«, kichert sie. »Also, halt jetzt die Klappe, ich muss in den Sternen lesen.«

»Das ist deine Hand!«

»Tatsächlich?! Also, meine Liebe: Die Sterne sind dir gnädig gestimmt …«

»Aha.«

»Ja, ja. Und darum sollst du am besten gleich morgen abdampfen. Und …« – sie hebt die Hand, streckt den Zeigefinger hoch und setzt einen gewichtigen Blick auf – »und du sollst der lieben Renate ein paar Säcke von diesen Mozartkugeln mitbringen.«

»RENATE! Du egoistisches Monstrum!«

Sie lacht schallend. »Wer nicht wagt, der nicht gewinnt! Und ich meine das jetzt nicht auf meine Kugeln bezogen. Jedenfalls nicht nur. Außerdem: Vielleicht kannst du dort Fotos machen und die Borscht teuer verklopfen, hm? Fotos kriegst du ja extra bezahlt.«

»Was? Ich soll im Urlaub arbeiten?«, rufe ich empört.

»Ach komm, das fällt dir leicht.«

»In diesem Falle nicht.«

Nach Dienstschluss daheim angekommen, hole ich mir erst einmal einen kalten Weißwein aus dem Kühlschrank, schenke mir ein Glas ein und schleppe mich ins Wohnzimmer. Während in anderen Haushalten ein liebender Ehemann auf die genervte Frau wartet, ist es bei mir mein Ohrensessel. Sein dunkelroter abgegriffener Samtbezug hat etwas ungemein Tröstliches. Nie werde ich ihn hergeben! Und, hallo: Wann habe ich das jemals über einen Mann gesagt? Genau.

Niemals hergeben würde ich außerdem meinen Sohn, der kurz darauf in die Wohnung stolpert. Ich bin Alleinerzieherin, weil ich mir den falschen Vater für meinen Benni ausgesucht habe. Ich hatte Harold, einen waschechten Isarpreiß'n, bei einem Praktikum im Politik-Ressort einer Zeitung kennengelernt … Und es hatte nach nur zwei Monaten eingeschlagen, wie man so schön sagt, wenn zwei zu blöd oder zu betrunken zum Verhüten sind. Das ist so, wie wenn du auf ein Rockkonzert gehst und nach dem ersten Song umkippst. Mir und Harold war bewusst, dass es nicht die große Liebe war, daher beschlossen wir, die Sache pragmatisch anzugehen: Ich ziehe Benni allein auf, Harold überweist monatlich fünfhundert Euro und versucht nach bestem Wissen und Gewissen, ein guter Vater zu sein. Ein etwas unorthodoxer Vater vielleicht – Harold hat es nicht so mit traditionellen Vater-Werten –, aber dennoch ein guter, weil er Benni wirklich liebt. Und vice versa.

Dass ich in den Augen meiner Familie mit meiner ungeplanten Mutterschaft meinem an sich schon ramponierten Image den letzten Kratzer verpasst habe, brauche ich wohl nicht extra anzuführen.

Noch ehe Benni ein »Hallo« oder ähnliche Höflichkeitsfloskeln strapaziert, tönt er ein dunkles »Bin huuuuuungrig!«

Mein Kind! Ich könnte mir ein Leben ohne ihn nicht vorstellen. Ich glaube, er könnte sich das noch weniger vorstellen. Er hält mich nämlich für einen zweibeinigen Bankomaten mit integrierter Kochfunktion. Obwohl: Seine Begeisterung darob wird dadurch geschmälert, dass der Kochbankomat auch eine Sprechfunktion hat. Hätte Benni die Möglichkeit, eine Sollbruchstelle einzubauen, würde er sie genau hier machen. Er steht derzeit nicht so auf Gespräche mit mir. Leider. Angeblich ist das normal, weil Pubertät. *Das Kind geht seinen eigenen Weg und löst sich von der Mutter.* Das hat mir eine andere Mutter aus dem Eishockeyverein, wo Benni spielt, vertraulich gesteckt. Hahaha. Das Kind löst sich von *mir*? Das gefällt mir gar nicht. Ich habe mir das anders vorgestellt – nämlich so:

Benni und ich dümpeln in unserer trauten Zweisamkeit, die sich durch die räumliche Abwesenheit seines Vaters so ergeben hat, bis zu seinem dreißigsten Lebensjahr so dahin – und dann zieht er aus. In die Wohnung nebenan etwa. Ich sehe das genauso wie die großartige irische Schriftstellerin Anne Enright, die geschrieben hat: »Eines Tages werde ich sie allein rauslassen müssen – wenn sie fünfunddreißig sind, zum Beispiel –, und vielleicht ist dann jemand eklig zu ihnen, und ich bin nicht dabei, um dem Kerl das Licht auszublasen.«

Ehe er aber fünfunddreißig ist, muss ich Benni noch etwas zum Abendessen machen.

»Was gibt's heut?«, will er wissen, schleudert seine Eishockeytasche auf die Wohnzimmercouch und lässt sich erschöpft daneben fallen.

Ich nehme einen Schluck von meinem Weißwein und denke nach. »Keine Ahnung. Was möchtest du denn?«, frage ich.

»Keine Ahnung. Was gibt es denn?«

»Gemüse, Wurst, Salat, Brot.«

Von der Couch kommt als Antwort ein würgendes Geräusch. Aha. War wohl das falsche Menü.

»Was willst du dann?«

»Was anderes.«

»Geht's vielleicht konkreter? Oder wollen wir ein Ratespiel draus machen?«

Benni wirft den Kopf in den Nacken und verdreht genervt die Augen. »Irgendeinen Burger halt.«

»Nein! Kein Burger! Keine Pommes ...«, beginne ich die schwarze Lebensmittelliste runterzurattern. Nicht, um Benni darüber zu informieren – er kennt die Liste sehr gut –, sondern um sein derzeit etwas selektives Gedächtnis aufzufrischen.

»MAMAAAA!«, motzt das Kind.

»Spezialtoast? Dann gehe ich noch schnell einkaufen«, schlage ich vor.

Benni zeigt den Daumen nach oben und fläzt sich entspannt auf die Couch. Krise abgewendet mit Vollkorntoast, Minutensteaks, Avocado und Ketchup.

Ich raffe mich auf, um noch schnell vom Edeka zwei Ecken weiter alles zur Friedenskonsolidierung einzukaufen.

»Und Gummibärchen!«, schreit mir Benni noch nach, als die Wohnungstüre ins Schloss schnappt.

»Jaja«, murmle ich und gehe das kühle Stiegenhaus unseres Altbaus hinunter.

Ich mag unser Haus, das den spröden Charme einer alternden Diva verströmt. Es hat die nötige Patina, um den Bewohnern ein Gefühl von Heimeligkeit zu geben. Das ist das Schöne am Stadtleben: Du kannst dich daheim fühlen, ohne unter ständiger Beobachtung zu stehen. Man kennt sich, hat aber kein Interesse, die Lebensweise des anderen zu bewerten. Jedenfalls nicht bei uns im Haus. Ich weiß, wer über, unter und neben mir wohnt, aber weder will ich Leuten ins Wohnzimmer schielen noch sie mir. Man trifft sich kurz auf dem Flur oder im begrünten Innenhof, wo die Räder parken und ein paar Tische und Stühle zum abendlichen Verweilen einladen, und tauscht höfliche Oberflächlichkeiten aus. Hier bin ich Heidi, wahrscheinlich die nette Heidi, die bei einer Zeitung arbeitet, ein Kind hat und aus Österreich kommt. Hier bin ich eine von vielen, eine von ihnen. Hier bin ich nicht die, die ich in Hinter-Russbach bin, nicht der Schandfleck der Familie. Und das tut gut! Es ändert die Relationen. Es gibt meinem Leben eine Berechtigung. Nein, niemals wieder würde ich zurück nach Hinter-Russbach gehen.

Eigentlich mysteriös, dass meine Eltern nicht Paula die Alm und mir das Geld vermacht haben. Hatten die einen Hintergedanken dabei? Meine Füße noch ein bisschen enger an ihre Traditionsbetonpfosten binden, die mir das Weiterkommen erschweren? Damit ich ja nicht vergesse, woher ich komme?

In Gedanken verloren, schlendere ich die Straße entlang, meinen kitschigen Einkaufskorb mit Blümchenmuster am Arm, meinen grimmigen Blick auf den Eingang zum Supermarkt gerichtet. Der Markt spuckt in unregelmäßigem Takt Menschen aus. Große, kleine, junge, alte … und Fred.

Fred?

Nein, das kann nicht sein. Ich blinzele, fokussiere den Eingang … und knalle volle Kanne auf die Motorhaube eines Autos, das quer am Gehsteig vor einer Hauseinfahrt steht. *DUNK-KLONK* poltert es, als ich mit dem Oberkörper auf dem warmen Metall aufschlage.

»Heeee! Bist du blind oder was?«, brüllt der Vollkoffer am Steuer, lehnt sich seitwärts aus dem Beifahrerfenster und zeigt mir einen Vogel. »Hast du keine Augen im Kopf?«

Noch ehe ich mit einem dezenten: »DU ARSCH! WARUM PARKST DU MITTEN AM GEHSTEIG?« parieren kann, sehe ich im Augenwinkel, wie sich Fred – Himmel! Er ist es wirklich! – in meine Richtung wendet und das Spektakel mit einem breiten Grinsen verfolgt.

Ich merke, wie mir fünfhundert Liter Blut ins Gesicht schießen.

»Idiot«, murmele ich verhalten und versuche gleichzeitig einen Plan zu entwerfen, wie ich möglichst elegant aus dieser Nummer rauskomme. Ich könnte so tun, als hätte ich Fred nicht gesehen, und einfach den geordneten Rückzug antreten.

In dem Moment höre ich Fred rufen: »Hallo! Heidi!«

Mist. Zu spät. Gott, wie peinlich. Wenn der mich so sieht?! Ungeschminkt! Meine Haare … meine *Haare!!* Schnell gehe ich, vom Auto gut verdeckt, in die Knie und versuche im Beifahrerrückspiegel der Karre meine Haare zu richten. Der Trottel hinter dem Steuer starrt mich ungläubig an und zeigt mir erneut den Vogel. Ich zucke hilflos mit den Schultern, hole tief Luft und erhebe mich neben dem Kotflügel.

Jetzt ist wieder so ein Moment, wo ich lieber Maria Furtwängler wäre. Oder meinetwegen auch jemand ganz anderes. Also, vielleicht nicht gerade Meat Loaf oder so, aber eben nicht unbedingt ich.

Locker wie ein Schraubenzieher wanke ich auf Fred zu. Der lehnt grinsend am Fahrradständer neben dem Markteingang und schwenkt belustigt ein Netz Orangen.

»Hallo, Fred«, hauche ich mit zittriger Stimme und merke, wie meine Knie die Beschaffenheit von Vanillepudding annehmen. Meine Oberlippe beginnt unkontrolliert zu zucken.

»Cooler Stunt. Kannst du das auch rückwärts?« Fred lacht, und ich lache mit ihm: hirnlos, stillos und würdelos.

Eine Pause tritt ein. Ich sollte jetzt etwas total Witziges und Geistreiches sagen. Etwas, das ihn vom Hocker, sprich Fahrradständer haut, das ihm zeigt, wie viel Esprit und Humor in mir schlummern. »Orangen?«, frage ich und zeige auf sein Einkaufsnetz.

Langsam hebt er seinen Einkauf hoch, betrachtet eingehend die Früchte, als handele es sich um exotische Pflanzen, und bestätigt meinen Verdacht: »Yo. Sieht ganz danach aus.«

»Hahahaha«, kichere ich hysterisch und krame angestrengt in meinem Hirn nach einem Geistesblitz. Was zur Hölle könnte ich bloß sagen, um nicht als komplett geistesgestört dazustehen? Fred ist schließlich nicht irgendwer.

Uns verbindet so etwas wie eine Liebesgeschichte. Naja, besser gesagt, eine Geschichte mit ausbaufähiger Liebe, die vor ein paar Jahren wie ein Paukenschlag begann und seither so dahindümpelt. Heißt: Ich warte und hoffe mit klopfendem Herzen, dass der Tag kommt, an dem Fred sich genauso in mich verliebt, wie ich seitdem in ihn verliebt bin. Weil: Er ist einfach der allerallerallerlässigste und bestaussehende Kerl, den ich jemals getroffen habe. Und: Ich erlebte mit ihm die Nacht meiner Nächte. Es war, als hätte Fred mir die Türe zu einer Welt geöffnet, von der ich bislang nur gelesen hatte.

In Frauenmagazinen. Er gab mir das Gefühl, einzigartig zu sein. Hätte mir damals jemand gesagt, ich könnte es mit der jungen Liz Taylor aufnehmen – ich hätte es, ohne mit der Wimper zu zucken, unterschrieben.

So war das. Und keinen Deut weniger. Ist es da nicht verständlich, dass man, unterstützt von sechs oder acht Gläsern Rotwein, sein Herz verschenkt? Für die nächsten fünf Jahre?

Ist es da nicht verständlich, dass einem die Worte fehlen, wenn man gerade auf eine Motorhaube gedonnert ist und dann unvorbereitet vor ihm steht?!

Natürlich versuche ich ihn zu beeindrucken, wie er jetzt gerade mit einem Sack Orangen vor mir steht und mich belustigt angrinst. Doch als ich zum nächsten intellektuell fragwürdigen Höhenflug anheben will, läutet mein Telefon. Lydia, meine beste Freundin, ist dran.

»Ich bin in fünf Minuten da!«, ruft sie fröhlich ins Telefon.

Lydia? In fünf Minuten? Oh, Mist. Habe ich total vergessen, dass Lydia am Abend kommt.

»Ich … ich …«

Fred schaut mich neugierig an.

Ich zwinkere ihm zu und deute mit dem Daumen nach oben. Warum eigentlich? Ha! Darum!

»Du … äh … *Steffen*, das ist totaaaaal lieb. Stell die fünfunddreißig roten Rosen, die du mir mitgebracht hast, einfach vor die Tür und hol dann schon mal den *Champagner* … aus deinem … aus deinem *Porsche*. Ich bin gleich daheim!«, flöte ich und lächle Fred maliziös an.

So! Damit hat er nicht gerechnet. Jetzt glaubt er sicher, ich bin total begehrt. Wie sagte Shakespeare so schön: Und wenn du den Eindruck hast, dass das Leben Theater ist, dann such dir eine Rolle aus, die dir so richtig Spaß macht.

»Sag mal, bist du betrunken? Oder spinnst du einfach nur so?«, flucht Lydia ins Telefon.

»Ach, Schätzchen, ich dich natürlich auch«, gebe ich zurück und winke mit einer nachlässig-huldvollen Geste ab.

Fred legt den Kopf schief und beobachtet mich. Sollte ich eventuell noch etwas von der geplanten Hochzeit sagen? Oder dass ich einen Diamantring bekomme?

»Du lieber Himmel!«, stöhnt Lydia genervt. »Ich habe keine Ahnung, was du schon wieder veranstaltest … aber in fünf Minuten solltest du bitte wieder normal sein, okay? Ich habe keine Lust, einen auf Nervenheilanstalt zu machen.«

»Okeeeeee«, hauche ich in den Hörer und lächle zufrieden.

»Dein Freund?«, will Fred wissen, als ich aufgelegt habe.

Öhm, was soll ich sagen? Sage ich ja, macht sich Fred vielleicht vom Acker. Sage ich nein, ergibt das Telefonat keinen Sinn.

»Jein«, sage ich.

»Jein?«

Ich nicke und schiele in den Edeka-Markt. Ich sollte jetzt einen guten Abgang initiieren. Oder ihm eine richtig gute Geschichte auftischen. Ich gehe schnell meine Möglichkeiten durch. Steffen könnte steinreich sein, wunderwunderschön, so aussehen wie Mel Gibson. Also, Mel Gibson in jungen Jahren. Das wird Fred sicherlich nicht kaltlassen. Das lässt keinen Kerl kalt.

»Sagen wir mal so: Der Typ ist total verknallt in mich … aber ich bin hin- und hergerissen … obwohl er aussieht wie *Mel Gibson* in jungen Jahren!«

»Wer ist Mel Gibson?«

Oha! Eine Lücke im Drehbuch! »Was? Den kennst du

nicht?«, frage ich fassungslos. Da will man mal punkten … und dann das!

»Mel Gibson ist ein H-o-l-l-y-w-o-o-d-s-t-a-r«, buchstabiere ich und setze danach eine bedeutungsschwangere Pause, damit er das auch wirklich verarbeiten kann. »Und er sieht fantas-tisch aus!«, ergänze ich noch als Draufgabe, um ja kein Missverständnis aufkommen zu lassen.

»Aha. Hollywood. Schau, schau.« Fred schürzt die Lippen. »Und den triffst jetzt, den Melson?«

»*Nein!* Nur … ähm … Steffen … Steffen sieht so aus wie Mel Gibson. Den, ähm, treff ich jetzt.«

»Und wer ist jetzt der Steffen?«

Ja zefix, kapiert denn der gar nix?

»Mein neuer …«, ich ziehe die Stirn in Falten und denke nach. Mein neuer was?

»Dein neuer Freund?«

»Nein, nicht Freund«, rufe ich schnell und wedle abwehrend mit der rechten Hand, in der blöderweise mein geblümter Einkaufskorb hängt, der daraufhin energisch zu schaukeln anfängt und gegen Freds Gemächt knallt.

»Oiii!«, quiekt er und springt einen Schritt auf die Seite. »Nur weil du einen neuen Freund hast, musst du mich ja nicht kastrieren.«

Du lieber Himmel! Schon wieder werde ich puterrot und halte schnell mit der linken meine rechte Hand, als wäre sie eine aus dem Ruder gelaufene Cruise Missile, die es in den Griff zu kriegen gilt.

»Tut mir leid. Tut mir so leid! Das wollte ich nicht!«, entschuldige ich mich und kann einen hysterischen Unterton nicht unterdrücken.

»Das glaub ich dir gern, dass du das nicht wolltest«, grinst er und schaut mich mit einem Blick an, so schmutzig wie das Hafenwasser in Athen. »Du würdest dich ja selber um viel bringen«, setzt er raunend nach und zwinkert mich an.

Und schon wieder fließen fünfhundert Liter heißes Blut durch meine Wangen. Und schon wieder wäre ich lieber Maria Furtwängler. Meine Zunge ist plötzlich so pelzig wie ein Biberfell, und so hole ich tief Luft und verlege mich aufs Debil-Grinsen.

»Also«, nimmt Fred den mittlerweile recht verworrenen roten Faden wieder auf. »Ein neuer Freund?«

In Anbetracht meiner rhetorischen Insuffizienz spare ich mir weitere Lügengeschichten und wiederhole mein halbwahrheitliches »Jein«.

»Aha. Warum jein?«, lässt der Depp nicht locker.

Weil ich mich in dich verliebt habe! Weil ich für keinen anderen Augen habe! Weil ich jeden Tag davon träume, dass du mir irgendwann sagst, dass du mich genauso willst wie ich dich.

Das möchte ich sagen – und sage: »Pfffff.«

»Pffff?«, echot Fred und schiebt sich die rechte Hand in die ausgewaschene Jeans-Hosentasche. Ich wär jetzt gerne seine Hand. Oder die Luft, die er zum Atmen braucht. Ich wäre so gerne die Kippe, die er heimlich raucht, der englische Rasen, auf dem er läuft, oder das Weizenbier, das er auf dem Oktoberfest säuft.

»Warum Pfff?«

»So halt«, entgegne ich lahm und zucke mit den Schultern. Die Edeka-Verkäuferin schiebt nämlich schon die Einkaufswagen in den Laden, weil sie zusperren will.

»Ich muss da noch rein«, sage ich. Soll er doch selber darüber grübeln, warum Pffff.

»Na dann, man sieht sich«, verabschiedet sich Fred und wirkt gar nicht so, als würde er über meinen neuen Verehrer oder wenigstens über Pffff nachdenken wollen.

Als ich wieder daheim bin, sitzt Lydia schon in meinem Ohrensessel und schaut mich fragend an.

Ich mache schnell Bennis Essen, mit dem er sich – pädagogisch gar nicht wertvoll – in seinem Zimmer verschanzt, um unbeobachtet XBox spielen zu können. Dann erzähle ich ihr en detail, was mein Auftritt vorhin sollte und was er mit sich brachte. Und zwar so, wie man das seiner besten Freundin erzählt: »Und dann sagt er … und dann sage ich … und dann schaut er so … und dann schaue ich … und dann sagt er … und dann sage ich …«

Und dann sagt Lydia: »Er ist ein oberflächlicher Arsch und ruft nur dann an, wenn er dich ins Bett schleifen will. *Dick-driven rat-people!*«

Klingt grässlich, nicht wahr? Finde ich auch, und darum schalte ich gleich mal auf Durchzug, wenn Lydia ihre Kratzbürste auspackt und über mein Liebesleben drüberfährt wie über schmutzigen Asphalt.

Ich finde außerdem, dass sie übertreibt, denn es ist *nicht* nur das eine, worum es geht. Und außerdem: Er ist Musiker. Die haben's eben nicht so mit gleich heiraten und so. Wenn man sich mit so jemandem einlässt, dann muss man da schon auch realistisch sein, sag ich mir immer, wenn ich ihn vermisse. Und das tue ich oft. Natürlich habe ich in den vergangenen fünf Jahren auch andere Männer kennengelernt. Aber ich dachte immer nur an Fred. Und komischerweise: Kaum hatte sich ein potenzieller Beischläfer bei mir vorstellig gemacht, meldete sich Fred. Ein Zeichen, oder?

»Ein Zeichen, dass sein Handy doch nicht ständig kaputt ist, wie er gerne behauptet, wenn er für dich mal wieder drei bis vier Wochen nicht erreichbar ist. Du machst einen großen Fehler!«, knurrt Lydia.

»Du machst einen groooßen Feeeehler«, äffe ich sie nach und trage den Einkaufskorb in meine kleine Küche.

»Es ist ein Fehler, jemanden zur Priorität zu machen, wenn man für ihn nur eine Option ist«, ruft Lydia mir nach.

Hm.

»Vielleicht bin ich gar nicht nur eine Option?«, rufe ich zurück. »Und außerdem: Vielleicht wird man erst zur Priorität, wenn man den anderen auch als Priorität behandelt? Wenn er erst einmal merkt, wie wichtig er mir ist, könnte ich ja mehr sein als eine Option – gesetzt den Fall, ich wäre eine.«

»Weißt du was, meine Liebe: Du verkomplizierst Dinge, die auf den ersten Blick in ihrer Schlichtheit sofort erkennbar sind. Ich verstehe ja, dass du hoffst und denkst und glaubst und noch mehr hoffst ...« Lydia ist inzwischen um die Ecke gebogen, lehnt sich mit der Hüfte an die Spüle, inspiziert meinen Einkauf und hält eine Fritatte hoch. »Aber so, wie diese Fritatte hier eine Fritatte ist, ist eine Affäre mit Fred nichts mehr als eine Affäre. Die ihn gefühlsmäßig überhaupt nicht juckt, dich aber sehr wohl. Option, Priorität, wie gesagt.«

»Hunger?«, frage ich, um vom Thema abzulenken, und zeige auf die Fritatte, ab jetzt das Sinnbild für unerfüllte Liebe.

»Nein, Gott bewahre! Ich komme grad von der Arbeit und hab heute genug gegessen.«

Ich verstehe. Lydia arbeitet nämlich im Restaurant ihrer Eltern – einem gediegenen Laden in der Nähe des Viktualienmarkts. Dort kümmert sie sich als die rechte Hand ihres Vaters um alles, was an Arbeit anfällt – ausgenommen die Küche. Sie organisiert den Einkauf, kümmert sich um die Lieferanten, sorgt für ein angenehmes Ambiente und begleitet die Gäste zu ihren Tischen. Das macht sie wunderbar und bleibt dabei sogar im größten Trubel anmutig, höflich und grazil. Fast wie Maria Furtwängler: Lydia hat schulterlanges, glattes blondes Haar und hellblaue Augen mit Pupillen, so groß wie Untertassen – und das, ohne Drogen zu nehmen. Sie ist immer perfekt angezogen, selbst wenn sie sich auf die Schnelle ein buntes Irgendwas überwirft und in irgendwelche hässlichen Töffler schlüpft. Wobei sie kein buntes Irgendwas oder hässliche Töffler hat: Lydia hat Stil, zu jeder Tages- und Nachtzeit. Wenn sie nachdenkt, faltet sie die Hände und hält sie sich vor den Mund. Dann sieht sie immer aus wie eine Madonna-Statue.

Ich mag Madonna-Statuen. Als Kind hatte ich in Hinter-Russbach immer solche Angst beim Einschlafen, dass ich mir jeden Abend eine dreißig Zentimeter große, bunt angemalte Madonna aus Keramik mit ins Bett nahm. Ich wusste zwar nicht konkret, was sie gegen meine diffusen Ängste ausrichten könnte, aber diese Frau mit dem lieben Gesicht und den gefalteten Händen hatte laut dem Pfarrer schon so vieles gut gemacht, dass ich hoffte, sie könnte mir einen halbwegs guten Schlaf schenken. Tat sie meistens auch, bis sie irgendwann auf den Boden fiel und kaputt war. Ich hob mir eine Scherbe auf, die heute in meinem Kleiderschrank versteckt ist. Abergläubisch, nicht wahr? Sollte ich nicht sein, denn das bringt ja Unglück.

»Ich wollte nur schauen, was bei dir heute auf der Karte steht«, unterbricht Lydia meine Gedanken.

»Innereien.«

»Hä?«

»Gebrochenes Herz. Möglicherweise«, sage ich und greife mir ein wenig theatralisch auf die Brust.

»Doch nicht wegen des Blödmanns! Das ist kein gebrochenes Herz, sondern nur eine Magenverstimmung«, kontert Lydia, nimmt meine Hand und schiebt sie mir entschlossen in Richtung Bauch.

»Und was, wenn er sich ändert? Irgendwann?«

Lydia bugsiert die Lebensmittel in meinen Kühlschrank. »Weißt du, aus einem Wildschwein wird auch dann kein Reh, wenn man ihm die Beine lang zieht«, nuschelt sie und schaut mich freundlich und mit breitem Grinsen an.

»Ein Hund, der mit dem Schwanz wedelt, bezieht keine Prügel?! Oder warum guckst du jetzt so herzerwärmend?«, bohre ich nach.

»Ich versuche nur, dich aufzuheitern … Ein freundlicher Blick durchdringt die Düsternis wie ein Sonnenstrahl.«

»Sagst du?«

»Sagt Albert Schweitzer.«

»Aha.«

Ich hole für Lydia ein zweites Glas aus meiner alten weißen Küchenvitrine und schenke ihr einen kalten Weißwein ein.

»Weil du grad so freundlich bist und die Düsternis durchstrahlst: Fred hat auch eine nette Seite«, lasse ich nicht locker.

»Das glaub ich dir sogar«, stimmt Lydia zu und schnuppert am Wein. »Problematisch ist nur, dass du dich mit der anderen zufriedengibst.«

Blöde Ziege!

Aber möglicherweise hat Lydia gar nicht mal so arg Unrecht. Fred sorgt, jetzt mal hochgerechnet, eher für Düsternis als für Sonnenstrahl. Mich macht es oft unglücklich, weil ich das Gefühl habe, dass wir einander nur sehen, wenn er es will. Aber was, wenn ich nicht mal diese wenige Zeit mit ihm verbringen kann, die ich leidlich habe?

Er gibt mir für die paar Stunden, die wir uns sehen, das Gefühl, eine wunderschöne, begehrenswerte Frau zu sein. Ich bin dann die Frau, die ich gerne wäre. Nicht die Frau, die sich am Waschbecken abstützt, wenn sie vorsichtig auf die Waage steigt; nicht die Frau, die auf der Stelle drei gute Eigenschaften gegen eine prächtige Oberweite tauschen würde – und wenn es ihre drei einzigen guten Eigenschaften wären. Um es kurz zu sagen: Ich stütze mich gerne ab. An der Illusion.

»Ich würde den Eiertanz mit dem Freak sicher nicht mitmachen«, holt mich Lydia wieder zurück in die unschöne Realität.

»Ich weiß«, gebe ich matt zu. Weil: Ja, Lydia hat Männern gegenüber eine sehr niedrige Toleranzgrenze. Da reicht es schon, dass einer schräg schaut, schon geigt sie ihm die Meinung. Dabei ist sie genau das, was als sogenannter Männertraum gehandelt wird. Sie ist so, wie ich gerne wäre: Attraktiv, klug, freundlich, realistisch, hart im Nehmen, großzügig im Geben. Hätte ich sie nicht so schrecklich gern, würde mich der Neid fressen.

Und? Hat sie jetzt einen Freund, möchten Sie vielleicht wissen? Sie hatte einen Freund. Zehn Jahre lang. Doch der wollte sie partout darauf festnageln, dass sie jetzt und sofort heiraten und Kinder kriegen sollten. Das wollte Lydia mit ihren fünfunddreißig Jahren nicht. Zumindest nicht, sich auf der Stelle, hier und jetzt festlegen zu müssen, was in den kommenden Monaten, Jahren und Jahrzehnten zu geschehen hat. Daraufhin hat der Kerl mit ihr Schluss gemacht. Von heute auf morgen. Ja, ja, ich weiß: Wahnsinnig!

Das hat der blöde Eumel auch nach einem Monat überrissen. Aber als er seine irrwitzige Entscheidung bereute, war's schon zu spät. Lydia schickte ihm die Blumensträuße und Briefe zurück und lebt seither in einer Art amouröser Parallelwelt.

Heißt: Sie geht hin und wieder mit diversen Verehrern, die bei ihr quasi Schlange stehen, aus – weigert sich aber, ihnen mehr zu geben als die Hand zur Begrüßung und zum Abschied. Meinen Einwand, dass sie möglicherweise den Kerlen dabei das Herz bricht, pariert sie mit stets demselben Satz: »Die haben kein Herz. Die haben nur Geldtaschen. Und wenn die kaputtgeht, kaufen sie sich eine neue. So what?!«

Nun, sie hat keine gute Meinung von Männern generell. Und hält damit auch nicht hinterm Berg. Kürzlich waren wir in einer Bar, als ein harmlos wirkender Mann sich vor Lydia postierte und »Hallo« sagte. Nur »Hallo«. Und was macht sie? Sie dreht ganz langsam den Kopf zu ihm, fixiert sein Gesicht, sieht ihm sehr, sehr ernsthaft in die Augen und schnappt mit schneidendem Ton: »Wenn deine Mutter es verabsäumt hat, dich zu erziehen, dann geh zu ihr zurück und fang noch mal von vorne an.« Und dreht sich wieder zu mir um.

Mir tat der Kerl leid. Aber mich schaute er gar nicht an.

Ich weiß nicht, wie lange Lydia noch auf der emotionalen Eisbahn herumrodeln will. Aber es ist ihre Sache. So wie es meine ist, mich wegen Fred zum Kasper zu machen.

Ich lenke von dem unseligen Fred-Thema ab und erzähle ihr von Borschts Fruchtbarkeitsstein-Attacke.

»Ich finde, Renate hat Recht. Fruchtbarkeitsstein: nein danke, Alm anschauen: ja bitte«, sagt Lydia und kramt neuerlich in meinem Kühlschrank herum.

»Suchst du was?«

»Ja, noch etwas Weißwein. Wir feiern jetzt.«

»Und was?«

»Das Abenteuer.«

Lydia entkorkt die Flasche und füllt unsere Gläser. »Darauf trinken wir! Prost, meine Liebe.«

Ich finde zwar nicht, dass das ein Grund zum Anstoßen ist – aber bitte.

»Und was ist mit Benni, wenn du auf die Alm fahren willst?«, will Lydia wissen.

»Ich könnte Harold bitten, ihn zu nehmen. Der wollte ohnehin wieder mal was mit ihm unternehmen.«

»Na bitte! Dann steht deinem Wanderabenteuer ja nichts im Weg, und du gönnst dir zwei Wochen kreatives Dasein auf der Alm. Andere zahlen dafür ein Vermögen. Du zahlst nix, weil es dir gehört, dieses kleine Paradies …«

»Dieses kleine Paradies«, äffe ich sie nach. »Das nichts wert ist und mein Leben wie ein Betonklotz am linken Bein bereichert. Wie schön.«

»Sei nicht so madig. Vielleicht kannst du es ja doch verkaufen?«

»Mit der ollen Zita als Trostpreis?«

»Vielleicht kannst du diese Zita überreden, ins Dorf zu ziehen? Die Dame ist ja anscheinend auch nicht mehr die Jüngste.«

Ich überlege. So schlecht ist die Idee eigentlich nicht. Möglicherweise finde ich einen Weg, diese alte Schachtel zum Ausziehen zu bewegen. Am besten, ich sondiere wirklich die

Lage vor Ort und ziehe ganz nebenbei einen kleinen Nutzen daraus … »Vielleicht will mich Fred dort oben besuchen? Ich mein, wenn es schon so … paradiesisch ist?! Künstler stehen ja auf dieses Aussteiger-Dings.«

Lydia steckt sich den Zeigefinger in die Gurgel und würgt. Sie hat anscheinend Bedenken hinsichtlich meines Geistesblitzes.

»Und was, wenn er doch käme? Ich meine, jetzt mal so rein theoretisch angedacht?«, lege ich nach, und schon fällt in meinem Hirn die erste Klappe für den sehr romantischen Film »Heidi und Fred – Liebe unterm Gipfelkreuz«.

»Ja, ja. Wie romantisch. Rein theoretisch«, beendet Lydia den schönen Film bereits bei der ersten Sequenz.

Aber ich lasse nicht locker: »Ich könnte ihm eine SMS senden und ihn einladen. Jetzt nicht aufdringlich auf *Bitte, bitte, komm'*, sondern so … so nebenbei halt.«

»Mit einem *bitte* weniger?« Lydia zeigt mir den Vogel. »Und was ist mit … ähm … wie hast du mich eben noch genannt? Stefan?«

»Steffen! Klingt irgendwie besser.«

»Genau. Steffen! Was ist mit dem und seinem … *Porsche?*«, Lydia hält sich den Bauch und lacht schallend. »Was für eine Geschichte! Ich käme nicht im Traum auf so einen … Pardon … Schwachsinn.«

»Aber blöd geschaut hat er schon, der Fred«, sage ich und rufe mir seinen Gesichtsausdruck in Erinnerung. Hat er wirklich blöd geschaut?

»Und sie sicher gleich wieder vergessen, die vermeintliche Konkurrenz.«

»Dann stellt sie wenigstens kein Problem wegen des Alm-Urlaubs dar«, schnappe ich zurück.

Wie kann sie nur so unsensibel sein. Ich sehe schon, sie ist nicht die richtige Gesprächspartnerin für dieses Thema. Dabei könnte das wirklich richtig romantisch werden. Volle Kanne Kerzenschein, und zack!, schon läuft das Kino im Kopf auf Hochtouren: Ich sehe Fred und mich bei Sonnenuntergang auf einer Wiese sitzen … eng umschlungen, und ihm wird bewusst, dass er mich schrecklich gern hat. Ach was, schrecklich gern. Er verliebt sich schlagartig in mich. So *zack* und *peng*. Wie in den Romanen, die ich regalweise verschlungen habe.

Manchmal beschleicht mich ja das dumpfe Gefühl, der Mensch – oder nur ich? – ist determiniert und verblendet durch das Konsumieren von Walt-Disney-Büchern in der Kindheit, durch Kinofilme wie »Schlaflos in Seattle«, durch Liebesromane wie »Jane Eyre« von Charlotte Brontë oder Songs wie »At Last« von Etta James. Ich zum Beispiel bin mit einer sehr konkreten Vorstellung aufgewachsen, wie Liebe zu sein hat. Und war jedes Mal mächtig enttäuscht, wenn es anders kam. Anders als in meinen wunderbaren Büchern. Dort gibt es die wahre Liebe! Zum Beispiel, wenn in »Jane Eyre« Mr. Rochester sagt:

»Ach, mit Leib und Seele habe ich mich nach dir gesehnt! Ich fragte Gott voller Qual und voller Demut zugleich, ob ich denn jetzt nicht lange genug Einsamkeit und Schmerz und Pein durchlitten hätte und nicht bald wieder Glück und Frieden kosten dürfe … und da brach das A und O der Sehnsucht meines Herzens aus mir heraus, und ohne mein Zutun kamen die Worte über meine Lippen: »Janet! Janet! Janet!«

So stelle ich mir das vor! Natürlich nicht mit dreimal *Janet* zum Schluss, sondern mit *Heidi*.

Aber was haben die Kerle zu mir gesagt? Harold brachte

grade mal ein »Nett war's« raus, und von Fred kam noch gar nichts in der Richtung. Der zog sich jedes Mal mitten in der Nacht wortlos an, küsste mich schnell auf die Stirn (!) und machte sich vom Acker. So stelle ich mir das nicht vor! Haben die alle keine Bücher gelesen? Soll ich auf denjenigen warten, der mir das so sagt, wie ich mir das vorstelle? Oder muss ich mich damit abfinden, dass sich die Dinge mit jedem Kerl nach kürzester Zeit so entwickeln, dass beim Ausflug ins Café der Kuchen mehr Freude hervorruft als der Kerl? Für mich war dieser Zeitpunkt stets jener, wo ich wusste: Diese Liebe ist keine große. Beziehungsweise: Diese Liebe ist nicht so groß wie die Liebe zu Kuchen.

Ungünstigerweise weiß Fred gar nichts davon, dass er quasi das Sahnetörtchen in meinem Leben ist. Aus Angst vor Zurückweisung hatte ich mich immer zurückgehalten und ihn noch nie mit meinem übervollen Herzen konfrontiert. Zu schrecklich ist für mich die Vorstellung, dass er mit schreckgeweiteten Augen von dannen flüchtet, wenn ich ihm sage, wie arg gern ich ihn habe und dass ich mehr will. Eine richtige Beziehung. Mit allem Drum und Dran.

Vielleicht ist jetzt der richtige Zeitpunkt gekommen, um Fakten zu schaffen und der Realität ins Auge zu sehen? Warum sollte ich ständig so tun, als mache es mir nichts aus, der Hin-und-wieder-One-Night-Stand zu sein? Das lebenslängliche Gurkenkind? Es macht mir etwas aus! Es tut mir weh, dass jene, an denen mein Herz hängt, mich nicht im selben Maße mögen wie ich sie. Ich habe keine Lust, mich zu verstellen. Ich fühle eben, wie ich fühle, und ich bin so, wie ich bin. Nicht, dass mich das freuen würde. Ich wäre ja auch lieber Maria Furtwängler.

Am nächsten Tag ist Borschts Freude über meine Absage hinsichtlich der Fruchtbarkeitssteinsache verhalten. »Ah so, nun ja, wenn Sie meinen. 's gefällt mir zwar nich'. Und Sie kommen dann erst in zwei Wochen zurück?«, mäkelt er herum und fragt: »Wo fahr'n se hin, hä?«

»Ins Grüne.«

»Aha. Schön, schön. Bisschen Natur, haha, was?«

»M-hm.«

»Ham'se doch auch Zeit zum Schreiben, oder?«

»Ich hab nix zum Schreiben dabei. Und auch keinen Strom. Sorry.«

»Ähää. Wie das? Wo fahrn'se denn bloß hin?«

»Ins Grüne.« Wann wird er merken, dass er auf Granit beißt?

Bortscht kratzt sich seinen struppigen Hamsterbackenbart und fixiert mich mit seinen kleinen Augen und den stecknadelgroßen Pupillen. Oha, er scheint es zu merken. »Heute wohl nich' so gesprächig, oder was?«

Ich zucke mit den Schultern.

»Na gut. Da werden sich die Kollegen aber schön bei Ihnen bedanken, wenn se alle den Buckel vollkriegen mit Arbeit, nur weil Frau Herzog sich zu gut ist …«

»Ich habe Urlaub!«, korrigiere ich ihn – wissend, dass es sinnlos ist.

»Urlaub, Urlaub … ts-ts-ts. Das Wort kenn ich gar nich'! Ich war die vergangenen vierzehn Jahre, die ich hier alles am Laufen halte, nur … äh, rechnen'se mal, Frau Herzog … drei plus zwei plus eins …«

»Sechs.«

»Ah, ja, ja … *sechs* Tage auf Urlaub. In vierzehn Jahren! *Das* nenne ich Einsatz!«, dröhnt er mit stolzgeschwellter

Brust – oder ist es sein Bauch, der mittlerweile schon in Richtung Hals wächst?

Was soll ich darauf sagen? Ja, das glaub ich dir gern, du asozialer Einfaltspinsel? Du hast nämlich kein Leben außerhalb dieser tristen Mauern? Was würde passieren, wenn ich das jetzt sage? Mir geht dieses System, in dem unfähige Sesselkleber den Ton angeben, auf die Nerven. Blöderweise sitzen die aber in jeder Branche am Drücker. Es hat also keinen Sinn, umzuschulen und etwas Neues zu machen.

Andererseits ist mir in den vergangenen Jahren die Lust am Schreiben irgendwie so gründlich vergangen, dass die Vorstellung, mal etwas anderes zu wagen, duchaus ihre Reize hat. Soll ich die nächsten fünfzig Jahre, die ich statistisch gesehen noch lebe, in Redaktionsstuben verbringen und mich entweder zu Tode langweilen oder mich über Idioten wie Borscht ärgern? Ach, wie schön ist der Gedanke, dem Leben eine Wendung zu geben. Ich muss grinsen.

»Un' was is da jetzt so lustich, hä?«, fragt er mit einem Blick, mit dem man locker vier Tage altes Brot schneiden könnte.

»Nix«, sage ich, stehe auf und verlasse einfach mein Büro. Wenn schon kein neues Leben, dann hat zumindest mein Urlaub gerade angefangen, habe ich beschlossen.

3

»Und dann? Ist er dir brüllend nachgelaufen?«, will Lydia wissen, die ich nach Verlassen der Redaktion im Restaurant ihrer Eltern besuche. Wir sitzen vor dem Lokal im schattigen Gastgarten und trinken Kaffee. Vormittags hat Lydia immer ein kleines Zeitloch, wo sie sich nach der morgendlichen Einkaufshektik und vor der mittäglichen Gäste-Betreuungshektik ausklinken kann.

»Nein. Die Zeit hatte er nicht mehr. Ich war schneller weg, als er denken konnte.«

Lydia grinst. »Im Prinzip die richtige Entscheidung. Ich hätte nur an deiner Stelle gewartet, bis er dich offiziell in den Urlaub entlässt. Du weißt ja, wie krank der im Hirn ist – womöglich macht er dir, wenn du wieder zurück bist, das Leben zur Hölle.«

»Ich weiß. Leider ist strategische Planung nicht meine Stärke.«

Lydia lacht und nickt wissend.

»Als Gott die Stärken und Schwächen verteilt hat, habe ich leider immer an der falschen Stelle *Hier* gerufen«, sage ich und zeige auf meine Problemzonen: Hintern, Hüften, Busen, Hirn.

»Ach, nimm's locker«, spielt Lydia mein höchstpersönliches Drama herunter. »Ich, die ich die Berge liebe, bin dafür mit Höhenangst und Klaustrophobie beschenkt worden. Ist auch nicht die ideale Kombination. Ich kann weder ins Gebirge rauf noch kann ich unterirdisch rein.«

»Das wäre aber auch schon der einzige Fehltritt gewesen – abgesehen davon, dass du da eh nix versäumt hast«, kontere ich angesichts Lydias offensichtlicher Mängellosigkeit.

Ich hatte sie vor etwa zwölf Jahren am Viktualienmarkt kennengelernt, als Benni noch ein kleiner Junge war. Mit ihm an der Hand war ich über den Markt geschlendert und zwischen den Ständen herumgestromert und hatte vor einem Käsestand Halt gemacht. Käse! Wie wunderbar! Während ich mich visuell durchs Angebot ackerte, räumte Benni heimlich, still und leise den Einkaufskorb der Frau neben mir aus und biss so ziemlich jedes Stück Obst an, das darin lag. Das Obst gehörte Lydia, die, ebenso wie ich, von Bennis Raubzug gar nichts mitbekam, weil sie ebenfalls mit der Käsetheke beschäftigt war. Als sie das Malheur bemerkte, lachte sie sich schlapp und bot Benni eine Handvoll Himbeeren an. Mir war das natürlich saupeinlich, aber ich fand ihre Reaktion so sympathisch, dass ich sie als Wiedergutmachung auf einen spontanen Kaffee einlud. Aus dem Kaffee sind viele Kaffees und aus Lydia im Laufe der Jahre der wichtigste Mensch geworden, den ich habe: beste Freundin, schärfste Kritikerin, Seelentrösterin, Shopping-Guide, Karrierecoach, Erziehungsberaterin, Spazier- und Radfahrbegleitung und, und, und.

»Sei froh, dass keiner dich so sieht, wie du zu sein glaubst. Und was den blöden Sack Borscht betrifft: Im Grunde weiß er, dass er dich braucht.« Lydia legt mir die Hand auf den Kopf und intoniert mit einer Stimme wie Balsam: *»Fürchte dich nicht!«*

»Ja, ja. Das ist leicht gesagt. Blöderweise gibt es Hunderte Jungredakteure, die ums halbe Geld, das ich verlange, meinen Job machen würden. Naive, arme Kinder! Und das in der Hoffnung, dass sie die Karriereleiter raufsteigen, wo dann ein bisschen mehr Geld wartet. So viel Geld, dass sie sich einen Kredit aufnehmen können, um sich die Insignien der Macht zuzulegen: einen schwarzen SUV oder einen kleinen Roadster, eine große Miet- oder eine kleine Eigentumswohnung, zwei Mal jährlich einen Urlaub in Pazifiknähe, jedes Jahr das neue iPhone, den neuen iPad oder irgendein anderes i-Ding. Würden sie den Job verlieren, würde die Bank den Kredit einfordern, und *schwupps!* wäre das geborgte Leben weg. Daher: Rackern, was geht, und einstecken, was Spinner wie Borscht austeilen.«

»Kapitalismuskritik? *Du?*« Lydia kichert.

»Jawoll! Hab *ich* mir auf die Fahnen geheftet, nachdem ich letztens bemerkt habe, dass die Preise für schöne Ledertaschen so hinaufgeschnalzt sind, dass ich mir keine große mehr leisten kann.«

»Moralische Entrüstung ist Neid mit einem kleinen Heiligenschein.«

»Wie bitte?« Ich fühle mich ertappt und stelle mich vorsichtshalber blöd.

»Na, du weißt schon, Schätzchen«, lässt Lydia nicht locker und schenkt mir ein sardonisches Lächeln. »Mein Großvater hat immer gesagt: Moral muss einen Preis haben. Wenn sie nicht in ökonomische Kategorien übersetzt wird, dann bringt es nichts.«

»Was hat das mit meiner Tasche zu tun?«

Lydia löffelt den dünnen Schaum, der sich in ihrer Tasse am Boden abgelegt hat, und guckt mich mit halb zugekniffenen Augen an. »Is' egal. Sag mir lieber, ob du jetzt heimfährst im Urlaub?«

»Dann müsste ich in München bleiben. *Hier* bin ich daheim.«

»Okeee. Dann eben Hinter-Ober-Unter-Russbach.«

»Schon besser! Ja, ich denke, ich fahre hin. Der Gedanke, die Mumie zum Rückzug zu bewegen und die Alm zu verkaufen, hat was. Ich muss aber noch mit Harold reden, ob der Benni nimmt.«

»Wenn man vom Teufel spricht …«, flüstert Lydia und deutet in Richtung des rot dekorierten Standes mit den holländischen Spezialitäten, an dem Harold steht und schaut.

»Ich glaube, er hat sich verirrt«, raunt Lydia und bedeutet dem Ober, dass er uns noch zwei Kaffees bringen soll.

»Wahrscheinlich fragt er gerade, ob der schwarze Afghane heute im Angebot ist«, mutmaße ich lachend.

»Los! Ruf ihn! Dann kannst du die Sache mit dem Urlaub gleich klären.«

»Ich weiß nicht«, zögere ich. »Ich habe gerade meinen quasi ersten Urlaubstag. Sollte ich mich nicht des Lebens freuen und keine komplizierten Kinderbetreuungspläne entwerfen?«

»Weshalb kompliziert? *Harold, du nimmst die kommenden zwei Wochen den Benni, weil ich wegfahren muss«,* spricht Lydia mir vor, steht auf und ruft lautstark: »Harold! Haaaallo!«

Mindestens zehn Kerle drehen sich um und wünschen sich gerade sehr intensiv, Harold zu sein. Der braucht mal wieder ein bisschen länger, bis er merkt, dass Lydia ihn meint.

Langsam und zufrieden-fröhlich bewegt er sich auf uns zu. Das macht Harold immer so: Sich durch nichts aus der Ruhe bringen lassen und ständig grinsen. »Holla. Welch eine Freude«, begrüßt er uns, formt mit Zeige- und Mittelfinger das Peace-Zeichen und hält es mir und Lydia vor die Nasen.

»Du auch einen Kaffee?«, fragt ihn Lydia, als der Ober uns die zweite Runde bringt.

Harold denkt nach. Und denkt. Und schaut. Und schnauft. Dann endlich, nach gefühlten drei Minuten, die Lydia, der Ober und ich in erwartungsfroher Starre verbracht haben, sagt Harold: »Naa, danke. Ich hab's nämlich eilig.«

»Eilig?!«, intonieren Lydia, der Ober und ich, und keiner von uns kann sich ein Grinsen verbeißen.

Harold nickt bekräftigend.

»Ich hätte da aber was auf dem Herzen«, sage ich, nachdem der Ober gemeinsam mit Lydia ins Restaurant gewuselt ist.

»Hm. Was denn?«, fragt Harold, lässt sich in den freien Rattansessel plumpsen und streicht sich lässig über den neuerdings kurz geschorenen Kopf. Bei ihm wechselt die Haar- und Bartpracht je nach Großwetterlage. In der kalten Jahreszeit lässt er sich seine rotblonden Haare meistens bis zu den Ohren wachsen und trägt einen Oberlippen- und Backenbart. Sieht ein bisschen so aus wie der schöne, jüngere Bruder von Lemmy Kilmister, dem Frontman der Heavy-Metal-Band Motörhead. Im Sommer wird die Wolle dann abgeschnitten, und auch der Bart wird rasiert. Nur seine wirklich sehr schönen Zähne strahlen ganzjährig konstant blendend weiß aus seinem Mund. Blöderweise hatte ich ihn meiner Familie in der kalten Jahreszeit vorgestellt … Sagen wir es mal so: Die Freude war verhalten.

Insgesamt ist Harold aber eine recht attraktive Erscheinung, die er zu einem Gutteil an Benni weitervererbt hat. Also, die Zähne, die wasserblauen Augen und die stattliche Größe. Den Rest hat Benni von mir. Woher seine braunen Locken kommen, weiß niemand

»Ich muss für zwei Wochen weg. Könntest du Benni nehmen?«

»Sicher. Wann?«

»Ich habe heute den ersten Urlaubstag und würde gern so schnell wie möglich losfahren.«

»Aha. Wohin?«

»Nach Hinter-Russbach.«

Harold schaut mich mit hochgezogenen Augenbrauen an und pfeift anerkennend: »Echt? Dorthin? Du?«

»Sagen wir es mal so: Es ist eine familiäre Angelegenheit, die mich dazu zwingt.«

»Ah so. Ich hab fei schon gemeint …«

»Und? Kannst du Benni morgen schon nehmen? Er könnte ja die nächsten zwei Wochen, bis es die Zeugnisse gibt, bei dir bleiben. Den Wohnungsschlüssel hat er sowieso und kann jederzeit alles holen, was er braucht.«

Harold denkt nach.

»Ja mei. Dann mach' ma des so.«

»Und du kannst dir diese zwei Wochen freinehmen? Oder musst du arbeiten, und Benni ist nach der Schule allein bei dir daheim?«

»Naa, naaaaaa. Ich hab mir für'n Sommer a Auszeit g'nommen. Is ja nix los, und Urlaub hab ich auch noch g'nug. Wir machens uns a bissl chillig. A bissl klettern, a bissl rumhängen … Weißt schon.«

Jaja, ich weiß. Harolds Leben ist eine überdimensionale Hängematte, in der er sich durch die Jahre schaukelt. Möglich machen ihm das seine gut betuchten Eltern, die eine Papierfirma in Rosenheim haben, und sein Job. Er arbeitet noch immer bei der Tageszeitung, bei der wir uns vor sechzehn Jahren kennengelernt haben. Vor einigen Jahren ist er ins Sport-Ressort gewechselt. Ich habe keine Ahnung, wie er es schafft, mit seiner lahmarschigen – oder sagen wir lieber: *entspannten* – Art auch nur einen Artikel fristgerecht abzugeben. Wahrscheinlich betreut er dort die Yoga-Seiten.

»Außerdem will die Oma ihren geliebten Enkel und ihren geliebten Sohn a bissl verwöhnen.« Harold lacht und macht das Victory-Zeichen. »Woaßt eh: Gut essen gehen, a bissl Bargeld. Ich wollt mit ihm übers erste Ferienwochenende zu ihr fahren.«

Ah, wie gut, dass es die Oma gibt. Übrigens eine sehr nette, gepflegte Dame, die nicht nur über Harold, sondern auch über Benni ihre Zuneigung ausschüttet. Anders als meine Eltern.

»Dann pack ich die Sachen für Benni schon mal zusammen, okay? Er kommt direkt nach der Schule zu dir.«

Wie Sie mit pädagogisch wertvoller Bestürzung schon gemerkt haben, packt mein Sohn mit fünfzehn noch nicht alleine seine Siebensachen. Nun, ich gebe zu, ich tu mir ein wenig schwer damit zu verstehen, dass er kein kleiner Junge mehr ist. Und ein wenig Hilfe kann mein Bub doch gebrauchen, oder? Was soll denn daran falsch sein …?

»Passt«, sagt Harold mit seiner sonoren Stimme, erhebt sich wie in Zeitlupe und reicht mir förmlich die Hand. »Also dann, mir sehen uns. Viel, ähem … Spaß daheim.«

Ich lächle verkniffen. Ich würde auch lieber woanders hinfahren.

Nachdem Harold sich getrollt hat, kommt Lydia heraus und lässt sich über den Stand der Dinge informieren.

»Perfekt! Eines muss man ihm lassen: Er hat die Schnelligkeit einer Dampfwalze, aber er hat immer Zeit für Benni, wenn's bei dir pressiert.«

»M-hm«, murmle ich und drücke ihr ein Abschiedsbussi auf die Wange. Ich gehe gleich heim, damit ich das Kind auf die chillige Zeit mit seinem Papa einstellen kann.

Mit einer Sorge weniger springe ich in die U-Bahn, fahre zur Uni und gehe von dort die Schellingstraße entlang zu meiner Wohnung.

Benni ist noch nicht da. Ich nehme die Wäsche vom Trockenständer auf dem kleinen Balkon, von dem aus man in den begrünten Innenhof mit den zwei riesigen Buchen sieht.

Sollte ich vielleicht Paula anrufen und fragen, wie diese Zita so ist? So ganz ahnungslos nach Hinter-Russbach zu fahren, ist vielleicht nicht klug. Abgesehen davon, dass mir nicht wohl dabei ist, keinen genauen Plan und keine genaue Vorstellung von dem zu haben, was da kommen könnte. Also Paula anrufen. Oder lieber nicht, denn auf die bin ich eigentlich noch sauer. Sie hätte wenigstens einmal sagen können, dass die Aufteilung, die meine Eltern auf den Tisch geknallt haben, nicht okay ist. Oder mir im Tausch ihre dreißigtausend Euro für die Alm anbieten. Hat sie aber nicht! Ich denke mal, die ganze Sache ist Paula schlicht und einfach egal. Sie war als Kind schon eher der phlegmatische Typ. Da sie fünf Jahre älter ist als ich, hatten wir auch in unserer Jugend nicht viele Anknüpfungspunkte. Sie ist die Älteste von uns drei Kindern und hat diese Rolle genauso ausgefüllt, wie meine Eltern sich das vorstellen. Nach der Hauptschule besuchte sie die Hauswirtschaftsschule, und kaum war sie fertig, heiratete sie Sepp und bekam im Zwei-Jahres-Takt drei Kinder. Drei sehr liebe Kinder, wie ich finde, wenngleich ich sie nur bei sehr offiziellen Familienfeiern sehe. Wenn zum Beispiel eine Tante oder ein Onkel stirbt.

Nein, ich rufe Paula nicht an. Ich werde ohne Sicherungsleine und Rettungsnetz nach Hause fahren, auf die Alm zu Groß-Urahn-Tantencousine Zita gehen und mal schauen, was passiert. Die Welt gehört den Mutigen! Und die Mutigen schaffen es vielleicht, eine blöde Hütte mit steil abfallendem Grund zu Geld zu machen.

Als ich mit dem Wäschekorb ins Wohnzimmer zurückgehe, höre ich, wie Benni den Wohnungsschlüssel ins Schloss steckt. Ich weiß, dass er es ist, denn noch ehe er einen Fuß in die Wohnung setzt, tönt er schon: »Mamaaaaa! Hunger! Was gibt's zum Essen?«

»Dir auch ein herzliches Hallo!«

Benni hält mir huldvoll seine Wange hin. Mein Gott, wie großzügig! Ich darf ihm ein Begrüßungsbussi geben. Weil er mittlerweile fast einen Kopf größer ist als ich, stelle ich mich auf die Zehenspitzen und gebe ihm ein Küsschen. »Was gibt's zum Essen?«, fragt er erneut.

»Was willst du denn?«

»Was gibt es denn?«

»Gemüse, Salat, Käse, Brot.«

Benni knallt seinen Schulrucksack in den Flur und verdreht die Augen.

»Mozzarella mit Fritatten?«

»Ja, das geht«, gibt er sich gönnerhaft.

Während er drei Mozzarellakugeln und fünf Fritatten verschlingt, eröffne ich ihm, dass Harold die nächsten zwei Wochen auf ihn aufpassen wird.

»Super! Kann ich die Xbox zu ihm mitnehmen?«, will er wissen.

»Nö. Das halte ich für keine gute Idee. Und Papa sicher auch nicht.«

»Waruuuum?«, fragt er und schaut mich mit einem Blick an, als hätte ich ihm eröffnet, er müsse ohne seine Sauerstoffflasche auf den Mount Everest steigen.

»Weil er auf den Elektronik-Krempel genauso wenig steht wie ich. Du kennst ihn doch: Was er mit dir unternehmen will, ist Sport, Spaß, Spiel und Spannung, großteils an der frischen Luft, keinesfalls vor der Glotze.«

Benni grinst. »Oi, Mama. Du bist auch nicht mehr auf dem Laufenden, hm?«

»Weil? Kein Sport, Spaß, Spannung?«

»Doch. Aber wenn wir keinen Bock auf Frischluft haben, dann mit der Wii-Sports von Nintendo.«

»Großartig. Kannst du dir ein Leben ohne das ganze Zeug inklusive Handy überhaupt noch vorstellen?«

Benni denkt darüber nach, wie so ein tageweises Dasein ohne Internet aussehen könnte. Das muss für ihn zurzeit sicherlich sehr anstrengend sein. Ich spüre ehrliches Mitleid in mir hochsteigen. Nein, stimmt nicht. Ich habe gar kein Mitleid mit ihm, weil mir das Handy als verlängerter Arm tierisch auf den Nerv geht.

Eine Antwort auf meine Frage erhalte ich aber nicht. Wahrscheinlich ist sie ihm in den drei Sekunden, die er nachgedacht hat, aus dem Bewusstsein entglitten. Beeindruckend! Das möchte ich auch können. Ich würde alle Menschen lieben, weil ich zu vergesslich wäre, um nachtragend zu sein.

Komisch: Obwohl Benni regelmäßig an meinen Nerven zerrt wie ein Kampfhund an der Leine, bin ich doch traurig, wenn er wegfährt. Erleichtert und gleichzeitig traurig. Die Wohnung ist dann so leer. Nur Dobermann Nr. 13, der in Bennis Zimmer steht und den Familienhund ersetzt, schnarcht den ganzen Tag vor sich hin.

Am nächsten Morgen verabschiede ich mich von Benni, als zöge er in eine Schlacht. In eine Schlacht irgendwo hinterm Ural-Gebirge. Dabei verlegt er bloß für zwei Wochen seinen Lebensmittelpunkt zu seinem Papa.

»Und denk dran … und sei vorsichtig … und nimm Sonnencreme, wenn ihr rausgeht …«

»Jaja«, murmelt er und umarmt mich. Hach, mein Kind! Ich werde ihn vermissen.

Nachdem er weg ist, packe ich noch meinen Krempel ein. Das Zeug, das ich mitnehmen will, passt nicht so ganz in den tonnenförmigen Rucksack, den mir Harold mal geliehen hat. Was nehme ich mit? Ich werde ja de facto auf mich allein gestellt sein und mir von niemandem in Hinter-Russbach etwas ausleihen können. Ich werde nämlich weder meinen Eltern noch Paula sagen, dass ich komme. Und Matthias schon gar nicht. Kein einziges Mal hat er mich verteidigt! Und das, obwohl er nicht schwerhörig ist, und noch dazu mein Bruder! Soll er doch mit seiner verlausten Mischpoke versauern!

Und Fred? Ich werde alles riskieren und ihn auf die Alm einladen. Das ist klug! Wenn ich ihm in der Dämmerung meine große Liebe gestehe, kann er gar nicht davonlaufen, weil es sehr schnell dunkel wird und er den Weg zurück nicht findet. Da fällt mir die Szene in Stephen Kings *Misery* ein, wo eine Irre den Mann ihrer Träume in eine einsame Hütte sperrt und ihm die Beine bricht, damit er nicht flüchten kann.

Okay, das Buch ist jetzt auch nicht zwingend als Beziehungsratgeber zu verstehen.

Aber erst muss ich mich davon überzeugen, dass man sich dort oben überhaupt halbwegs zivilisiert aufhalten kann, und dass diese Zita nicht nervt. Ich kenne diese steinalten Frauen, die, verhärmt und zornig, verkniffen und humorlos, nichts anderes tun, als mit dem Rosenkranz in der Hand auf der Hausbank zu sitzen und über jeden, der noch lebt, herzuziehen. Davon gibt's in Hinter-Russbach einige.

Aber was, wenn Fred tatsächlich kommt? Und was, wenn die Dinge anders laufen, als ich es gerne hätte?

Befürchtung Nr. 1: Er kommt gar nicht, und ich kann mir das, was ich ihm sagen will – Fred, ich liebe dich! –, in einen Sack reden.

Befürchtung Nr. 2: Er kommt, er hat kein Interesse an einer ernsthaften Beziehung mit mir, jedoch an schnödem Sex. Ich begnüge mich lieber mit dem Wenigen, das er anbietet, und bin dann genauso allein und enttäuscht wie jetzt.

Befürchtung Nr. 3: Er kommt und ist einfach nur sauer, nachdem er kapiert hat, dass er zweihundertzwanzig Kilometer zurückgelegt hat, nur um sich meine emotionale Bitte-hab-mich-lieb-Rede anzuhören.

Kann ich das wirklich tun? Ihm den Bauchladen meiner Gefühle vor die Füße kippen? Einfach so? Sollte ich ihn vorwarnen? Hm. Dann kommt er wohl gar nicht, womit ich wieder bei Befürchtung Nr. 1 wäre.

Ich packe vorsorglich die rote Unterwäsche in meinen Rucksack und sonst noch ein paar Sachen, die der Mensch, wenn er sich rund tausend Meter über dem Meeresspiegel bewegt, wirklich braucht: Kamera, Einwegrasierer, Hose, Shirts, Pulli, Turnschuhe, Socken, Hyaluron-Ampullen, Sonnencreme und eine Flasche Wein. Damit ich mich zur Not betrinken kann, wenn es so schlimm kommt wie erwartet.

4

Dreieinhalb Stunden dauert der Weg nach Hinter-Russbach. Zwei Stunden Autobahn – München, Rosenheim, Salzburg – und dann bei Golling links in Richtung Abtenau abgebogen. Eine Stunde die kurvenreichen Straßen entlang der Lammer zum Pass Gschütt, bei denen Dobermann, den ich natürlich mitgenommen habe, in seinem Käfig nach links und rechts schaukelt.

Und dann bin ich da. In Sankt Nirgendwo an der Isnix, sprich Hinter-Russbach. Hoffentlich sieht mich niemand. Denn weder meine Eltern noch meine Geschwister sollen wissen, dass ich dieser vererbten Hütte irgendeine Beachtung schenke. Ich habe ihnen ja gesagt, dass ich *niemals* einen Fuß dort hinaufsetzen werde.

Nun haben kleine Dörfer den Nachteil, dass man ständig irgendwo jemanden trifft, der einen kennt. Ich muss also um Hinter-Russbach einen großen – haha, Wortwitz! – Bogen machen, um ungesehen zum Parkplatz unterhalb der Sausteigalm zu kommen. Natürlich besteht die Gefahr, dass wieder irgendjemand, der dein Auto kennt, vorbeimarschiert, und fünf Minuten später ruft deine Mutter an, wo du denn gerade seist. Sollst du da lügen? Nein, das geht nicht, und somit hast du – *zack* – einen Mords-Schlamassel am Hals.

Deswegen stelle ich meinen grauen alten Golf im hintersten Winkel des Parkplatzes ab – und zwar so, dass man das Münchner Kennzeichen nur dann sieht, wenn man hinter bzw. vor den Wagen geht. Dafür wird die Neugiersnase bestraft, denn dahinter und davor wachsen ein Meter hohe Brennnesselstauden.

Allein schon der Name: Sausteigalm! Andere erben ein Chalet in Port Irgendwas oder wenigstens ein Ferienhaus am Mittelmeer. Und ich? Ach, ich will gar nicht darüber nachdenken. Ich schultere meinen sauschweren Rucksack und nehme Dobermann samt Käfig aus dem Auto. Damit ich ihn besser tragen kann, habe ich durch den Henkel am Käfig einen Ledergürtel gezogen, mit dem ich das Ding schultern kann. Dobermann schaut ein wenig verunsichert.

»He, alter Knabe! Nicht dieser Blick! Du wirst wenigstens getragen. Ich muss latschen.«

Dobermann scheint das kein Trost zu sein. Er bläst sich kurz auf und lässt sich dann langsam auf die Seite sinken.

Dass die doofe Schotterstraße, die ich laut Wanderkarte noch drei Kilometer rauflatschen muss, ehe ich zum Trampelpfad abbiege, sooo steil ist, habe ich nicht gedacht. Aber jammern nützt nix, also reiße ich mich zusammen. Und gehe. Und schnaufe. O Gott, wie laut kann ich eigentlich schnaufen? Ich weiß schon, warum ich die Berge nicht mag. Sie holen deine besonders schwachen Seiten aus dir raus. Vielleicht hätte ich eine andere Meinung, wenn ich Usain Bolt wäre. *Warum bin ich nicht Usain Bolt?* Oder wenigstens Maria Furtwängler?! Bei der würde zudem noch die Frisur gut sitzen, was man bei Herrn Bolt ja nicht sagen kann.

Als Kind schon habe ich mich gefragt, warum meine Eltern, meine Verwandtschaft, der Alpenverein, Hans Kammerlander, Reinhold Messner und Touristen so darauf abfahren, sich stundenlang zu einem Gipfelkreuz hinaufzuplagen, um dort oben doch erst dann erfreut zu sein, wenn sie wissen, sie haben den Krampf hinter sich. Gut, Kammerlander wollte unbedingt mit den Skiern runterfahren. Hätte er aber auch einfacher haben können. Stichwort Schlepplift!

Andererseits: Wenn ich mich so umsehe, muss ich schon zugeben, dass »Oben« seine Qualitäten hat: Die majestätische Wirkung der schroffen grauen Bergkämme, deren Spitzen in den Himmel ragen, färbt auf einen ab. Man hat das Gefühl, weit über allem zu stehen. Sogar über den eigenen niederen Instinkten. Der Himmel sieht aus, als hätte ein Maler mit wässriger weißer Farbe Pinselstriche über einen azurblauen Hintergrund gemalt. Zufällig, aber gekonnt. Es summt und surrt in den geduckten, knorrigen Büschen, und die Berge, wie riesige Denkmäler einer überirdischen Herrschaft, rahmen von allen Himmelsrichtungen das Bild ein.

Doch, ja, Renate hatte schon recht, als sie sagte: Einmal Landkind, immer Landkind. So paradox es ist, aber dieser Anblick bringt in mir eine Saite zum Klingen, deren Ton mein Herz berührt.

Weniger wohltönend ist die Tatsache, dass ich es hasse, bergauf zu gehen. Und noch eine halbe Ewigkeit steigen muss, bis vor mir ein Wegweiser steht, an dem ich laut Plan rechts den kleinen Schlingerpfad, der nicht ausgeschildert und beschrieben ist, wieder in den Wald absteigen muss, um zur Almgemeinschaft Hinter-Russbach zu gelangen. Dort, wo auch die Sausteigalm liegt.

Sehr einladend sieht der Treppelweg durch das Gehölz nicht aus. Schmal windet er sich das erste Stück abfallend am Hang entlang. Links geht's steil rauf, rechts geht's steil runter. Nicht auszumalen, was passiert, wenn ich stolpere.

Und gar nicht auszudenken, wie schrecklich das erst wäre, wenn Fred mich besuchen und hier abrutschen würde. Oh, wie dramatisch! Ich würde ihn wohl retten müssen.

Er würde, sagen wir mal, stolpern, hinfallen und sich voller Schmerzen, sagen wir, im linken Knöchel, am waldigen Boden krümmen. Zufällig bin ich gerade in der Nähe. Weil … weil … Weil ich gerade klettern bin. Free Solo. So wie die Huber-Buam. (Ist das glaubwürdig?) Ich hätte natürlich ein saulässiges Kletter-Outfit an. Da höre ich ihn fluchen, den Fred. Und seile mich sofort zu ihm ab. Was für ein Zufall, dass ich grad zur Stelle bin! Hui, da ist er aber erstaunt, wie ich vor ihm stehe. Sagen wir, ich habe zwischenzeitlich zehn Kilo abgenommen und sehe aus wie … wie ich, minus all meine Makel. Moment, da fällt mir ein: Der Kletterhelm. Habe ich den auf? Nein. Helme sehen generell bescheuert aus und zerdrücken die Frisur. Nun, der Helm könnte, als ich beim Unfallort eintreffe, lässig am Hüftgurt baumeln, neben all den Karabinern und Haken, mit denen die Kletterer Eindruck schinden.

»Fred? Du hier?«, frage ich erstaunt und klopfe mir das Magnesium von den Händen. Das habe ich natürlich an meinen Pfoten kleben, weil es zum professionell-sportlichen Auftritt dazugehört.

Fred fallen fast die Augen aus dem Kopf. »Heidi?«, stottert er und ist ganz beeindruckt von meinem Aussehen. Er könnte noch sagen: »Ich hätte dich fast nicht wiedererkannt.« Obwohl: Das ist auch nicht nett, dann das hieße ja, ich hätte jetzt, im Ist-Zustand, die Ausstrahlung eines Sandsackes. Nein, er sagt: »Heidi! Du hast ja schon immer sehr gut ausgesehen, gar nicht wie ein Sandsack. Ich schwöre! Aber wie du hier so stehst … mit der tollen Funktionskleidung und dem Kokain an den Händen.«

»Aber das ist kein Kokain!«, würde ich entrüstet rufen. »Wir sind hier in einer Bergsteiger-Liebesgeschichte! Da gibt's keine Drogen.«

»Ach so. Na gut«, würde Fred sofort einlenken, vor Schmerz aufstöhnen und »AUA! AUA!« greinen, äh, fluchen.

»Ich rette dich jetzt«, würde ich sagen und … ihn retten.

Zum Schluss jedenfalls schaut er mich total verliebt an und sagt: »Heidi! Du bist so schön. Und dünn bist du auch! Du bist die Liebe meines Lebens. Und ich Oberarschgeige habe so lange gebraucht, um das zu erkennen. Ich war ein Idiot! Gott sei Dank bin ich deiner Einladung gefolgt und nach Hinter-Russbach gekommen. Das Schicksal hat uns zusammengeführt!« Dann küsst er mich zart. So als wäre ich ein zitronengelber Schmetterling. Gut, Schmetterlinge küsst man eher selten, aber …

Raschel, knacks, raschel.

Was? Was ist das?

Im Dickicht oberhalb des Weges brechen Äste, und das Laub der gedrungenen Büsche erzittert. Irgendetwas bahnt sich den Weg in meine Richtung! Ein Mensch kann das nicht sein. So viel Krach macht nur etwas, das verdammt groß ist. Ich höre ein Schnaufen, ein rhythmisches und donnerndes Trampeln auf den weichen Waldboden. Soll ich laut um Hilfe schreien? Nein, auf gar keinen Fall. Das würde nur die Aufmerksamkeit dieses Etwas, das da im Dickicht herumtrampelt, auf mich ziehen. Meine Knie werden weich, und ich fange an zu zittern.

Vielleicht ein Hirsch? Oder eine Rotte Wildschweine? Vielleicht sind die neuerdings aus dem Wald am Bergfuß Richtung oben gewandert? Das wird es sein. *Wildschweine!* Die werden mich, wenn ich noch länger hier herumstehe, sofort attackieren. Oder Dobermann! Wir sollten uns verstecken. Aber wo? Ich habe Angst! Und zwar *richtige!* Wohin, verdammt, soll ich?

Auf einen Baum! Weg mit dem Rucksack, und mit Dobermann um die Schultern nichts wie rauf auf den Stamm. Der hat so viele Äste, dass sogar ich, die eher nicht so Sportliche, schnell zwei Meter raufklettern kann. Und mit Dobermann warten, bis das Unheil vorbeigezogen ist.

Kaum bin ich mit Dobermann in Sicherheit, bricht aus dem Dickicht erst ein riesiges graues Kaltblutpferd auf den Weg, und dahinter ein Braunbär in Lederhose. Nein, kein Braunbär. Das ist jetzt eine Übertreibung. Aber wenn man nur flüchtig hinschaut, könnte man den vierschrötigen Viehtreiber sehr wohl für einen Bären halten, so wie er aussieht. Struppige schwarze Haare auf dem Kopf, struppige schwarze Haare im Gesicht, und die Größe eines Kleiderkastens. Gott sei Dank bin ich in der Baumkrone gut versteckt. Mein Herz klopft noch immer wie wild.

Beide, das Monsterpferd und der Braunbär, kommen immer näher. Und näher. Und näher. Ich hoffe, dass sie einfach weiterziehen. Aber nein! Während das Tier schwerfällig den Weg entlangstampft, bleibt der Kerl genau unter dem Baum, auf dem ich sitze, stehen, pfeift seinem Pferd, das daraufhin stoppt, und hält meinen Rucksack hoch. Meinen Rucksack! So eine Scheiße aber auch! Der nimmt den sicher mit.

Das ist jetzt irgendwie ein bisschen blöd. Es ist mir peinlich, auf dem Baum sitzend gesehen zu werden. Andererseits: Wenn ich nichts sage, haut der Kerl vielleicht mit meinem Rucksack ab.

»Das ist meiner!«

Der Mann lässt seinen Blick den Baum hinaufwandern. Überrascht schaut er mich an, und nach einer kurzen Pause fragt er grinsend: »Kann ich dir helfen?«

»Nein«, entgegne ich.

»Darf ich fragen, was du da oben machst?«

»Nein, dürfen Sie nicht.«

Das Pferd in sicherer Entfernung wissend, lasse ich mich vorsichtig vom Baum gleiten und stelle Dobermanns Käfig ab. Ich bemerke, wie der kräftige Kerl mich amüsiert mustert.

»Und was ist da jetzt so lustig?«, will ich wissen.

»Naja«, sagt er mit einer tiefen und sonoren Stimme, die zu seiner kraftvollen Statur passt. »Bei uns trifft man die Wanderer eher am Weg als auf dem Baum.«

Jaja. Schon gut. Um das Thema nicht zu vertiefen, lenke ich ab: »Und Sie? Was machen Sie und Ihr Gaul hier?«

Er wirft einen stolzen Blick auf das monströse Pferd. »Mir ist der Burli ausgekommen, wie ich alle Pferde zusammengetrieben hab, damit ich die Viecher in den Stall auf unsere Alm bring'.«

Der Burli! So nennt man vielleicht einen Kanarienvogel, aber doch kein zwei Meter hohes Pferd.

»Das Exemplar hier sollten Sie besser Zeus oder Wotan nennen.«

»Und was ist das?«, fragt er und zeigt auf den Meerschweinchen-Käfig.

»Das ist Dobermann. Mein Meerschweinchen.« Ich schnappe mir meinen Rucksack. »Sonst noch was?«

»Nein. Du kommst mir nur irgendwie bekannt vor.«

»Das kann ich mir nicht vorstellen.«

»Ich bin der Steinlechner Hannes.«

Steinlechner. Oha. Natürlich kenne ich den Kerl. Hat sich in den vergangenen siebzehn Jahren ziemlich verändert. Ob zum Besseren oder nicht, kann ich nicht sagen, weil von seinem Gesicht nicht sonderlich viel zu sehen ist. Groß ist er auf jeden Fall geworden. Und kräftig anscheinend auch, was man an seinen muskulösen und braun gebrannten Unterarmen sieht. Er ist ein paar Jahre älter als ich und mit Eva – der Schuhmacherin, die wie ich nach München gegangen war – über drei Ecken verwandt. Aber das ist bei uns ohnehin jeder: mit jedem verwandt.

»Ich bin die Heidi. Herzog Heidi.«

»Ah! Vom Gaderlbauer die Heidi«, stellt er fest und betrachtet mich eingehender. »Du lebst in der Stadt, gell?«

Ich nicke.

»Haben's erzählt.«

Ich nicke erneut. Kann mir sehr gut vorstellen, was sie alles über mich erzählen.

»Besuchst die Familie?«

Mist! Wenn der jetzt in Hinter-Russbach herumposaunt, dass er mich hier im Baum gefunden hat …

»Im entferntesten Sinne, ja, aber es wäre mir sehr recht, wenn das unter uns bliebe. Es ist so eine Art Überraschungsbesuch.«

»Überraschung. Aha.«

Mir ist das Gespräch eindeutig unangenehm, und ehe es noch unangenehmer wird, mache ich mich für den Aufbruch bereit. Ich hebe Dobermann samt Käfig hoch.

»Na dann, ciao.«

»Servus«, sagt er lässig, die Hände in seiner abgerockten Lederhose vergraben.

»Jaja, du mich auch«, murmle ich so leise, dass er es nicht hört, und marschiere entschlossen mit hoch erhobenem Haupt weiter. Hoffentlich läuft mir der nicht mehr über den Weg.

Die folgende halbe Stunde gehe ich abwechselnd bergauf und bergab. Nach dem letzten Anstieg – ich keuche wie ein lungenkranker, alternder Rockstar – trete ich endlich aus dem Wald, und vor mir eröffnet sich eine spektakuläre Aussicht. Quasi mir zu Füßen liegt der Almsee, dahinter ragt das Dachsteinmassiv, eine wuchtige Bergkette mit schroffen Zacken aus grauem Kalkgestein, in den Himmel. Ja, ich gebe zu: Das ist schön! Ich kanns deswegen zugeben, weil ich in zwei Wochen wieder wegfahren kann – in die *Staa-hadt*.

Ich setze mich kurz auf einen der Felsbrocken, die über den Almboden verstreut liegen, und genieße das Bild, das sich mir bietet. Von links nach rechts und wieder zurück lasse ich meinen Blick schweifen und entdecke dabei etwa hundert Meter weiter unten … die Sausteigalm. Ja, das muss sie sein. Mit ihrer Rückseite schmiegt sie sich an den wild bewachsenen Abhang, während die Hüttenfront mit der davorliegenden ebenen und eingezäunten Wiese einem Panoramablick über den Almsee zugewandt ist. Das hier könnte eine Goldgrube sein. Rein theoretisch. So nah am Ziel, raffe ich mich wieder auf, schultere Dobermann und meinen Rucksack und schleppe mich die restlichen paar hundert Meter zur Hütte.

Praktisch betrachtet, handelt es sich bei der Almhütte tatsächlich um nur wenig mehr als zusammengenageltes Altholz. Je näher ich der Baracke komme, desto deutlicher ist zu erkennen, dass hier schon lange nicht mehr Hand angelegt wurde.

Ich sehe, dass die klapprige Hüttentüre sperrangelweit offen steht, und öffne das morsche Zaungatter, das jämmerlich quietscht. Das hier ist eine Apotheose der Askese und damit definitiv der Ort, an dem man nicht gerne Urlaub macht, sondern alle Sünden abbüßt. *Alle!*

»Hallooooo?«

Niemand antwortet, und ich lasse das Gatter hinter mir zufallen. Ist ja schließlich mein Grundstück, dieses hier! Zuvor stelle ich Dobermann in seinem Käfig neben den Holzstoß beim Zaungatter, hole seinen Wasserspender aus dem Rucksack und hänge ihn an das Gitter. Er hat sicher Durst. Dobermann rappelt sich auf, schaut mich mit bösem Blick an und tapst ein paar Schritte zur Tränke, um sich mit Wasser volllaufen zu lassen.

Ich lege meinen Rucksack neben ihm ins Gras und versuche neuerlich, die alte Zita ausfindig zu machen. »Hallooooo?«

Niemand antwortet. Also gehe ich auf die Eingangstür zu.

»Halt!«, höre ich links neben mir.

Huch! Da sitzt eine alte Frau: Gut getarnt, weil regungslos, und genauso verwittert wie das Holz der Hütte. Sie mustert mich mit stechendem Blick aus eisblauen Augen und wendet sich dann gleichmütig dem zu, was sie offenbar vorher getan hat – regungslos sitzen und schauen. Die schlohweißen Haare hat sie streng nach hinten gekämmt und zu einer dünnen, geflochtenen Haarkrone zusammengesteckt.

Ich hebe sofort abwehrend die Hände. Nicht, dass die alte Dame einen Herzinfarkt bekommt, weil sie denkt, ich würde hier einbrechen. Das wäre doch zu viel des Guten.

»Guten Tag! Ich heiße Heidi. Heidi Herzog. Ich nehme an, Sie sind die Zita?« Weil ich sie nicht kenne, bin ich höflichkeitshalber per Sie mit ihr. Nicht, dass sie sich kompromittiert fühlt.

Die alte Frau verneint nicht, sondern schaut mich lange und desinteressiert an.

»Aha. Dann sind Sie also die Zita. Die äh, Großgroßirgendwascousine meines Vaters Lois. Alois Herzog«, erkläre ich ihr. So in der Art ›Weiße Frau kommt in Frieden‹. »Ähm, nicht, dass ich gleich stressen will, aber vielleicht wurden Sie schon informiert, dass mir die Alm hier überschrieben wurde?!«, gehe ich die pikante Angelegenheit sehr einfühlsam an.

Die alte Zita schaut mich noch immer lang und, wie mir scheint, noch einen Deut gleichgültiger an.

Vielleicht ist sie ja schwerhörig?

»Meins! Alles meins!«, rufe ich etwas lauter und zeige auf die Hütte. Man soll älteren Menschen ja schonend beibringen, dass das Dach über ihrem Kopf nicht mehr ihnen gehört.

»Is' sie deppert? Warum schreit sie so?«, knurrt die alte Lady verächtlich.

»Wer? Sie?«, ich schaue verwirrt nach links und rechts. Ist da noch wer?

Die Alte taxiert mich mit einem Blick wie ein Schürhaken.

»Sie haben ja nicht geantwortet. Ich dachte, Sie hören vielleicht schlecht.«

Zita gibt einen verächtlichen Laut von sich und kombiniert diesen mit einer abfälligen Bewegung – so, als würde sie ein lästiges Insekt verscheuchen. Gilt diese Geste mir?

»Also. Noch mal von vorne, okay? Mein Vater ist der Gaderlbauer Lois, und ich habe die Sausteigalm geerbt. Wurden Sie darüber informiert?«

Zita schaut in die Ferne und zuckt mit den Schultern.

»Darf ich das als Ja oder als Nein interpretieren?«

»Was sagt's?«, fragt sie zurück, erhebt sich und schreitet, mich ignorierend, in das dunkle Innere der Hütte. Antwort erwartet sie wohl keine.

Wie schräg ist das denn? Da stehe ich nun wie der Ochs vor dem Tor. Vor meinem Tor, wohlgemerkt.

»Hören Sie mal! Ich rede mit Ihnen. Sie können nicht einfach aufstehen und gehen«, rufe ich in die Hütte.

Zita, komplett schwarz angezogen, ist durch die Dunkelheit dort drinnen nicht auszumachen. Ich trete vorsichtig über die Schwelle. Vorsichtig deshalb, weil ich mir nicht sicher bin, ob sie nicht mit einer Mistgabel bewaffnet neben dem Türstock lauert, um mir eins drüberzuziehen.

»Hallo?«, versuche ich nochmals eine zivilisierte Gesprächsaufnahme.

Keine Antwort.

Ich parke mich an der Schwelle ein und lehne mich an den Türstock. »Es mag ja für Sie etwas befremdlich wirken, dass sich die Eigentümerverhältnisse geändert haben. Aber es ist mein gutes Recht, mir das hier anzusehen. Oder? Nicht wahr?«

Zita scheint meine Ansicht nicht zu teilen.

»Soll's der Teifl holen«, höre ich sie murmeln. Oha! Das war aber nicht nett, mir gleich den Leibhaftigen auf den Hals zu hetzen.

»Sind Sie eigentlich immer so freundlich?«, versuche ich es mit Sarkasmus.

Keine Antwort. Was auch eine ist.

Ich luge vorsichtig ins Innere. Als sich meine Augen langsam an die Dunkelheit gewöhnen, taucht wie aus dem Nichts der Kopf von Zita eine Handbreit vor meinem Gesicht auf. Huch! Vielleicht ist sie ja tatsächlich ein Vampir? Obwohl: Die sind etwas kreidiger im Gesicht. Andrerseits: Vom Alter her könnte sie durchaus eine Untote sein – so, wie sie aussieht. Grob geschätzt komme ich auf hundertfünfzig Jahre.

»Steht's jetzt bläd da und fragt bläd? Ha?«, keift sie mich an.

»Warum reden Sie mich eigentlich ständig in der dritten Person an?«

Zita schaut erst mich fragend an, dann nach links und rechts, und wendet sich schließlich kommentarlos ab.

Jetzt können Sie natürlich einwerfen: Ja, warum redet die Heidi auch so geschwollen, wenn sie eh daheim in Hinter-Russbach ist? Aus Prinzip, erstens. Zweitens bin ich schon so lange in der Stadt, dass es mir die Zunge im Mund umdreht, würde ich versuchen, Dialekt zu sprechen. Ich bin's einfach nimmer gewohnt. Und gut ist es!

»Wollten Sie irgendwas sagen?«, frage ich noch mal nach.

»Hat's des Jodelbauerng'sicht.«

»Was bitte?«

»Hört's schlecht? Des Jodelbauerng'sicht hat's.«

Na, das ist ja nett. Unfreundlich sein und mir dann noch die unselige Bauernvisage attestieren, die ich nie haben wollte. Wen der Teufel da holen soll!

»Nur damit Sie das wissen: Das empfinde ich nicht als Kompliment!«

Zita schweigt und fängt an, auf dem alten Feuerherd, der in der hintersten Ecke steht, in den Töpfen zu rühren. Sie wendet mir dabei den Rücken zu. Ein Zeichen für mich, mich vorsichtig ins Innere weiter vorzuwagen. Ich lasse meinen Blick über die Kemenate schweifen.

An den Seitenwänden der Almhütte befinden sich zwei kleine Fenster, die außen vergittert sind. Links, direkt neben dem Eingang, steht ein großer, klobiger Tisch, umrahmt von einer alten, abgesessenen Holz-Eckbank. Im Herrgottswinkel hängt ein opulent geschnitztes Holzkreuz mit dem leidenden Jesus drauf. Die ortsübliche Standardausstattung halt. An der Wand mir gegenüber steht eine hellgrüne Alte-Oma-Kredenz, daneben ein klappriger Kühlschrank mit Libella-Limonade-Aufklebern aus den Achtzigerjahren. Essig-Aufkleber aus dem Dreißigern würden besser zu Zita passen, die daneben an einem steinernen Spültrog steht und mit undurchdringlicher Miene herumwerkelt. Rechts davon, in der Ecke, steht ein gekachelter Herd mit einem Backofen-Aufsatz.

Es sieht aus, als wäre hier die Zeit in den Dreißigern stehen geblieben. Auch die schmale, dunkle Holztreppe, die in den Dachboden führt, wo sich wahrscheinlich Zitas Schlafplatz befindet, hat wohl den Ersten Weltkrieg überlebt. Das wurmstichige Holz knarrt schon beim Hinschauen.

Wie kann man hier bloß leben? Und wo soll ich da eigentlich schlafen? Das hätte ich mir vielleicht vorher überlegen sollen.

»Der Ratz' sollt' in Schatten«, murmelt Zita, ohne mich anzusehen, und trocknet sich die Hände an einem Leintuch ab, das am gusseisernen Handlauf am Herd hängt.

»Was? Wer?«

»Der Ratz«, wiederholt sie betont langsam und macht mit der Hand rücklings eine Bewegung nach draußen.

»Ach so. Das ist keine Ratte. Das ist Do…«, nein, lieber kein Missverständnis, »das ist ein Meerschweinchen.«

»Sag i ja. Der Ratz.«

Ich gehe nach draußen zu Dobermann, der sich komplett verzückt über jeden Grashalm hermacht, der in den Käfig hineinreicht. Mit einer unglaublichen Geschwindigkeit, die ich unserem dicklichen, dreifarbigen Tierchen nicht zugetraut hätte, knabbert er mit seinen zwei schiefen Schneidezähnchen an den Halmen. Seine schwarze Nase, mit der er immer ein wenig schmutzig aussieht, und seine winzigen Schlappöhrchen beben vor lauter Gier. Man sieht, mit welcher Leidenschaft er bei der Sache ist. Genauso wie ich. Beim Essen.

Ich nehme seinen Käfig, stelle ihn in den Schatten und rupfe ihm noch eine Handvoll Gras ab.

So. Dobermann wäre versorgt. Und ich? Ich sollte mit der Schreckschraube reden, wie das jetzt mit uns hier weitergeht, beziehungsweise besser nicht weitergeht.

»Der Ratz ist versorgt«, versuche ich erneut ein Gespräch aufzunehmen.

Keine Reaktion. Zita klappert im Spültrog mit Geschirr. Demonstrativ geräuschvoll, wie mir scheint. Ha! So einfach wird sie mich nicht los. Da müsste sie sich schon was Besseres einfallen lassen, um mich zum Schweigen zu bringen. Zum Beispiel den alten Herd in die Luft jagen, hehe.

»Ihre Eltern wissen sicher ned, dass sie da is«, stellt Zita fest und wirft mir einen wissenden Blick über die Schulter zu.

Aha. »Sie«, das bin wohl ich. Ich nehme ihre grammatikalische Verhaltensauffälligkeit kommentarlos hin. Jetzt mit der alten Schachtel über die Grundlagen der deutschen Sprache zu diskutieren, würde nur die Stimmung vermiesen. Obwohl …

»Öhm … öhm«, versuche ich Zeit zu gewinnen. »Wie kommen Sie darauf?«

»Weil von denen sich keiner da rauf verrennt.«

Kein Wunder. Ich bin ja auch nicht freiwillig hier, denke ich und sage: »Ja, ja. Ist ja auch nicht der nächste Weg hier herauf. Außerdem war mein Vater eh schon mal hier heroben.«

»Vor zehn Jahren«, brummt Zita.

»Ist das jetzt gut oder schlecht?«

»Gut«, knurrt sie und setzt nach: »I will eh keinen seh'n.«

Dich anscheinend auch niemand, denke ich mir und beschließe, dass genug Höflichkeiten ausgetauscht worden sind, um endlich zum Wesentlichen zu kommen: Die Eigentumsverhältnisse klären und Zita zum Auszug bewegen.

Ich setze mich ungebeten auf die Eckbank an den Tisch und räuspere mich. »Nun, warum ich hier bin …«

Zita beginnt wieder geräuschvoll mit dem Geschirr zu klappern.

»… ich habe ja die Alm hier geerbt«, fahre ich lauter fort. »Langer Rede kurzer Sinn.«

»Was'n für Rede?«, unterbricht mich Zita, kommt mit zwei gefüllten Krügen an den Tisch und schiebt mir einen Krug vor die Nase.

Ah! Most. »Dankeschön.« Damit habe ich nicht gerechnet.

»Scho recht.« Zita setzt sich mir gegenüber auf den grob gehauenen Stuhl, hebt den blaugrauen Steinkrug mit beiden Händen an und gießt sich einen geschätzten Liter hinter die Binde. Währenddessen schaut sie mich mit ihren eisblauen Augen über den Krugrand hinweg forschend an.

Ich tue es ihr gleich, hebe ebenfalls meinen blaugrauen Krug mit beiden Händen und nehme einen großen Schluck.

»Bääääh! Was ist das denn?« Ich muss husten und habe das Gefühl, dass sich sämtliche Fasern auf meiner Zunge und im Mund zusammenziehen und aufstellen – gerade so, als wären mir soeben Tausende Noppen gewachsen. Meine Zunge wird taub. Hilfe, ich kriege einen Herzinfarkt!

»Most.«

»Dasch isch kein Mosch, dasch isch … ein Eschignarkoschemittel!«, rufe ich, während ich versuche, meine Zunge mit dem Zipfel vom T-Shirt abzuwischen.

Zita grinst. »Ein Guter halt's aus, und um einen, der's ned aushält, is eh ned schad'.« Demonstrativ gießt sie sich noch den Rest aus ihrem Humpen in den Schlund. Der ist wohl mit Hornhaut ausgekleidet.

»Ja, ja. Passt schon. Ich trinke jedenfalls lieber Wasser.«

»Wasser«, knurrt sie und verzieht abschätzig den Mund. »Ich hab mein Lebtag lang noch nie Wasser getrunken. Wasser … pfff.«

Ich bin ein wenig irritiert. Laut aktueller Studien müsste sie mit ihrem Trinkverhalten schon längst ins Gras gebissen haben. Also, entweder ist sie ein Wunder der Natur oder diese Studien sind Quatsch.

Mir gefällt beides nicht. Letzteres deswegen, weil mir diese Du-sollst-gesünder-leben-Studien auf den Nerv gehen. Fast täglich wird man damit konfrontiert, dass so ziemlich alles, was Spaß oder dick macht, à la longue – optimistisch betrachtet – tot macht. Hey, wo bleibt da der Spaß am Leben? Sterben muss ich sowieso – im offensichtlichen Gegensatz zu Zita. Was habe ich davon, wenn ich durchtrainiert und giftfrei, quasi als Öko-Leiche, im Sarg lande? Nichts. Außer, dass sie mich nicht als Sondermüll vergraben müssen.

So wie Zita. Obwohl ihr Mostessig-Konsum ihr nicht wirklich was anhaben zu können scheint. Ihr Blick ist dermaßen klar und entwaffnend, dass sie trotz ihres offensichtlich hohen Alters eine enorme Kraft und Munterkeit ausstrahlt. Sieht überhaupt nicht danach aus, als würde die Gute in absehbarer Zeit den Löffel abgeben.

»Also, um auf die Alm zurückzukommen: Mir wurde das hier alles überschrieben, und nachdem Sie über kein Wohnrecht oder etwas Ähnliches verfügen, sollten wir … ähm … darüber reden, wie wir das in Zukunft gestalten können«, versuche ich mich möglichst vage zu halten.

»Was will sie jetzt sagen?«

Mein Blick fällt zuerst auf den leidenden Jesus im Herrgottswinkel und dann auf Zita. Wie bringe ich ihr das bloß schonend bei, dass sie sich vom Acker machen soll?

»Ich will die Alm verkaufen, und deshalb sollten Sie runter ins Dorf ziehen. Ist das jetzt klar genug?«

Zita nippt seelenruhig am Most, und ein Lächeln huscht über ihr faltiges Gesicht. »Vertreiben will's mi?«, fragt sie gedehnt und lehnt sich mit verschränkten Armen zurück.

Ich blicke auf meine Uhr und stelle fest, dass es bereits später Nachmittag ist. Weil ich hier oben übernachten muss, will ich es nicht auf einen Streit ankommen lassen, und rudere zurück.

»Nein, so würde ich das jetzt nicht formulieren. Wir können doch über alles in Ruhe reden, nicht wahr?«

Zita kneift ihre Augen zusammen, bis mich nur noch zwei Schlitze ansehen, und nickt in Zeitlupe.

»Unten im Dorf ist es ja viel gemütlicher, oder?«, versuche ich ihr meinen Plan schmackhaft zu machen.

Zita nickt wieder.

»Und gerade in Ihrem Alter ist es gar nicht gesund, hier allein in der … Einöde zu hausen. Außerdem kommen Sie im Dorf viel mehr unter die Leute …«

Zitas Blick verfinstert sich. Ui, das war wohl das falsche Argument.

»… denen man natürlich auch aus dem Weg gehen kann, weil das Dorf ja schon recht groß ist … vor allem in der Nacht ist es unten viel ungefährlicher … und untertags kann man einkaufen gehen oder …«, ich deute auf den Jesus, »… in die Kirche. Und wenn man einen Arzt braucht, ist einer da und muss nicht mit dem Heli eingeflogen werden.«

Zita scheint nachdenklich geworden zu sein.

»Was sagen Sie dazu?«, nutze ich die Gunst des Augenblicks.

»I werd drüber nachdenken«, lenkt Zita überraschenderweise ein.

Ich triumphiere innerlich. Das ging ja leichter als gedacht.

»Das freut mich. Ich wusste ja, dass wir eine gemeinsame Lösung finden. Und wo wir uns grad so gut verstehen …«

Zita zieht überrascht die Augenbrauen hoch.

»… möchte ich mich nur versichern, dass es für Sie okay ist, wenn ich einige Tage hierbleibe. Wo könnte ich denn mein Gepäck abstellen?«

Zita runzelt die Stirn. Vielleicht ist es doch nicht so okay? Oder es gibt hier gar keinen Platz zum Schlafen?

Sie deutet auf die morsche Holztreppe. »Da geht sie rauf. Des leere Kammerl kann sie haben.« Spricht's, trinkt aus, steht auf und wendet sich erneut den Töpfen auf dem Herd zu.

»Dankeschön«, zeige ich mich wohlerzogen und hole von draußen mein Gepäck. Dobermann lasse ich im Schatten der Hütte schlafen.

Mit dem Rucksack am Rücken stapfe ich die knarrende Holztreppe zum Dachboden hinauf. Instinktiv ziehe ich den Kopf ein, was sehr clever ist, weil ich sonst gegen die schwarz gerußten Dachbalken gedonnert wäre. Die hatte mich wohl absichtlich nicht gewarnt, die alte Hexe. Zwei Türen gehen von dem winzigen und dämmrigen Vorraum ab. Welche davon sollte ich öffnen? Ich entscheide mich für die geradeaus. Die Holztürchen haben keine Klinke, sondern nur einen Holzriegel, den ich aus der Verankerung im Türstock drücke.

Mit einem *Iiiiirrrggggkkkk* geht die Tür auf, und ich sehe sofort, dass ich hier falsch bin, weil die Kammer offensichtlich von Zita bewohnt wird. Auf dem rustikalen Bett, das eigentlich einem Freilichtmuseum gehören müsste, liegt fein säuberlich zusammengelegt ein geblümtes Nachthemd; über dem Kopfteil hängt ein bäuerlich-barockes Bild der – natürlich leidenden – Mutter Gottes.

Ich steige über die hohe Holzschwelle, über die man nach fünf Gläsern Aperol-Spritz garantiert stolpert, und schaue mich ein wenig genauer um. Denn merke: Du musst deine Feinde kennen, um sie besiegen zu können.

Unter dem einzigen kleinen Fenster, das eher einer Dachluke gleicht, fällt ein breit gefächerter Strahl gedämpftes Licht herein, in dem Myriaden von Staubkörnchen tanzen. Allergiker aufgepasst! Eine schlichte Truhe, auf der eine andere Mutter Gottes unter einem Glassturz leidet, rundet das Sausteigalm-Ambiente ab. Unwillkürlich muss ich kichern. Ich stelle mir Freds Gesicht vor, wenn er mich hier besucht. Hoffentlich. Da fällt mir ein, dass ich ihm die SMS noch senden sollte.

»Sie weiß aber scho, dass des mei Kammerl is?!«, schnappt Zita plötzlich hinter mir.

Peinlich berührt, trete ich sofort den Rückzug an. Zita steht auf der Treppe, sodass nur ihr Kopf zu sehen ist, und wirft mir einen bösen Blick zu.

Eilig drücke ich die zweite Tür auf, vergesse die mörderische Türschwelle und stolpere in das zweite Kämmerchen, das so klein ist, dass ich gleich auf dem Bett lande. Das Bett ist auch so ein Museums-Gestell, das nicht einmal eine Matratze hat, sondern – Willkommen im Mittelalter! – mehrere Leinensäcke mit Strohfüllung. Sollte ich Fred lieber doch keine SMS senden? Kann ich ihm das wirklich zumuten? Der glaubt ja, ich wäre total unzivilisiert.

Auch in meiner Kammer kann man durch ein winziges Fensterchen in das Tal sehen. Das ist aber auch schon das einzig Schöne an diesem Kabuff aus dem Mittelalter. Bis auf das Bett und einen maroden dreibeinigen Schemel ist genau nichts in diesem Verlies. Es riecht so wie in der ganzen Hütte: nach einer Mischung aus Ruß, Speck und Heu. Muss man mögen. Tu ich zum Beispiel nicht. Aber der Zweck heiligt das Ambiente. Außerdem bleibe ich ja ohnehin nur so lange, bis ich Zita zum geordneten Rückzug ins Tal überredet und Fred überzeugt habe, dass ich die einzig wahre, große Liebe in seinem Leben bin. Dafür reichen doch locker ein paar Tage.

Ich fische mein Handy aus dem Rucksack, den ich in Ermangelung eines Kastens einfach in die Ecke stelle. Mist! Kein Empfang.

»Gibt's hier Handy-Empfang?«, frage ich Zita, nachdem ich polternd den Weg nach unten gefunden habe.

Zita schneidet gerade Brot und Käse auf und zuckt desinteressiert mit den Schultern. »Was weiß i, was sie da redet, ha?«

Ich gebe auf und suche mir draußen Netzempfang. Mit ausgestrecktem, hoch erhobenem Arm marschiere ich kreuz und quer über den ebenen Teil des Hüttengrundes. Nix. Kein Empfang. Ich klettere die Böschung neben dem Haus hinauf, bis ich nach gut zwanzig Metern einen rumpeligen Forstweg erreiche. Auch da nix. Wie eine Sonnenblume im

Zeitraffer drehe ich mich im Kreis und starre wie paralysiert auf das Display oberhalb meines Kopfes. Bitte, bitte, bitte. Es geht um die große Liebe!

Und *tataaa* – ein Strich erscheint. Ich gehe in die »Strich-Richtung« weiter, quere den Forstweg und tappe Schritt für Schritt den nächsten Hang bergan. Noch ein Strich! Weil mir dorniges Gestrüpp im Weg ist, klettere ich auf einen Baumstumpf und strecke mich, so weit ich kann, über das hinderliche Grünzeug.

Während ich so auf einem Bein stehe, die linke Hand mit dem Telefon in Richtung Himmel haltend, das andere Bein als Pendelausgleich seitwärts in der Luft und mit der rechten Hand unsicher rudernd, um nicht das Gleichgewicht zu verlieren, höre ich ein Motorengeräusch. Ich sehe sicher grade aus wie die schlecht gehauene Skulptur eines Staffelläufers kurz vor der Übergabe. Umdrehen, um zu sehen, wer da kommt, kann ich mich nicht, weil es mich sonst auf die Schnauze haut, und zwar direkt ins Dorngebüsch. Ich halte also die Stellung.

Das Motorengeräusch erstirbt.

»I soll dich jetzt wahrscheinlich ned fragen, was du da machst?!«, tönt eine sonore Stimme belustigt.

Nein, nicht schon wieder der!

Ich kann mich nicht umdrehen und brülle deswegen raumgreifend: »Sehr witzig! Ich suche Netz. Sieht man doch!«

»Da is keins.«

»Wo sonst?«

Ich höre den Seppel lachen. Vorsichtig steige ich vom Baumstumpf und krabbele den Abhang rückwärts hinab. Wie bin ich hier bloß raufgekommen?

»So. Und wo ist jetzt der Empfang?« Hannes sitzt in einem

olivgrünen alten Jeep und hat die Fenster heruntergelassen. Er zeigt auf die Hütte. »Wie wär's damit?«

»Haha. So klug war ich auch schon. Da gibt's nix.«

»Doch, direkt rechts neben dem Eingang. Beim Ziegenstall.«

»Woher willst denn du das wissen?«

»Weil ich mich da auskenn'.«

Aha.

»Danke«, knurre ich knapp und marschiere mal wieder mit hoch erhobenem Haupt davon. Merke: Es fällt nicht auf, wenn jemand aus der Rolle fällt, solange er die Haltung nicht verliert.

Hoffentlich war das das letzte Mal, dass mir der Mensch über den Weg gelaufen ist.

Meine Wünsche scheinen aber kein Gehör zu finden, denn Hannes Steinlechner parkt seinen Jeep direkt vor dem Hüttengatter und steigt aus. Unsere Wege kreuzen sich also sofort wieder.

»Irgendwas vergessen?«, frage ich schnippisch.

»Naaa«, antwortet er ruhig und hält mir das Gatter auf.

»Danke, aber ich bin groß genug, um mir Türen selber aufzumachen.«

Mit betont geradem Rücken stolziere ich an ihm vorbei. An der Hüttenecke angekommen, luge ich nach dem Ziegenstall und spüre, wie er mir folgt.

Was will der von mir? Ist er vielleicht ein verrückter Stalker geworden? Na klar! Einmal sehen diese Schuhplattler eine gepflegte Frau, schon haut's ihnen die Sicherungen raus.

Angriff ist die beste Verteidigung, und so blaffe ich ihn an: »Stellst du mir jetzt nach?«

Irritiert schaut er mich an. »Ganz sicher nicht.«

Da fällt mein Blick auf die Kiste, die er vor sich herträgt.

»Mei, da Hannes«, unterbricht uns Zita.

»Servus, Zita«, begrüßt Hannes sie und hält die Kiste hoch. »I hab alles kriegt, was du wolltest. Soll i dir des Zeug reintragen?«

»Ja, bitte. Stellst mir's auf den Tisch.«

Hannes Steinlechner wirft mir einen vielsagenden Blick zu. Ja was?! Hätte doch sein können, dass der Spinner hinter mir her ist. Kann ja keiner wissen, dass er mit der alten Zita so dick ist. Andrerseits passen die beiden gut zusammen. Der Lederhosen-Sepp und die pensionierte Geierwally. Die wischt ihre Hände an der obersten ihrer drei schwarzen Schürzen ab und deutet auf das Türchen vom Holzverschlag, neben dem ich stehe.

»Macht sie auf, damit die Flori raus kann!«

Ich bücke mich und luge in den Schuppen. Drinnen steht kauend eine weiß-braun gescheckte Ziege und glotzt mich neugierig an.

Mmmmmm – Mmmmmm – Määääh.

Sie springt aus dem Stall, nachdem ich das Türchen aufgemacht habe, und steuert direkt auf Dobermanns Käfig zu. Der ist plötzlich hellwach, reißt die Augen auf, verfällt in eine kurzzeitige Angststarre und rast dann total hysterisch in das Häuschen, das in der Ecke seines Käfigs steht.

Mmmmmm – Mmmmmm – Määääh.

Ich schiebe die Ziege von Dobermann weg. Das würde mir grad noch fehlen, dass unser geliebtes Hausmeerschweinchen einen Schlaganfall bekommt, weil es von einer Ziege zu Tode erschreckt wird.

5

Mein Handy piept in der Hosentasche. Juhuuu: *Empfang!*

Ich habe drei Anrufe in Abwesenheit von Borscht, dem blöden Sack. Gott sei Dank habe ich hier oben ja eigentlich keinen Empfang.

Nachdem ich Zita, so wie es aussieht, sehr bald aus der Hütte raus habe, könnte ich doch ein, zwei romanaaahaaantische Tage mit Fred hier verbringen. Weil Hannes und die Geierwally in der Hütte sind, schreibe ich Fred schnell eine SMS.

Lieber Fred! Hast Du Lust auf ein Wochenende auf der Alm?

Nein, das geht gar nicht. Erstens ist er kein lieber, und zweitens klingt das nach Siebzigerjahre-Postkarte.

Hallo Fred!

Hallo!

Ja, das ist schon ein guter Anfang. Nicht zu aufdringlich, aber auch nicht abweisend.

Wie kann ich den Rest so verpacken, dass es locker und sophisticated klingt, witzig, aber nicht offensichtlich einladend? Vielleicht ein Zitat? Ein spanisches oder so? Blöderweise kann ich nur eines: *Mejor una amistad perdida, que una tripa retorcida*! Und das sagt man, wenn man sich für sein Rülpsen entschuldigt. Also was?

Hallo!

Jaja, das schaut gut aus. Jetzt fehlt nur noch das Tüpfelchen auf dem »i«.

Biete Almluft gegen … Ja, gegen was? Gegen Liebe? Das bringt die Sache zwar auf den Punkt, könnte aber dennoch ein wenig abschreckend wirken.

Vielleicht nur *Almluft*?

Nein, zu reduziert. So wie die Outfits von Jil Sander.

Hallo! Almluft, Almrausch – Interesse? Bin die nächsten Tage auf dem Land und freu mich auf Besuch. Heidi.

Ich hänge der SMS den GPS-Plan an, den ich mir aufs Handy geladen habe. Damit Fred auch herfindet.

Zack – Name raussuchen – Herzklopfen – Senden – Herzklopfen – Check! Bitte, bitte, mach, dass er mich besucht!

»Empfang?«, fragt Hannes dicht hinter mir, und ich zucke so zusammen, dass mir fast das Telefon aus der Hand fällt.

»Ist das deine Spezialität, dass du dich ständig anschleichst?« Ich drehe mich um und schaue ihm direkt in die Augen. Die sind braungrün-bernsteingelb gesprenkelt.

»Die Zita hat g'meint, wennst scho da bist, sollst mitessen«, sagt er und deutet auf den gedeckten Tisch vor der Hütte.

Oha! Der Feind will mich einkochen! Ist mir aber egal, weil ich nämlich tatsächlich einen Riesenhunger habe. Manchmal muss man Prioritäten setzen. Und Appetit ist für mich immer schon alleroberste Priorität gewesen.

»Okeee«, antworte ich gedehnt und gehe zum Tisch, wobei ich einen großen Bogen um Hannes Steinlechner mache.

»Und ihr kennt euch?«, frage ich, nachdem ich mir den Bauch mit den zugegebenermaßen köstlichen Broten, Käse und Wurst vollgeschlagen habe. Ich betrachte die Mahlzeit quasi als Zehent, wo die Hütte ja schließlich mir gehört. Und ich keine Miete verlange! Da darf man ja wohl mal kräftig zulangen.

»Sicher«, bestätigt Hannes. »Wir helfen uns halt a bissl gegenseitig.«

Zita wirft Hannes einen dankbaren und weichen Blick zu. Schaut, schaut, das hat sie auch drauf?

»Und du? Du bleibst jetzt da?«, will er wissen.

»Nur kurz … bis …«

»Bis wann?«

»Ähm … naja, bis ich halt wieder fahre.«

»Ah so.«

Zita schaltet auf den Schürhaken-Blick um, den sie ausnahmslos mir widmet.

Ich schaue einfach weg. »So, jetzt bin ich müde und wünsche allerseits gute Nacht. Soll ich noch abräumen helfen?«

Zita schüttelt verächtlich den Kopf.

Hannes steht auf. »Schlaf gut«, sagt er, drückt meine Hand fest mit seiner großen, warmen und hält sie, wie ich finde, eine Sekunde länger als notwendig. Oder war ich das?

Quatsch. Ich bin einfach nur müde.

Ich hole Dobermann in die Hütte und fülle ihm frisches Wasser nach. Meine Zähne putze ich schnell über dem steinernen Trog in der Küche und falle trotz der knisternden Strohmatratze innerhalb von ein paar Minuten in einen tiefen Schlaf.

Am nächsten Morgen bin ich fest entschlossen, Nägel mit Köpfen zu machen.

Zita ist nirgends zu entdecken. Hat sie etwa schon aufgegeben? Das ging ja schnell!

Ich eile zum Ziegenstall und überprüfe, ob Fred schon geantwortet hat. *Love is in the air* … Mist, keine SMS. Doch keine *love in the air*. Noch nicht.

In der Hütte suche ich nach Kaffee und finde den auch. Nachdem ich mir eine Tasse aufgebrüht habe, setze ich mich draußen auf die Bank und lasse mir die Höhensonne aufs Gesicht scheinen. Irgendwie schön hier. So allein. Ohne die alte Schreckschraube. Die Vögel zwitschern, die Bienen summen, die Flori-Ziege rupft am anderen Ende der Wiese Gras, und Frauen schreien … *Was?* Frauen schreien?

»Aaaaaaaauuuuuuuuu!«

Was war das?

»Meiomeiomeiiiiii«, jammert es hinter der Hütte. Ist das Zita?

Ich springe auf, quetsche mich den kleinen Pfad die Hütte entlang auf die Rückseite und sehe einen schwarzen Kleiderhaufen, der laut jammert.

»Zita?«

»Omeiomeiomei …«

»Haben Sie sich wehgetan?«

»Meiomeiomei!«

»Soll ich kommen?«

»Jaaaa.«

Ich halte mich an den Grasbüscheln fest, um auf dem steilen Hang nicht den Tritt zu verlieren, und nähere mich ihr.

Unterhalb von Zita liegt eine Sense im Gras. Was macht diese verrückte Alte hier?

»Was ist passiert?«, frage ich und versuche ihr aufzuhelfen.

»Auuuaaaaa«, heult sie auf und deutet auf ihre fünf Schürzen, unter denen ich die Beine vermute.

»Mei Hax'n!«

»Was ist damit?«

»I mein, es hat ihn derwischt.«

»Abgemäht?«, schreie ich hysterisch und suche im Gras nach Blutspuren. Ich muss gleich kotzen.

»Na! Ausg'rutscht!«

»Ich bringe Sie am besten ins Haus.«

Aber das ist leichter gesagt als getan. Denn obwohl die Gute sehr zerbrechlich wirkt, bringt sie mit ihren sieben Kitteln ein ordentliches Gewicht zusammen. Und steil ist es auch. Außerdem tut ihr jeder Schritt offensichtlich saumäßig weh.

»Halten Sie sich an meinen Schultern fest. Ich nehme Sie huckepack«, fordere ich sie auf.

Irgendwie schaffen wir es, den steilen Hang zur Hütte hinüber Zentimeter für Zentimeter hinter uns zu bringen. Ich deponiere sie auf der Bank, wo sie, kreidebleich, förmlich zusammensinkt. Vorsichtig zupft sie an ihren acht Kitteln, bis darunter das rechte Bein erscheint – und das sieht schlimm aus: Der Knöchel unter den gemusterten Wollstrümpfen ist dick angeschwollen.

»Wir brauchen einen Arzt«, rufe ich panisch.

»Na, na … is nur a Kratzer«, stöhnt sie.

»Waaaas? Das ist doch kein Kratzer? Das ist … was weiß ich … gebrochen oder so was Ähnliches. Das muss sich ein Arzt ansehen!«

»NAAA!«, wehrt sich Zita und versteckt ihren lädierten Fuß unter ihren zehn Kitteln.

Ich hole ihr ein Glas Wasser. Was soll ich bloß tun? Ich könnte beim Ziegenstall mit dem Handy den Dorfarzt googeln und anrufen. Oder die Bergrettung?

Zita versucht aufzustehen, was eindeutig misslingt. Obwohl sie die Zähne zusammenbeißt, kann ich ihren schmerzvollen Aufschrei hören.

»Sehen Sie! Sie brauchen Hilfe!«

Sie schüttelt den Kopf. Mann, ist die stur. Da fällt mir Hannes Steinlechner ein.

»Sollen wir ähm … diesen Hannes anrufen?«

Zita schweigt und stützt ihren Kopf in die Hand.

»Hören Sie, so geht das nicht«, mahne ich die alte Beißzange. »Wenn Sie mir sagen, wie ich zu diesem Hannes komme, dann hole ich ihn her.«

Zita schweigt.

»Wenn nicht, rufe ich jetzt sofort die Bergrettung. Sie können es sich aussuchen.«

Zita wirft mir einen bösen Blick zu. Das geht also noch.

»Das Forstwegerl entlang«, sie deutet nach rechts, »und dann beim Wegweiser zur Steinlechner-Alm. Is ang'schrieben.«

»Wie lange dauert das?«

»Halbe Stund'.«

Okeeee. So habe ich mir meinen Vormittag zwar nicht vorgestellt, aber tief in mir keimt ein kleiner Gedanke, der mir im wahrsten Sinne des Wortes Beine macht.

»Gut. Ich laufe da jetzt hin, und Sie bleiben brav hier sitzen.«

Statt einem »Ja, danke schön. Das mache ich.« kommt nur ein leises Knurren. Auch recht.

»Wir nehmen den Jeep und bringen sie zum Arzt«, zeigt sich Hannes pragmatisch. Er war schon sehr erschrocken, nachdem ich ihm kurzatmig geschildert habe, was geschehen war.

In wilder Fahrt rumpeln wir die Forststraße hinunter und sind in knappen zehn Minuten bei der Sausteigalm.

Hannes redet auf Zita ein, mit ihm ins Krankenhaus zu

fahren. Zuerst bockig, zeigt sich Zita ob ihrer Schmerzen zu guter Letzt handzahm und lässt sich von ihm auf den Beifahrersitz heben.

»Aber Ihr Gepäck!«, rufe ich den beiden nach.

Die Gute wird doch sicherlich mindestens sechs Wochen im Krankenhaus in Gosau bleiben müssen. *Der Gedanke!!!* Zita ist aus dem Rennen. Im wahrsten Sinn des Wortes.

»Kannst du ned mitfahr'n, Heidi? I muss wieder zurück auf den Hof«, fragt Hannes und wischt sich nachdenklich die Hände an seiner ausgewaschenen Jeans ab.

Lust habe ich zwar keine, aber vielleicht ist die Idee gar nicht mal so übel?! So könnte ich vor Ort dafür sorgen, dass die alte Geierwally gleich nach dem Krankenhaus in ein Seniorenheim verfrachtet wird.

»Na gut«, flöte ich und renne in die Hütte, um Dobermann Speis und Trank hinzustellen und meine kleine Tasche aus dem Rucksack zu holen.

Drei Stunden Wartezeit in einem Landkrankenhaus können sich ziehen. Hannes ist, nachdem Zita vom diensthabenden Arzt in Empfang genommen wurde, wieder zurück auf die Alm gefahren. Nicht ohne versprochen zu haben, uns wieder abzuholen, wenn ich ihn anrufe. Seine Nummer habe ich mir in der Eile auf die Hand geschrieben. Wird zwar beim nächsten Händewaschen abgehen, aber diese Telefonnummer brauche ich ohnehin nur einmal. Heute.

Im Gegensatz zu Freds Nummer. *Fred!* Oh, das wird schön, wenn er kommt. Hoffentlich hat er nicht schon wieder sein Handy verlegt. Als ich mir grade ausmale, wie wir uns leidenschaftlich küssen, im Hintergrund der Preiner See, tippt mir jemand auf die Schulter.

»Sie sind doch die Begleitung von Frau Hödlmoser?!«

Ich drehe mich um. Eine Krankenschwester steht vor mir.

»Nein. Kenn ich nicht.«

»Aber Sie sind doch mit ihr und dem Hannes Steinlechner gemeinsam hergekommen.«

Ach so. Die redet von der Zita.

»Doch, ja. Klar. Ich war gerade abgelenkt.«

Die Krankenschwester schaut mich komisch an. »Kommen S' mit. Mia ham a kleines Problem mit Ihrer … Ihrer …«

»Groß … äh … -tante«, ergänze ich.

»Aa recht.« Mit entschlossenen Schritten stapft Schwester Rosi, wie mir ihr Namensschild verrät, voraus.

Ich höre die Zita, ehe ich sie sehe. Sie sitzt auf einem Rollbett im Krankenhausflur und scheint sich mordsmäßig über irgendetwas aufzuregen.

Schwester Rosi wirft mir einen Das-habe-ich-gemeint-Blick zu.

»I wü da aussi! Sofort!«, zürnt Zita.

»Ihre Tant' will ned dableiben«, erklärt eine der anwesenden Schwestern. Na, da wäre ich jetzt nicht drauf gekommen.

»Schauen S', Frau Hödlmoser, des bringt doch nix. Wir haben uns den Knöchel gebrochen, und des noch dazu in Ihrem Alter …«, versucht Schwester Rosi ihr Bestes.

»Soll's zum Teifi geh'«, keift Zita.

Oha, den Spruch kenn ich doch.

Drei Krankenschwestern sehen mich hilflos an.

»Lassen Sie uns mal kurz alleine, bitte«, sage ich. Nachdem sich die Schwestern getrollt haben, werfe ich Zita einen drohenden Blick zu. Die alte Schachtel wird hierbleiben. Und ich werde dafür sorgen!

»Was soll das Theater?«, will ich wissen.

Zita reckt ihr spitzes Kinn energisch vor, starrt an die Decke und verkündet mit einer Stimme wie zur Grundsteinlegung: »Da bleib i ned!«

»Aha. Und wo wollen Sie sonst hin?«

»Heim.«

»Das wäre wo?«

»Auf d' Alm.«

Ohne es zu wollen, muss ich auflachen. Die tickt doch nicht mehr richtig. Ich zeige auf ihr Gipsbein: »Damit wollen Sie auf die Alm?«

Zita verschränkt die Arme und nickt stur.

»Sie wissen doch selber, dass das nicht geht, oder?«

Zita wirft sich in ihre Lieblingspose und schweigt.

Mir reicht's. Dieses Theater gebe ich mir sicher nicht. Erstens: Was mache ich hier eigentlich? Ich kenne die alte Schreckschraube gar nicht. Zweitens: Wenn hier alles derart kompliziert wird und ich zusätzlich zu dieser vermaledeiten Alm auch noch einen Pflegefall an der Arschbacke habe, fahre ich lieber heim nach München und lass es gut sein. Pfeif drauf!

»Na, dann: Alles Gute und auf Wiedersehen.«

Als ich mich umdrehe und weggehen möchte, hält Zita mich am T-Shirt fest.

»Wart!«, miaut sie kläglich.

»Was ist jetzt noch?«

»I war doch noch nie im Spital«, fängt sie mit zittriger Stimme an. »I war doch noch nie krank! I war noch nie woanders als auf meiner Alm oder unten im Dorf.«

»Und?«

»I kann da ned bleiben.«

Wie ein zerbrechlicher schwarzer Vogel sitzt Zita, die üblicherweise den Charme einer Kreissäge verströmt, zwischen den blütenweißen Kissen. Ihr starrer Blick löst sich von der Decke, und sie schaut mich mit ihren eisblauen Augen flehentlich an. »Bitte«, flüstert sie und faltet ihre knochigen Hände.

Das ist unfair! Jetzt auf die Tränendrüse drücken!

Ich hebe abwehrend die Hände und winde mich innerlich: Ich kann – und vor allem ich *will* hier nicht die Florence Nightingale von Hinter-Russbach spielen. Oh nein!

Eine unerfreuliche Assoziationslawine donnert durch mein Hirn, die jäh von einem Geistesblitz unterbrochen wird. Moment!

»Wie wär's mit einem Deal?«

»Wos?«

»Na ja, ein Vertrag. Eine Art Tausch.«

Zita schaut mich fragend an.

»Also, mein Vorschlag schaut so aus: Ich nehme Sie mit zurück auf die Alm und kümmere mich um Sie – die nächsten zwei, drei Wochen, solange Sie eben Pflege brauchen. Dafür räumen Sie danach sofort die Alm.«

Zita denkt nach, und auch ich überlege im Schnelldurchlauf, ob das tatsächlich machbar ist. Benni könnte seine Sommerferien ja mit mir auf der Alm verbringen. Das wird ihn zwar nicht freuen, aber dafür haben wir dann vom Verkauf genug Geld, um uns später einen tollen Urlaub zu gönnen. Die Kröte wird er also schlucken. Und das *Aktuelle Blatt*? Als freie Mitarbeiterin kann mich Borscht nicht zwingen, in der Redaktion anzutanzen, wenn ich eine Woche länger hier sein muss, als mein Urlaub geplant war. Ein wenig Geld habe ich noch auf dem Sparkonto, und wenn Borscht mir doch mit

Vertragsauflösung – sprich: Rauswurf – droht, kann's mir egal sein, weil ich ja dann schon die Alm verkauft habe und finanziell abgesichert bin. Ein wenig zumindest.

»Und?«, frage ich Zita.

»Mei, wann's ned anders geht, dann sag i halt ja«, sagt sie und schaut mich unergründlich an.

Damit sie mich nicht übers Ohr hauen kann, eile ich ins Schwesternzimmer, borge mir Stift und Zettel und setze den Deal auf.

Zita unterschreibt umständlich.

Ha! Gewonnen! Jetzt nur noch die paar Wochen durchhalten, und dann … dann mach ich aus dem öden Kobel Geld. So werde ich dann doch noch zu meinem Erbe kommen.

Mit einem zufriedenen Grinsen stecke ich den Vertrag ein und rufe Hannes an.

6

Die nächsten Tage auf der Alm verbringe ich damit, die Arbeiten zu erledigen, die sonst Zita macht. Ich lasse morgens Flori aus dem Stall, miste aus, fülle Wasser auf und lege dem Tier Gras in die Raufe, das ich blöderweise selber mähen muss. Den Umgang mit der Sense lernt man bei uns gleichzeitig mit dem Skifahren: im Kindesalter.

Und ich baue unter den skeptischen Blicken von Zita, die die meiste Zeit auf der Bank vor der Hütte sitzt, Dobermann vor dem Ziegenstall im Schatten einen umzäunten Auslauf. Anfangs verwirrt von so viel Platzangebot, ist er schnell verzückt von seiner Ranch und verteidigt sie mit wütendem Fiepen gegen Flori, die versucht, ihm das Obst und Grünzeug, das ich ihm reinlege, wegzufressen. Sein Theater macht auf die Ziege einen mordsmäßigen Eindruck: Jedes Mal, wenn er zornig quiekend aus seinem Verschlag galoppiert, macht sie einen Satz und sucht das Weite. David gegen Goliath.

Ich glaube, er ist der Einzige, der die strategische Landpartie im Interesse des Kapitalismus genießt. Entweder schläft er oder er spielt mit dem Heu oder frisst. Dabei beobachte ich ihn gerne, weil das besser ist als jeder Kinofilm. Wenn er Futter kriegt, springt er vor Freude seitlich mit dem Hintern weg. Man sieht tagelang, was er gefressen hat, weil er so ein Schmutzfink ist. Besonders Früchte hinterlassen auf seinem hellen Fell an der Brust klebrige Spuren.

Auch Zita scheint von seinem fragwürdigen Charme angetan zu sein. Ich habe sie dabei ertappt, wie sie Dobermann eine Karotte hingehalten und wegen seines Freudentänzchens gelächelt hat. *Gelächelt!* Die Zita! »Da Ratz' sollt ned allein sein«, hat sie mich angeknurrt, als ich die traute Zweisamkeit störte.

»Ich hab schon genug Pflegefälle am Hals.«

Und nicht nur das: Ich muss kochen, putzen und die Tiere versorgen. Und danach ist mir stinklangweilig. Ich sitze auf der Bank, glotze ins Panorama und stelle mir sehr schöne Liebesszenen mit Fred vor. Wenn ich diesen Ort der Verdammnis verhökert habe, werde ich zum Beck am Rathauseck pilgern und so richtig fett einkaufen. Naja, vielleicht nicht ganz so fett, sonst ist die ganze Kohle weg. Ach ja, ich werde noch fünf Kilo abnehmen. Dann kauf ich mir die Klamotten gleich eine Nummer kleiner, und Fred hätte einen guten Grund mehr, sich in mich zu verlieben.

Ach, München! Wie sehr sehne ich mich nach dir. Und nach meiner schönen kleinen Wohnung. Bin ich froh, wenn dieser Albtraum hier beendet ist.

Hannes kommt einmal täglich mit seiner Lebensmittelkiste vorbei und bleibt meistens für ein kurzes Schwätzchen mit Zita. Ob er was von unserem Vertrag weiß? Mir gegenüber ist er höflich-distanziert. Aber ich bemerke sehr wohl, dass er ein Auge darauf hat, was ich mache und ob ich mich um Zita kümmere.

Ich komme mir vor wie eine C-Promi, die zu zwei Wochen Sozialdienst verdonnert wurde. Jeden Tag hält mir Zita ihren Reisig-Besen hin: Kehren! Wenn ich fertig bin, fällt ihr die nächste Blödheit ein, die ich erledigen soll – Fenster putzen, Kühlschrank sauber machen, die Betten lüften. Das Blöde ist, dass die Kemenate hier so alt ist, dass es immer irgendwie schmutzig wirkt. Der dunkle Holzboden will den Staub, den er seit weiß-ich-wie-viel Jahren schon geschluckt hat, nicht freigeben. Die Fenster sind halb blind, und egal wie oft ich mit dem Lappen drüberfahre, ich kann sie nicht sehender machen.

Genauso habe ich mir meinen Urlaub vorgestellt! Haha. Wem habe ich das zu verdanken? Meinen Eltern. Groll krabbelt in mir hoch, und ich fange an, mich hemmungslos selbst zu bemitleiden. Ich bin das Opfer!

Ebenso wie ich von Zita und ihrem hässlichen Schergen kontrolliert werde, kontrolliere ich täglich, ob mir Fred schon eine SMS gesandt hat. Fehlanzeige. Warum meldet sich der Kerl nicht? Ich hab mir das doch so schön ausgemalt. Das ist übrigens das Gute an einer blühenden Fantasie: Ich kann mir Situationen oder Menschen maximal optimal vorstellen. Viel schöner, als sie in Wirklichkeit sind. Mich selbst eingeschlossen.

Nehmen wir zum Beispiel Gespräche mit Fred: In meinen Tagträumen stelle ich mich gerne als eloquente Person vor. In Wirklichkeit schaffe ich es nicht, mit ihm ein Gespräch auf Augenhöhe zu führen. Egal, welches Thema ich anspreche – er weiß alles besser. Gut, das ist nicht schwer, da ich Informationen sehr selektiv und dann auch noch oberflächlich aufnehme. Nehmen wir zum Beispiel Kunst und Kultur. Das ist ja ein Bereich, mit dem man punkten und ein wenig weltmännisch und gebildet daherkommen könnte. Genauso wie mit Geschichte, Politikwissen, Geografie und Ähnlichem. Blöderweise ist mein Wissen darüber äußerst grobmaschig gestrickt, sodass die relevanten Grundinformationen großteils durchgefallen sind. Ich merke mir immer nur

Randnotizen und unwichtige Details: Dass Evita – also diese Frau des Diktators in Süddings –, dass die viele Schuhe hatte, und dass Madonna vor ein paar Jahren diese Rolle gespielt hat. Dass Bill Clinton in Arkansas, Little Rock, geboren wurde – aber von wann bis wann er genau Präsident war, könnte ich nicht genauer datieren als: vor ein paar Jahren. Dafür kenne ich mich mit Schminke und Kosmetik aus. Concealer niemals über die Foundation, Wimpern stets mit der Zange nach oben biegen. Ja, soll man so eine intelligente Diskussion führen? Eben.

Am vierten Tag bringt Hannes Zita zum vorgeschriebenen Kontrolltermin ins Krankenhaus, und ich kann endlich in Ruhe telefonieren. Ich setze mich in die Wiese neben Dobermanns Ranch, dort, wo ich Empfang habe, und rufe als Erstes Harold an.

Ich erkläre ihm die Situation mit der Alm und mit Zita.

»Kannst du Benni hier herbringen?«

»Sauber! Des wird ihm ned g'fallen«, bemerkt Harold.

»Kannst du ihn dann die nächsten Wochen nehmen?«

»Da bin i in Kiskunfélegyháza.«

»Gesundheit!«

»Wie bitte?«

»Du hast eben geniest.«

Ich kann Harold direkt dabei zusehen, wie er im Hinterstübchen seine paar grauen Zellen aufscheucht.

»Hab ich ned. Ich hab dir grad gesagt, wo ich mit'm Hubert hinfahr. Nach Kiskunfélegyháza.«

»Ah! Ahaaa. *Wohin*?«

»Kiskunfélegyháza. Puszta. Ungarn. Kurz oberhalb von der rumänischen Grenz'.«

»Was zur Hölle machst du dort?«

»Ja mei, a bissl biken, a bissl chillen und so.«

»Und deswegen fährst du nach Rumänien?«

»Ungarn.«

»Wo auch immer. Aber du hast Recht. Das ist für Benni auch nichts.«

»Sag ich ja.«

»Bringst du ihn also her?«

»Passt.«

»Bringst du es ihm bei?«

»Mach' ma. Servus!«

»Halt, warte noch! – Wie lang bleibst du in Dings … äh, Ungarn?«

»Bis Ende August. Dann bin i wieder da.«

»Falls das hier echt eine längerfristige Angelegenheit wird, könntest du dann auf ihn aufpassen, sollte ich noch hierbleiben müssen?«

»Sicher. Und sonst sag' ich's der Mama. Die will eh im September paar Tag in die Stadt kommen und freut sich, wenn's den Benni bemuttern kann.«

»Danke!«

»Bitte.« Sagt's und legt auf.

Wenigstens ist er nicht kompliziert. Wenigstens *das* nicht. Benni wird stinkesauer sein. Oje, oje.

Jetzt muss ich noch Lydia alles erzählen, ehe ich platze.

»Prinzipiell guter Plan. Wenngleich ziemlich perfide«, meint sie, nachdem ich ihr alles geschildert habe.

»Warum perfide?«

»Naja, irgendwie nutzt du ihre schwache Position aus, oder?«

Hm. Das stimmt natürlich. Andererseits …

»Hey! Ich habe hier geschätzte drei Scheißwochen und mache einen auf Landärztin, nur weil die Schreckschraube partout nicht ins Krankenhaus will. Es ist ja nicht so, dass ich nicht leide. Also ist es insgesamt wieder fair. Oder?«

Lydia denkt nach. »Wenn man es so betrachtet, ja. Aber du musst schon ordentlich leiden, damit sich die Aktion nicht aufs Karma schlägt.«

»Tu ich, meine Liebe, tu ich. Entweder schufte ich, oder ich langweile mich. Die Geierwally redet nicht mit mir.«

»Wie? Gar nicht?«

»Nö. Bis auf Anweisungen – *Tut sie das! Tut sie jenes!* – ist nichts da, was man als Gespräch bezeichnen könnte.«

»Wie? Sie redet in der dritten Person mit dir? Habe ich das richtig verstanden? Oder übertreibst du mal wieder?«

»Nein, ungelogen! Wenn das so weitergeht, werde ich bald schizophren. Ich, sie, wer oder was?«

Lydia kichert. »Gott, das ist ja durchgeknallt. Aber anderes Thema: Sag mal, wie viel könntest du für die Alm bekommen, wenn du Käufer findest?«

»Keine Ahnung. Aber so zwanzigtausend Euro werden sicherlich drin sein, wenn ich mir die Grundstückspreise so ansehe.«

»Und dieser Hannes? Der spielt für euch Supermarkt, oder wie?«

»Jop.«

»Kannst du mit dem wenigstens ein wenig plaudern, dort oben in der Einsamkeit?«

Ich lache auf. »Sicher nicht. Interessiert mich auch nicht. Der redet nur mit seinem Pferd und der Zita. Für mehr reicht's wahrscheinlich auch nicht.«

»So dämlich?«

»Nein, dämlich in dem Sinn nicht. Aber seltsam. Äußerst seltsam. Vor allem sein Humor. Den finde ich nicht lustig.«

»Muss ja echt ziemlich langweilig sein.«

»Aber das wird sich bald ändern.«

»Warum?«

»Fred kommt. Wahrscheinlich. Vielleicht. Obwohl …«

»Was jetzt?«

»Ich habe ihm eine SMS geschickt, aber er hat wohl wieder sein Handy verlegt.«

Lydia stöhnt hörbar auf. »Mensch, Heidi! Kapier' es doch endlich!«

»Du wirst schon sehen«, kontere ich, rupfe einen Grashalm aus und kaue daran. Ein bitterer Geschmack legt sich auf meine Zunge. Brrrr!

»Was hast du gesagt?«

»Brrr. Heißt: Die Hoffnung stirbt zuletzt.«

»Deine Hoffnung wandert in schnellen Schritten dem sicheren Tod zu. Mein Vater sagt übrigens immer, dass Hoffnung ein gutes Frühstück ist, aber ein schlechtes Abendbrot. Apropos Abendbrot: Ich muss aufhören, weil wir ein Catering vorbereiten müssen. Viel Glück noch! Und schreib bitte keine sinnlosen SMS mehr.«

»Ja, ja. Du mich auch!«, gebe ich zurück und grinse.

Viel Glück noch … Jaha, das kann ich brauchen. Vielleicht sollte ich demselben etwas nachhelfen und Fred noch eine zweite SMS senden? Oder anrufen? Nein, lieber nicht anrufen. Das geht nur daneben. Ich würde wieder Schwachsinn reden und mich kolossal zum Deppen machen. Mach ich lieber schriftlich. Vielleicht ist meine SMS ja gar nicht angekommen? Genau. Ich leite ihm die alte SMS weiter, dann kann ich zur Not behaupten, sie sei wohl aus Versehen doppelt gesandt worden. Vom Server oder Telefonamt oder wem auch immer. Das ist gut!

Als ich gerade auf *Senden* drücke, höre ich Hannes' Jeep den Forstweg entlangrattern.

Er hilft Zita aus dem Wagen, die – mit Krücken ausgestattet – umständlich über den ebenen Hüttengrund zur Bank humpelt.

Hannes stellt eine Kiste Mineralwasser auf den Tisch, öffnet eine Flasche und bietet diese Zita und mir an. Wir lehnen beide dankend ab, und so leert er die halbe Flasche in offenbar einem Zug. Ich bin fast ein wenig beeindruckt. Hat er sich das von seinen Pferden abgeschaut?

Mit dem Handrücken wischt er sich die Tropfen aus dem Vollbart, die sich darin gefangen haben. Noch eine Kamera in Nahaufnahme draufhalten, und man könnte ihn in einer Naturdoku als Grizzlybären bringen, der gerade in kalten kanadischen Gewässern nach Lachsen taucht.

»Boa, is des heiß heut.«

»Vor allem, wenn man einen Winterpelz im Gesicht und auf dem Kopf hat«, kann ich mir nicht verbeißen.

Stimmt doch! Ich weiß nicht, wann der Kerl zum letzten Mal einen Friseur gesehen hat. Dabei gibt's in Gosau Ritas Frisierstube, zu der alle pilgern, die dies- und jenseits des Pass Gschütt wohnen. Leider hat die gute Rita genau drei Haarschnitte drauf, weshalb dies- und jenseits des Pass Gschütt alle irgendwie gleich aussehen, wenn sie sich denn die Haare nicht einfach wachsen lassen: Dauerwelle, Strähnchen in Blond oder der praktische Kurzhaarschnitt, der so schön die platten Hinterköpfe von uns Hinter-Russbachern zur Geltung bringt. Die wir haben, weil wir die ersten sechs Monate ununterbrochen im Kinderwagen auf dem Rücken gelegen sind, während unsere Eltern das Heu einfahren haben.

Hannes wirft mir einen undefinierbaren und langen Blick aus seinen braungrün-bernsteingesprenkelten Augen zu.

»Und? Was hat der Arzt gesagt?«, frage ich nach. Scheint ein unverfänglicheres Thema als Körperbehaarung zu sein.

»Der Gips bleibt noch bis Ende August oben.«

Aha. Soso. Ende August. Die Information wandert gemächlich durch mein Großhirn, oder wo auch immer bei mir Informationen bearbeitet werden, und legt sich mit vollem Gewicht auf die Synapsen, die für den Bereich Panik zuständig sind.

»WAAAS? WAAAAS?« Mir wird heiß und kalt. »Das sind ja noch …« – ich rechne panisch nach – »das sind ja fünf, sechs … fast sieben Wochen. *Sieben Wochen?!*«

Hannes zuckt mit den Schultern. »Wenn's der Arzt g'sagt hat?«

»Hat er das zu dir gesagt?«

»Nein. Er hat's der Zita gesagt. Die hat's dann mir gesagt. Sonst noch Fragen?«

Sonst noch Fragen? Dass ich nicht lache! Das ist ja … das kann doch nicht sein! Ich habe mit maximal drei Wochen gerechnet. Länger hat doch kein Mensch einen normalen Gips. Also, nicht, dass ich wirklich Ahnung davon hätte, in welchem Zeitraum was verheilt. Aber bei der *Landärztin* hat auch nie jemand länger als eine Folge einen Gips dran. Da werden es in der Realität doch drei Wochen tun, oder?

Zita scheint meine Panik nicht zu teilen. Ein unergründliches Mona-Lisa-Lächeln umspielt ihre dünnen Lippen. Mir scheint, die freut sich gerade tierisch, dass sie mir eine reinwürgen kann. Ich sehe mich die nächsten Wochen hier oben verrotten. So viel gefegt, geputzt, gemäht und Viecher gefüttert wie die vergangenen Tage habe ich mein ganzes Leben nicht. Nein, ich kann nicht mit der alten, bösen Schrapnelle hier oben in der Ödnis sieben Wochen verbringen. Auf keinen Fall! Und weit und breit nichts in Sicht, was diesen Zeitraum auch nur ein wenig attraktiver machen könnte.

Mir ist schlecht. Und wenn ich sie und ihren bärbeißigen Beiwagen so ansehe, brauche ich jetzt unbedingt Abstand. Deshalb stehe ich wortlos auf und gehe. Jetzt ist das Blöde am Berg, dass du nur zwei Wege hast. Rauf und runter. Gehst du erst unangestrengt bergab, musst du eben später keuchen und schwitzen, damit du wieder zurückkommst – und umgekehrt. Ich entscheide mich für Letzteres und trampele wutentbrannt den Schotterweg bergauf.

Nach zehn Minuten lasse ich mich beim Aussichtspunkt, der den Blick auf das Tal freigibt, in die Wiese fallen. Ich muss meinem Leid freien Lauf lassen. Und wenn Sie jetzt glauben, ich sei ein Weichei: Man muss nicht nah am Wasser gebaut sein, um in so einer Situation dicken Tränen freien Auslauf übers Gesicht zu gewähren. Alle meine Pläne sind dahin. Ich bin hier festgenagelt, die blöde alte Geierwally macht mir das Leben zur Hölle, Fred kommt nicht. Dafür täglich der Schergen-Hannes, den keiner braucht und den keiner will.

Der restliche Nachmittag verläuft schweigend. Die Sonne brennt vom Himmel. Ich hätte jetzt gerne ein ordentliches Unwetter. Eines, das die Hütte mitsamt der doofen Zita wegfegt. Dann bräuchte ich diese verrottete Holzbude nicht mal abzureißen.

Mit einem großen Glas Wasser setze ich mich neben Dobermann in den Schatten, den die Almhütte seitlich wirft. Nicht mal er kann meine miese Stimmung heben. Der elende Opportunist frisst seelenruhig seine Fuhre Gras, während ich ihm im Flüsterton mein Leid klage. Charaktermeerschwein!

Was mache ich bloß mit Benni? Und erst mit Borscht?! Ich sehe den Psychopathen schon mit hochrotem Gesicht ins Telefon schreien – jeder Satz begleitet von einer Ladung Speichel, die nach allen Seiten spritzt.

Verzweifelt sitze ich neben Dobermanns Ranch, lasse meine linke Hand über sein weiches Fell gleiten und stiere auf den Preiner See, heute ein dunkelgrünes glitzerndes Loch zwischen den Bergen, hinter denen die Sonne dem frühen Abend weicht. Genau, du blöde Sonne. Schleich dich!

Habe ich schon erwähnt, dass es alle Menschen – ich wiederhole: *alle* Menschen – gerade besser haben als ich? Vor allem die in München. Denn während hier der grässliche Tag sich hinterfotzig mit einem dunklen, muffigen Mantel umhüllt und in sein ungemütliches Holzbett klettert, wirft er sich dort in enge Jeans und Stöckelschuhe und lässt sich hochleben. Lydia wird draußen im Garten die ersten Gäste begrüßen, Fred wird irgendwo die Verstärker aufbauen.

Und ich werde jetzt Borscht anrufen, der sowieso jeden Tag bis spät in den Abend in der Redaktion sitzt. Ich werde ihm mitteilen, dass … Das wird mir hoffentlich noch einfallen.

»Komme gleich«, flüstere ich Dobermann zu und hole aus meiner Kammer das Telefon. Zita, die in der Hütte sitzt und eine riesige Schüssel Äpfel schält, ignoriere ich. Was wird die Schreckschraube mir noch alles einbrocken?

Zurück bei Dobermann, wähle ich erst einmal Renates

Nummer. Nicht, dass Borscht ausgerechnet heute einen besonders schlechten Tag hatte und ich ahnungslos ins offene Messer laufe.

»Heidi!«, kräht Renate ins Telefon, ehe ich noch *Hallo* sage. »Ich hab mich schon gefragt …«

»Frag lieber nicht. Es ist alles zu kompliziert, um das auf die Schnelle zu erzählen. Außerdem bin ich nicht allein und kann nicht gut reden. Und überhaupt: Du und deine blöden Sterne! Es war keine gute Idee, hierherzufahren. *Ü-ber-haupt* keine gute Idee.«

»So schlimm?«

»Schlimmer!«

»Och, das tut mir echt leid. Ganz ehrlich. Ich werde die Sterne dafür bestrafen.«

»Willst du das All zerbomben?!«

»Schätzchen«, kräht sie mit ihrer rauen Stimme, »was haben meine Sterne mit dem All zu tun?«

»Ach ja, ich vergaß. Du liest ja in Wirklichkeit aus dem Kaffeesatz aus der hohlen Hand. Wo wir grad dabei sind: Was sagt denn der über Borschts Stimmungsbarometer?«

Renate räuspert sich und spricht dann im Flüsterton: »Dem blöden Sack legt sich die Hitze ordentlich aufs Gemüt. Er ist echt kaum auszuhalten. Die halbe Redaktion ist auf Urlaub, und er hängt mir täglich mit seinen ollen Kamellen an der Pelle. Wenn er so weitermacht, werde ich ihn als Opfer für die Götter auf den Grill legen.«

»Ui, da werden die Götter keine Freude haben.«

»Und auch nicht die Nachbarn. Garantiert geht bei dem so eine grüne Stichflamme hoch, die nach Schwefel stinkt.«

Wir lachen uns scheckig.

»Brauchst du was von Borscht?«

»Naja. Nicht direkt. Ich muss hier bis Anfang September bleiben.«

»*Waaaas*? Warum?«

»Sag ich doch, dass ich dir das ein anderes Mal erzähle. Ich muss nur irgendwie Borscht verklickern, dass er die nächsten sieben Wochen nicht mit mir rechnen kann.«

»Oh, oh! Das könnte problematisch werden.«

»Sieh an! Der erste *seriöse* Blick in die Zukunft. Aus dir könnte noch mal was werden …«

»Und spätestens dann werde ich hier kündigen«, stellt Renate trocken fest.

»Wollen wir das nicht alle? Apropos kündigen: Ist Borscht noch in der Redaktion? Auch wenn er mich sicher gleich rauswirft.«

»Pfff. Soll er die Geschichten dann selber schreiben? Das schau ich mir an! Er ist in seinem Deppenkobel. Am besten ist, du rufst ihn sofort an, ehe er sich zu seiner Mama heimtrollt. Und ich mach mich hier vom Acker, damit ich seinen Wutanfall nicht mitbekomme. Und morgen melde ich mich krank.«

»Tut mir leid, wenn ihr wegen mir noch mehr Ärger habt.«

»Ach, Schätzchen, halb so wild«, winkt Renate ab. »Der spinnt doch so oder so. Aber melde dich, wenn du mal plaudern kannst, okay? Und viel Glück!«

Ich lege auf, atme tief durch und wähle Borschts Nummer. Oh, wie ich diese Nummer hasse. Ich sehne den Tag herbei, an dem ich die unselige Tastenkombination 6-5-7-4-2-9-7 nicht mehr drücken muss.

»Chefredakteur Borscht«, nölt seine Stimme aus dem Hörer. Ich unterdrücke den sehr heftigen Impuls, das Handy sofort ins Gestrüpp zu werfen. *Chefredakteur* Borscht … ein klarer Fall von schwerer Persönlichkeitsstörung, wenn jemand seine Position zum fixen Teil seiner Persönlichkeit macht. So wie Mutter Beimer. Wobei: Nix gegen die Lindenstraße! Sie ersetzt mir meine Familie, seit ich vierzehn bin und im Internat die deutsche ARD empfangen konnte.

»Guten Tag, Herr Borscht. Hier spricht Heidi.«

»AH! Endlich! Hammse Ihr Telefon wieder ausgegrabn, was?«

Na, wenn das keine Begrüßung ist.

»Dachte schon, Sie würden sich gar nich mehr melden«, überschüttet er mich gleich mal mit Vorwürfen. Wie kommt er dazu?

»Ich habe Ur ...«, weiter komme ich nicht.

»Und kommense mir ja nich mit Urlaub! Ein Journalist ist immer – ich betone: *immer* – erreichbar. Was machnse denn, wennse eine Bombengeschichte verpassen, hä?«

Wie? Fürs *Aktuelle Blatt?* Ein zweiter Fruchtbarkeitsstein ist vom Himmel gefallen und hat dieses Mal einen Mann getroffen? Und der ist daraufhin schwanger geworden?

Ich kenne Borscht lange genug, um zu wissen, dass es keinen Sinn hat, seinen Sprechdurchfall zu unterbrechen. Daher lasse ich ihn reden und lausche dem dummdreisten Gelaber nur mit halbem Ohr, während ich Dobermanns Grashalme nach Länge sortiere. Aus den Augenwinkeln sehe ich Zita zum Gatter humpeln – die Schale Äpfel unterm Arm. Eigentlich sollte ich ihr mein Telefon mit dem quakenden Borscht in die Hand drücken und sagen, sie soll die Suppe, die sie mir eingebrockt hat, auch für mich auslöffeln.

»... aber das hat nun der Herr Arnold gemacht«, beendet Borscht sein Gesumse.

»Ah ja«, sage ich. *Ah ja* passt nämlich immer. Von *Darfs noch ein bisschen mehr sein?* bis zu *Willst du mich heiraten?*

»Weswegen ich anrufe«, gehe ich medias in res und lehne mich an die Tür zum Ziegenstall. »Ich bin leider familiär die nächsten Wochen unabdingbar.«

»Unabdingbar?«

»Genau. Dings … äh, also ich muss wegen einer sehr tragischen Familiensache in Österreich bleiben.«

»Aha. Und wie lange?«

Jetzt kommt der Höhepunkt. »Sieben Wochen.«

»SIEBEN WOCHEN???«

»Genau. Bis Ende August … Anfang September.«

»Rechnen kann ich selber!«, knurrt Borscht. »Aber das geht auf keinen Fall!«

Ich versuche, Zeit zu gewinnen.

»MMMMM-MMMM-MÄÄÄH!«, blökt Flori neben mir, die anscheinend aus ihrem Koben raus will.

»Was?«, ruft Borscht.

»Nichts. Ich … Moment …« Ich öffne die morsche Stalltüre und lasse die Ziege raus.

»MMMMM-MMMM-MÄÄÄH!« Flori parkt vor mir ein und määäht mir ins Gesicht.

»Wo zur Hölle sind Sie?«, will Borscht wissen. »In einem Zoo?«

Umständlich drückt sich Flori an mir vorbei in Richtung Zita, die es sich mittlerweile auf der Hüttenbank bequem gemacht hat und mich mit skeptischem Blick beäugt. Herrgott noch mal! Da kann sich doch kein Mensch konzentrieren!

»Nein. Doch. Irgendwie. Ja, und überhaupt. Das mit den sieben Wochen lässt sich jetzt auch nicht ändern. Und außerdem hab ich einen freien Werksvertrag«, grantle ich in den Hörer.

Erst Schweigen. Dann ein donnerndes »Frau Herzog! *So geht das nicht.*«

Ich lasse mich auf die Wiese sinken und stütze den Kopf in die Hand. Ja, wollt ihr mich alle fertigmachen?

»Es mag schon sein, Vertrag hin, Vertrag her, dass es da unterschiedliche Intrepre … Intre … Inte … *-pretationen* gibt, aber *ich bin hier der Chefredakteur,* und Sie haben mir gesagt, dass Sie in zwei Wochen wieder hier sind. Also bewegen Sie sich besser heute als morgen in Richtung Redaktion.«

»Das wird leider nicht gehen.«

»MMMMM-MMMM-MÄÄÄH!«, blökt Flori, die sich wieder zu mir getrollt hat, fröhlich ins Telefon.

»SIND SIE IRRE?«, schreit Borscht.

»DAS IST DOCH FLORI!«, schreie ich zurück.

Tüüt. Tüüüt. Borscht hat aufgelegt.

Ich stecke mein Handy in die Hosentasche. Nun gut. Es hätte schlimmer laufen können, oder? Wie – das weiß ich grad nicht, aber der Gedanke hat etwas Tröstliches. Wie tief bin ich schon gesunken, wenn *so* ein Gedanke etwas Tröstliches hat?

Mittlerweile ist es dunkel geworden. Aus der Hütte höre ich Geschirr klappern. Oder sind das Zitas Zähne? Soll sie dran ersticken! Aber erst, nachdem ich mir von drinnen ein Glas Most, verdünnt mit vieeeel Wasser, geholt habe. In einer Auflösung von eins zu zehn kann das Zeug tatsächlich gut getrunken werden. Ich schwebe wortlos an Zita vorbei und hole mir aus dem Libella-Kühlschrank die Flasche Most raus, leere zwei Schlückchen in meinen Krug und gieße mit reichlich Wasser auf.

Zita verfolgt mich mit stechendem Blick. »Hat's einen

Wirbel beinander?«, will sie wissen und lässt sich schwerfällig auf die Bank fallen.

»Kann man so sagen.«

»Aha.«

An mehr Information ist ihr wohl nicht gelegen. Wahrscheinlich, weil ihr ganz genau bewusst ist, dass sie, sie und noch mal sie der Grund für meinen Weltuntergang ist.

7

In der Nacht ist ein mordsmäßiges Gewitter über den Preiner Kogel gezogen. Wie Hunderte Glühwürmchen in einem Sack sind die Blitze hinter der Wolkendecke herumgeschossen und haben wie in einer Techno-Disco die Nacht erleuchtet. Gruselig! Und dann erst das Donnergrollen! Richtig gebebt und gebrüllt hat es. Das merkt man unten im Tal gar nicht, wie hier oben der Bär steppt, wenn sich ganz oben die Schleusen öffnen.

Mein Wunsch nach einer biblischen Zerstörung war aber wohl nicht innig genug. Zwar hat das Gewitter Spuren hinterlassen, aber die Verwüstung könnte ausbaufähiger sein. Ein Teil der hölzernen Regenrinne hat sich vom Schindeldach gelöst und hängt herab. Ein guter Anfang, denke ich mir.

Zita beäugt das, wie sie sagt, »Kreuzteufelmalheuuuuur!« mit zusammengekniffenen Augen. Ha! Das gefällt ihr nicht. Nun, es gibt doch eine ausgleichende Gerechtigkeit. Schnell fängt sie sich aber und stellt nüchtern fest: »Des muss der Hannes richten.« Dann wendet sie mir ihren Blick zu und fordert mich auf: »Geht sie auffi zu die Steinlechnerischen und holt ihn!«

Sie sagt das nicht als Bitte, sondern als Befehl. Und diesen Ton mag ich nicht.

»Nein, das tut sie nicht!«, widersetze ich mich und werfe ihr einen angriffslustigen Blick zu. Ich werde mir ja nicht selber das Wasser abgraben. »So wie es aussieht, machts der Kobel nicht mehr lang«, denke ich laut nach. »Sinnlos, hier noch Geld und Zeit zu verschwenden. Und außerdem« – ich schaue sie angriffslustig an – »Sie sagen gefälligst *bitte,* wenn Sie was von mir wollen. Ich bin ja nicht Ihre Magd.«

Eine steile Falte bildet sich auf Zitas Stirn. Dann reckt sie ihr energisches Kinn nach vorne und humpelt mit einer Krücke zurück in die Hütte. Soso! Erst blöd reden und dann abhauen. Kaum ist sie in die Hütte entschwunden, kommt sie auch schon wieder zurück. Mit beiden Krücken.

»Und was wird das jetzt?«, will ich wissen.

Zita schweigt und stakst schwankend, aber mit entschlossenem Blick zum Hüttengatter.

»Oh nein! Sie werden nicht selber gehen!«

Zita humpelt einfach weiter.

Diese sture alte Schachtel! Verärgert laufe ich ihr nach. »Ich geh ja schon!«, schnauze ich und mache mich auf den Weg, ohne mich noch einmal nach ihr umzudrehen.

Wahrscheinlich grinst sie sich jetzt ins Fäustchen. Soll sie sich doch an ihren dritten Zähnen verschlucken!

Ein halbe Stunde marschiere ich den von Almrausch und Latschenkiefern gesäumten Treppelweg bergauf zur Steinlechner-Alm. Die liegt hundertfünfzig Meter höher, was mir ordentlich Schweiß auf die Stirn treibt. Und ich Trottel hab mir nichts zum Trinken mitgenommen. Blöde Zita!

Die Sonne brennt mir auf den Kopf, und das T-Shirt klebt mir am Körper. Ich habe mich in Ermangelung einer Dusche nur mit Katzenwäsche am Steintrog begnügen müssen. Meine Haare habe ich seit Tagen nicht gewaschen. Dementsprechend rieche ich mittlerweile wie ein ausgewachsener

Steinmarder – was aber hier oben Gott sei Dank völlig egal ist. Bis auf die paar Bauern und Wanderer, die auch nicht viel gepflegter sind als ich, gibt's hier niemanden.

Rotgesichtig, mit Schweißflecken übersät und mit zerzausten Haaren stolpere ich die Schotterpiste, die streckenweise nicht mal mit Schotter geplättet ist, sondern nur über Stock und Stein führt, entlang. Immer weiter rauf. In meinen Beinen ist Zement. Schwerfällig setze ich einen Fuß vor den anderen und summe die Melodie von *Spiel mir das Lied vom Tod*. Musik kann ja beflügeln, nicht wahr?

Wenn ich nur etwas zum Trinken hätte. Und eine Dusche! Ich weiß gar nicht, wo sich Zita wäscht. Wahrscheinlich um fünf Uhr früh unter Ausschluss der Öffentlichkeit am Brunnen. Oder in der Küche? Darauf pfeife ich. Eher fahre ich noch zu Paula und mache mich einmal pro Woche frisch.

Wobei: Wenn ich zu Paula fahre, muss ich erstens danach wieder bergauf laufen, und zweitens kriegen meine Eltern dann garantiert mit, dass ich hier bin. Paulas Kinder können sicher nicht den Mund halten. Und Kinder zum Lügen anzustiften, ist auch nicht schön.

Nach gefühlten tausend Höhenmetern stolpere ich endlich über die Türschwelle der Steinlechner-Alm.

»Halloooo?«, rufe ich in die Gaststube. Wo kann der Bartseppel stecken? Niemand da. Dafür ein Krug Wasser auf der Theke. WASSER! Ich spucke den Kaugummi, den ich mir zwecks Erfrischung den Weg herauf in den Mund gesteckt habe, in mein Papiertaschentuch, das in meiner Hosentasche steckt. Weil ohnehin keiner da ist, trinke ich gierig direkt aus dem Krug, was zur Folge hat, dass mir die Hälfte den Hals hinunterläuft und mein T-Shirt durchnässt. Egal, es ist ohnehin schon nass. Das Gesicht aber trockne ich mir schnell mit dem Papiertaschentuch ab, weil der Schweiß förmlich aus den Poren fließt.

Nachdem ich mir noch fest die Stirn damit abgetupft habe, tönt es unerwartet »Prost« hinter mir.

Ich erschrecke so heftig, dass mir fast der Krug, den ich noch immer in der Linken halte, aus der Hand fällt. Schnell schiebt Hannes von hinten seine Hand unter das Gefäß und hält es fest, ehe es auf den Boden kracht. So stehen wir eine Sekunde in einer Quasi-Umarmung.

Hat der Nerven! Jedes Mal dasselbe! Taucht aus dem Nichts auf, und ich kriege fast einen Herzinfarkt. Zorn steigt in mir hoch und entlädt sich mit einem harschen »KRUZIFIX!! Teuflnochamal!« Wütend drehe ich mich zu ihm um.

Weiter komme ich nicht. Der Rest des Fluches bleibt mir im Hals stecken. Vor mir steht … steht … Hannes? *Hannes?*

Ich kneife die Augen zusammen, um auch wirklich sicherzugehen, dass ich keiner Sinnestäuschung aufsitze – dass das, was ich sehe, tatsächlich das ist, was es zu sein scheint.

Doch, ja: Es ist Hannes Steinlechner, auch wenn er nicht danach aussieht: Er hat nämlich ein *Gesicht*!

Fassungslos zeige ich mit ausgestrecktem Finger auf ihn: »Du, du hast …«

»Was?«

»Ein *Gesicht!?*«

Er blickt mich mit hochgezogener Augenbraue an: »So wie die meisten?!«

»Ich hätte dich fast nicht erkannt.«

Und wirklich: Wo gestern noch dunkles Bartgestrüpp in einen ungepflegten Kopfhaarmopp überging, sehe ich ein markantes, glatt rasiertes Gesicht mit einem kantigen Kinn, einer geraden Nase und fein geschwungenen Lippen.

Und auch die Haare hat er sich schneiden lassen!

»Aber jetzt, wo du lang genug g'schaut hast, kennst mich schon?!« Amüsiert grinst er mich mit einem Megawatt-Lächeln an. Plötzlich zieht er die Nase kraus. »Ist der Hund herinnen?«

»Welcher Hund?«

Hannes sieht sich nach allen Seiten um.

»Naja, da riecht's irgendwie nach Hund.«

Blut schießt mir in den Kopf. Das ist kein Hund. Das bin ich. Schnell presse ich mir die Arme an den Körper, um zumindest den Achselschweiß einzudämmen. O Gott! Warum muss ich genau jetzt so aussehen und so stinken?

»Ja, ja, der Hund. Der ist eben ... rausgegangen. Da, direkt neben mir hat er gestanden. Mann, hat der gestunken, genau das hab ich mir auch gedacht«, lüge ich mit hochrotem Kopf.

Unauffällig lasse ich den Blick an mir herunterwandern und bemerke mit Bestürzung, dass Hannes' Augen dasselbe tun – und auf Brusthöhe hängen bleiben. Dort, wo Trinkwasser und Schweiß das T-Shirt völlig durchnässt haben und ich aussehe wie eine, die beim Wet-T-Shirt-Contest gleich in der ersten Runde unter großem Gelächter ausgeschieden ist. Möge sich bitte jetzt der Stubenboden auftun und mich verschlingen!

Hannes schaut schnell weg und blickt mir auf die Stirn. Er zwickt die Augenbrauen zusammen, seine Augen werden zu Schlitzen, und er fokussiert neugierig meinen Haaransatz.

»Is' was?«

»Du hast da was.«

»Wo?« Die Arme fest an den Oberkörper gepresst, damit mein Schweißgeruch nicht wegströmen kann, versuche ich mittels Augenrollen die richtige Richtung zu orten. Ich sehe wahrscheinlich aus wie der Gollum, wenn er zu viel gekifft hat.

»An der Stirn.«

»Ach, das ist ganz normal, dass da in roten Buchstaben *Idiotin* leuchtet«, versuche ich mit Behelfshumor ein wenig Standfestigkeit zu gewinnen.

»Nein. Heute nicht«, kontert er knochentrocken. »Heute klebt ein alter Kaugummi drauf.«

»Ach, der«, gebe ich mich nach außen hin maximal lässig, während es in mir brüllt: *ACH DU SCHEISSE! DU BIST SO DÄMLICH!! DAS DARF NICHT WAHR SEIN!!!*

Meine Komplexe geben meinem Selbstvertrauen eine ausgestreckte Linke, und Hannes sagt: »Darf ich?«

»Ja«, miaue ich und schließe die Augen. Manche Sachen muss man einfach nicht sehen. Zum Beispiel, wenn ein plötzlich attraktiv gewordener Mann dir einen alten Kaugummi von der Stirn kratzt.

»Und warum bist du eigentlich da?«, will er wissen und schnippt den Kaugummi in den Mülleimer neben dem Schrank.

»Ähm … ja, genau! Es ist wegen … des Gewitters.«

»Ja?«

»Das war ja fürchterlich, nicht wahr?« Ich merke, wie meine Oberlippe unkontrolliert zu flattern beginnt.

»Hast Angst g'abt – oder was?«

»Ähm, nein. Es ist ja nicht wegen des Gewitters.«

»Ach, nicht?«

»Nein, es ist wegen der Dachrinne.«

Das Flattern hört nicht auf. Ich beiße mir fest mit dem Unterkiefer auf die Oberlippe.

Hannes weicht einen kleinen Schritt zurück, um sein Blickfeld zu erweitern, und betrachtet mich besorgt.

»Die Dachrinne?«

»Ja, ja. Die ist ab. Futsch und weg und kaputt.« Ich fuchtle mit den Händen herum, die ich seitlich von der Hüfte wegstrecke, damit die Arme aus geruchsneutralisierenden Gründen am Oberkörper bleiben, um das *Futsch und Weg* anschaulicher zu machen.

»Hat die Zita dich geschickt?«

»Genau! Die Zita. Haha. Hahahahaha.« Warum lache ich jetzt eigentlich?

»Dann sollt ich mir des anschauen, oder?«

»Bingoooo!«, schreie ich.

Hannes schaut mich sehr intensiv an. Entweder findet er mich interessant – oder geisteskrank. »Dann machen wir des gleich, weil nachher hab ich zu tun.«

Mit dem Jeep geht's wieder in einem Affentempo über Stock und Stein runter zur Sausteigalm. Während der Fahrt werfe ich ihm verstohlene Blicke zu. Der sieht ja wirklich gut aus, der Mann. Aber na ja, versuche ich meine Begeisterung wieder in überschaubare Maße zu kriegen, er ist und bleibt ein Bauer. Und damit komplett uninteressant. Also nicht für eine Gretel aus dem Dorf, aber für mich.

Ob er eine Freundin hat? Vielleicht die Widlroither Resi von der Post? Die ist ja nicht verheiratet oder so. Oder hat er ein Verhältnis mit einer vergebenen Frau? Nein. So wie er bis gestern aussah, hat er weder das eine noch das andere. Warum jetzt diese Styling-Offensive? Weil ich gestern eine Bemerkung über seine Behaarung gemacht habe? Nein, das ist dem doch komplett egal.

Wahrscheinlich hatte er Läuse. Und musste sich die Wolle vom Kopf mähen.

8

Mei, Hannes! Wia schaust denn du aus? A so viel fesch!«, schreit Zita begeistert und fährt ihm durch die kurzen Haare.

Hannes grinst und schweigt. Hoffentlich fragt mich Zita nicht, was ich von seinem neuen Look halte.

»Da schaut sie, ha? So ein fescher Bua! Oder?«

Also doch. »M-hm«, murmele ich, was sowohl Ja als auch Nein heißen kann. Die alte Schreckschraube braucht nicht zu wissen, dass ich etwas beeindruckt bin.

Zita zieht Hannes am Ärmel zur maroden Dachrinne. Ein paar Minuten später holt er einen massiven Werkzeugkasten aus seinem Wagen und macht sich an die Arbeit.

»Heidi, kannst du mir schnell helfen?«, keucht er und stemmt sich gegen die Rinne, die sich bedrohlich über ihn neigt.

»Klar.«

»Übernimm meine Position und stemm dich dagegen.«

Wir tauschen den Platz, und mit meinem ganzen Gewicht drücke ich die Rinne gegen die Hüttenwand. Zum ersten Mal in meinem Leben bin ich froh, keine dieser unterzuckerten Size-zero-Hungerhaken zu sein, die frohen Mutes auf die kulinarischen Sonnenseiten des Lebens verzichten, nur damit sie in Slim-Jeans so aussehen, wie der Hersteller sich das vorgestellt hat.

Mit dem Unterarm wischt sich Hannes den Schweiß von

der Stirn. »Wahnsinn, ist des heiß heut.« Er zupft ein paar Mal am Stoff, der an seiner Haut klebt. »Ich zieh's am besten aus«, murmelt er und zieht sich in Zeitlupe das Shirt über den Kopf.

Okay. Ich könnte jetzt lügen und sagen, dass es mich überhaupt nicht interessiert, wie er gebaut ist. Tu ich aber nicht, sondern konstatiere eine Anfälligkeit für Hannes' halb nackten Körper. Das hat aber rein gar nichts mit ihm persönlich zu tun! Wäre er jetzt jemand ganz anderer, zum Beispiel ein Udo oder ein Karl oder ein Detlev, würde ich genauso schauen. Ungelogen! Ich muss aber schon anmerken, dass Udos, Detlevs oder Karls aus der Stadt sich höchstens bei *John Harris Fitness* das antrainieren können, was der Herr dem Hannes entweder im Schlaf oder beim Arbeiten auf der Alm gegeben hat.

Okay, bei Zweiterem hat der Herr wohl nicht die Hände im Spiel. Schultern, so breit, als könnten sie so ziemlich jedes Elend, das einem widerfahren kann, tragen. Auf jeden Fall meines. Und das ist ja derzeit bekanntlich ganz schön groß. Stichwort: Ich bin hier das Opfer! Außerdem: muskulöse Oberarme, karamellbraun von der Sonne getönt, und sehnige Unterarme, an deren Seite ein paar Adern hervortreten. Und eine Brust! Endlich mal ein Mann mit einer Brust, die den Namen Männerbrust verdient. So wie die von *Tom Selleck!*

Jaja, Sie haben schon richtig gehört! Ich verstehe überhaupt nicht, was der blöde Zeitgeist mit den Kerlen gemacht hat. Was soll ich mit Männern anfangen, die sich die Brust so lange enthaaren, bis sie an ein wehrloses, nacktes Küken erinnern. So was will frau doch nicht im Bett?! So was legt sie in ein Nestchen und deckt es vorsichtig zu!

Verstehen Sie mich nicht falsch: Es ist nicht so, dass ich drauf stehe, dass einer wie ein Grizzly vorn und hinten und oben und unten bepelzt ist. Haare haben einen bestimmten Platz – und der ist genau dort, wo er bei Hannes ist. Quer über die bemuskelte Brust und vom Nabel abwärts.

Und dieser Bauch! Wo sich bei mir schwach motiviertes Gewebe in Richtung Becken hängen lässt, zeichnen sich bei ihm handtellergroße Muskelpakete ab. Aber nicht diese aufgeblasenen Steroid-Polster, die so gerne zwischen Solarium und Saftbar hin- und hergetragen werden. Sondern alles natürlich gewachsen. Alles bio, quasi!

Gott sei Dank kann Hannes keine Gedanken lesen.

»Geht's noch?«, will er wissen.

Ertappt! Mir schießt das Blut in den Kopf. »Wie meinst du das?«

»Na, wegen der Rinne. Die is schon schwer.«

Ach, die Rinne. Scheiß auf die Rinne! Solange ich hier stehen und in Ruhe glotzen kann. »Ach so … Kein Problem.« Ich ziehe ein paar Grimassen, mit denen ich zum Ausdruck bringen will, welche Bärenkräfte ich habe. Mein Ausdruck scheint allerdings im Bereich des Undefinierbaren zu bleiben. Also für ihn.

Nachdenklich legt er den Kopf schief und kommt zu dem Schluss, mich ablösen zu müssen. Breitbeinig stellt er sich ganz knapp vor mich, sodass er mich mit seiner abgewetzten Jeans fast an der Hüfte streift. Oh! Oh!

Ich winde mich schnell seitlich weg, atme tief durch und vermeide ganz intensiv, ihm ins Gesicht zu sehen.

»Nimm den Pfosten« – er zeigt auf einen Holzklotz – »und schieb ihn unter mir durch, damit die Rinne abgestützt wird.«

Ich tue, was er sagt, und denke ganz intensiv an Margret Thatcher, um wieder auf den Boden zu kommen. Flink nagelt er den Pfosten fest.

»Des hält jetzt amal. Bis zum nächsten Gewitter.« Mit skeptischem Blick mustert er die gesamte Dachrinne. »Des muss sowieso alles amal hergerichtet werden.«

Von dem, dem ich die Hütte demnächst verkaufen werde – wer auch immer das ist, denke ich.

Die Tage ziehen sich wie Strudelteig. Zwischen Zita und mir herrscht zwar keine Eiszeit, aber es ist auch nicht alles eitel Sonnenschein. Sie nimmt mir übel, dass ich sie von der Alm weghaben möchte, ich nehme ihr übel, dass ich wegen ihrer Sturheit hier die Krankenschwester spielen muss.

Ich fühle mich mittlerweile wie der einsamste Mensch auf der Welt. Lydia kann ich auch nicht regelmäßig anrufen, denn die Geierwally hat ihre Ohren überall, wohingegen ich nur am Eck zum Ziegenstall Empfang habe. Und lautstark über Zita schimpfen, während sie zuhört, das bringe nicht mal ich übers Herz.

Borscht hat in der ersten Woche täglich angerufen, weil er ja nicht weiß, dass ich hier nicht erreichbar bin. Ich kann daher auch nicht unter der Woche meine liebe Horoskop-Renate anrufen, um mir die Zeit zu vertreiben. Wer weiß, ob nicht Borscht daneben steht …

Und auch Fred hat sich immer noch nicht gemeldet. Nicht mal auf meine zweite SMS! Das ist der Beweis dafür, dass er tatsächlich sein Handy verlegt hat. Oder verloren. Oder es wurde ihm gestohlen. Der Arme! Sicherlich versucht er verzweifelt, meine Telefonnummer herauszufinden, um meine SMS zu beantworten. Ich sehe ihn vor mir, wie er in seiner

Wohnung auf und ab geht, sich die sehr schönen Locken rauft und meinen Namen ruft: Heidiiiii.

Und dann fällt ihm ein, dass er eigentlich Lydia anrufen könnte. Egal, wie peinlich das ist. Denn die kennt ihn ja gar nicht. Wobei: Er kennt sie ja auch nicht, ergo kann er ihre Nummer nicht haben. Egal. Das sind irrelevante Details. Er ruft sie jedenfalls an, weil er un-be-dingt mit mir reden muss.

Und sie sagt: *Die Heidi will dich gar nicht sehen!*

Und er sagt: *Aber mein Herz hängt doch an ihr.*

Und sie sagt: *Pfffff.*

Und er sagt: *Ach, mit Leib und Seele habe ich mich nach ihr gesehnt! Ich fragte Gott voller Qual und voller Demut zugleich …*

Äh, und so weiter, und so fort.

9

Mein Einsiedlerleben hat ein Ende: Mein Kind kommt zu mir auf die Alm! Juhuu!

Naja: Halb-Juhu, denn er wird nicht sehr froh darüber sein. Und ich kann's, ehrlich gesagt, verstehen. Hätte mich jemand im Alter von fünfzehn gezwungen, meine Sommer in den Bergen zu verbringen, ich hätte auch miese Laune gehabt.

Jetzt werden Sie sagen: Aber die hat doch in den Bergen gelebt. Ja-ha! Aber *unten* im Dorf. Das ist schon ein bisserl ein Unterschied! Da gibt's wenigstens den *Schwarzen Adler* und die Zeitschriften, die die Touristen dort liegen lassen.

»Und wie kommen wir da jetzt auf die Alm?«, will Harold wissen. Er hat angerufen, um mir zu sagen, dass er Benni am Nachmittag herbringt.

»Zu Fuß?«, schlage ich zögernd vor.

Schweigen am anderen Ende der Leitung.

»Okay, also eher nicht zu Fuß.«

»Mei, weißt scho …«, wiegelt Harold ab. Ich weiß zwar nicht, aber egal.

»Ich könnte einen Nachbarn fragen, ob er Benni abholen kann. Ich ruf dich später noch mal an. Übrigens, ähm, was hat Benni denn dazu gesagt, dass wir jetzt ein paar Tage auf der Alm sind?«

»Mei, weißt scho. Recht lässig findet er des ned.«

Ein Seufzen entfährt mir. Ganz tief aus meiner Seele. Hab ich nicht schon genug Ärger am Hals?

Hannes hebt schon nach dem zweiten Läuten ab.

»Heidi?«

Aha. Er hat meine Nummer gespeichert.

»Hundert Punkte. Ich … ähm … bräuchte deine Hilfe.«

»Die Dachrinne?«

»Ein Kind.«

»Ein Kind???«, fragt er irritiert.

»Mein Kind. Der kommt zu mir auf die Alm, und ich müsste ihn abholen – unten beim Parkplatz. Jetzt dachte ich mir …«

»Passt. Wann denn?«

»Um drei Uhr.«

»Passt. Ich hol dich ab, und dann krachen wir runter.«

»Danke.«

»Es gibt noch ein Problem.«

»Noch ein Kind?«

»Sehr witzig. Benni bräuchte eine Matratze oder so was zum Schlafen. Zita hat nichts in der Richtung. Hast du …?«

Hannes denkt kurz nach.

»Passt. Bring ich mit.«

Pünktlich um drei bremst Hannes vor dem Gatter und holt aus dem Kofferraum ein Campingbett.

»Das ist wirklich sehr nett von dir«, zeige ich mich ausnehmend dankbar und beobachte ihn, wie er das Bett zur Hütte trägt. Hannes bewegt sich trotz seiner Größe fließend; Beine, Hüfte und Schultern sind bei ihm rhythmisch aufeinander abgestimmt und geben seinen Bewegungen Eleganz und

Lässigkeit. Wie bei einem Raubtier. Einem Berglöwen. Obwohl er ja eher der Typ Kaltblutpferd ist.

»Mei Hannes, sooo fesch bist mit die kurzen Haar'«, quiekt Zita erneut vor Freude. Kriegt sich die alte Schachtel irgendwann mal wieder ein? »Und was bringst da?«

»Fürs Kind von der Heidi. Zum Schlafen.«

Ich habe Zita darüber informiert, dass heute Benni kommt. Dass er kommen muss, obwohl er gar nicht will, weil sie, Zita, uns mit ihrem Gipsbein in Geiselhaft genommen hat. Ihr scheint das ziemlich egal zu sein. Mein Einwand, dass sie die Mehrkosten, sprich Verpflegung und so, deswegen tragen muss, hat sie mit einem Achselzucken quittiert.

»Ah so. Na dann stellst es rauf in ihr Kammerl«, weist sie Hannes an und klingt schon ein paar Grad frostiger als eben. Flexibel, die Gute.

Kurz darauf rattern Hannes und ich die irre Piste zum Parkplatz hinunter. Natürlich hat sich Harold, wie er mir per SMS mitteilt, verspätet.

Mir ist es unangenehm, dass Hannes jetzt warten muss, weil sich mein Ex, der Träumer, wieder mal verspätet. Ich werde die Situation mit bemühtem Charme meistern müssen und zeige auf die kleine Bank, die beim Parkplatz liegt. Hannes schaut schnell auf seine Armbanduhr und nickt.

»Es wird nicht lange dauern. Eine halbe Stunde maximal«, werfe ich eilig ein.

»Passt scho.«

»Wie gefällt es dir denn hier?«

Soll ich jetzt ehrlich sein? Nein, lieber höflich, um nicht die ganze Strecke zu Fuß zurückgehen zu müssen. Benni würde nie mehr ein Wort mit mir reden.

»Ja, es ist, wie soll man sagen … die Landschaft. Genau, die Landschaft! Und das Wetter. Das Wetter auch.«

Hannes schaut mich fragend an.

»Und die Blumen! Sehr schön, sehr schön.« Ich nicke, um das Gesagte zu unterstreichen.

»Und die Zita?«

»Was? Wer?«

»Wie verträgst dich mit der Zita?«

Gar nicht! Sie ist eine alte Schreckschraube, die mir mit ihrer verqueren Art auf den Geist geht, und ich lobe den Tag, an dem ich die alte Schachtel ins Dorf gebracht und die Alm verkauft habe, möchte ich sagen. Und sage: »Nun ja, sie ist … auch! Ja, schon auch … irgendwie. Nicht wahr? Und du?«

Hannes, der mich mit fragendem Blick fixiert, zieht die Stirn kraus. »Mit konkrete Antworten hast es ned so, gell?«

Ups. Erwischt. Ich fühle, wie mir schon wieder das Blut ins Gesicht schießt.

»Ich kann mir's schon denken«, sagt er.

»Was?«

»Dass es ned leicht is.«

»Was?«

»Dass du auf die Zita schaust. Ich kenn sie, seit ich ein Kind bin, und ich weiß, dass sie eine recht hantige Zaugg sein kann. Aber sie is ein guter Mensch. Sie hat ein großes Herz.«

Huch, fast hätte ich laut aufgelacht. Großes Herz. Wo? Unter dem Bett, direkt neben ihrem Nachttopf? Ob Hannes irgendwas von meinem Deal mit ihr weiß? Anscheinend nicht.

»Jaja, einfach ist sie nicht. Aber einfach bin ich ja auch nicht«, lenke ich ab.

Hannes grinst. Und zeigt zwei Grübchen. Seine braun-grün-bernsteingelb gesprenkelten Augen funkeln, und ehe sich mein Blick uncoolerweise darin verliert, reißt mich ein lautes Hupen aus dem Moment.

»Yeah! Wie chillig is' denn des?«, brüllt Harold aus dem Fenster seines alten abgerockten Volvo-Kombi, den hinten zwei riesige Aufkleber zieren: einer der bayerischen Band *Haindling* und einer mit der Aufschrift: *Esst mehr Plastik*!

Benni scheint die Meinung seines Vaters nicht zu teilen und sitzt mit böser Miene am Beifahrersitz. Ui, das wird lustig werden.

Lässig und freundlich reichen Harold und Hannes einander die Hände. Benni scannt Hannes auf die Schnelle und begrüßt ihn ebenso unvoreingenommen freundlich – so freundlich es halt geht, wenn sich die heruntergezogenen Mundwinkel im Gesicht festgefroren haben.

»Und du wohnst auch hier heroben, oder?«, will Harold wissen.

Hannes nickt und deutet vage in Richtung Berg: »Wir ham eine Alm da oben.«

»Sauber!«, sagt Harold anerkennend und zwinkert mir neckisch zu.

Arsch, blöder!

»Na, dann pack i's jetzt und cruise heim und dann nach Ungarn«, verabschiedet sich der werte Kindsvater und umarmt Benni kumpelhaft.

Der zieht die Mundwinkel zu einem gequälten Grinsen hoch. »Hey, sei chillig, Großer! Voll relaxed da heroben«, versucht Harold ihn zu motivieren und nebenbei sein schlechtes Gewissen zu beruhigen, weil er selbst keine Zeit mehr für Benni hat.

Nachdem Hannes Bennis Gepäck verstaut hat, rattern wir die rumpelige Forststraße bergan.

»Cooler Jeep«, bemerkt Benni anerkennend.

»Danke. Findet die Lilo übrigens auch.«

Die Lilo? Ist wohl der Hund. »Lilo? Das ist aber ein lustiger Name für einen Hund«, bemerke ich.

»Hund? Die Lilo is meine Tochter.«

Öha! Knapp daneben.

»Du hast ein *Kind*?«

»Ja. Genau so ein Kind wie deines. Nur halt ein Mädel.«

Öha.

»Und wo ist die?«

»Die hat jetzt Ferien und is oben bei den Großeltern, also bei uns auf der Alm.«

»Wie alt ist sie denn?«

»Fünfzehn.«

Ich bin verwirrt. Benni wirft Hannes einen neugierigen Blick zu, den er sofort aufgreift.

»Der Lilo ist heroben manchmal langweilig. Ich denk, sie freut sich sicher, wenn du vorbeikommst. Is ned weit zu uns.«

Benni deutet ein Nicken an – halb interessiert, halb gelangweilt. Er hasst es, wenn Eltern Kinder miteinander anfreunden wollen.

Ich bin total überrascht. Dass Hannes eine Beziehung hat und ein Kind, das überrumpelt mich. Hätte ich ihm nie zugetraut. Warum eigentlich nicht? Hilfsbereit und verantwortungsvoll scheint er zu sein. Und hässlich ist er ja auch nicht. Nicht mehr.

Aber komisch ist es schon. Und überhaupt: Wo ist die Frau? Warum hat er noch kein Wort darüber verloren? Typisch Landvolk: Ständig diese Geheimniskrämerei, diese krude Verschlossenheit, die jegliches Gespräch im Keim erstickt. Immer dieses Hinter-dem-Berg-Halten, diese Einsilbigkeit, Unnahbarkeit, Introvertiertheit. Da lebst du monatelang quasi Seite an Seite, triffst einander jeden Tag, teilst dir die Arbeit und den Tisch, und erfährst gar nichts von dem Sepp!

»Deine Mama kann dir eh den Weg zeigen, sie is ja schon ein paar Tage da«, untertreibt Hannes maßlos. Ein paar Tage, pfff.

Ich beobachte Hannes aus den Augenwinkeln. Ehrlich gesagt, gefällt mir der Gedanke nicht, dass es eine Frau Steinlechner gibt. Die noch dazu etwas unkonventionell sein dürfte, sprich: nicht gretelhaft – denn wer nennt hier sein Kind schon Lilo?! Oder kennen Sie eine Schutzheilige, die Lilo heißt? Sankt Lilo?

Ehe ich Benni Zita vorstellen kann, stürzt er zu Dobermanns Ranch. »Wie geil ist das denn? Dobermann, du alter Pirat, lebst hier wie Jay-Z.«

»Wer?«, will ich wissen.

Benni winkt ab. »Kennst du nicht.«

»Aber Dobermann kennt ihn, oder?«

Benni grinst schief. »Mama, du Checkerin.«

Er hat Dobermann hochgenommen, der aufgeregt an ihm schnüffelt.

»Der Ratz braucht einen zweiten«, stellt Zita, die plötzlich hinter uns steht, nüchtern fest.

»Stimmt, Oma!«, ruft Benni, hält Zita Dobermann vors Gesicht und korrigiert: »Aber das ist keine Ratte. Das ist ein Meerschwein.«

»Weiß i eh.«

»Na dann. Ich bin der Benni. Und du?«

»Zita.«

»Ich sag Oma zu dir, okay?«

Zita schaut ihn skeptisch an: »Hast keine eigene?«

»In Österreich nicht wirklich«, bringt Benni unsere verquere Familiengeschichte auf den Punkt.

Mir ist das nicht recht.

»Ja, ja«, wehre ich ab und ziehe Benni weg in Richtung Hütte. Ehe er noch Details aus unserem Privatleben preisgibt.

»Ich trag dem Benni seine Sachen rauf, ja?«, zeigt sich Hannes hilfsbereit.

Und wer ist jetzt die Mutter seiner Tochter? schießt es mir sofort wieder durch den Kopf. Ja Kruzifix, kann mir doch scheißegal sein!

Nachdem Hannes sich verabschiedet hat, inspiziert Benni die Hütte.

»Alter, wie schräg ist das denn?!« Er trampelt die Stiegen rauf, haut sich dabei dezent den Kopf am Dachbalken an und flucht kräftig.

»Und wo schlaf ich?«, höre ich ihn von oben rufen.

»In der kleinen Kammer. Bei mir.«

»Mamaaaaa! Oiiiii. NEIN!«

»Doch. Geht nicht anders«, murmele ich, während ich aus dem Libella-Limonade-Kühlschrank Wurst und Käse hole.

Zita humpelt von draußen rein und lässt sich schwerfällig auf die Bank plumpsen.

»Is er a liaber Bua!«

»Stimmt. Haben Sie auch Kinder?«, will ich wissen und drehe mich überrascht zu ihr um. Hat die eben was Nettes gesagt? Ehrlich?

Sie wirft mir einen langen Blick zu, der mich zur Abwechslung nicht töten will. Im Gegenteil: Wie aus einem Geysir im kalten Island strömt die Wärme aus ihren eisblauen Augen. Sie lächelt schief: »Wie ma's nimmt.«

»Wie man's nimmt?«

Zita winkt ab.

Und jetzt tut sie mir ein wenig leid. Ich habe keine Ahnung, was sie erlebt hat. Was sie traurig gemacht hat, und was froh. Dabei sind wir verwandt! Ich sollte mehr mit ihr reden. Auch wenn ich sie dann ohnehin nicht mehr treffen werde.

»Mamaaaaaaa«, grölt Benni von oben, »ich will lieber das Zimmer mit der komischen Frau unter der Käseglocke.«

Zita reißt die Augen auf: »Jessasmariaundjosef!«

»Benni, geh aus der Kammer raus! Die gehört – Frau Zita.«

»Meinst ned, dass Zeit wird, dass du zu mir du sagst?«

»Dann hören Sie aber auch auf, mich in der dritten Person anzureden.«

»Wos?«

»Na, Sie sagen immer *tut sie das* und *tut sie jenes.* Da kommt man sich ja vor, als würde man neben sich stehen!«

»Ah so.«

»Na gut. Dann also jetzt auf du. Okay?« Ich strecke ihr meine Hand hin.

»Soll's so sein«, murmelt sie und drückt mit ihrer knochigen Hand die meine.

Benni trampelt die Stiegen runter. »Hunger!!!!«, kräht er.

»Was willst du?«

»Was gibt's?«

»Jause. Wurst, Käse, Brot. Das Brot hat übrigens die Zita vor zwei Wochen gemacht.«

»Wie? Altes Brot? Seid ihr irre? Wollt ihr mich vergiften?«

Zita greift nach dem Laib Brot, der auf dem Tisch in einem abgedeckten Korb steht.

»Mei, Bua! Da komm her und jammer ned. A Sauerteigbrot halt a halbe Ewigkeit.«

Sie schneidet mit einem martialischen Messer, das sie aus der Tischlade nimmt, einen Keil Brot ab, indem sie den Laib gegen ihre Brust drückt und das Buschmesser in ihre Richtung führt. Du lieber Himmel! Wenn die mit der Machete abrutscht, ist ihr Torso im Eimer. Und sie tot. Mausetot!

Benni ist beeindruckt: »Oma! Mit der Nummer kannst du auf youtube total viele Klicks bekommen. Soll ich dich filmen?«

Zita schaut ihn verwirrt an: »WOS?«

Ich winke ab. »Vergiss es einfach. Das ist neudeutsch, und er meint bloß, dass das total arg aussieht, wie du das Brot schneidest.«

»Warum? So machts a jeder.«

»In München nicht.«

»Jo. Die Stadtinger …«

Jaja. Ich weiß.

Nach dem Abendessen sitzen wir drei noch vor der Hütte zusammen. Benni erzählt von seiner Zeit mit Harold, und ich übersetze die Hälfte davon der Zita.

»Die Hütte is aber schon verdammt alt, hä?«, meint Benni.

Zita nickt und erzählt, dass sie schon als Mädchen hier gelebt hat. Wort für Wort macht Zita auf und nimmt Benni und mich auf eine kurze Zeitreise mit. Und, oh Wunder: Während mein Söhnchen sonst üblicherweise nur auf computergesteuerte Reize und auf das Thema Eishockey reagiert, lauscht er interessiert.

Früher, also vor fast achtzig Jahren, habe sie – sie war damals ein kleines Mädchen – mit ihren fünf Geschwistern den ganzen Sommer hier verbracht und die Hütte bewirtschaftet. Ohne Eltern. Ohne Eltern, ohne Strom, ohne fließendes Wasser. »Da is grimmig zugangen!«, sagt Zita mit unverhohlenem Stolz. Subtext: Ihr verweichlichten Warmduscher habt ja keine Ahnung vom Leben.

Ziegen, Kühe, Schafe und sogar ein Schwein hätten sie versorgt. »Und dann habt ihr die alle gegessen? Wenn der Sommer vorbei war?«, will Benni wissen.

»Sicher.«

Benni wirft einen scheelen Blick zu Dobermanns Ranch. »Aber den lässt du in Frieden, Oma! Ja?!«, mahnt er sie.

Zita grinst. »Is e nix dran.«

Als Benni und ich in unserer Kemenate liegen, kommt der leidige Moment der Offenbarung. »Mama, wie viele Tage sind wir bei der Zita?«

»Erstens sind wir nicht bei der Zita, weil das meine Alm ist, und zweitens kann man das so nicht sagen.«

»Wie?«

»Naja, du weißt ja, dass ich die Alm verkaufen möchte. Damit wir beide – ich betone: *beide* – so viel Geld haben, dass wir einen suuuper Urlaub machen können.«

»In Kalifornien?!«

Dort möchte ich auf keinen Fall hin, schweige aber lieber aus taktischen Gründen.

»Ja, vielleicht. Mal sehen. Aber damit ich die Alm verkaufen kann, muss ich Zita loswer– ähm, muss Zita runterziehen ins Tal. Die gute Nachricht ist: Das wird sie tun. Da haben wir einen Vertrag gemacht.«

»Ja, super!«, freut sich Benni. »Und die schlechte Nachricht?«

»Es gibt da ein Problem mit ihrem Bein, wie du ja schon gesehen hast.«

»Sie hat einen Gips!«, stellt Benni fest.

»Genau. Und solange die Zita den hat, muss sie auf der Alm bleiben.«

»Warum?«

»Das haben wir so ausgemacht. Sie hat nämlich sonst niemanden, der sich um sie kümmert.«

»Arme Oma!«, bedauert Benni.

»Na ja.«

»Und wie lange hat sie den Gips noch?«

Weil ich es mich fast nicht zu sagen traue, sag ich es ganz leise. Ich finde, unangenehme Dinge wirken nicht ganz so schrecklich, wenn man sie kleinredet. Das geht sehr gut, wenn man leise nuschelt.

»Schswchn.«

»WAS?«

»Sechs Wochen.«

»*Waaaaas???*«

Benni schnellt auf seinem Campingbett hoch: »DAS IST JETZT ABER NICHT WAHR!?«

»Hast du nicht eben gesagt, dass sie eine arme Oma ist?«

»Das nehme ich zurück! Die und ihr blödes Bein! Scheiße!«

»Benni! Schön sprechen!«

»SCHEISSE! SCHEISSE! SCHEISSE! Ich will sofort zu Papa fahren.«

»Geht nicht.«

»Warum?«

»Weil der jetzt erst mal in Ungarn ist – da ist noch weniger los als hier. Und wenn er zurück ist, ist die Zeit hier auch schon fast abgelaufen. Sieh's doch positiv.«

»Positiv? Geht's noch? Ich seh gar nix! Was soll ich hier die ganzen Ferien lang machen? Alle meine Freunde sind in München. Der Simon will mit mir kicken, und außerdem muss ich viel trainieren. Mit der Schule geht das Eishockey-Training wieder los, und ich will nicht eine ganze Saison lang die Bank wärmen. Du bist schuld, wenn der Trainer –«

»Jaja, ich weiß. Wenn es irgendwo eine Schuld aufzuladen gibt, dann her damit. Die paar Wochen ohne Training werden deiner Karriere nicht schaden. Erstens. Und zweitens bist du zum Schulanfang ja sowieso wieder in München.«

»Du hast keine Ahnung«, stöhnt Benni und dreht mir den Rücken zu. Mann, der ist echt sauer.

»Benni, es tut mir wirklich leid, und mir geht das alles auch auf die Nerven. Aber was soll ich tun?«

»Das haben uns alles Oma und Opa eingebrockt.«

»Stimmt.«

»Mit denen rede ich nie wieder!«

Was soll ich da noch sagen? »Benni, schau: Wir bringen jetzt mal eine Woche hinter uns. Vielleicht ergibt sich irgendwie und irgendwo eine Lösung, die dir besser gefällt. Aber lass uns erst mal sehen und zusammenhalten.«

Benni schnauft genervt.

»Und vielleicht ist ja diese Tochter vom Hannes ganz nett?«

»Pffffff. Was interessiert mich dieses Bergbauernkind? Die sieht sicher aus wie Tante Sonja. Und verstehen werde ich sie auch nicht. Nein, danke!«

»Trotzdem gute Nacht, mein Käfer.«

»Sag nicht Käfer zu mir.«

»Na gut, mein Schatz.«

»Grrrrr.«

10

Wo is'n das Badezimmer?«, will Benni wissen.

Wir haben wie die Murmeltiere geschlafen. Wahrscheinlich weil unsere Kemenate der Größenordnung von zwei Nagetieren entspricht.

»Vor und hinter der Hütte.«

»Wie?«

»Seitlich hinter der Hütte – dort, wo die Regenrinne abgestützt ist – ist ein kleiner Verschlag. Den kennst du ja schon von gestern.«

»Das ist doch die Toilette?«

»Und das Bade…« – hust, hust – »…zimmer.«

Benni verfällt förmlich: »Nicht wirklich?«

»Nun ja. Du musst es flexibel sehen. Ein Teil der Wiese gehört noch dazu. Die Wassertränke neben dem Gatter wäre Badewanne, Dusche und Waschbecken.«

Verdrossen greift er sich an den Kopf und schlurft, die Zahnbürste in der Hand, die Holztreppe runter.

Ich schlurfe ihm hinterher. Am Steintrog stellen wir uns nebeneinander hin und putzen uns die Zähne. Es ist verrückt schön. Statt des Badezimmerspiegels gucken wir über den Preiner See, über dem die Morgennebelfetzen hängen, die sich in einer halbe Stunde verzogen haben werden. Die dunkelgrünen Fichten, die sich auf den steilen Berghängen angesiedelt habe, sehen aus, als hätte irgendjemand dem Gestein einen riesigen Lodenmantel über die Schultern gelegt. Es ist ein durch und durch pittoresker Anblick, der mich für Sekunden immer wieder sprachlos macht. Weil ich ja doch ein verkapptes Landkind bin? Oder weil es wirklich so beeindruckend ist? Wohl Ersteres, denn Benni scheint für die Kulisse kein Auge zu haben.

»Wohin schpuuuggen?«, nuschelt er mit vollem Zahnpasta-Mund.

»Inni Wiesche«, nuschle ich zurück.

»INNI WIESCHE?«

Als wir gerade in hohem Bogen die Zahnpasta ausspucken, sehen wir jemanden den Rumpelweg entlangkommen.

Eine junge Frau mit einer Schachtel. Sie bleibt oberhalb der Tränke stehen: »Hallooo! Ich bin die Lilo.«

Bennis Kinn klappt nach unten. Zwei Rinnsale mit weißer Zahnpasta laufen ihm das Kinn hinab.

»Hallo. Ich bin die Heidi. Und das da ist Benni.« Ich remple mein Kind an, damit die Lade wieder zugeht, und bedeute ihm, sich das Kinn abzuwischen.

Lilo grinst und springt vergnügt den Weg entlang zum Gatter. »Darf ich vorstellen?«, fragt sie und hält die Schachtel hoch.

»Die Schachtel?«, fragt Benni.

Lilo lacht.

»Nein – das, was drinnen ist. Wo ist denn euer Meerschweinchen mit dem lustigen Namen?«

»Dobermann? Was ist daran so lustig?«, will Benni wissen und glotzt sie an.

Die Ähnlichkeit mit Tante Sonja, der personifizierten Volkskultur, ist nicht sonderlich groß. Lilo sieht aus – ja, wie Sarah Jessica Parker in Klein. Also, nicht körperlich klein, sondern jünger. Quasi in Nicht-mehr-ganz-Kind-Version. Ihre dunkelblonden langen Naturwellen sind von hellen Strähnen durchzogen. Die großen grünen Augen mit den bernsteinfarbenen Sprenkeln, die sie wohl von Hannes geerbt hat, strahlen. Gesprenkelt ist auch ihre Nase – mit vielen kleinen Sommersprossen. Komisch, so sehr ich das Zeug an mir selber hasse, so niedlich sieht es bei ihr aus. Wobei: Lilo hat einen unglaublich erwachsenen Ausdruck. Und gertenschlank, fast athletisch ist ihr so gar nicht mehr kindlicher Körper.

Kein Wunder, dass es Benni grade alle Sicherungen raushaut. Die nächsten Tage dürften wohl gerettet sein.

»Natürlich ist das ein lustiger Name! Aber mir gefällt der supergut«, sagt Lilo, stellt die Schachtel auf den Boden und hebt vorsichtig den Deckel hoch.

»Oiiiii«, quiekt Benni sehr unmännlich. »Ein Meerschweinchen!«

»Ein Mädchen. Für den Dobermann«, freut sich Lilo. Sie nimmt das Tierchen vorsichtig hoch. Es ist dreifarbig und hat einen schneeweißen Popo – wie ein kleiner Eisbär.

»Ist die süß«, freue ich mich. Gemeinsam marschieren wir zu Dobermann, der neugierig aus seinem Häuschen getrapst kommt und die schmutzige Nase in die Luft hält.

»So ein Schweinderl«, ruft Lilo lachend und zeigt auf Dobermanns Schnauze. Sie setzt das pelzige Fräulein ein Stück von ihm entfernt ab. »Schauen wir mal, ob die sich leiden können.«

Benni grinst bedeutungsschwer. »Ich denke schon …«

Langsam geht Dobermann auf das Meerschweinmädchen zu, schnuppert an ihrer Nase und beginnt, leise zu gurren.

»Ich denke, das passt«, stellt Lilo fest.

»Weil er jetzt zu einer Taube mutiert?«, mutmaßt Benni.

»Nein!« Lilo lacht und haut Benni amüsiert auf die Schulter. »Das tun sie nur, wenn ihnen was gefällt. Weißt du das nicht?«

»Nö. Bist du Meerschwein-Spezialistin?«

»Auch nö. Hat mir die Frau aus dem Tiergeschäft gesagt. Und wie nennen wir die Kleine?«, will Lilo wissen.

Benni kratzt sich am Ohr. »Rottweiler?«

Lilo lacht schallend. »Die sieht doch nicht aus wie ein Rottweiler.«

»Dobermann sieht auch nicht aus wie ein Dobermann.«

»Irgendwas mit D vielleicht? Deborah? Dorli? Daisy? Daisy! Dobermann und Daisy. Das ist doch schön, oder?«

»Ja. Schön«, stimmt ihr Benni selbstvergessen zu.

Hätte Lilo das Tierchen Leopoldine, Roswitha oder Katzenberger genannt, wäre es ihm wahrscheinlich auch recht.

»Woher hast du sie denn?«, frage ich.

»Mein Vater hat gesagt, dass ihr ein zweites Meerschweinderl braucht. Gestern waren wir am späten Nachmittag in Salzburg, meine restlichen Sachen holen, und da haben wir Daisy gekauft.«

»Das ist aber nett.«

»Jaja, mein Papa hat immer super Ideen.«

Ich hüstle verlegen.

»Mei die Lilo! A so viel Freud«, kreischt Zita – wie immer, wenn irgendjemand aus der Steinlechner-Mischpoke aufkreuzt.

Lilo fällt Zita um den Hals und gibt der alten Frau einen Kuss.

»Groß bist worden, Dirndl. Und a so viel fesch. Wie dei Papa.«

»Geh' Zita, du immer«, freut sich Lilo.

»Bleibst eh zum Frühstück!«, lädt Zita ein.

»Gerne. Ihr esst mit?« Sie wirft mir und Benni einen fragenden Blick zu.

»Sicher«, ruft Benni, ehe noch irgendjemand etwas anderes sagen kann.

»Und nachher gehen wir reiten, hm? Mei Papa hat Pferde. Die sind voll super!«, schlägt Lilo Benni vor.

»Ja. Voll super. Reiten voll super«, wiederholt Benni, der noch nie auf einem Pferd gesessen und Reitsport bisher immer als Weiberkram abgetan hat. So schnell kann man seine Meinung ändern.

Während wir frühstücken, erzählt Lilo, dass sie in Salzburg ein Internat besucht. Sie kommt jetzt in die elfte Klasse und würde gerne nach der Matura Tierärztin werden. Das Internat würde ihr total gut gefallen, weil die Erzieher dort überhaupt nicht streng seien. Aber auch ihr Papa sei gar nicht streng, und deshalb würde sie ihre Ferien immer wieder gerne auf der Alm verbringen.

Und die Mutter?

»Und deine Mutter?«, fragt dankenswerterweise Benni nach.

»Oh. Die ist leider schon tot.«

Betretenes Schweigen am Tisch.

»Das tut mir leid«, sage ich.

»Ach, das ist schon lange her. Ich war noch ein Baby und kann mich gar nicht mehr an sie erinnern.«

»Hat dein Vater dich großgezogen?«, bin ich neugierig.

»Ja, der auch. Und Oma und Opa. Die sind ja so süß. Und natürlich Zita. Die Allerbeste.« Lilo gibt Zita ein schnelles Küsschen, was diese mit einem schiefen Grinsen quittiert.

Benni wirft mir einen kurzen Seitenblick zu. Okay. Seine Großeltern kann man nicht als *süß* bezeichnen.

»Und du?«, fragt Lilo Benni. »Was machst du so?«

Benni denkt kurz nach. »Ich spiele Eishockey.«

Und Xbox, möchte ich ergänzen, halte aber aus Gründen der Loyalität die Klappe.

»In welche Schule gehst du? Und woher kommt ihr eigentlich?«, forscht Lilo weiter.

»Wir leben in München. Aber meine Mama kommt eigentlich von« – Benni holt mit dem Arm aus und deutet auf die Berge – »von hier.«

»Aha.« Lilo schaut Zita an. »Komisch, dass ich euch hier noch nie gesehen habe.«

»Benni meint mit ›hier‹ Hinter-Russbach. Also unten im Dorf. Außerdem bin ich schon mit vierzehn Jahren nach Salzburg gezogen. Ins Internat.«

»Ach, das ist ja witzig«, lacht Lilo. »In welchem warst du denn?«

»Bei den Ursulinen. Klosterschule. Hat mir aber gut gefallen.«

»Oha! Die kenn ich. Aber ich gehe ins neusprachliche Gymnasium. Die haben's nicht so mit der Kirche.«

Zita schlägt ein Kreuz.

»Ja, ja, Zita. Ich weiß«, grinst Lilo, und an uns gewandt: »Die Zita hat's auch nicht so mit der Kirche.«

Ach, da schau her. Eine Abtrünnige? Sitzt sie deswegen hier oben?

»Bigotte G'fraster«, knurrt Zita und winkt verächtlich ab. »Pfaffen, Kreuzkriecher und Weihrauchschnupfer«, setzt sie ihre Tirade fort, und unter der dünnen, ledrigen Haut sehe ich ihre Kieferknochen mahlen.

Nach dem Frühstück machen sich Benni und Lilo vom Acker.

»Aber vorsichtig sein! Das sind sehr große Pferde«, mahne ich.

»Mamaaaaa!«, mault er genervt.

»Und weißt du überhaupt, wie du heimkommst?«

»Mein Papa bringt ihn dann zurück.« Lilo hat alles im Griff. Ihren Vater anscheinend auch.

»Na dann.« Ich winke den beiden hinterher. Zita hat sich neben mir eingeparkt und grinst wissend.

»Was?«

»Nix. A lieber Bub und a liabs Madl. Sonst nix«, sagt sie und hält mir eine Schüssel Teig hin. »Hilft sie mir! Apfelbunkel.«

»Erstens, nicht in der dritten Person sprechen! *Du* hilfst – nicht *sie*. Und außerdem: Wobei soll ich helfen?«

»Kuchen.«

»Ah so. Na, dann.«

Zita scheint für eine Armee, die hoffentlich nicht kommt, zu backen. Drei ganze Bleche Apfelkuchen trage ich vor die Hütte und stelle sie zum Abkühlen auf den Tisch.

»Mann, riechts hier göttlich«, höre ich vom Gatter her rufen. Am Zaun steht ein Paar, offensichtlich Touristen mit Rucksäcken und Nordic-Walking-Stöcken, und fächelt sich Kuchenduft zu.

»Hammse hier heute offen?«, will die Frau wissen.

»Wir sind keine Jausenstation. Das hier ist eine Privathütte.« Ich gehe auf die beiden zu.

»Ooooch, wie schade. So 'ne Aussicht, und dieser Duft von Kuchen! Da solltense eine Ausnahme machen. Wir zahlen natürlich dafür.«

Zahlen. Zauberwort! Mir hallen noch die harschen Worte von Borscht im Ohr. Nein, ich werde nicht in der Redaktion antanzen. Ja, es könnte ungünstigerweise auf eine Beendigung der Zusammenarbeit hinauslaufen.

»Naja, wenn ich es mir so überlege … Kommen Sie doch rein«, bitte ich die beiden zur Hütte.

Zita steckt ihre sonnengegerbte Nase beim Türstock raus. Ehe sie die beiden zahlungswilligen Gäste wegekeln kann, übernehme ich die Regie und stelle sie vor:

»Und das hier … ähm … ist meine liebe Oma Zita. Bei uns wird alles selbst gebacken. Stimmt's, *Ooomaaa?*«

Zita glotzt mich entgeistert an. »Naaaa, wos is?«

»Oma, schau doch mal. Die Gäste meinen, es wäre klug, hier Wanderer zu bewirten.«

»Auf jeden Fall! Das ist ja einzigartig hier!«, ruft die Frau enthusiastisch und hält ihre Nase dicht über den Kuchen. »Wunderbar!«

Ich bugsiere Zita in die Hütte zurück, damit sie mir die Kunden nicht vertreibt, und hole flink zwei Krüge Most, die ich mit viel Wasser verdünne, damit sich die Gäste keine inneren Verätzungen zuziehen, zwei geblümte Kuchenteller und zwei Gabeln.

»Sodala!«, rufe ich so launig, wie fröhliche Menschen auf einer Alm halt so rufen, und stelle den Most ab. Beherzt und breit lächelnd lade ich den Herrschaften Kuchen auf den Teller.

Die beiden strahlen mich dankbar an und greifen zu. »Ach, was ist das romantisch hier. Wie aus dem Prospekt. So urtümlich und so … so echt«, quasselt die Dame drauflos.

Zitas Nase wandert erneut neben dem Türstock hervor. »Ein falsches Wort …!«, zische ich ihr zu und zeige den Gästen gleichzeitig ein strahlendes Lächeln.

»So a Bledsinn«, mault Zita und hoppelt zur Spüle.

Nachdem ich das Paar mit folkloristischem Smalltalk bei Laune gehalten habe, geht deren Wanderung weiter. Nicht ohne mir ganze fünfzehn Euro für Speis und Trank zu bezahlen.

Als die beiden weg sind, halte ich Zita das Geld wedelnd vor die Nase. »Schau! Und so könnte es doch weitergehen, oder nicht?« Ich lege ihr zehn Euro hin, und mir stecke ich die übrigen fünf ein. »Na, was sagst du?«

»Soll des jetzt so weitergehen, oder wos?«

»Warum nicht? Wir sitzen doch eh nur den ganzen Tag rum und schlagen die Zeit tot. Warum nicht ein bisschen Geld damit machen? Du müsstest natürlich mitmachen. Ich weiß ja nicht, wie das mit dem Brotkuchenbackdings hier funktioniert. Hm? Was sagst du?«

»Kommt eh koaner.«

»Warum glaubst du das?«

»Weil koaner herfind. Und guat is.«

»Und warum findet keiner her? Die beiden haben auch hergefunden.«

»Gibt koa Schüdl. Weiß ja koaner, dass mir da san. Die zwei ham sich bloß verrennt.«

»Dann werden wir das ändern.«

Zita schnaubt genervt und geht nach draußen.

»Oi, komm! Lass es uns versuchen.« Ich wiesle hinter ihr her.

Zita schaut gen Himmel.

Na gut. Wenn Optimismus nichts hilft, dann muss ich zu schärferen Waffen greifen: Schuldgefühle.

»Zita! Wegen dir muss ich sieben Wochen hierbleiben. Mein Auftraggeber in München rastet schon total aus, und schlimmstenfalls verliere ich ihn. Wegen dir! Ich werde verhungern, ich werde meine Wohnung verlieren – und du bist schuld.«

Zita dreht sich um. »Naaaa. Ned wegen mir. Sondern weil du mi von der Alm vertreiben willst. So schaut's aus!«

Ich winke ab. Die Schuldgefühls-Diskussion geht in die falsche Richtung. Ich versuche es lieber doch wieder mit positiver Affirmation: »Schau, Zita, deine Brötchen und dein Kuchen kommen total gut an. Und wir verdienen Geld. Das ist doch auch für dich nichts Schlechtes. Oder?«

»Brauch koa Geld.«

»Aber ich, verdammt noch mal!«, rufe ich. »Meine Geschwister haben von meinen Eltern Geld, Hof, Grund und Wald bekommen. Ich nicht. Ich hab mal wieder die Arschkarte gezogen und diese gottverdammte Alm geerbt. Was habe ich davon – außer Probleme?«

Zita wirft mir aus ihren eisblauen Augen einen nachdenklichen Blick zu.

Ich werfe den Blick zurück. So schnell gebe ich nicht auf. Dieses Mal nicht.

Zita schaut.

Ich schaue.

»Meiner Seel'. Dann schau halt, was d' zammbringst«, sagt sie.

Was? Sie lenkt ein? Im Affentempo gehe ich alle möglichen Fallen durch, die sie mir damit stellen könnte.

»Aber du hilfst mit?«

»In Gott's Namen«, seufzt Zita.

Nun, dass Zita den Herrgott als Zeugen strapaziert, heißt jetzt nicht unbedingt, dass sie tatsächlich hehre Absichten hegt. Aber warum nach eventuellen Problemen suchen, wenn man uneventuellerweise schon genug am Hals hat?

»Okay. Abgemacht! Echt jetzt! Ja?«

»Jo.«

»Fein. Du wirst sehen, das wird was.«

Zita verzieht abschätzig den Mund. »Red' lieber noch amal mit'm Hannes.«

»Was geht den das an?«

»Der kennt sich mit dem Papierklumpert aus.«

»Womit?«

»Bewilligung. Des brauchst irgendwie.«

»Aha. Soso. Mach ich am Abend. Wenn er Benni bringt. Und jetzt überlegen wir mal, was wir anbieten könnten.«

Zita verdreht die Augen und schnaubt. Ein gutes Zeichen!

11

Nachdem ich gemeinsam mit Zita am Nachmittag überlegt habe, was wir potenziellen Gästen hinstellen können – selbst gemachtes Brot, Aufstriche, Bauernwurst, Geselchtes, Käse, Kuchen, Most und Saft –, haben wir eine Liste erstellt, was eingekauft werden sollte. Als wir die Kosten durchkalkulieren, was wir für das Essen verlangen müssen, um nicht negativ auszusteigen, höre ich schon Hannes' Jeep den Weg entlangrumpeln.

Die Steine knirschen, als er vor dem Gatter stehen bleibt. Benni und Lilo springen aus dem Wagen. Benni grinst bis über beide Ohren.

»Und? Bist du geritten?«, will ich wissen.

»M-hm.«

»Und wie war's?«

»Eh lässig.«

'Eh lässig' heißt, dass es ihm total gut gefallen hat. Ich merke, dass er nicht möchte, dass ich ihn vor den anderen ausfrage. Werde ich mir für später aufheben.

»Komm, gemma zu den Meerschweinderln«, schlägt Lilo vor, und beide trollen sich zur Ranch.

Hannes bringt die obligatorische Lebensmittelkiste und stellt sie auf den Tisch vor die Hütte.

Stichwort!

»Du, hast du einen Moment Zeit?«, fange ich vorsichtig an.

»Sicher.«

Wir hören Benni und Lilo lachen.

»Dein Sohn ist nett«, stellt Hannes anerkennend fest.

Ich freue mich und nicke stolz. »Deine Tochter ist aber auch sehr süß.«

Hannes lächelt. »Ja, des is sie.«

»Lilo ist aber eher nicht so der gängige Name für die Gegend hier.«

Hannes verneint. »Na, des isser wirklich ned. Sie heißt ja a eigentlich Liselotte. Wie ihre Mama.«

»Ja, Lilo hat uns heute erzählt … also, dass …« Himmel, was sagt man da jetzt bloß?

Hannes winkt ab. »Es is scho so lang her.« Er zieht hörbar die Luft ein. »Aber was wolltest denn reden?«

»Reden?«

»Na, weilst mi vorhin gfragt hast, ob i Zeit hab.«

Ach ja.

»Genau. Also, die Zita hat eine super Idee.«

»Ned wahr! Des war ned i«, kreischt es aus der Hütte.

Lauscht die? Vielleicht könnte man die Gute den Amerikanern andrehen – die NSA hätte ihre Freude damit.

»Also gut: Wir beide …«

»Naaa! Nur du!«, tönt es wieder.

»Ja. Is doch gut. Also.« Ich erzähle Hannes von den beiden Wanderern, die wir am Morgen bewirtet haben. Und vom Geld. Und von der Idee, noch ein bisschen mehr Geld mit Wanderern zu machen.

Hannes denkt nach. Und denkt. Und denkt.

»Kommt jetzt noch was?«, will ich wissen.

»I muss mir des überlegen. Weil, so einfach is des ned: Prinzipiell a super Idee …« Zita, die sich zu uns an den Tisch gesetzt hat, wirft ihm einen bösen Blick zu. »… Aber wenn wirklich viel Leut' kommen, brauchst a Genehmigung. Wegen a paar Euro steigt dir die Finanz ned auf die Zehen.«

»Ach, sooo viele werden da nicht kommen«, wende ich ein und schenke ihm noch ein Glas Most mit Wasser ein. Mir übrigens auch.

»Warum eigentlich nicht? Wenn du es wirklich gut beschilderst, dann kann ich mir gut vorstellen, dass die Leut' kommen. Bis auf uns gibt's keine bewirtete Hütte, und wir liegen ja doch ein Stück höher. Außerdem is des Brot von der Zita soooo guat, des hat sich scho rumg'sprochen.«

»Na gut. Dann schauen wir mal, wie es läuft, und dann denken wir weiter. Ja?«, schlage ich erfreut vor und werfe Zita einen Sag-du-jetzt-ja-nichts-anderes-Blick zu.

Zita antwortet mit dem Ich-denk-mir-meinen-Teil-Blick.

»Lilo! Benni!«, ruft Hannes die beiden Teenies, die grad mit Flori rumalbern.

»Jaaaa? Was is?«, eilt Lilo herbei – Benni bei Fuß.

Wir schildern den beiden unseren Plan. Wir! Es ist ein schönes Gefühl. Ich leere mir noch großzügig Most nach.

»Wir malen die Schilder, gell, Benni?«, zeigt sich Lilo euphorisch.

Benni nickt ergeben. Hätte sie ihm vorgeschlagen, Regenwürmer zu essen, er hätte auch genickt. Sie muss mir den Trick verraten!

»Dann muaß die Heidi mit dir runter ins Dorf, Zeug einkaufen«, wirft Zita ein.

»Stimmt. Wir haben die Lebensmittelliste schon zusammengeschrieben.«

»Und Farbe! Wir brauchen Farbe und Pinsel«, ruft Benni.

»Welche Farbe?«, will Lilo wissen. Alle denken nach.

»Hellgrün! Und weiß! Hellgrün die Schrift –«
»Sausteigalm«, Lilo malt das Wort in die Luft.
»Genau. Und daneben ein Schwein«, wirft Benni ein.
»Ein *Schwein?*«
»Na, wegen *Sau*steigalm.«
Schweigen.
»Dann halt ein Meerschwein.«
Alle lachen. Sogar Zita.
»Sehr kreativ, aber ich fürchte, der Witz wird nicht so gut ankommen. Machen wir doch den Namen Sausteigalm in schöner Schreibschrift«, ich zeige auf Lilo, »und daneben malen wir ein kleines Edelweiß und einen Richtungspfeil hin. So richtig klischeehaft halt.«
Hannes nickt grinsend.
Lilo nickt erfreut.
Benni schaut Lilo erfreut an.
Zita verdreht die Augen.
Alles bestens! Ich hole – dezent schwankend – den Zirbenschnaps aus der Hütte. Das muss gefeiert werden.
Aus dem ersten Gläschen, mit dem wir Erwachsenen anstoßen, wird ein zweites. Beim dritten geht Zita schlafen. Benni und Lilo wollen unbedingt im Freien übernachten.
»Äh, wegen der Meerschweine. Man weiß ja nie …«, will Benni alle speziellen Vermutungen hinsichtlich eines romantischen Anfluges im Keim ersticken.
»Die haben ja eh ein Gitter auf der Ranch«, werfe ich ein. Benni wird rot.
»Trotzdem! Sicher ist sicher. Papa, du hast doch unsere zwei Schlafsäcke im Auto, oder?«
»Sicher«, sagt Hannes und holt zwei Rollen aus dem Jeep.
Und schon sind die beiden kichernd im Dunkeln beim

Ziegenstall verschwunden. Am Berg ist es nachts nämlich so finster, dass die Dunkelheit alles verschluckt. Nur die Sterne blinzeln dir aus der Ferne zu.

Hannes und ich bleiben schweigend vor der Hütte sitzen. Die Kerze, die uns Zita vor dem Schlafengehen hingestellt hat, wirft ihr flackerndes Licht auf unsere Gesichter. Schweigen. Aber nicht unangenehm. Würde ich jetzt etwas sagen, wäre es, als würde ich mit einem Messer die Stimmung zerschneiden. Und das wäre schade. Denn die ist gerade richtig gut. Um nicht zu sagen: irgendwie romantisch.

Und da passiert, was immer passiert, wenn sich zwischen mir und meinem Gegenüber so etwas wie Romantik breitmacht: Ich haue alles mit einem blöden Witz oder einem unpassenden Spruch kaputt.

»Plötzlich staad, Kopf abg'maht«, höre ich mich sagen, noch ehe ich mir auf den Mund hauen kann.

Hannes schaut mich überrascht an.

»Was?«

»Eine Grille sitzt im Gras und zirpt. Plötzlich staad – Kopf abg'maht.«

»Aha. Und das ist dir jetzt grad so eingefallen.«

»Ja. Ich meine, nein. Also, ich meine, nur weil es so still war.«

»Und das magst du nicht?«

»Nein, schon …« Ich merke, wie ich mich in einen Strudel hineinrede, aus dem ich nicht ohne Imageblessuren wieder herauskomme.

»In der Stadt ist es nicht so still wie hier, gell?«

»Nein.«

»Geht's dir ab?«

»Was? München?«

»Jo.«

Natürlich, will ich sofort erwidern. Obwohl, wenn ich so nachdenke: Jetzt gerade gefällt's mir hier ganz gut. Morgen wird das sicherlich schon wieder anders sein. Wahrscheinlich muss ich nicht mal bis morgen warten.

»Ja, schon. Ich hab's nicht so mit dem Land.«

»Warum eigentlich?«, will Hannes wissen und schenkt mir das vierte Glas Zirbe ein.

Die Schnäpschen tun ihre Wirkung. Ich werde gesprächig und erzähle von meiner kruden Familie. Von Paula, von Matthias und seiner Frau, von meinen Eltern und von meinem Dasein als schwarzes Schaf.

Hannes hört zu. Manchmal sagt er »Aha« oder »So, so« oder »Mei«, aber ansonsten behält er sich jegliche Wertung der handelnden Personen vor.

»Ich bin halt nicht das Lieblingskind meiner Eltern – um es mal so zu formulieren. Und ich hab mich, ehrlich gesagt, hier nie wirklich wohlgefühlt.«

Hannes sagt »Hm-hm«, stützt seinen Kopf auf die Arme und schaut mich an.

Also erzähle ich weiter.

Ich war immer irgendwie anders als die anderen Kinder in Hinter-Russbach. Ich war nicht gerne draußen, mich ekelte vor Dreck, ich hatte Angst vor großen Tieren, und das Laute, Raue, das bei uns den Ton angibt, machte mich nervös. Daher saß ich am liebsten in der Stube und las. Oder auf dem Klo. Dort saß ich und las – in Ermangelung von Büchern oder Zeitschriften – die Inhaltsstoffangaben auf der Rückseite der Putzmittelflaschen, die in Reih und Glied am Fenstersims standen. Ich machte mir meinen eigenen Wettbewerb draus, die langen und komplizierten Wörter – Benzisothiazolinone,

Methylisothiazolinone – möglichst schnell und fehlerfrei zu lesen. Das brachte mir in der Schule den Titel »Lesekönigin« und einen Gutschein für die Post ein. Ich kaufte mir einen Packen Postkarten, die ich nicht verschicken konnte, weil ich niemanden außerhalb von Hinter-Russbach kannte.

Und da kam dieser Gedanke: Ich muss hier weg.

Mit Unterstützung meiner Hauptschullehrerin, die meine Eltern wochenlang bequatschte, ich solle unbedingt ein Gymnasium besuchen, bin ich mit vierzehn Jahren in ein Internat nach Salzburg abgedampft. Ich bin dieser Frau auf ewig dafür dankbar! Auch wenn die Zeit im Internat nicht leicht war. Mein Dialekt hat für großes Gelächter gesorgt, woraufhin ich beschlossen habe, ihn abzulegen und nie mehr in den Mund zu nehmen. Auch das hat mir meine Familie nicht verziehen. Ich würde meine Herkunft verleugnen, haben sie mir vorgeworfen. *Wie g'schwollen redst denn, ha? Redst ja wia a Stadtingerin, ha!* So habe ich eben, wenn ich in den Ferien zu Hause war, nicht mehr viel geredet.

In Salzburg habe ich nach vier Jahren das Abitur gemacht und beschlossen, die Distanz zu Hinter-Russbach noch mal zu vergrößern. Sicher ist sicher! Daher: Studieren in München! Literatur. Bücher mochte ich schon immer, und ein Stipendium fürs Lesen zu bekommen, schien mir halbwegs komfortabel für die nächsten sieben Jahre. Ich fand die Idee sehr gut.

Nicht so meine Eltern und die siebenundfünfzigköpfige Verwandtschaft. Wäre ich eine lesbische Kleptomanin oder hätte man bei mir das Down-Syndrom festgestellt, dann wäre das für meine Eltern auch nicht schlimmer gewesen.

Ich solle doch etwas Vernünftiges lernen, redete meine Mama wochenlang gebetsmühlenartig auf mich ein. Buchhaltung oder Schneiderin. Oder, in Gottes Namen halt, was »Künstlerisches«, Floristin, wie meine Cousine. Oder wenigstens eine Familie gründen!

Aber nix da! Ich hatte schon alles recherchiert und beantragt: Weil meine Eltern Bauern waren, wurde mir ein Stipendium zugestanden, das mir zwar nur ein karges Leben, aber wenigstens eines in der Staaaahaaaaadt ermöglichte. München! Mode! Lifestyle! *Leben,* wie ich mir das immer vorgestellt hatte. Was für eine Zukunft! Mein gesamtes Erspartes, das ich mir bis zum achtzehnten Geburtstag auf die Seite gelegt hatte, reichte, um mir in München eine kleine Wohnung anzumieten – inklusive Kaution, Provision und minimalistischer Grundeinrichtung.

Ich fand hinter der Uni, in der Blütenstraße, eine nette kleine Drei-Zimmer-Wohnung, in der ich mich so richtig wohlfühlte und die von den sehr, sehr netten Eigentümern so günstig vermietet wurde, dass ich sie mir leisten konnte. Angekommen.

Weil mir für das literarische Hochamt dann doch die Begeisterung fehlte, wählte ich den Weg des geringeren Widerstandes und beschloss, nach zwei Semestern Literatur Politikwissenschaft zu studieren. Damit konnten meine Eltern ein kleines Stück besser leben, weil sie meinten, ich würde damit zwangsläufig Bürgermeisterin von Hinter-Russbach werden und hinsichtlich der Grundsteuer ein bisschen was drehen können.

Hannes lacht. »Bürgermeisterin von Hinter-Russbach. Ich glaub, das kann ich mir sogar dann nicht vorstellen, wenn ich viel Fantasie hätte. Wobei … ganz so hinterwäldlerisch wie damals geht's bei uns gar nicht mehr zu.«

»Ach ja?«

»Du kennt doch meine Großcousine, die Eva, die Nichte von der Mirli«, fragt er.

»Ja sicher.«

Eva und ich waren bisher die Einzigen, die von hier weggegangen sind. Eva ist ein wenig jünger als ich und war ein paar Jahre nach mir ebenfalls nach München gegangen.

»Die Eva hat Schuhmacherin gelernt, nicht wahr?«

»Genau. Auch in München. Aber sie ist dann gleich nach der Lehre wieder zurück nach Hinter-Russbach.« Hannes legt den Kopf in den Nacken und erzählt: »Sie hat bei den Gosauern Bergschuhe entworfen, ehe die Bank dem Graupner Rupert den Garaus gemacht hat und er die Firma zusperren hat müssen. Das war ein Schlag für die Leut' hier. Aber hast du gewusst, dass die Eva mit einer Wienerin den Laden umgekrempelt hat? Und jetzt machen sie ein Bombengeschäft mit Turnschuhen. Und ein Teil des Ertrages fließt nicht, wie bei den großen Firmen, in noch größere Firmen in Brüssel oder sonstwo, sondern in die Infrastruktur der Gemeinde«, erzählt er.

»Und was heißt das konkret?«

»Der Rupert ist zu einem super Wirtschaftler geworden. Er hat den Bürgermeister und den Raiffeisenbank-Chef überzeugt, in Sonnenkraft und Elektromobilität zu investieren. Hinter-Russbach ist in ein paar Jahren energieautonom. Ich hab auch schon Solarzellen auf dem Dach. Super Sache!«

Ich bin überrascht. Davon hab ich gar nichts mitbekommen.

»I versteh scho, dass du weggegangen bist, Heidi. Ich hab's auch mitgekriegt, dass das nicht ganz so lässig gelaufen ist mit dir und deinen Eltern.«

»Ach?«

»Na ja. Du weißt eh. Die Leute reden.«

Weil über Hannes nie geredet wurde, beziehungsweise mir bis vor sehr Kurzem seine Existenz noch ziemlich egal war, kann ich gar nichts über ihn sagen.

»Ich hab dich, ehrlich gesagt, nur sehr schwach in Erinnerung«, winde ich mich.

»Mei, i fall ned auf. »

»Ach, so würde ich das nicht sagen. Du bist ...« Vor Kurzem hätte ich noch fest zugestimmt und seine Selbsteinschätzung damit ergänzt, dass er nicht nur gewöhnlich, sondern auch noch ungepflegt sei. Komisch, was ein Haarschnitt alles ausmacht. Er kann sogar einen Charakter ändern. Oder bin ich oberflächlich?

»Du bist ... nett!«

»Also doch kein Stalker?«

Ich werde rot. Gott sei Dank sieht er das im Kerzenlicht nicht. Werde ein wenig verbrannten Boden wiedergutmachen müssen.

»Und ich glaube, du bist ein toller Vater.«

Hannes lächelt. Mission *Verbrannter Boden* war erfolgreich.

»Und du? Hast einen Freund? Einen Mann?«

»Weder – noch.«

Er schaut konzentriert ins Kerzenlicht. Und ich habe schon wieder das Gefühl, dass er drei Mal neben mir sitzt. Nicht, weil der Alkohol mein Sehvermögen verdreifacht, sondern weil er grad wieder so eine Präsenz hat. Und oben leuchten die Sterne. Was wäre, wenn er mich jetzt in den Arm nehmen würde? Irgendwie wäre mir danach. Weil er mir das Gefühl gibt, verstanden zu werden. Und weil er mich ein wenig bemitleidet. Das mag ich sehr! Ich bin nämlich wirklich gern arm dran.

Ich spüre, wie er sich in Zeitlupe, Millimeter für Millimeter, zu mir neigt. Ich würde ihn jetzt sogar küssen, denke ich und weiche nicht zurück.

Näher, näher … noch näher … ich schließe die Augen.

»I glaub, i muss jetzt fahren«, sagt Hannes plötzlich.

Äh … wie? Wir waren doch grad dabei – einander zu verstehen?!

»Okeee«, stammle ich – enttäuscht, wie ich bemerke.

Hannes reicht mir seine Hand und drückt sie wieder einen Augenblick länger als notwendig. Als würde er mir mit dieser Geste etwas unausgesprochen Ausgesprochenes in die Hand legen, damit ich es gut aufbewahre.

12

Zita ist bereits am frühen Morgen mit Hannes zu einem weiteren Kontrolltermin ins Krankhaus gefahren und danach zum Tierarzt, weil sie irgendwas für Flori braucht. Komisch, ich finde, dass das Tierchen ganz fidel wirkt. Zita übrigens auch. Auf meine Nachfrage, wie es um ihr Bein stünde, hat sie gleich diesen Elendsblick aufgesetzt, den sie auf die Sekunde genau abrufen kann.

»Ned gut. Gar ned gut. Der Gips muss bestimmt noch oben bleiben«, hat sie genuschelt.

Ich wollte mich daraufhin nicht weiter in das Thema versteigen und habe mich meinem Handy zugewandt, in der Hoffnung, positive Neuigkeiten zu erfahren.

Fehlanzeige! Fünfzehn Anrufe von Borscht. Blöderweise habe ich die vergangenen Tage ganz vergessen, es zwischendurch mal einzuschalten. Warum sollte ich auch? Fred meldet sich eh nicht, und mit Lydia verkehre ich in unregelmäßigen Abständen per SMS.

Sollte ich mit Borscht noch mal reden? Besser nicht. Das bringt mir nur zusätzlichen Ärger. Er würde jetzt ins Telefon kotzen und mir später, wenn ich wieder in München bin, erst recht die Hölle heißmachen. Letzteres kann ich mir ohnehin nicht ersparen, aber alle dummdreisten Telefonate davor. Soll er doch explodieren. Was für ein schönes Bild. Ich sehe es förmlich vor mir: *Zack* und *Peng* und *Platsch*.

Ich hätte gute Lust, überhaupt den Hut draufzuhauen. Wenn ich die Alm verkaufen kann, könnte ich mich finanziell zumindest so lange über Wasser halten, dass ich mir ein paar Monate für die Jobsuche gönnen könnte.

Bleibt nur die Frage: Welcher Job? Geschichten schreiben, ja – aber in Zukunft lieber Geschichten, die mir irgendwie am Herzen liegen. »Die schreckliche Wahrheit über das Leben am Land« oder »Almrausch – kein Alkohol ist auch keine Lösung«.

Renate hat mir auch eine SMS gesandt: »Alarmstufe Rot! Alle Mann in Deckung!«

Benni und Lilo stecken die Köpfe zusammen und lachen. »Ist es okay, wenn wir zu mir raufgehen? Ich muss heute bei meinen Großeltern mitarbeiten«, fängt Lilo an.

»Und ich könnte doch helfen?«, schlägt Benni vor.

Höre ich richtig? Er will das mit dem H-Wort tun? H-e-l-f-e-n?

»Was gibt's denn da zu arbeiten?«, will ich wissen.

»Am Vormittag die Gäste bewirten und in der Küche sauber machen. Und am Nachmittag, wenn ihr uns die Farbe gekauft habt, malen wir die Schilder. Ja?«

Benni nickt mir auffordernd zu. Ich kenne mein Kind nicht mehr.

»Ja, okay. Finde ich eine gute Idee. Dein Papa holt mich ja bald ab, oder? Wir fahren heute einkaufen.«

»Ich glaub schon. Soweit ich weiß, kümmert er sich um die Pferde, und dann isser weg. Zu dir.«

Ich spüre, wie Freude in mir hochsteigt. Ach Quatsch.

Ich zeige den Kindern den Daumen hoch und gehe in die Hütte. Hannes wird sicher bald kommen. Da war doch irgendwo ein kleiner Spiegel …

»Zitaaaaa! Hast du einen Spiegel?«

Zita – sie rührt gerade einen Teig an – mustert mich aus den Augenwinkeln. »Wos brauchst an Spiegel?«

»Zum Reinschauen.«

»Ah, wirkli?!«

»Hast du einen?«

Zita rührt ungerührt weiter.

»Halloooo?«

Sie deutet mit dem Kopf in Richtung Kredenz. »Da oben. Rechts. Der kleine.«

Ich schnappe mir das vorsintflutliche Teil, das fast so blind ist, dass ich ihm am liebsten drei schwarze Punkte auf gelbem Untergrund aufkleben möchte, und hüpfe die Treppe hoch. Sorgfältig binde ich mir die Haare zusammen und versuche, mit ein bisschen Schminke das aus mir zu machen, was ich gerne darstellen möchte. Ich will ja nicht wie die letzte Gretel daherkommen – wenn wir einkaufen gehen. Und aus keinem anderen Grund.

Außerdem krame ich das einzige Kleid, das ich eingepackt habe, aus dem Rucksack. Die Jeans gehört auf jeden Fall gewaschen.

»Du Zita, die Jeans …« Unten in der Hütte halte ich ihr die Hose hin.

Doch sie interessiert sich für mein Aussehen. »Mei! Hast dich fesch g'macht? Fürn Hannes, ha?«

Ich hebe abwehrend die Hände und quieke mit gekünstelter Stimme: »Nein! Wie kommst du darauf? Für den Hannes, pffff.«

Zita wirft mir wieder einen dieser unergründlichen Blicke zu.

»Ich müsste meine Jeans waschen. Wo macht man das hier?«

»Im Steintrog. Wo sonst? Gib her, i mach des dann selber. Du kannst des ja eh ned.«

Merke: Wenn man dir Arbeit abnimmt, verzichte auf jegliche Grundsatzdiskussionen.

»Dankeschön. Übrigens ist mir eingefallen, dass es doch nett wäre, Tischtücher und Servietten und so Sachen aufzulegen. Damit es einladender aussieht.«

»Einladender«, wiederholt Zita überspitzt und macht ein säuerliches Gesicht.

»Das Wort kennst du nicht, gell?« Ich klopfe ihr auf die hängende Schulter. Sie schaut mich böse an. So mag ich sie, die alte Schreckschraube. »Ich nehme an, du hast so was nicht?«

»Sicher ned. I brauch kein Klumpert.«

»Fein, dann besorg ich im Dorf was.«

Zita schweigt.

Ich ergänze unsere Einkaufsliste um ein paar Almklischee-Accessoires, als ich Hannes vorfahren höre.

Zita steckt hinter mir, als ich zur Türe gehe, die Nase aus der Hütte. Aha. Neugierig auch noch!

Hannes mustert mich kurz und lächelt.

»Is was?«, frage ich.

»Na. Liab schaust aus.«

Hinter mir kichert es. »Jo, jo. Liab schauts aus, jo, jo.«

Verlegen gehe ich zum Wagen und halte Hannes den Einkaufskorb hin. »Fahren wir, sonst wird's zu spät«, wechsle ich schnell das Thema und freue mich tierisch, dass er mir ein Kompliment gemacht hat. Gut, *lieb* ist jetzt nicht sooo der Brüller … lieb ist ein kleiner Hund auch. Aber man ist ja schon mit wenig zufrieden.

Wir donnern die Rumpelstraße zum Parkplatz hinunter. Mein Auto steht noch immer zwischen den Brennnesseln.

Wahrscheinlich wird es bis zu meiner Abreise völlig zugewachsen sein.

Ich vermeide es intensiv, Hannes anzusehen. Das mit gestern ist mir peinlich. Ich wollte ihn echt küssen. Der mich nicht. Ist das mein Schicksal? Mein Gurkenkind-Dasein flüstert mir boshafte Dinge ins Ohr. Ich versuche wegzuhören.

»Meinst nicht, wir sollten nach Gosau fahren? Da kriegen wir beim Supermarkt alles, was du brauchst – und was i brauch«, schlägt Hannes vor und fährt sich durch die dunklen, kurzen Haare. Ich verfolge seine Bewegung.

Gosau. Gute Idee, weil ich da nicht Gefahr laufe, jemanden aus meiner Familie zu sehen.

»Machen wir.«

Fast eine Stunde dauert die Fahrt über den Pass Gschütt nach Gosau. Hannes erzählt ein wenig von seiner Alm, von der Arbeit auf der Jausenstation und seinen Eltern.

»Und die Alm gehört dir? Oder deinen Eltern?«, frage ich nach.

»Mir.«

»Und im Winter?«

»Sind wir bei uns am Hof unten. Der wird im Sommer von zwei Angestellten bewirtschaftet. Aber da is ned so viel Arbeit, weil die Viecher eh fast alle bei uns heroben sind. Nur die Hendln und ein paar Schweindln müssen gfüttert werden. Und halt des Heu reinbringen, und was sonst so anfallt.«

»Verstehst du dich mit deinen Eltern gut?«

»Jo. Die sind gemütlich und freundlich und reden mir nix drein.«

In Gosau fallen wir beim Supermarkt ein.

Die Lebensmittel, die Zita und ich brauchen, kriege ich

alle. Nur bei den Tischdecken und so weiter muss ich stilistische Abstriche machen.

»Im Stil von Laura Ashley haben Sie nichts?«, frage ich die Verkäuferin.

»Wer? Looora Äschli? Na, da hamma nix.«

»Ich meine mit so Blümchen – aber nicht too much. Verstehen Sie?«

»Bleameln? Jo, des hamma scho.« Spricht's und bückt sich umständlich, um aus der untersten Lade Tischdecken hervorzuholen.

Ich will ihr gerade helfen, als mir jemand von hinten auf den Rücken tippt.

»Hannes, wart …«

»Hannes?«, sagt eine weibliche Stimme, und ich erstarre.

Sonja! Bloß nicht!

»Was machst'n du da?«, will meine Schwägerin wissen und taxiert mich mit verkniffenem Gesichtsausdruck.

»Da hammas scho, die Bleameln«, schießt die Verkäuferin hoch und hält mir einen Packen geblümter Stoffe hin.

Sonja schaut überrascht.

»Danke.« Eilig nehme ich die Tischtücher und versuche Sonja mit einer flinken Verabschiedung abzuwimmeln. »War schön, dich mal wieder getroffen zu haben. Alles Gute und bis … bis irgendwann.«

Aber so schnell gibt sich Sonja nicht geschlagen. Sie bleibt beinhart stehen und verfolgt mit ihren Blicken, wie ich die Tischtücher durchsehe.

»Für was brauchst denn du des?«

»Ich … ich … mache was draus.«

»Und was? Du mit deine zwoa linken Händ.« Sie kichert hämisch.

Ehe ich der Pissnelke auch nur ein Wort sage, ersticke ich lieber. Und halte daher die Luft an.

Aber nur kurz. Weil: »Mama und Papa wissen ja gar ned, dass du da bist«, fängt sie wieder an.

Und überhaupt: Wie kommt die dazu, zu meinen Eltern Mama und Papa zu sagen? Hat sie keine eigenen?

»Ach ja?«

»Du bist doch da?!«

»Schaut ganz danach aus.«

»Und warum bist jetzt da?«

Ich male ein Fragezeichen in die Luft.

Sie kraust die Stirn, die jetzt sehr gut zu ihrem Dauerwellenmob aus Ritas Frisierstube passt. Kann die sich nicht einfach in Luft auflösen? Ich werde garantiert nicht sagen, dass ich oben auf der Alm bin und einen Plan habe. Sonja verschränkt die Arme, pustet sich eine ihrer krisseligen Haarsträhnen aus dem Gesicht und lehnt sich an das Regal. Anscheinend kommt noch was.

»Wir ham uns jetzt neu eingerichtet. Am Hof. Jetzt, wo er uns g'hört.« Pause. »Ham des Bad neu g'macht, und aus deinem alten Zimmer hab i mir a Bügelzimmer g'macht. Mehr hat des Kammerl ja ned hergeben.«

Kann jetzt ein Stein vom Himmel fallen und sie erschlagen? Oder wenigstens der Boden, auf dem sie steht, sich öffnen und dieses boshafte Weib verschlucken? Weil ich so gar nicht auf Krawall gebürstet bin, lass ich mich nicht provozieren und kommentiere das Gelabere nicht. Sie wirkt ein wenig enttäuscht. Gibt aber nicht auf.

»Wir ham außerdem …«

Dankenswerterweise steht plötzlich Hannes vor mir. Selten habe ich mich über seinen Anblick so gefreut.

»Heidi, wie schaut's aus?«

Sonja klappt die Kinnlade runter, und ihr Blick wandert fragend von mir zu ihm und wieder zurück. »Servus«, fährt sie sofort dazwischen.

Hannes reicht ihr seine große Hand und nickt.

»Kennst mi eh?«, geht sie in die Offensive, strafft die Schultern und lächelt ihn an. Gruselig!

»Na. Woher sollt i di kennen?«, pariert Hannes.

»Mei. Du kommst doch auch aus Hinter-Russbach. Gell?«

Hannes nickt, taxiert sie sekundenschnell und meint knapp: »Da hab i di wohl übersehen.«

Ich würde den Satz jetzt gerne ergänzen: »Und das aus gutem Grund.« Tu ich aber nicht. Sondern grinse nur innerlich. Guter Mann! Guter, guter Mann!

»Fertig. Wir können dann los«, motiviere ich Hannes zum Aufbruch und schaue ihn sehr intensiv an: Bitte schnell weg hier!

»Dann pack ma's.« Er hebt zum Abschied die Hand und geht in Richtung Kassa.

»I sag halt Mama und Papa an schön' Gruaß von dir wennst dir scho selber z'gut dazu bist«, schreit Sonja uns hinterher.

Ich schließe die Augen. Einfach nicht hinsehen und nicht hinhören. So wie immer.

Als wir draußen den Jeep vollladen, ergreift Hannes das Wort: »Die is auch ned von der netten Sorte?!«

Ich schüttle den Kopf.

»Kennst du die besser?«

»Meine Schwägerin. Du weißt ja – die, die den Hof geerbt hat.«

Niemand in unserer Familie kann Sonja wirklich leiden.

Sie ist hinterhältig, boshaft, intrigant und macht meinem Bruder das Leben zur Hölle, wenn er nicht das tut, was sie will. Matthias ackert sich als Tischler in Gosau fast zu Tode, um die Wünsche seiner stets unzufriedenen Frau – etwa einen gebrauchten Mercedes AMG – finanzieren zu können. Sie hat nämlich hinsichtlich eines eigenes Berufes keinerlei Ambitionen. Liegt wohl auch an der nichtvorhandenen Ausbildung. Außerdem: Sie ist ja von adeligem Geschlecht – angeblich. Wie sie auf diese Idee kommt? Ihre Eltern, die in Bad Ischl einen Schrotthandel mit Imbisswagen betreiben, engagierten vor Jahren einen Ahnenforscher, der dafür bekannt ist herauszufinden, dass halb Bad Ischl von Karl dem Großen abstammte. So auch die ehrenwerten Kriechbaumers, die daraufhin ein drei Quadratmeter großes Wappen aus grellbunt lackiertem Kupfer über die Einfahrt zum Schrottplatz nagelten. Als Sonja den Vorschlag machte, mein Bruder solle bei der Hochzeit ihren Namen annehmen – Adel verpflichtet! –, gingen meine Eltern sprichwörtlich die rustikalen Wände in der Bauernstube hoch und verboten Matthias, ein Kriechbaumer zu werden. Wo käme man da hin? Erstens den Namen der Frau annehmen – Sakra! Das hat es in Hinter-Russbach noch nie gegeben! Und zweitens: Den Namen eines anderen annehmen, wenn man ein Herzog vulgo Gaderlbauer ist?! So weit käme es noch!

Matthias gehorchte. Meinen Eltern. Er wollte anscheinend das Haus und nicht die klapprige Berghütte mit Tante Zita erben.

Auf der Rückfahrt zur Hütte will Hannes mehr über die Erbschaftsgeschichte wissen. Ich winde mich, um nur nicht die Sache mit Zita und meinen Plan aufs Tapet zu bringen.

»Und jetzt bist du da, um das, was du bekommen hast, zu genießen, oder?«

»Meinst du die Alm?«

»Was sonst?«

»Naja … genießen würde ich jetzt nicht sagen.«

»Wie lange willst denn bleiben?«

Ich zwicke die Augen zusammen und werfe ihm einen scharfen Blick zu. Spielt der jetzt den Ahnungslosen, oder ist er wirklich so naiv?

»Nachdem Zita noch mehrere Wochen den Gips tragen muss, werde ich wohl solange hierbleiben. Müssen.«

»Und dann?«

Ja, dann … dann schwindle ich lieber mal: »Keine Ahnung.«

»Und was, wenn die Idee mit der Bewirtung von Wanderern eine gute Idee war? Die Zita wird das allein zwar auch schaffen, wenn sie wieder gesund ist …«

Die Zita wird dann auch nicht mehr da sein, denke ich mir.

»… aber es wäre schon schade, wenn du dann einfach wieder zurückfährst.«

Ich glaube, wenn ich Hannes verrate, was ich im Schilde führe, wird er mich sofort aus dem Auto werfen. Und er würde es gar nicht bereuen, wenn ich wieder nach München zurückfahre und mich nie mehr hier blicken lasse. Mir doch egal! Nur weil ich gestern zu viel getrunken und ihm die Ohren mit meiner kleinen Lebensbeichte vollgesülzt habe, muss ich jetzt nicht sentimental werden. Oder ehrlich. Wobei … ich schaue Hannes von der Seite an, wie er konzentriert den Wagen die Bundesstraße entlanglenkt. Er strahlt so eine Ruhe aus, eine bescheidene Tapferkeit und … ja, und auch Humorlosigkeit, die wohl von einem allzu eintönigen Leben knapp unterhalb der Baumgrenze herrührt.

Der Gedanke, ihn zu enttäuschen, löst ein unbehagliches Gefühl in mir aus. Ich scheuche die Gedanken, was die nähere Zukunft an weiteren Unbehaglichkeiten bringen könnte, weg. Ich hatte bisher schon genug Mist am Dampfen. Ich bin hier das Opfer. Und sonst niemand.

Am Abend haben Benni und Lilo fünf hübsche Sausteigalm-Schilder gemalt. Morgen wollen sie sie strategisch gut platziert aufstellen. Am Parkplatz, am Wanderweg, der sich unterhalb der Seilbahntrasse in Schlangenlinien windet, bei der Bergstation der Seilbahn, und sogar bei Hannes' Jausenstation, den Steinlechners, will Lilo eine anbringen.

»Konkurrenz belebt das Geschäft«, stellt sie fest und klopft ihrem Vater auf den breiten Rücken.

Der wagt keinen Widerspruch. Gut so. Den langen Weg, bergauf und bergab, den sie für die Schildertour hinlegen müssen, wollen sie und Benni gemeinsam auf sich nehmen. Und so, wie sie einander gerade anschauen, dürfte es sich dabei nicht um eine Pflicht handeln, sondern um die Kür.

Zita sitzt mit säuerlicher Miene auf der Bank vor der Hütte und schielt wortlos auf die Schilder.

»Oma, wie gefällt dir die Blume?«, will Benni wissen und legt seinen Arm um Zitas hängende schmale Schultern.

»Weg gehst!«, knurrt sie im Scherz und beäugt das Blümchen, das die beiden auf das verwitterte, grausilbrige Holzbrett gemalt haben. »Na jo. Eh ned schlecht … des Bleamel. Aber so a Schnapsidee … pfff.«

»Wart halt mal ab«, versucht Hannes die Geierwally versöhnlich zu stimmen. »I find die Idee ned amal so schlecht.«

Zita wirft ihm einen Auch-du-Brutus!-Blick zu und angelt sich ein Glas Most. Pur, versteht sich. Die Guten haltens ja aus.

Mit Hammer, Nägeln, Wegweiser-Brettern und einer Jause, mit der er sämtliche Touristen füttern könnte, die heute mit der Gondel zum Preiner Kogel fahren, macht sich Benni gleich nach dem Frühstück auf den Weg zu Lilo.

Was Frauen aus Männern alles machen können, frage ich mich und leere noch eine Tasse schwarzen Kaffee in mich hinein. Flori biegt um die Ecke und meckert Dobermann und Daisy wach. Dobermann lässt sich das nicht gefallen und quietscht im hochfrequenten Bereich Flori böse an. Mit wenig Erfolg. Flori glotzt durch das Gitter in den Vorhof der Meerschwein-Ranch und verfolgt den zornigen Dobermann mit begeisterten Blicken. Alles in bester Ordnung, hier oben.

Ich räume das Frühstücksgeschirr in die Hütte, wo Zita schon wieder an einem Brotteig rührt.

»Sooooo, Zita. Gehen wir's an, ja?«

»Ha?«

»Ich schnappe mir jetzt die ganzen Stoffe, Tischdecken und Accessoires …«

»Wos?«

»Accessoires. Oder, um es mit deinen Worten zu sagen: Das Klumpert. Und damit werde ich die Hütte hier ein wenig verschönern.«

Zita schüttelt den Kopf und schiebt den Teig noch ein wenig energischer hin und her.

Nach zwei Stunden Schneiden, Drapieren, Auflegen, Herumräumen und Aufräumen bin ich fertig. Die Fenster sind mit karierten Vorhängen behübscht, auf dem Tisch liegt eine geblümte Tischdecke. Ich habe vier Getränke- und Speisekarten angefertigt und statt Preisangaben dazugeschrieben, dass wir nur freiwillige Spenden entgegennehmen. Hat Hannes mir geraten. Wegen des Finanzamts.

Von der Wiese habe ich einen Arm voll Blumen und Gräser geholt und damit die Fensterbretter, die Tische vor und im Haus und den Eingangsbereich geschmückt. Schön sieht es aus, ehrlich! Weil ich mir die gute Laune nicht verderben will, frage ich Zita gar nicht, was sie davon hält. Dafür rufe ich Lydia an und berichte von meiner »Schöner wohnen«-Aktion. Soll Zita ruhig mithören!

Am Nachmittag höre ich Hannes' Range Rover den Weg herunterkommen. Er hat die Kinder im Gepäck, die mit rot bzw. rötlich braun gebrannten Gesichtern von ihrer Wegweisertour erzählen. Sie hätten außerdem Werbung gemacht, und es würde garantiert nicht lange dauern, bis die ersten Gäste anmarschiert kämen.

»Und, Zita? Was sagst du?«, will Lilo wissen und umarmt die Geierwally.

»I sag ned viel, i tu lieber was«, entgegnet sie und bedeutet uns, in die Hütte zu kommen. Dort öffnet sie die klapprige Vorratsschrank-Tür, und mir haut es fast die Augen raus. Die hat tatsächlich in rauen Mengen Brot gebacken! Im Kühlschrank hat sie selbst gemachte Butter gestapelt, die sie kunstvoll mit Modeln verziert hat, und im Ofen stehen drei Bleche Obstkuchen zum Verkauf.

Ich bin platt.

»Das finde ich wirklich sehr, sehr nett«, sage ich und meine es ganz ehrlich. »Wann hast du denn das alles gemacht? Ich hab das gar nicht bemerkt.«

Also, dass Zita den halben Tag herumgekocht und herumgewerkelt hat, habe ich natürlich gesehen. Aber ich dachte, sie würde wieder für Hannes und seine Jausenstation die Brotlieferung erledigen.

»Wennst a bissl weniger telefonieren und a bissl mehr schauen tätst …«, mault sie – meint es aber nicht böse. Das sehe ich an dem Grinsen, das ihren schmalen Mund umspielt.

»Ich habe nur einmal kurz meine Freundin angerufen!«

»So viel, wie du mit der redst, red i in einem ganzen Jahr ned.«

»Wohl wahr«, kann ich mir nicht verbeißen.

Benni und Lilo haben sich ein Stück vom Blechkuchen abgeschnitten und zeigen mit übertrieben euphorischen Gesichtern, dass es ihnen schmeckt.

Zita lächelt und deutet auf mich und Hannes – ob wir auch …? Ja, wir auch. Sie packt uns ein gemeinsames Stück auf einen Teller und zeigt auf den kleinen Holzbottich auf dem Tisch, den ich als mobile Bestecklade für die Gäste erstanden habe.

»Erst du.« Ich schiebe den Teller zu Hannes.

»Nein, du.« Er schiebt ihn zurück.

Zita dreht sich zu uns um. »Habts es dann? Oder brauchts einen Schiedsrichter?«

»Na gut, dann ich«, sage ich und lasse meine Gabel in den Kuchen sinken.

Göttlich! Kirschen, die Hannes vom Dorf gebracht hat, dick und prall wie Murmeln, dunkelrot, obwohl sie gebacken wurden – und saftig. Der Teig schön klebrig, ohne pampig zu sein, und mit genau der richtigen Menge Zucker.

Die Leute werden uns die Bude stürmen.

13

Und genau das tun sie. Benni, Lilo und ich können die Wanderer, die in Gruppen auf Kaffee, Jause und Kuchen zu uns kommen, kaum bewältigen. Zita habe ich genötigt, sich hinzusetzen, nachdem sie wie eine Hummel mit Gips durch die Hütte gesurrt ist und versucht hat, so gut wie möglich eine halbe Kochmannschaft zu ersetzen. Jetzt kümmern sich Lilo und Benni unter ihren Argusaugen um die Küche, und ich springe außen herum, um die Bestellungen entgegenzunehmen und das Gewünschte zu servieren.

Weil wir nur einen großen Tisch vor der Hütte haben, haben sich die Leute ins Gras gesetzt.

»Manno, dat is wat jemütlich hier! Dat hat ja nüscht jeder, wa?«, ruft eine ältere Dame, die sich neben Dobermanns Ranch geflätzt hat und versucht, ihren Kuchen zu essen, ohne dass Flori ihre Nase reinsteckt.

Ich habe natürlich fast alles falsch gemacht, was man falsch machen kann: Zu wenig Geschirr, zu wenig Krüge, zu wenig Besteck. Wir servieren also auf allem, was in der Hütte nicht niet- und nagelfest ist. Die Touris, die ihren Kuchen in der Bratpfanne bekommen, und die, die ihren Kaffee aus den eilig ausgewaschenen Steinkrügen trinken, meckern aber nicht, sondern finden das alles sehr originell. Bitte, gern geschehen.

Außerdem habe ich nicht daran gedacht, Wechselgeld zu besorgen. Es geht daher zu wie auf einem Bazar. Einem alpenländisch-orientalischen Bazar. Dass mein Kurzzeitgedächtnis noch begrenzter ist, als ich dachte, habe ich ebenfalls mit Bestürzung gemerkt: Kaffee, Most, Wasser. Most mit Wasser? Jause – gut, aber ohne Fleisch, nur mit Käse, dafür Kuchen mit doppelt Obers. Jahaaaa! Da kreischen die Neuronen im Hirn. Hut ab vor jeder Kellnerin und jedem Kellner.

Aber trotzdem: alles gut. Die Gäste sind glücklich und freundlich, und so bin ich es auch.

Vor allem, als nach fünf Stunden der Wahnsinn vorüber ist. In der Küche sieht es aus, als sei ein Sturm durch unsere Sausteigalm gefegt. Alles ratzefatz weg.

»Gott sei Dank haben sie mir die Haare auf dem Kopf gelassen«, seufzt Benni.

Auch der Most ist alle – nicht ein Tropfen ist mehr übrig. Zita schabt mit einem kleinen Löffel die Kuchenreste vom Blech – mehr ist nicht mehr da. Lilo und Benni liegen auf der Bank vorm Haus und stöhnen.

Und ich zähle Geld. Fast dreihundert Euro haben wir verdient. Ich habe sämtliche Investitionen wieder drinnen! Hurra!

»Da, für dich.« Ich reiche Zita hundertfünfzig Euro. Sie hat zwar gebacken, aber ich habe die Lebensmittel gekauft und den Rest besorgt. Lilo und Benni gebe ich auch je fünfundzwanzig Euro. Bleiben mir hundert. Ich drehe die Scheine zwischen den Fingern. Okay, die zu verdienen, war echt hart.

Ich sehe Borschts dämliche Visage vor mir, wie er meine unfreiwillig niveaulosen Artikel noch niveauloser kommentiert. Ich spüre die Langeweile beim Arbeiten und dieses tägliche Unwohlsein, das aus ständigem Fremdschämen für den

Arbeitgeber und der daraus überlebensnotwendigen Gleichgültigkeit sich selbst und der Welt gegenüber resultiert.

Dann sehe ich die abgerockte Hütte mit den karierten Vorhängen; Zita, wie sie bombastisch aussehende Jausenteller in der Küche jongliert; Benni, wie er ihr mit glücklichem Gesicht gemeinsam mit Lilo hilft; ich sehe die schrulligen Damen und Herren, die mit verzückten Gesichtern Zitas Kuchen und Brote in sich reinschaufeln und sich freuen. Noch nie habe ich an einem Tag so oft »Danke«, »Wunderbaaaar« und »Herrlich« gehört.

Ich stecke die Scheine in die Hosentasche. Hartes, aber fröhlich verdientes Geld. Fuck you, Borscht! Jedenfalls für heute.

Nach einem Telefonat mit ihrem Vater schlägt Lilo vor, dass wir die Hütte dichtmachen und rauf auf ihre Jausenstation fahren, um dort zu Abend zu essen.

»Erst wird der Saustall da aufgräumt!« Zita deutet in das Innere der Sausteigalm, wo es aussieht, als hätte eine Bombe eingeschlagen.

Benni lehnt sich an Zita. »Ach Oma, sei ein bisschen chillig, ha?«

»Wos?«

»Chillig, Oma. Bissl locker, bissl lässig.«

»Lässig«, echot Zita und schüttelt den Kopf, »Meiomeiomei.«

»Na, komm, Benni. Helfen wir.« Lilo erhebt sich und gibt Benni einen Klaps.

Gutes Mädchen! Ich finde, Benni könnte über eine längerfristige Jugendliebe nachdenken. Theoretisch, versteht sich.

»Und du bleibst sitzen!«, mahne ich Zita, nachdem sie sich

ebenfalls erhebt, um beim großen Saubermachen mitzuhelfen. Sie setzt ihr saures Zitronengesicht auf, an das ich mich schon gewöhnt habe, lässt sich aber schnell überreden, ein wenig auszuruhen.

Als wir nach zwei Stunden die letzten Teller und Tassen weggeräumt haben, kommt Hannes daher. Er duckt sich, als er durch den Türstock ins Innere tritt, und setzt ein breites Lächeln auf. Mir wird warm ums Herz.

Eine halbe Stunde später sitzen wir fünf auf der Terrasse der Steinlechner-Alm und stoßen auf unseren Erfolg an.

Hannes hatte uns alle in seinen Wagen gepackt. Ich bin mir vorgekommen wie in einem dieser lebensgefährlichen Busse, die in Indien durch die Gegend gondeln. Nur dass es dort nicht auf beiden Seiten des Weges entweder steil bergauf oder steil bergab geht. Ich war aber anscheinend nicht die Einzige, die Bedenken hinsichtlich der Sicherheitsstandards hatte. Zita, die sonst nur Most trinkt, knallt sich zwei Schnäpse hinter die Binde und schiebt mir dieselbe Ration hin. Hatte wohl auch Nervenflattern während der Fahrt.

»Wo sind deine Eltern?«, frage ich Hannes.

»Unten«, er deutet bergab ins Schwarze. Der Mond steht hoch am Himmel, und die Bergspitzen des Dachstein-Massivs ragen silbrig blau in die Nacht.

»Darf der Benni heute bei mir schlafen?«, will Lilo wissen.

Hannes wirft mir einen fragenden Blick zu.

Ich nicke.

»Aber nicht auf dem Heuboden«, wirft Benni ein.

»Geh, Benni.« Lilo streicht sich lachend ihre langen Locken nach hinten und strahlt ihn an.

»Meinetwegen«, lenkt er ein. Ich sollte mir auch lange Locken zulegen.

»I leg mi aa nieder«, sagt Zita, leert sich noch einen halben Liter Most in den Schlund und erhebt sich von der Bank.

Ich verstehe nicht ganz. »Wo willst du hier schlafen?«, frage ich sie.

»Die Zita hat bei uns immer ein Bett«, erklärt Hannes.

»Das Zita-Zimmer«, ergänzt Lilo. »Ein kleines Kammerl, das wir nicht vermieten, sondern das Freunden und Verwandten vorbehalten ist.«

Aha. Die Kombination »Freund« und »Zita« klingt für mich so harmonisch wie ein Schlag aufs Ohr, aber bitte. Und was ist mit mir?, frage ich mich. Wenn die alle hier pennen, soll ich dann alleine zur Sausteigalm runterlatschen? Oder im Stall schlafen? Ich will mich aber nicht aufdrängen oder ängstlich wirken, daher halte ich mal lieber den Mund. Außerdem bin ich so mürbe im Hirn, dass sich meine antizipatorische Fähigkeit dahingehend erschöpft, bis zum nächsten Schluck Most zu denken. Der und die folgenden vertreiben sämtliche Sorgen in mir. Alkohol, in erträglichen Dosen, ist halt doch eine Lösung.

Nachdem sich alle drei verkrümelt haben, sitzen Hannes und ich schweigend vor seinem Haus. Ich sitze sehr nah neben ihm und betrachte seine großen, kantigen Hände, auf deren Rücken sich die Adern abzeichnen. Obwohl er viel arbeitet, hat er ziemlich gepflegte Hände. Ich würde jetzt sehr gerne meine Hand auf seine legen und mich richtig an ihn anlehnen. Und dann würde alles gut werden. Was auch immer *alles* sein könnte.

»Hinterm Haus gibt's einen Platz, wo du eine Wahnsinnsaussicht hast«, sagt er mit seiner tiefen Stimme.

»Du hast aber schon bemerkt, dass es dunkel ist?! Oder willst du mir Schwarz in all seinen Nuancen zeigen?«

Hannes lacht. »Naaa. Komm halt.«

Wir gehen ums Haus herum. Es ist stockdunkel. »Gib mir deine Hand«, sagt er.

Aber gerne, denke ich und halte mich an seiner fest. Nachdem ich fast stolpere, schlägt er etwas ungelenk vor, mich festzuhalten.

»Nur, damit du ned hinfliegst. Es ist ein bissl uneben.«

Und ich bin außerdem ein bissl betrunken.

Als er seinen kräftigen Arm um mich legt, stellen sich sämtliche Haare an meinem Körper auf.

»Geht's?«, will er wissen.

Ich spüre, wie beim Reden sein Brustkorb vibriert. So sonor ist seine Stimme. Möchte ihn gar nicht mehr loslassen.

Nach ein paar Minuten über Stock und Stein, die er de facto blind erklimmt, löst er sich aus unserer Quasi-Umarmung und umfasst meine Schultern. Ich schließe die Augen in Erwartung dessen, weswegen wir hier ja in Wirklichkeit hergekommen sind, und spitze schon mal die Lippen. Nicht, dass er sich an meiner Backe ansaugt, so dunkel, wie es ist. Das würde die Romantik kaputt machen.

Sein Druck auf meine Schulter wird stärker … und er dreht mich um 180 Grad herum – von sich weg. Wie?

»Da, schau!«, raunt er heiser von hinten in mein Ohr.

Nein, das möchte ich jetzt eigentlich nicht. So war das nicht ausgemacht. Öffne aber trotzdem die Augen, widerwillig – und muss staunen: Der gesamte Gebirgskamm liegt, hell beleuchtet vom Mond, vor uns. Wo war der vorhin? Da war doch alles noch schwarz?

»Du siehst ihn nur, wenn du die fünfzig Meter hier raufgehst, weil er sonst vom Wald verdeckt wird. Und? Was sagst?«

»Irre. Das ist unglaublich. Das ist mächtig. Und schön.«

»Gell?!«, flüstert er.

Dann merke ich, wie er seine Arme von hinten um mich legt. Wortlos. Ich lasse mich zurücksinken und beiße mir auf die Zunge, um jetzt ja nichts Blödes zu sagen. Ich spüre seinen Atem an meinem Nacken, und ein Schaudern fegt über mich hinweg. Meine Knie fangen unkontrolliert an zu zittern.

So stehen wir weiß Gott wie lang. So lange, bis ich auf Gedeih und Verderb wissen will, wie es ist, ihn zu küssen. Ich drehe mich zu ihm herum, umfasse sein Gesicht und ziehe es zu mir herunter. Dann drücke ich ganz vorsichtig meinen Mund auf seinen. Und er erwidert das auf seine Art. Genauso, wie er mir vor ein paar Tagen die Hand gegeben hat: Als würde er mir etwas unausgesprochenes Ausgesprochenes geben, damit ich es gut aufbewahre.

Er fährt mit seiner Zungenspitze über meine Lippen und mit seiner Hand über meine Haare. Die Zärtlichkeit, die ich jetzt gerade für diesen verkappt leidenschaftlichen Mann empfinde, der sich bisher großteils wie ein Felsbrocken verhielt, macht mich verwundbar. Und zugänglich.

Merke: Das sind seltene und nicht ungefährliche Momente im Leben. Die, in denen du dich jemandem auslieferst.

Die Welt steht gemeinsam mit uns still. Obwohl sich in meinem Kopf alles dreht. Hannes greift nach meinen Händen und drückt sie. Ein letzter Kuss. Vorerst.

»Willst du bei mir schlafen?«, fragt er.

Schlagartig schiebt sich Freds Bild vor mein geistiges Auge. Nein, geh weg! Ich bin gerade dabei, was Echtes zu erleben. Ich bin gerade dabei, dich zu vergessen und über dich hinwegzukommen. Und so wie es aussieht, legt sich in diesem Moment die Realität über die Illusion.

Halt! Wo ich grad bei der Realität bin ... ich habe keinerlei Vorbereitungen hinsichtlich eines halbwegs niveauvollen horizontalen Zusammentreffens getroffen! Stichwort: Beine und andere Körperregionen, die unrasiert nur dann optisch durchgehen, wenn sie einem Mann gehören. Oder einem Tier. Ach, Sex ist wirklich eine anstrengende Sache. Ich fürchte mich immer, dass ich eine schlechte Figur abgeben könnte. Aus diesem Grund finde ich die Missionarsstellung äußerst sympathisch. Welche Makel soll ein Mann an dir sehen, wenn er auf dir draufliegt? Eben. Und auch wenn ich damit keinen Preis in Sachen Nackttturnen kriege, aber ich bin wirklich keine Freundin des Kamasutras. Nein, danke. Wenn ich etwas Außergewöhnliches brauche, trinke ich Absinth. Oder gehe zum Inder essen. Abgesehen davon: Die Missionarsstellung ist äußerst günstig, wenn man, so wie ich, eher nicht vollbusig ist und sich die oben fehlende Masse rund um den Bauch verteilt hat. Im Liegen sehen alle Brüste und Bäuche flach aus. Wobei mich die Sache mit der fehlenden Oberweite noch mehr stört als mein Fressbauch. Den kannst du mittels Spantex in den Griff kriegen. Aber obenrum? Da geht so ziemlich jeder Schummeltrick in die Hose.

In meiner Not griff ich mal zu selbst klebenden Büstenhalter-Haftschalen, von denen ich gelesen hatte, dass halb Hollywood damit »zaubern« würde – bis der Moment des Entblätterns kommt. Aber so weit war meine Planung noch gar nicht fortgeschritten, als ich die Dinger – aufgeblasene Gelbeutel, die aussahen wie Prothesen aus dem Orthopädie-Fachgeschäft – in Händen hielt. »Die kleben Sie sich einfach auf die Büste, und schwupps, schon haben Sie zwei Körbchengrößen mehr. Sehen ab-so-lut echt aus«, versprach mir die Dame aus dem Dessousgeschäft und lächelte verbindlich.

»Und die verrutschen nicht?«, fragte ich argwöhnisch mit dem bisschen Restverstand, der mir noch geblieben war, nachdem ich den Unterwäscheladen betreten hatte.

»Neiiiiiin. Halten bombenfest! Brauchen Sie nicht mal einen BH drüberzuziehen.« Sie zeigte auf die Klebefläche und presste ihre Lippen anerkennend zusammen. »Bombenfest!«

Merke: Verkäuferinnen müssen nicht immer ehrlich sein!

Als das Objekt meiner Begierde – ein durchgeknallter Architekt mit amerikanischen Wurzeln, den ich kurzzeitig zum Mann meiner Träume erkoren hatte – mir bei einem Abendessen, für das ich mich mordsmäßig aufgebrezelt hatte, fassungslos in meinen Ausschnitt starrte, war ich erst einmal hochzufrieden. Die Dinger hatten echt ihre Wirkung! Ich bin ja an sich eher der Typ Frau, der die Kerle ins Gesicht schauen und die dann mit größtmöglichem Aufwand an Humor und Charakterstärke punkten muss, um landen zu können.

Locker wie nie, weil ich mich durch den geliehenen Sex-Appeal sicher fühlte wie Dolly Buster auf der Erotikmesse, scherzte und gestikulierte ich, warf meinen Kopf beim Lachen zurück und benahm mich so wie eine Frau, die weiß, was sie hat.

Was ich nicht wusste: Das, was ich hatte, krabbelte seitlich in Richtung Ausschnitt hinauf und hing dort zur Hälfte heraus. Angus' überraschten, ja, fassungslosen Blick, mit dem er an meinem Oberkörper hing wie Seepocken am Bug eines Segelschiffs, fand ich zwar ein wenig sehr direkt, interpretierte es aber als Ausdruck seiner Faszination an meinem Aussehen. Dass dem nicht so war, merkte ich erst, als er mit großen Augen wortlos auf die Gel-Prothesen zeigte.

Ich habe mich daraufhin mit einem »Oh, ich muss mir wohl die Nase pudern« aus der blöden Situation gerettet, bin mit hochrotem Kopf aufs Klo gegangen und von dort nie mehr an den Tisch zurückgekehrt. Angus hat – Überraschung! – auch nie mehr angerufen. Oberflächlicher Arsch!

Und die Moral von der Geschichte: Du sollst nicht schummeln. Aber du sollst auch nicht absichtlich fahrlässig deine optischen Defizite zur Schau tragen.

Deshalb – und auch, weil ich nicht will, dass das mit Hannes so eindimensional endet wie mit Fred – schüttle ich jetzt den Kopf.

»Du willst lieber nicht hier übernachten?«, fragt er und fährt mit seinem Zeigefinger meine Lippen nach.

Oh! Oh! Wenn er mich noch mal fragt, sage ich sofort Ja und werfe ihm mein Herz vor die Füße. Oder erst mal die Libido.

»Wenn's daran liegt, dass du das vielleicht falsch verstehst … Keine Angst. Du hast ein Einzelzimmer. Und außerdem bin ich kein Typ für schnelle Geschichten.«

Oh. Aha. Wie lobenswert! Da hat einer hohe moralische Werte. Im Gegensatz zu mir.

»Ja, dann … gerne.«

Jetzt kommt die blöde Pause zwischen Knutscherei und dem, was dann folgt. Ich finde, solche Pausen fordern eine gekonnte Überleitung.

»Wir sollten dann auch mal zurückgehen, nicht wahr?«, nehme ich die Zügel in die Hand.

Nach der greift er auch, also nach der Hand, und so tappen wir zurück zum Haus.

»Gute Nacht«, sagt Hannes, nachdem er mir die Tür zu einem der Gästezimmer im ersten Stock geöffnet und das Licht angedreht hat. Er nimmt mein Gesicht in seine Hände, streicht mir mit den Daumen über die Wangen und küsst mich vorsichtig auf die Stirn. Ein Mal, zwei Mal.

Noch einmal, und ich klammere mich an sein Bein, damit er nie wieder weggehen kann.

14

Zita sitzt mit einem Humpen Tee vor der Sausteigalm und zählt mir, die ich eifrig mitschreibe, auf, was wir alles im Dorf einkaufen müssen.

Hannes hat uns beide heute in aller Herrgottsfrüh runtergefahren. Unser abendliches Geküsse blieb unerwähnt. Nur ein Lächeln, das über sein Dreitagesbartgesicht huschte, als er mir eine Tasse Kaffee reichte, versicherte mir, dass er es nicht vergessen oder bereut hatte. Ob ich es bereuen soll, weiß ich noch nicht ganz – ich habe eindeutig zu viel getrunken. Ich bin verwirrt. Aber keine Sorge, das ist mein Dauerzustand. Verwirrt zu sein. Nicht betrunken.

»Und des Obst holst vom Sepp, und die Wurscht vom Brucker Schurl. Des Mehl holst direkt bei der Sagmühle, und die Erdlinge –«

»Wer? Erdlinge?«, ich muss laut lachen.

Zita schaut mich irritiert an. »Erdäpfel. Kartoffel. Oder glaubst, des Zeug wachst im Plasiksackerl? Hä?«

»Und Äpfel sind dann die Bäumlinge, oder?«

Uiui, schon wieder streift mich ein Blick, kalt wie Polarluft. Verträgt auch keinen Spaß, die alte Schreckschraube.

Wobei: Es sind mittlerweile schon mehrere Tage vergangen, an denen ich mir nicht gewünscht habe, dass die Geierwally umfällt und auf Nimmerwiedersehen abtransportiert wird. Also nicht, dass sie tot umfällt, aber wenigstens so schwach, dass sie in einem Altenheim unschädlich gemacht werden kann.

Nein, eigentlich blitzt zwischen uns sekundenweise sogar so etwas wie – ich will jetzt nicht sagen *Zuneigung*, das wäre zu viel des Guten –, aber eine halbwegs friedliche Stimmung auf. Seit Benni da ist und wir gemeinsame Sache machen.

Und eines muss ich schon sagen: So engagiert, wie Zita bei der Sache ist, kann ich gar nicht mal mehr richtig böse sein, wegen ihrer Unnachgiebigkeit und dem Gips. Gut, der ist ja auch in absehbarer Zeit Geschichte. So wie unser kleines Gastro-Abenteuer. Wird es mir darum leidtun?

Nein! Ich will ja wieder in mein altes Leben zurück und versuche nur, das Beste aus der Situation hier zu machen. Wobei: Es macht schon Spaß. Auch wenn noch nicht alles wie am Schnürchen läuft.

Apropos laufen. »Wie sollen wir in Zukunft das Zeug vom Dorf raufbringen? Wir können ja nicht immer Hannes schicken, oder?«

Zita nickt.

»Ich könnte mein Auto ...«, denke ich laut nach.

Zita schüttelt den Kopf. »Keine Chance ohne Allradantrieb. Oder hast *du* einen Allrad?« Das *du* betont sie, als würde sie einen Blinden fragen, ob er eine Brille hat.

»Nein. Natürlich nicht.«

Sie fährt sich mit ihrem knorrigen Finger über die spitze Nase und zwickt nachdenklich die Augen zusammen. »Der Hannes! Der hat a Krax'n.«

»Ach? Und das wäre?«

»A Motorradl mit Stollenreifen. Eine Geländemaschin', sagt der Hannes dazu. I sag Krax'n«, erklärt sie mir. »Mit der könnt doch der Bub fahren.«

»NIE IM LEBEN!« Die spinnt ja! Mein kleines Baby, ein Stadtkind durch und durch, wird sicher nicht auf so ein lebensgefährliches Ding steigen und sein Leben auf einem Forstweg beenden. »Der ist viel zu klein für so was! Hallo? Geht's noch?«

»Wo is'n der klein, ha? Der is fast so groß wie der Hannes, und in seinem Alter san wir schon längst mit'm Traktor oder mit die Pferd' in Wald gangen. In dem seim Alter hab i als Dirndl einen Ochsen von Gosau hertrieben. Aber keinen kleinen!«, mokiert sich Zita.

»Jahaaa. Damals! Heute kriegst du vom Jugendamt eine Anzeige wegen Verletzung der Aufsichtspflicht. Aber ich weiß schon, dass ihr ...« – ich deute mit einer wegwerfenden Bewegung auf Zita und dann ins Tal – »... dass ihr von so was noch nicht gehört habt. Aber im Gegensatz zu euch lebe ich so, wie es sich fürs einundzwanzigste Jahrhundert gehört.«

»Öha.« Zita huscht ein Grinsen übers Gesicht. Sie lehnt sich zurück, verschränkt ihre Arme und sieht mich auffordernd an. Jetzt will sie wieder mit mir streiten. Bitte sehr!

»Und des is jetzt recht modern, dass du auf dei'm Kind draufsitzt, wia a Henne. Hoffentlich erstickt er ned.«

»WAS?«

»Hast mi scho verstanden.«

»Ich bin ganz sicher keine Glucke! Ich gebe ihm genug Freiraum. Und außerdem hat er immer das Recht, bei seiner Erziehung mitzureden. Jawoll! Benni und ich leben nämlich demokratisch.«

»Demokratisch«, wiederholt Zita und pfeift anerkennend. Oder besser gesagt: sarkastisch. »Dann hast ja sicher nix dagegen, wenn er selber sagt, was er will.«

Ich wusste gar nicht, dass die weiß, was demokratisch heißt.

Und wie aufs Stichwort kommt Benni, heute mal ohne Lilo, den Rumpelweg heruntermarschiert – einen Rucksack auf dem Buckel.

»Du, Benni«, rufen Zita und ich gleichzeitig.

Er schaut überrascht. »Is was?«

»Was hast du da?«, will ich wissen, um Zeit zu schinden.

»Werkzeug. Hat mir der Hannes mitgegeben. Die Hütte da muss ein bisschen repariert werden.«

»Also, nein. Also, das ist echt nicht nötig«, fange ich an. Ich hab den Eindruck, dass ich von hinten von verschiedensten Dingen überrollt werde. Dass Zita und Hannes mich überrollen.

»Oiii! Wieso nicht?«, mault Benni und knotzt sich neben Zita auf die Bank. »Was sagst du, Oma?«

»Die Oma hat nichts zu sagen!«, knurre ich.

Aber Zita ist das wurscht. »So is recht, Bua! So ein braver Bua bist du. Die Planken g'hörn repariert. Und auf der Seiten a paar Brettln ausg'wechselt«, schnurrt sie und schenkt ihm ein strahlendes Lächeln. Alte, fiese Schlange!

»Und weißt was, Benni, ich hab da so a Idee g'habt«, intrigiert sie weiter.

»Nein! Hast du nicht! Denk nicht mal dran!«, warne ich und richte meinen Rambo-3-Blick auf sie. Den Blick, wenn Rambo auf die Russen trifft. Gott sei Dank habe ich die passenden Schlupflider dafür, um das Ganze auch wirklich realistisch wiederzugeben. Zita kennt aber anscheinend Rambo-3 nicht, und so säuselt sie weiter.

»Der Hannes hat oben im Stadel a Geländemaschin'.«

»Echt?« Benni reißt die Augen auf.

»Ja, ja. Und du bist doch scho ein recht ein Großer, oder?«

Benni nickt.

Ich schreie: »HALT! ES REICHT!«

»Mamaaaaaa! Jetzt lass doch die Zita mal ausreden.«

»Nein. Ich sage Nein. Nur damit du es weißt.«

»Mamaaaaaa!« Und dann, an Zita gewandt: »Oma, glaubst du, der würde mir die borgen? Das wäre ja so was von extrem geil!«

Freude sprüht förmlich aus seinen Augen. Ich hasse das!

»Du kannst doch gar nicht mit so was fahren«, werfe ich ein.

Benni grinst und legt den Kopf schief. »Naja. So würde ich das nicht sagen.«

»Wie bitte?«

»Der Papa hat's mir gezeigt.«

Oh! Oh! Ich hätte es wissen müssen. Harold mit seiner Scheiß-Bikerei. Natürlich.

»Aber du darfst jetzt nicht sauer sein, Mama. Er hat immer total gut aufgepasst, und wir sind nie gefährlich unterwegs gewesen. Immer nur auf Privatstraßen oder am Parkplatz.«

»Wieso hast du mir nie was davon gesagt?«, will ich wissen.

»Weil du sonst wieder ausflippst.«

»WAS? ICH FLIPPE NICHT AUS!«

»Eh ned«, murmelt Zita und klopft Benni auf die Schulter.

»Ich habe mir gewünscht, dass ich, wenn ich sechzehn bin, den Kleinmotorradschein machen darf. Und der Papa hat gesagt, dass das okay ist, aber vorher muss ich richtig gut fahren können, ehe ich auf einer echten Straße fahre. Und drum kann ich das schon richtig gut. Sagt der Papa.«

»Des is a gscheiter Papa«, schnurrt Zita.

Ich schlucke das, was ich sagen möchte, hinunter. Den gescheiten Papa werde ich mir noch kaufen, wenn er aus Ungarn zurückkommt. Der soll sich mal schön warm anziehen.

»Und schau, Mama: Wenn die Lilo und ich mit der Enduro herumfahren könnten, wär das schon sehr lässig und auch mal ein bisschen Abwechslung. Ich könnte die Gegend viel besser kennenlernen … Du hast immer gesagt, ich soll mich viel mehr für die Natur interessieren.«

»Na klar. Und dabei hab ich auch dran gedacht, dass du mit einem lebensgefährlichen Motorrad durchs Gemüse donnerst?!«

Benni wirft mir seinen Ich-bin-ein-kleiner-Hundewelpe-und-du-kannst-nicht-nein-sagen-Blick zu. »Mama, komm. Sei nicht so! Wenn du jung wärst, würdest du auch mehr Abenteuer wollen.«

Haha, der war gut. Und ja, Mist, ich versteh ihn ja – irgendwie. Aber das Muttertier in mir sieht ihn schon schwerverletzt im Graben liegen und hat dementsprechend Angst.

»Und du könntst uns auch noch helfen«, schreitet Zita ihren Benni-Eroberungsfeldzug entschlossen weiter. »Wenn der Hannes dir einen Anhänger dranbauen kann – den hat er oben, des weiß i –, kannst du mit der Lilo vom Ort die Lebensmittel holen.« Sie wirft mir einen vagen Blick zu.

»Ein Anhänger an einer Enduro? Das ist doch gar nicht möglich …« Zita macht sogleich den Mund auf, um mir zu widersprechen. Ich hebe meine Hand, um ihr Einhalt zu gebieten: »Und selbst wenn es möglich ist, ist es nicht erlaubt!«

»Erlaubt, erlaubt«, äfft sie mich nach. »Mit dem Anhänger ist der Hannes scho als Bub gefahren. Freilich geht des.«

»Als Kind? Wie alt ist das Motorrad denn?«

Zita hält offensichtlich nichts von meinen Nachfragen, übergeht elegant alle Einwände und wendet sich wieder Benni zu: »Aber nur, wennst mir und deiner Mama versprichst, dass du wirklich gut aufpasst.«

Benni nickt.

»Der darf nicht auf öffentlichen Straßen fahren«, fällt mir da Gott sei Dank noch ein, ehe die beiden gemeinsame Sache machen.

»Geh. Bledsinn.«

»Hallo? *Polizeiheiii!* Der kriegt eine Strafe, wenn sie ihn aufhalten.«

»Polizei. Pfffff. Gibt's do ned. Und wann der Oberhauser Sepp eam dawischt, dann is aa wurscht. Den ruaf i an, und die G'schicht hat sich.«

»Ah ja. Bist du hier so was wie das oberste Gericht?«

»Fast.«

»Nicht streiten, ihr zwei Süßen«, wirft sich Benni zwischen uns. »Ich werde aufpassen!« Er drückt mir einen Kuss auf die Wange. »Versprochen. Und danke, danke, danke, dass du keine Spielverderberin bist. Außerdem ...«, er wirft mir einen scheelen Blick von unten zu, »ich bin auch dir zuliebe hierhergekommen, obwohl ich keine Lust hatte. Also kannst du mir zuliebe auch was erlauben, oder?«

Aaaahrgh! Nichts ist schlimmer als ein fairer Deal.

Benni umarmt mich und drückt mir mindestens fünf Schmatzer aufs Gesicht. Wer soll da noch Nein sagen können?!

»Aber wehe, ich erwische dich ohne Helm.«

»Never«, sagt er, drückt noch einmal Zitas Hand und verschwindet mit seinem Werkzeugrucksack in der Hütte.

Zita grinst.

Böses, altes Weib. Böses, altes, cleveres Weib!

Natürlich findet auch Hannes, dass es eine gute Idee ist, wenn Benni mit seiner Geländemaschine und dem Anhänger die Lebensmittel aus dem Dorf holt. Er nimmt ihn zum Einkauf gleich mit runter, um ihm die Wege zu zeigen.

»Und die gefährlichen Stellen!«, rufe ich hinterher. »Zeig ihm die gefährlichen Stellen! Da darf er nicht hinfahren!«

»Ja, ja«, tönt es gelangweilt aus dem Auto, und schon spritzt der Schotter, als Hannes aufs Gas steigt.

Ein frischer Vormittagswind weht übers Gras, und die bunten Köpfe der Blumen wiegen sich hin und her.

Nachdem ich Dobermann und Daisy gefüttert und Flori frisches Wasser hingestellt habe, richte ich alles für die Touristen her, die hoffentlich heute wieder kommen. Nur ganz so viele sollten es nicht wieder sein. Das war eindeutig zu viel Chaos. Zwar spaßig, aber jeden Tag so einen Zirkus Halligalli pack ich nicht. Und für Zita ist es auch nicht optimal. Wenn die den halben Tag wie aufgezogen herumspringt, wird ihr Bein niemals heil. Und ich sie niemals los. Gar nicht auszudenken, dass ich die Geierwally noch ein paar Wochen am Hals habe. Auch wenn sie ihre Waffen mittlerweile eingepackt und sich aufs Kochen und Backen verlegt hat.

Ein Schlagen ist aus der Hütte zu hören. Vielleicht bestraft sie sich grad selber für ihre Boshaftigkeit?

Nein, sie lehnt am Spültrog, in dem ein Holzbottich steht, und rührt so heftig darin herum, dass der breite Kochlöffel gegen die Holzwand des Kübels schlägt.

»Was machst du da?«

»Sauerrahmbutter. Der Hannes hat mir den abgeschöpften Rahm gebracht. Der wird jetzt so lang gerührt, bis die Buttermilch abgeht – da schau, das Wässrige.«

Sie reicht mir den Schlaglöffel, und ich rühre, bis mir fast die Arme abfallen.

Nach zehn Minuten hat sich tatsächlich aus den vielen Butterflocken, die in der Suppe herumgeschwommen sind, ein passabler Brocken gebildet. Ganz gelb ist der.

»Von den Bleameln«, erklärt sie mir. Blumenbutter.

Blumenbutter! Das ist es!

»Wir bieten unseren Gästen nicht normale Butter, sondern Blumenbutter an!«, schlage ich vor.

Zita zwickt die Augen zusammen und überlegt. Ich stelle mich schon auf den nächsten boshaften Kommentar ein und grabe in meinem Hirn nach einer Retourkutsche.

»Jo, is eh liab.«

»Ach? Heute gar keine Haare auf den Zähnen?«

»Na, heut ned. Wart amal.«

Sie humpelt mit ihrem Gips zum Vorratsschrank und holt einen großen tönernen Einmachpott heraus. Er ist so groß, dass ich an ihre Seite springe, um ihn ihr abzunehmen.

»Was hast du da?«

Zita öffnet mit einer Gabel, die sie als Hebel verwendet, den Korkdeckel und lässt mich ins Innere schauen. Grünzeug.

»HASCHISCH!«, schreie ich theatralisch und schiele sie erfreut-debil an.

»Was? Des sind Bleameln. Blumen!«

»Ja, ja, das sagen sie alle.«

Zita tippt sich an ihre gegerbte Stirn. »Bleameln. Die kannst essen. Petersil, Brennnessel, Ringelblumen, Kornblumen, Schnittlauch.«

Mit einem großen Löffel fischt sie eine Portion aus dem Pott und hält ihn mir vors Gesicht. Die Kräuter und Blumen sind ganz klein geschnitten, fast zerrieben und getrocknet. Das intensive Blau der Kornblume und das leuchtende Gelb der Ringelblume stechen aus den zahlreichen hell- bis dunkelgrünen Blättern von Petersilie, Schnittlauch und Brennnessel heraus.

»Und jetzt machen wir a richtige Bleamelbutter draus.«

Sie nimmt den Klumpen Butter aus dem Bottich, wäscht ihn mit kaltem Wasser, schneidet ein Stück davon ab und streicht es dick auf eine Scheibe Brot. Dann taucht sie einen Teelöffel in ihr selbst gepflücktes Blumengewürz und lässt es über die Butter rieseln.

»Das ist ja fantastisch«, rufe ich begeistert. Weil echt: So was hab ich vorher noch nie irgendwo gesehen.

Ich grinse Zita an.

Zita grinst mich an.

Was? Zita grinst mich an? Hallo, Regie? Hier stimmt was mit dem Drehbuch nicht!

Die Mischung aus dem leicht sauren Brot, der Süße der selbst gemachten Butter und der Würze der Blumenkräuter explodiert förmlich in meinem Mund. Wahnsinn! Ich muss Lydia davon erzählen. Das sollte sie in ihrem Restaurant als Gedeck hinstellen und wäre konkurrenzlos in ganz München.

»Weischhhuwaaas, Tschita«, lege ich los, ohne vorher runterzuschlucken, schneide ihr eine Schnitte ab und reiche sie ihr. »Dasch isch der Hammer!«

Zita beißt ab, kaut, nickt und hört zu.

Ich erzähle ihr von Lydia. Dass sie meine beste Freundin ist, dass sie im Restaurant ihrer Eltern arbeitet, dass wir die Butter und das Brot exportieren könnten.

Zita überlegt und schüttelt dann den Kopf. »Da brauchst des richtige Brot dazu. Des hat deine Freundin ned.«

Es ist nämlich ein ganz spezielles Brot, das Zita macht, weil ganz spezieller Sauerteig. Den Teig nämlich gibt's in der Form nur von ihr, die sie seit dreihundertfünfundvierzig Jahren – solange sie halt schon auf der Alm ist – immer wieder ansetzt. Also: Immer wieder den gleichen. Klingt grässlich, vor allem, weil sie mir im Brustton der Überzeugung einredet, dass der Teig so lebendig sei wie die Flori.

»Ich kotz gleich.«

Sie holt ein kleines, altes Marmeladenglas aus dem Kühlschrank und hält es mir vor die Nase. »Da. Riech! Sauerteig.« Die weiße Brühe müffelt nach altem Keller. »Der is älter als du. Da nimmst a bissl was raus, dann Mehl, Wasser, bissl Hefe und Salz.« Sie denkt nach. »I könnt natürlich ein bissl was hergeben. Dann könnt die Freundin probieren, den selber anzusetzen.«

»Das wäre ja super.«

»Ja, ich könnt was hergeben«, wiederholt sie und setzt nach: »Wenn i wollt.«

»Aber du willst nicht.«

»Derweil ned.«

Na klar. Was habe ich auch anderes erwartet.

»Was willst du dafür?«

Zita setzt einen listigen Blick auf. Ich bin auf der Hut.

»Die Alm und mei Ruh.«

Ahhhh! Wusste ich es doch! Dabei hatte ich insgeheim gehofft, sie hätte sich mittlerweile damit abgefunden, dass nach dem Gipstheater die Sache hier gelaufen ist. Mir liegt eine wortreiche Ablehnung ihres Wunsches auf der Zunge.

Aber wie sie so vor mir steht, in ihrem schwarzen Kleid mit den grob geschätzt vierunddreißig Schürzen und den unverwüstlichen Bergschuhen, und aussieht wie ein Vogel –

zerfleddert, verletzbar und dennoch stets bereit, auf jeden einzuhacken, der ihr ans Gefieder will –, schlucke ich das, was ich sagen will, hinunter.

Außerdem trudeln draußen die ersten Wanderer ein.

Die Begeisterung ob unserer Blumenbutterbrote ist enorm. Wenn das mal nicht ein goldener Griff war?!

Hannes hat uns netterweise ein paar Flaschen Most überlassen, damit wir den Leuten etwas zu trinken servieren können. Ist ja von gestern nicht viel übrig geblieben. Flori gibt wieder den Pausenclown und bespaßt die Wanderer mit ihrem ulkigen Geschau und ihrem disharmonischen Gemecker.

Alle fühlen sich wohl. Auch ich. Und Zita, die zufrieden grinsend immer wieder ihr Gesicht zur Hüttentür raussteckt, um sich zu versichern, dass alle essen und trinken, ebenso.

Der Rubel rollt, weil die Gäste wesentlich mehr bezahlen, als sie sollten, wenn wir tatsächlich Preise angeschrieben hätten. Wir verlangen nur Spenden. So kann die Finanz uns auch nicht auf die Füße steigen. Naja, zumindest nicht sehr fest.

Nachdem sich die Partie gut gelaunt vom Acker gemacht hat, höre ich ein Motorengeräusch. Es ist aber kein Auto, sondern Benni auf Hannes' Motocross. Freudestrahlend parkt er das grün-orange Teufelsgefährt mit dem Anhänger vor dem Gatter.

»Schau! Schau! Wie geil ist das denn?«, jubelt er und reißt sich den Helm vom Kopf.

Na, wenigstens hat er einen Helm. Meine Begeisterung hält sich in Grenzen. Aber ihm jetzt die Freude versauen will ich auch nicht. Erst recht nicht, weil er drauflossprudelt. Wie er und Hannes das Ding wieder fit gemacht haben.

Die Zündkerzen geputzt, die Kette geölt, das Nockenwellenlager überprüft ... *Und hier! Schau!* Da hat der Hannes eine Befestigung für den Anhänger angeschweißt. *Angeschweißt!* Was der alles oben hat in seinem Stadel – irre.

Und außerdem – mein Kind senkt bedeutungsschwer die Stimme – habe der Hannes ihm genau erklärt, wann er wo und wie fahren darf. Das sei nämlich wichtig, dass er nicht wie ein Vollpfosten in der Gegend herumdonnere. Wegen der Tiere. Und der Natur. Und wegen der Wege. Da müsse er höllisch aufpassen, und das werde er auch tun.

Hat Hannes ihn nebenbei einer Gehirnwäsche unterzogen? Habe ich tatsächlich das Wort »Natur« aus Bennis Mund gehört?

»Das ist eine Enduro«, säuselt er und fährt mit seiner öligschwarz verschmierten Pfote über den Schriftzug am Tank. »Die kann was, hm?«

»Ja, die kann was«, pflichte ich ihm bei und klopfe sehr fachmännisch auf den abgewetzten Doppelsitz. »Supermega. Du weißt schon. Brummbrumm und so.«

Benni schüttelt den Kopf, grinst schief und umarmt mich.

Die Gelegenheit lasse ich mir nicht entgehen und drücke ihn ebenfalls an mich – natürlich viel länger, als er das will. »Mein Hase!«, murmle ich selig, was ihn dazu veranlasst, sich ganz schnell aus meiner Umarmung zu winden.

»Mamaaaa!«

»Was? Die Gelegenheit war günstig. Oder willst du nicht mehr von deinem Muttchen gedrückt werden? Sondern von wem andern?«

Benni wird flammend rot und beißt sich auf die Lippen.

»Von der Lilo zum Beispiel?«

»Mamaaaaa!«

Auch Zita ist Feuer und Flamme für das Teufelsmotorrad.

Während Benni ihr erzählt, wie er und Hannes das Ding wieder fahrtauglich gemacht haben, denke ich über das nach, was er eben gesagt hat. Beziehungsweise gesagt hat, indem er es nicht gesagt hat. Da läuft was mit Lilo. Nein, nein – so kann ich das nicht sagen. Zwischen Kindern läuft nichts. Wobei: Sind das noch Kinder? Mit fünfzehn?

Erinnerungen werden wach. Die erste Verabredung mit Werner. Oh, was für ein Reinfall! Im Internat veranstalteten wir einen Disco-Abend, natürlich unter Aufsicht der vier alten ungarischen Klosterschwestern, die trotz ihres hohen Alters – keine war unter zweiundsiebzig – moderner und liberaler waren als meine Eltern. Die anderen tanzten eng, aber noch züchtig genug, zu schummriger »La Boum«-Musik, während ich, mich an meiner Cola festhaltend, sie beobachtete. Dass irgendwer mit mir, der optisch zurückgebliebenen Bergliesel mit den rötlichen Haaren und den Sommersprossen, tanzen würde, kam mir nicht mal in den Sinn. Als dann Werner – der, wie ich fand, hübscheste Junge – mich fragte, ob ich nicht mit ihm … fiel mir vor Überraschung die Cola aus der Hand.

Und dann tanzten wir. So wie ich das in Hinter-Russbach gesehen hatte. Links eingehakt, rechts die Fäuste nach vorne gestreckt und im Polka-Schritt vorwärts. *Ramparamparampatam.* Dass mein Gehopse zu Richard Sandersons »Reality« passte wie ein Schlag aufs Auge, ignorierte ich. Mir wird sogar rückblickend, nach zwanzig Jahren, noch schlecht, wenn ich an die Performance denke, aber Werner machte mit. Wenn auch ein wenig steif.

Als der letzte Takt von »Dreeeeeeams are my Reality« verklungen war, fragte er mich außerdem, ob wir am nächsten

Tag gemeinsam in der Stadt, also in Salzburg, spazieren gehen würden.

Ich nickte. Sprechen war mir nicht möglich.

Und so trafen wir einander am nächsten Tag in der Stadt. Ich war derart nervös – er war sooooo hübsch mit seinen blonden Locken und seinen grünen Augen, er war sooooo groß, er war so witzig –, dass ich fürchterliche Angst hatte, mich zu blamieren. Auf dem Weg zu unserem Treffpunkt malte ich mir aus, was ich alles Dummes oder Uncooles sagen könnte ... und kam zu folgender Lösung: Ich würde einfach nichts sagen.

Und so schwieg ich während der ganzen Zeit, wo wir durch die Stadt spazierten und er sich fast zerlegte, um mich in ein Gespräch zu verwickeln. Aber bis auf »Ja«, »Nein« und »Vielleicht« war aus mir nichts rauszubringen.

Nach zwei Stunden gab er auf. Er hat mich nie wieder angerufen. Und ich fand auch schnell den Grund dafür: Ich war ihm zu dick.

Kurz daraufhin lernte ich Ralf kennen. Und spätestens da fing ich an, mich für das männliche Geschlecht zu erwärmen – im wahrsten Sinn des Wortes.

Wie alt war ich da? Sechzehn. *Waaas?* Das ist doch noch viel zu früh?! Ich sehe Lilo vor mir, wie sie sich ihre wunderschönen langen Locken zurückstreicht, wie sie lacht und wie ihre bernstein-gesprenkelten Augen leuchten. Ich muss mit Benni reden! Ist der überhaupt schon aufgeklärt? Und ich muss mit Hannes reden.

Aber vorher muss ich die Lebensmittel, die in Bennis Anhänger herumdümpeln, in die Hütte räumen.

Nachdem wir noch zwei weitere Wandererpartien, eine Rentnercombo aus Franken und zwei Ehepaare mit Kindern aus Niederösterreich, bewirtet haben, ist für heute Schluss. Ich sehe schon: Wochentags ist der Trubel hier überschaubar. Aber wir haben trotzdem gut verdient, und ich teile das Geld wieder mit Zita. Die Kosten für die Einkäufe ziehen wir vorher beide noch ab.

»Wovon lebst du eigentlich?«, will ich von Zita wissen, die auf der Bank vor der Hütte sitzt und sich mit ihrer Machete eine Scheibe Brot abschneidet.

»Rente.«

»Was hast du eigentlich gearbeitet?«

Zita zieht die Augenbraue nach oben und schaut mich fragend an. »Da halt. Unten am Hof beim Sepp und heroben.«

»Warst du da voll angestellt? Oder wie läuft das?« Ich hab ehrlich keine Ahnung, ob Bauern ihre Mitarbeiterinnen und Mitarbeiter anstellen oder ob die so eine Art Freelancer sind – wie ich.

Zita bestreicht sich ihr Brot mit unserer Blumenbutter, beißt ab und erzählt mir, womit sie sich ihr Geld verdient hat.

»Mit vierzehn Jahren habe ich zehn Schilling als Wochenlohn bekommen, mit fünfzehn Jahren zwanzig Schilling, und mit sechzehn waren es fünfunddreißig Schilling. Das kommt einem heut recht wenig vor, aber du kannst die Zeit nicht mit heute vergleichen. Früher hat alles weniger gekostet.«

Nachdem Zita damals mit vierzehn den Volksschulabschluss in der Tasche hatte, wurde sie gegen ein geringes fixes Gehalt auf dem Bauernhof von Verwandten beschäftigt.

»Und das wolltest du?«

»Ich wär' nie auf die Idee gekommen, was anderes zu machen. Außerdem war ich im Sommer da heroben auf der Alm. Das Zusammensein mit den vielen Viechern war schön. Manchmal war's aber auch hart. Aber des war uns wurscht.«

»Was hast du arbeiten müssen?«

»Alles, wofür i Kraft g'habt hab.« Sie grinst. »Also alles.«

Ich will mehr wissen und nicke auffordernd.

»Mei – wenn ich unten am Hof war, hab ich am Feld gearbeitet. Zum Beispiel die Kartoffelpflanzen hacken und die Käfer runterklauben. Das Heu mähen und einbringen. Und die Viecher versorgen. Wir haben zehn Schweinderln g'habt, neun Kühe und zwei Pferde. Um fünf in der Früh bin i schon im Stall g'standen, um beim Kuhmelken zu helfen. Jeden Tag. Aber des war besser, als wie in die Schul' zu gehen. Des hat mi ned g'freut. Es war so a langer Weg.«

»Wie lange?«

Zita deutet ins Tal. »Sechs Kilometer hin, sechs zurück. Im Winter war's a Hund. Dunkel war's, kalt war's, und i hab keine warmen Schuhe gehabt.«

»Warum nicht?«

»War halt so. Hat keins von uns Kinder g'habt.«

»Wie viele Kinder wart ihr? »

Zita blinzelt und denkt nach. »Eigentlich acht. Aber der Michi is scho recht bald im Wald von einem Baum erschlagen worden. Kannst sagen, wir waren sieben Kinder. Ich und die anderen sechs.«

»Oh Gott, das ist ja total tragisch!«

»Mei«, sie hebt die Schultern, »war halt so. Gott gibt, Gott nimmt.«

Ja klar. Da ist er wieder, der katholische Phlegmatismus, mit dem alles erklärt und alles entschuldigt wird.

»Also, ganz ehrlich: Wenn mein Kind im Wald stirbt, dann

nehme ich das aber ganz sicher nicht als von Gott gegebenes Schicksal hin.«

Zita schaut mich schief an. »Ah so? Was tust du dann? Hängst dich auf? Des Leben geht weiter – so oder so. Wennst ned lernst, dass du nimmst, was kommt, derpackst du des Leben ned.«

»Amen. Erzähl weiter. Was ist dann passiert, als du vierzehn warst?«

»Bin auf die Alm g'angen …«

Sobald sich, erwärmt durch die ersten längeren Sonnenstrahlen, der Schnee auf den Almwiesen zurückzog, um in tosenden Bächen ins Tal zu donnern, packte Zita ihre Habseligkeiten und marschierte auf die Sausteigalm. »Mei Alm«, sagt sie und schaut mich lauernd aus den Augenwinkeln an.

»Ja, ja. Ich weiß schon.«

Geld habe sie ihr ganzes Leben lang nur so viel verdient, dass es zum Leben gereicht hat. »I brauch ned viel.«

Stimmt. Sie hat genauso viele schwarze Kleider, wie die Woche Tage hat, und zwei Paar Schuhe. Habe ich in ihrer Kammer gesehen: ein paar Gosauer-Bergschuhe – was sonst – und ein paar altmodische schwarze Halbschuhe, wenn sie sich fein macht. Dazu ihre Schürzen, deren Farbpalette von einem fröhlichen Nebelgrau bis hin zu einem eleganten Kartoffelsackbraun reichen. Und die schwarze Schürze: Wenns mal besonders elegant wird. Wenn zum Beispiel jemand stirbt oder sie zum Arzt muss.

»Wir ham schon mehr überlebt, als du in deinem Leben g'sehn hast. In echt und im Fernsehn! Uns haut nix so schnell unter d'Erd«, bekräftigt sie und spült ihre Beinahe-Unsterblichkeit mit einem halben Liter Most hinunter. Fast bin ich geneigt, ihr zu glauben.

»Deine Unbesiegbarkeit in Ehren, aber darf ich trotzdem fragen, wie es mit deinem Gipsbein aussieht?« Ich zeige auf ihren Unterschenkel, der von fünfzehn Kilo Stoff bedeckt wird.

Zita spitzt die Lippen und stellt sich taub.

»Zita?«

Sie schneidet sich im Zeitlupentempo mit der Machete noch ein Stück Brot ab …

»Zita!«

… und beginnt zu pfeifen. Diese alte Fregatte raubt mir echt noch den letzten Nerv! Und immer dann, wenn ich glaube, wir sind gerade dabei, das Kriegsbeil zu begraben – zack – schwingt sie es über ihrem Kopf.

Ja, klar. Ich weiß schon, dass es nicht die beste Lösung ist, sie von der Alm zu komplimentieren. Aber es ist nun mal so, dass ich diesen Schrotthaufen hier vererbt bekommen habe, und ich will was draus machen. Verkaufen nämlich.

»Wann hast du denn den nächsten Arzttermin?«

Zita zuckt desinteressiert mit ihren knochigen Schultern. »Kann's dir gar ned schnell genug gehen, oder?«, knurrt sie und schmiert ansonsten unbeirrt ihr Brot.

Es ist zwar schon verdammt öd hier oben, wenn ich nicht grad mit Hannes zwischen Stock und Stein herummache, aber eigentlich würde ich jetzt nicht auf der Stelle weg wollen. Zumal mich in München ja nur Borscht erwartet. Da ist die olle Zita dann doch noch das geringere Übel. Zwar im Millimeterbereich, aber trotzdem. Und außerdem: Sie wird in meinem Leben bald keine Rolle mehr spielen. Abgesehen davon läuft es hier ja doch gerade ziemlich gut. Mit unserem Geschäft, mit Benni, mit … Hannes. Keine Ahnung, was da läuft. Warum ich mich so zu ihm hingezogen fühle.

Und was ist mit Fred? War ich in den nicht vor ein paar Tagen noch höllisch verliebt? Besser gesagt: In das Bild, das ich mir von ihm gemacht habe? Können Illusionen und Erinnerungen derart schnell von der Realität überholt werden? Ist mir der Spatz in der Hand doch lieber als die Taube auf dem Dach? Ist Fred tatsächlich die Taube? Oder habe ich nach dem Spatz am Dach geschielt, weil ich dachte, niemals eine Taube in der Hand halten zu können?

Oder habe ich mich einfach nur mal wieder verplant? So lebenstechnisch und liebestechnisch? Die Idee, hier mit Fred ein romantisches Stelldichein abzufeiern, war doch auch so ein Plan, der nicht aufgegangen ist. Wobei: Es bricht gerade nicht die Welt zusammen, weil er sich auf meine SMS nicht gemeldet hat. Ich hätte Hannes niemals näher kennengelernt, wäre Fred meiner Einladung gefolgt. Er hätte wie eine Wolke meinen Blick vernebelt. Obwohl ich es schon sehr, sehr ignorant von ihm finde, dass er sich einfach nicht meldet. Das ist ja keine Art, oder?

Wenn er jetzt anriefe, würde ich sagen: Eins, zwei, drei – Chance vorbei. Ich wäre total cool! Kalt. Genau! Und dann, wenn ich grad so extrem unterkühlt und distanziert bin, würde er nachdenken. Warum ist die Heidi plötzlich so k-a-l-t? Ein schönes Wort! Dann würde er endlich merken, dass ich nicht sein Kasper bin, mit dem er nach Belieben umspringen kann. Sein Herz würde panisch zu rasen beginnen, seine Knie würden schlotterig werden, und er würde sagen: *Heidi! Bitte sei nicht böse auf mich. Ich bin fast wahnsinnig geworden vor Angst, dass ich dich nicht mehr sehe. Weil … weil ich mein Handy verloren habe.*

Und dann? Was wäre dann? Dann wäre alles gut, und wir würden einander wiedersehen.

Irgendwie stellt sich keine so rechte Freude am Wiedersehensszenario ein. Mir kommt ständig Hannes' Gesicht dazwischen. Seltsam, seltsam. Wahrscheinlich ist das so, weil ich ihn schon echt lang nicht mehr gesehen habe. Aus den Augen, aus dem Sinn? Jetzt bin ich noch drei Wochen hier – grob geschätzt –, und dann weiß ich vielleicht nicht mal mehr seinen Namen. Dann ist das Theater mit ihm und das Theater mit der Alm beendet. Eigentlich sollte ich einen konkreten Plan haben, wie es danach weitergeht. Hab ich aber nicht. Außerdem: Bleibt eh alles anders. Das Leben planen ist, wie Kreuzworträtsel mit einem Kuli lösen. Mutig oder dämlich?

Jedes Mal, wenn ich mir Fragen stelle, deren Antwort ich bereits kenne, rufe ich Lydia an, um mir versichern zu lassen, dass ich garantiert das Falsche tue, wenn ich etwas tue.

»Wie tief willst du noch sinken? Du meldest dich sicher nicht bei dem«, durchkreuzt sie meine Pläne, nachdem ich mich bei Dobermanns Ranch niedergelassen und sie angerufen habe. »Außerdem: Was ist mit dem Pferdeflüsterer?«

Sie meint Hannes.

»Nix. Naja. Fast nix. Er hat mich geküsst. Naja. Eigentlich ich ihn.«

Lydia steht ein wenig auf der Leitung. »Nur kurz zum Mitschreiben: Der letzte Stand war, dass er ein grässlicher Stalker im Grizzlylook ist, den nichts interessiert außer seine Pferde … und das findest du anscheinend so toll, dass du ihn küsst? Hast du irgendwelche Pilze gegessen, die eigentlich nicht zum Verzehr empfohlen sind?«

Ich erzähle Lydia im Flüsterton, damit Zita nicht alles mithört, was geschehen ist. Hannes' Veränderung, seine Tochter, Bennis Begeisterung … Schnaps, Most, Mondschein über den Berggipfeln – zack, schon ist es passiert. Da war der Kuss, danach ein Blick, und schon das Hirn wie Mus püriert.

Ich sehe sie regelrecht am anderen Ende der Leitung grinsen.

»Zauberhaft«, sagt sie. »Ehrlich. Ich find das gut.«

»Apropos gut: Wir haben Blumenbutter erfunden«, berichte ich ihr von unserer kulinarischen Meisterleistung – ohne zu übertreiben. Lydia ist begeistert. Blöd, dass ich ihr keine Butter schicken kann. »Und holen? Ach, komm mich doch besuchen!«, bettle ich sie an.

»Schatz, das geht nicht. Meine Eltern haben sich in den Sommerurlaub nach Südfrankreich vertschüsst, und ich kann hier nicht dichtmachen.«

»Dann musst du eben bis in drei Wochen warten. Ich bring dir was mit.«

Am Abend besuchen uns wieder Hannes und Lilo. Als die beiden Kurzen sich in meine und Bennis Schlafkammer zurückziehen, um »am Handy herumzuspielen« – ich hoffe inständig, dass es beim Handy bleibt! –, beschließe ich, die Sache anzusprechen.

»Ich muss mit dir reden.«

Hannes stützt seinen Kopf auf, und in seinen Augen tanzen die bernsteinfarbenen Sprenkel. »Gehen wir eine Runde?«, schlägt er vor.

Gerne. Solange es noch halbwegs hell ist und die schweren grauen Wolken, die wie Granitblöcke in der Ferne am Himmel hängen, nicht näher kommen.

Zita rührt in der Hütte schon wieder irgendeinen Teig an und grinst hintergründig, als ich ihr sage, dass Hannes und ich uns die Füße vertreten.

»Was grinst du so?«

»Nix. Nur so.«

Wir marschieren den Schotterweg bergauf und biegen nach ein paar Hundert Metern auf den Treppelweg ein, von dem ich damals heruntergekommmen war. Der moosige dunkelgrüne Boden dämpft unsere Schritte. Mir hängt fast die Zunge heraus, weil es so steil bergauf geht. Ich bedeute ihm, stehen zu bleiben, und lehne mich an einen Baum, um kurz durchzuatmen.

»Das war lustig«, zeigt Hannes auf den Baum und fängt an, die unrühmliche Geschichte wieder aufzurollen. »Du im Baum …«

»Jaja. Passt schon.« Das Gefühl des peinlichen Unbehagens, das mich begleitet, seit ich denken kann, krabbelt in mir hoch.

»Mit'm Käfig!« Hannes lacht tief und kehlig.

»Jahaa! Mach dich ruhig lustig über mich.«

Er schaut mich an. »Tu i ned. Entschuldige …«

»Schon gut«, winke ich ab und setze mich ins Gras.

Er setzt sich neben mich. Nicht so nah, dass es zu nah wäre, aber auch nicht so weit weg, dass es zu wenig nah wäre. Das ist übrigens auch eine Marotte von mir, mit der ich mich oft und gerne unbeliebt mache: Ich mag es sehr, Menschen auf Distanz zu halten, solange ich sie nicht wirklich gut kenne. Mir geht das unglaublich auf den Keks, dass dir Hinz und Kunz, kaum fallen sie dir über die Füße, gleich ein Küsschen auf die Wange drücken, obwohl dir Hinz und Kunz erstens fremd, damit egal und drittens vielleicht sogar unsympatisch sind. Wenn ich jemanden begrüße, strecke ich meinen Arm, der einen geschätzten guten Meter lang ist, aus und gebe meinem Gegenüber die Hand. Jawoll, die *Hand!*

Mit der begrüße ich Leute. Die ist dafür gemacht worden, jemanden zu begrüßen. Und nicht der Mund! Weil: Der Meterabstand, der sich aus dem Handgeben ergibt, garantiert mir eine angenehme Distanz, die mir, im Fall des Falles, ein schnelles Weglaufen ermöglicht. Man weiß ja nie, mit wem man es zu tun hat. Da steht ein potenzieller Spinnermassenmörder vor dir … und da schaust du dich dann an, wenn der nach dem Schickeria-Bussi-Bussi dich in den Schwitzkasten nimmt, entführt und im Keller einsperrt.

Aber gut, bei Hannes will ich mal eine Ausnahme machen. Spinnert sind die alle hier, dafür gibt's hier keinen Keller. Also, auf der Alm jedenfalls nicht. Oder doch? Sollte ich mal genauer nachsehen.

»Ich wollte mit dir über Lilo und Benni reden«, fange ich meinen Feldzug im Interesse der Aufklärung an.

»Ja?«

»Hast du da etwas bemerkt?«

»Nein.«

»Die mögen sich.«

»Ja.«

»Ja, nein, ja, nein … Wir reden hier über *Sex-u-ali-tät*!«

»Ach? Das ist mir jetzt gar nicht aufgefallen.«

Er grinst und verschränkt die Arme vor seinem Oberkörper. Meine Blicke verfolgen ihn dabei, und ich spüre ein Kribbeln in mir. Oh, oh!

»Gut, jetzt weißt du's.«

»Hm.« Hannes beugt sich vor und fährt sich mit der Linken nachdenklich durch die Haare. »Der Benni ist ein ganz Lieber«, sagt er und setzt flüsternd nach: »Ganz wie seine Mama.«

Er rupft einen Grashalm ab und kaut daran herum. Hoffentlich ist das Zeug nicht giftig. Es wäre jetzt grad ungünstig, wenn er tot umfallen würde, während er dabei ist, mir Komplimente zu machen.

»Ja, also, danke sehr …«

Ich sollte jetzt auch was Nettes sagen. Vielleicht über seine Pferde? Oder besser über ihn? Am besten beides: »Du bist sehr nett. Und du hast große Pferde. Sehr schön.«

Hannes lacht und steckt mich damit an. Ich sehe schon: Ich kann wirklich gut Komplimente machen. Also bleibe ich am Ball: »Ich finde das süß, dass die beiden einander gut leiden können. Allein schon deswegen, weil ich Angst hatte, dass Benni sich hier heroben extrem langweilt. Und mit Lilo ist das überhaupt nicht der Fall. Ganz im Gegenteil.«

»Aber?«

»Aber?«

»Na, da kommt doch jetzt noch was, hm?«

Schau, schau. Der Mann hat tatsächlich ein Ohr für Zwischentöne.

»Nun … ich frage mich, wie weit die Zuneigung zwischen den beiden geht.«

Hannes lächelt, nimmt den Grashalm wieder zwischen die Lippen und lehnt sich auf den Almboden zurück. Sein T-Shirt rutscht ein Stück hoch und gibt den Blick auf seinen dezent behaarten Unterbauch frei. Es fällt mir sehr schwer wegzusehen. Ich würde wahnsinnig gerne hingreifen.

»Glaubst du, dass da was läuft?«, werde ich konkreter. »Also im Sinne von du-weißt-schon-was-läuft.«

»Kann schon sein. Sind ja keine Kinder mehr.«

Äh. Wie bitte? »Mein Benni ist sehr wohl ein Kind!«, korrigiere ich ihn.

Hannes lacht. »Des glaubt meine Mutter von mir heute auch noch.«

»Na, da is dann aber wohl ein Unterschied zwischen dir« – ich schiele auf seinen behaarten Bauchansatz – »und meinem Benni.«

Hannes nimmt meinen Blick amüsiert zur Kenntnis und stützt sich rücklings auf den Ellbogen ab. Das Shirt rutscht wieder ein Stück nach unten. Wo war ich?

»Wo war ich?«

»Du wolltest gerade sagen, dass du Angst hast, dass die beiden nicht wissen, was sie tun.«

»Genau. Äh … Hab ich das gesagt?«

»Nein.«

»Aha. Egal. Ich … ja, genau so meine ich das. Also nicht, dass ich was gegen so eine Jugendliebe habe, aber … ähem …«

»Lilo hat Kondome.«

»WAAAAS?« Boa, mir wird ganz schlecht.

»Oder hast du das eher so gemeint, dass einer dem oder der anderen das Herz brechen könnt?«

Ich reiße mir zwecks Beruhigung ein paar Halme ab. Wie hat Zita gemeint: Alles, was hier wächst, hilft gegen irgendwas. Vielleicht hab ich ja das Richtige erwischt. Und wenn nicht?

»Heidi! Jetzt schau ned a so. Der Benni ist fast sechzehn. Die Lilo ebenfalls … was hast du in dem Alter gemacht?«

»Ich? Ich … Ach, hör doch auf abzulenken. Außerdem: Solltest nicht du als Tochtervater ein wenig hysterisch und eifersüchtig sein?«

»Vielleicht. Weiß nicht. Aber Druck erzeugt Gegendruck. Je stärker du am Zügel ziehst, desto stärker weicht dein Pferd zurück …«

»Nur zur Info: Wir reden hier von deiner *Tochter!*«

Hannes hebt die Hand. »Ist nur ein Vergleich. Was ich sagen will: Ich kann die Lilo vor Angst, dass sie mir entwächst, nicht einsperren. Ich hab jetzt fünfzehn Jahre Zeit gehabt, ihr das beizubringen, wovon i glaub, dass es richtig und gut ist. Jetzt kommt die Testphase. Schauen wir mal.« Er wirft mir einen unsicheren Blick von der Seite zu.

Ich schlinge meine Arme um die Knie, lege den Kopf drauf und denke nach. Ach, Benni, mein Hase. Den habe ich doch noch vor Kurzem in einen Strampelanzug gesteckt und ins Bett getragen. Aber es stimmt schon, was Hannes sagt.

»Du hast recht. Die beiden sind wirklich sehr süß miteinander. Und wenn es wirklich zum, ähm, Äußersten kommt …«, ich muss husten. Mann, bin ich so verklemmt, oder was ist los mit mir? »Also ich weiß ja nicht, ob Benni jetzt schon sooo aufgeklärt ist. Also, ich habe ihm das schon erklärt, aber man weiß ja nicht, was hängen bleibt.«

»Was hast du ihm eigentlich erklärt?«, will Hannes wissen.

»Ich hab ihn gefragt, ob er die Sache mit den Bienen und den Blumen kennt.«

»Und?«

»Und dann hab ich gesagt, dass das bei uns Menschen genauso läuft.«

Hannes dreht sich zu mir und glotzt mich mit großen Augen an. »Wir bestäuben einander?«

»Ja … nein … also, ich wollte ja ins Detail gehen, aber Benni meinte, er sei nicht dämlich und wisse schon … du weißt schon.«

Hannes grinst und beugt sich ebenfalls vor. So sitzen wir schweigend ganz nah beieinander. Bis er seinen Arm um meine Schultern legt und mich zurückzieht ins dicke, satte Gras. »Also, mir gefällt die Geschichte mit den Bienen und den Blumen«, murmelt er und küsst mich zögernd am Hals.

»Denkst du, dass das in etwa so aussehen könnte?« Seine Lippen berühren meine Wange, seine Hand streicht über meine Schultern.

»Hm, ja, ich glaube, die machen das so.«

»Und das auch?« Er küsst mich auf den Mund, genauso wie beim ersten Mal.

Mir wird schwindelig. Wo hat der Kerl das gelernt? Ich will mehr. Viel mehr. Als könnte er Gedanken lesen, geht er dazu über, meine Bluse aufzuknöpfen.

»Darf ich?«, fragt er leise und schaut mich mit seinen wunderschönen Augen an.

Weil ich keinen Ton rauskriege, nicke ich und schlinge meine Arme um ihn. »Geborgenheit«, kommt mir in den Sinn, ehe es mir das Denkvermögen verschlägt. Also, wenn jedes ernsthafte Gespräch unter Eltern so endet …

15

Ich habe die Nacht kaum ein Auge zugemacht, so verwirrt bin ich. Was war das gestern? Ich habe wirklich mit Hannes geschlafen. Im Freien! Auf der Wiese! Du lieber Himmel, ich werde rot, wenn ich nur dran denke. Geschlafen! Wie das klingt. Eindeutig nach zu wenig.

Hannes hat mich geliebt. Das hört sich schon anders an. Erhabener. Und außerdem habe ich mich so gefühlt: Geliebt, verstanden, gemocht, begehrt. Und das in nüchternem Zustand! Ich musste mich nicht mal schönsaufen. Nein, es war wirklich … beeindruckend. Ehrlich, so habe ich das bisher noch nie erlebt. Nicht mal mit Fred. Ja, Freundchen, tut mir leid, aber es ist die Wahrheit. Dass ausgerechnet Hannes ein Feuerwerk entfachen kann, wie kolportierterweise Giacomo Casanova, damit hätte ich nicht gerechnet. Nun gut, ich kenne ihn nicht. Ich weiß gar nichts über den Mann.

Scham kriecht in mir hoch. Ich bin ein schlechter Mensch! Ein triebgesteuerter und deshalb schlechter Mensch, weil ich mich auf einen wildfremden Kerl einlasse und wie im Alpenporno Sex zwischen Lärchen habe.

Aber vielleicht sollte ich nicht ganz so hart mit mir selbst ins Gericht gehen. So unbekannt ist er mir ja auch wieder nicht. Er ist der Vater der Freundin meines Sohnes. Benni würde gar nicht begeistert sein, wenn er wüsste, dass der Vater seiner Freundin mit der Mutter … Gut, es wird das einzige Mal gewesen sein. Ich spüre seine Hand auf meinem Bauch. Seine große, schöne Hand. Seine Lippen an meinem Hals. Seine nackte Haut an meiner nackten Haut und …

»Is spät worden, ha?«, drängt sich Zita höchst unvorteilhaft zwischen mich und meine Erinnerung.

Ich nicke.

Sie bohrt ihren Blick in mich und grinst. »Gell, er is scho so viel liab.«

»Wer?«

»Na, der Hannes.«

Ja klar, wer sonst?! Ist die Welt rund? Macht Wasser nass? Ich nehme einen großen Schluck Kaffee. Warum sagt sie das gerade jetzt? Hat die uns nachspioniert?

»M-hm. Ja, er ist sehr nett«, nuschle ich, die Tasse noch immer an meinen Mund haltend, damit mir kein vielsagendes Grinsen entkommt.

»Und Frau hat er auch keine.«

»Hmmmm.«

»Also, bis jetzt hat er keine g'habt. War ihm keine gut genug. Und Recht hat er! Obwohl …«

»Zita! Ich glaub, du verstehst da was falsch.«

Zita grinst schief und schiebt mir eine Scheibe Brot hin. »Wär' scho schad, wenn er auf Lebzeiten allein bleiben würd.«

Ohne Zweifel, denk ich mir. Ich habe Hannes wirklich auf ganzer Länge unterschätzt. Dachte mir, dass er ein ungebildeter Bauernsempel sei, dessen Horizont beim Dachstein endet. Aber dem ist nicht so. Hannes hat mir gestern, als wir noch sehr lange und sehr eng umarmt vor der Hütte gehockt sind, erzählt, wie sein Leben verlaufen ist. Dass er erst eine Tischlerlehre in Gosau und dann in Niederösterreich eine dreijährige Ausbildung zum Forstwirt gemacht hatte.

Ich wusste gar nicht, dass Hannes aus dem Nest hier rausgekommen war. Gut, Niederösterreich ist jetzt keine großartige Reise ins Ungewisse, sondern eine dreistündige Fahrt die Westautobahn entlang – aber trotzdem.

Ich wusste vieles nicht. Etwa, dass ein Forstwirt den Kraftaufwand eines Spitzensportlers hat, wie er mir erklärt hat. Ein kurzer Blick auf Hannes' gestählte Arme und Beine bestätigt, dass er nicht schwindelt. Eintausend Hektar, erklärte er mir und zeigte auf die Wälder, die unter dem silbrig blauen Bergmassiv aussahen wie schwarze hingegossene Tinte, würde er bewirtschaften. Und das hieße, er müsse alle anfallenden Tätigkeiten im Forstbetrieb ausführen. Heißt kurz gesagt: Bäume fällen, Bäume anpflanzen. Und zwar so, dass ein Gleichgewicht herrscht.

Meine glänzende Idee, sich viel Nachdenkarbeit zu sparen, indem man einfach in das Loch, wo der gefällte Baum gestanden hat, gleich einen neuen Baumsamen einsetzt, hat er mit einem zaghaften Lächeln hingenommen. Ich sehe schon: Er macht es sich nicht gerne einfach.

Ziemlich aufwendig ist auch die Sache mit den Wegen, für die er verantwortlich ist. Die müssen immer gut in Schuss sein, damit die Forstarbeiter und Touristen nicht an der nächsten Ecke den Abhang runterknallen, weil mal wieder eine Kurve von einer Mure davongespült wurde. Und Jagen steht auch noch auf seinem Programm. Das gefällt mir natürlich nicht so gut. Aber er hat mir seine Haltung zum Jagdbetrieb erklärt. Es gehe ihm nicht darum, einem Reh- oder Gamsbock das Geweih zur Behübschung der Stube vom Kopf zu knallen, sondern um die Schaffung eines gesunden Verhältnisses zwischen Lebensraum und Tierbestand.

Es war schon alles ziemlich klug, was er sagte. Und wie er

es sagte: besonnen, aber nicht langatmig. Das sollte ich auch öfter machen: Erst denken, und dann reden. Manchmal frage ich mich, ob ich das wirklich denke, was ich sage.

Jedenfalls war ich ziemlich beeindruckt, wie viele Gedanken sich der Kerl über so was wie Holz machen kann. Holz ist für mich etwas, das ich in abgewandelter Form bei Ikea kaufe, das »Örestat« oder sonstwie »schwedisch« heißt, zusammengeschraubt, aufgrund eines Lesefehlers in der Montageanleitung wieder auseinandergeschraubt und dann wieder zusammengeschraubt wird. Und fortan in einer Ecke steht.

Noch mehr als das Ökosystem, um das er sich kümmert, interessierte mich seine private Vergangenheit. Er erzählte mir von Lilos Mutter. Wie er sie während seiner Ausbildungszeit kennengelernt hatte. Wie er sich von ihr verabschieden musste, nachdem sie bei einem schweren Arbeitsunfall ums Leben gekommen war. Keine Ahnung, was genau passiert war. Ich fragte nicht nach, sondern hörte ihm zu. Und war gewiss, diesen Mann fortan vor allen potenziellen Widrigkeiten des Lebens beschützen zu müssen und ihn so zu mögen, wie er ist. Mit seinem Beruf, seinem Dialekt, seiner Kraft und seiner vermeintlichen Inkompetenz, die in Wahrheit eine Art von Perfektion ist, die eben als Schlichtheit daherkommt.

Die nächsten Tage laufen Hannes und ich uns nur selten über den Weg. Lediglich zwei Mal schaut er bei uns vorbei, da ja jetzt Benni mit seiner Enduro, jedes Mal die lachende Lilo im Gepäck, Lieferdienst spielt. Mein Blick saugt sich jedes Mal an Hannes fest, und seiner sagt mir, dass die Nähe, die zwischen uns entstanden ist, keine für nur eine Nacht war.

Oder? Das sagt doch sein Blick?

Dennoch bleiben wir auf Distanz. Ich bin verwirrt. Bei

dem Gedanken, was da oben auf der Wiese gewesen ist, überzieht mich jedes Mal ein Schauer. Wohlig und unwohl zugleich. Was war da los? Was war echt? Habe ich zu viel hineininterpretiert? Hannes scheint weniger verwirrt, als vielmehr vorsichtig zu sein.

Anders als unsere beiden Kurzen, die sich mit Überschwang in ihre Verliebtheit werfen, dass die Funken nach allen Seiten fliegen. Nachdem ich mir das Unsagbare – Benni hat eine Beziehung zu einer jungen Frau – eingestanden habe und mich nach dem ersten Schock damit anfreunden konnte, freue ich mich für die beiden. Sie halten Händchen und werfen einander im Minutentakt glücklich-debile Blicke zu. Eben so, wie man sie sich zuwirft, wenn man zum allerersten Mal verliebt ist. Sie servieren unseren Wanderern, die täglich kommen, die Jause mit einem Charme und Elan, dass die sogar entzückt wären, wenn sie auf diese Weise ein Glas Wasser und altes Brot bekämen.

Zita ist ebenfalls ganz Feuer und Flamme für das junge Glück und verhätschelt die zwei, als gelte es, eine baldige Adoption in die Wege zu leiten. In ihre Wege. Nur mich will sie nicht adoptieren. Okay, ich weiß schon, warum.

Wobei ich den Gedanken, dass das Dasein hier auf der Alm bald ein Ende haben wird, derzeit gar nicht sooo toll finde. Was wird mit Hannes sein? Werde ich ihn vergessen können? Nein, ich fürchte nicht. Was wird aus Benni und Lilo? Werde ich einen Käufer finden, der für diese alpine Rumpelkammer Geld lockermacht?

Als ich die vierte Woche auf meinem Vertrag durchstreiche, den ich mit Zita geschlossen habe – ich hatte in meinem ersten Frust eine Strichliste gemacht –, kommt eine Horde

Einheimischer zu uns auf die Alm. Ich höre es daran, wie freudig Zita die ankommenden Wanderer begrüßt. Ein Blick aus dem Fenster sagt mir, dass wir heute wieder gutes Geld verdienen werden.

Mittlerweile habe ich schon tausend Euro einsacken können. Fuck you, Borscht! Den Vertrag verstecke ich im Zwischenraum hinter dem Bett und der Holzwand. Nicht, dass meine Geierwally auf die Idee kommt, das Ding verschwinden zu lassen. Ich trau es ihr ja zu.

»Mei, a so viel Freud«, kreischt Zita und drückt unten eine Hand nach der anderen. »Schau! Der Rupert. Und der Toni – Griaßdi, Toni! – und der Peter und der Hans! Und die Sandra – na, sooo viiieeel fesch bist! Mei, so viel Freud … die Gosauer san da!«

»Hallo«, begrüße ich die Ankömmlinge mit einem großen Tablett Gläsern und Most.

»Ah, des Gaderlbauern-Dirndl«, tönt Rupert Graupner, den jeder hier kennt, weil er die einzige Firma weit und breit geführt hat, die Gosauer-Schuhfabrik. Leider hat er sie auch in den Konkurs geführt, was sich im Endeffekt aber als Glück im Unglück erwiesen hat, weil seine Mitarbeiterin, die Eva – also die Großcousine von Hannes –, mit einer Wienerin den Laden neu aufgezogen hat. Sie haben von Bergschuhen auf Freizeitschuhe wie Sneakers umgesattelt und machen seither ein Bombengeschäft.

»Herzog. Heidi Herzog«, korrigiere ich Rupert, der nach dem Konkurs mit einem Teil seiner Mannen und einer Handvoll Bauern einen Kräuterhandel aus dem saftigen Bergboden gestampft hat, wie mir meine Mutter erzählt hat.

»Eh. Hab i eh g'sagt«, lacht Rupert glucksend und haut mir auf die Schulter. »I wollt mir eure Wirtschaft anschauen. Hab von eurer Bleamelbutter gehört«, ruft er Zita zu und reibt sich den Bauch.

Peter und Hans – sie arbeiten auch bei Rupert – beäugen gerade, auf Knien herumrutschend, Dobermanns und Daisys Ranch.

»Und ihr? Was darfs für euch sein?«, will ich wissen.

Die beiden drehen die Köpfe zu mir herauf und schauen mich von unten überrascht an. »Dasselbe wie der Toni«, antworten sie im Chor.

»Und was will der Toni?«

»Wissen mia doch ned. Frag eam halt – hahahahahaha.« Sehr lustig, die beiden. »Tooooooni«, brüllen sie im Chor und wenden sich wieder den Meerschweinchen zu.

Dobermann ist ob des Lärms, den die beiden machen, mit böser Miene in sein Haus geflüchtet.

»Wo isser denn, ha? Wo isser denn, der Luki?«, versuchen sie ihn wieder herauszulocken.

»Der heißt nicht Luki. Der heißt Dobermann«, korrigiere ich die beiden.

»Ahahaha – Dobermann. Gell, du bist unser Luki, gell? A jedes kleines Viech heißt Luki. Gell?«

»Jo, was is?« Toni steht neben mir und schielt mich konzentriert aus seiner selbst zurechtgebogenen Brille an. Seit ich ein Kind bin, trägt er dieses irre Gestell auf seiner Nase. In der Stadt hätten sie ihn deswegen sicher schon zum Psychiater gebracht. Hier fällt das niemandem auf.

»Die beiden«, ich zeige auf Peter und Hans, »wollen das, was du auch willst. Also sag mir doch, was ich dir bringen darf.«

Toni überlegt. Er kraust seine Nase und schiebt mit ihr das Brillengestell nach links und nach rechts. »Wos habts denn?«

»Most, Blumenbutterbrot, Speckbrot, Wurstbrot.«

»Aha.« Die Brille auf der Nase wandert wieder von links nach rechts. Tonis Augen, die hinter den dicken Brillengläsern unnatürlich riesig wirken, rollen nach oben, als würden sie in seinem Hinterstübchen nach einer Entscheidung suchen. Er überlegt. Und überlegt. Und sagt dann: »Most. Und a Bleamelbutterbrot.«

Fein. Gott sei Dank haben wir nicht sehr viel mehr zur Auswahl. Sonst hätte es dauern können.

Unsere Blumenbutter, das Brot, die selbst geräucherten Würste vom Hansenbauer und der Most kommen sogar bei den Einheimischen gut an. Rupert tauscht sich mit einer rotbackigen Zita über das Grünzeug aus, das er anbaut, und holt sich Tipps, was er noch alles draus machen kann. Sandra – ebenfalls eine ehemalige Mitarbeiterin von Rupert – will von mir wissen, wie es in der Stadt läuft, und erzählt mir den neuesten Klatsch aus dem Dorf. Dass die Widlroither Resi von der Post jetzt mit dem Sohn vom Adler-Wirt zusammen sei.

»Kennst eh, oder?«, vergewissert sie sich, ob die großartige Neuigkeit als solche von mir registriert wird.

»Nein, eigentlich nicht«, muss ich zugeben. Ich weiß zwar vom Namen her, wer Resi ist, habe aber kein Bild vor Augen, wie sie aussieht oder was die Geschichte nun derart spannend machen könnte, dass es mich plangemäß aus den Latschen haut.

»Na, die Reeeeeesi!«, raunt Sandra und kichert. »Die is ja locker um zehn Jahr älter als der Schurl, der Sohn vom Wirt.«

»Aaaah! Aber die Frau vom alten Adler-Wirt, also die Mutter vom Schurl, ist doch auch um mindestens fünfzehn Jahre jünger als ihr Mann«, werfe ich ein.

»Jo, des scho. Aber er is auch der Mann, ned wahr?«

Die fidele Runde hat es sich bei uns gemütlich gemacht. Während Zita schäkert und plaudert, dass ich es kaum glauben kann, nehme ich die Bestellungen entgegen, schmiere Brote, schneide Wurst und Speck auf und fülle emsig die stetig leer werdenden Mostgläser nach. Die gute Laune, die die bunte Truppe verbreitet, schwappt auch auf mich über, und so wiesele ich frohen Mutes zwischen unserem kleinen Gastgarten und der dunklen Hütte hin und her. Und her und hin – bis ich am Türstock mit Fred zusammenpralle.

Mit *FRED*?

Mir krachen fast die zwei Mostgläser aus der Hand, die ich eben hinaustragen will. Nein, das ist jetzt nur eine Luftspiegelung oder irgendein anderes Phänomen. Höhenkoller! Genau. Darum sage ich »Haha« und schiebe mich an ihm vorbei. Draußen setze ich die beiden Gläser ab und drehe mich vorsichtig um. Jetzt ist die Einbildung sicher weg. Aber die lehnt lässig am Türstock, die Hände in den Hosentaschen, und taxiert mich mit erstauntem Blick. Ich reibe mir die Nasenwurzel.

»I glaub, der wart auf di«, schreit Zita und deutet auf … Fred. Doch, tatsächlich, er ist es.

»Hey«, sagt er und drückt mir einen schnellen Kuss auf die Stirn. Würde er mir einen Starkstromstecker in die Nase stecken, würde er denselben Effekt erzielen. Wie ein Schlag durchfährt es mich.

»Du? Was? Hier? Hä?«, frage ich ihn. Und meine: wie ausgerechnet er hierherkommt. Was der Grund seines Besuches ist und wie er überhaupt hier heraufgekommen ist.

»Du hast mir doch geschrieben. Und hier bin ich.«

Er holt sein Handy aus der Tasche und hält es mir vors Gesicht. Seine kugelrunden graublauen Augen blitzen vor verhaltener Heiterkeit. Er schüttelt seine dunkelblonden, leicht gelockten Haare, und seine Mundwinkel verziehen sich zu einem derart breiten Grinsen, dass es aussieht, als würden sie links und rechts davonspazieren.

In meinem Hirn macht es *FLURP*.

»Jaja, schregieben!!«, schreie ich. Vor Aufregung vertausche ich schon wieder die Buchstaben. Da will man mal sehr cool sein, oder anders super, und dann das!

»Ge-schrie-ben«, korrigiere ich langsam. Silbe für Silbe. Ich pack es nicht. Fred ist hier. HIER! FRED!

Meine flatternde Oberlippe lenkt seine Aufmerksamkeit von meinem sprachlichen Defizit auf mein Gesicht.

»Gut siehst du aus«, sagt er und hebt eine Augenbraue. »Noch ein paar mehr von deinen Sommersprossen.« Er tippt mir mit dem Zeigefinger ein paar Mal auf Nase und Wangen.

Leider ist jetzt meine Zunge gelähmt, und ich bringe nur so etwas wie einen Schnarchton heraus. »Chrrrghää.« Ich wische mir über den Mund. Jetzt fehlt eigentlich nur noch, dass ich zu speicheln beginne.

Ich habe mir unser Wiedersehen anders vorgestellt. Vor allem mich. Stichwort Bergunfall, Stichwort Maria Furtwängler. Gedanken rasen durch mein Hirn wie ein Intercity auf Geisterfahrt.

»Hast du meine SMS nicht bekommen?«, will Fred wissen.

Welche SMS? »Äääääähhhh?«

»Ich hab dir vorgestern gesimst, dass ich vorbeischaue.«

Ich schüttele den Kopf. Nein. Ich hab aber auch das Handy nach dem Telefonat mit Lydia einfach in den Rucksack gesteckt und keinen Blick mehr darauf geworfen.

Die von mir detailreich entworfene Wiedersehensszene blinkt in meinem Hirn. »Ach, da war ich … klettern.«

»Echt? Du kletterst?«

»Ja, klar. Freedings … du weißt schon. Mit Seil und Helm und dem weißen Zeug an den Fingern.«

»Kokain?« Er schüttet sich über seinen Scherz aus vor Lachen.

Hey, war das nicht mein Kalauer? Haben wir doch denselben Humor – was dann die erste Gemeinsamkeit wäre.

»Kannst du mir ja zeigen, die Kletterei, hm?«, schlägt Fred vor.

Oje, oje. Wie komme ich aus der Nummer wieder raus?

»Mal sehen. Wenn es sich ergibt«, bleibe ich vage und bete, dass in den kommenden drei Minuten eine Schlechtwetterfront aufzieht, die genauso lange bleibt wie Fred.

Der zeigt auf sein Handy: »Ich war mir nicht sicher, ob du tatsächlich hier bist, aber ich wollte ohnehin mal raus … und da dachte ich mir …« – ich nicke erwartungsfroh – »… mal sehen, ob ich dich noch antreffe.«

Hm. Irgendwie stört mich dieser beiläufige Ton, den er anschlägt. Ist der jetzt wegen mir hier? Na klar. Warum sollte er sonst …

»Und was, wenn ich nicht hier gewesen wäre?«

»Dann wäre ich eben weitergefahren. Ich hab in drei Tagen ein Konzert in Salzburg. Und das hier«, er hebt die Hand und zeigt auf die Alm, »liegt ja quasi auf der Strecke.«

Oh. Ah. Also doch nicht so ganz wegen mir. Ach, egal. FRED! IST! HIER! Und er schafft es schon wieder, mich in Euphorie zu versetzen. Immer dasselbe! Hat sich der ein Lockmittel, irgendwelche Pheromone, aufgesprüht, sodass ich mich jedes Mal aufs Neue freue, ihn zu sehen – sogar dann, wenn ich Tage zuvor überzeugt war, ihn so gut wie vergessen zu haben?

Lydia hat mir mal gesagt, dass es nicht ich sei, die auf Fred anspringen würde, sondern mein Unterbewusstsein. Es wäre komplett egal, ob es sich um Fred, Hinz oder Kunz handeln würde. Mir ginge es, einem Bericht der *Gala* zufolge, den sie gelesen hatte, darum, dass ich mir mit Fred nur selber was beweisen wolle. Und das allein sei der Grund, warum ich jedes Mal wieder auf ihn hereinfalle. Also besser gesagt, auf mich hereinfalle. Auf mein Unterbewusstsein, dieses blöde Scheißteil.

Nun ja, Fakt ist, dass sich meine und Freds Wege immer ein wenig verquer gekreuzt haben – und seither auch nie parallel gelaufen sind. Ich schätze, das hängt mit dem holprigen Kennenlernen vor fünf Jahren zusammen …

Ich machte für den Veranstaltungs- und Kulturteil des *Aktuellen Blattes* ein Interview mit Fred. Nicht, weil ich seine Musik sonderlich toll gefunden hätte, sondern weil er auf den Pressefotos, die mir vom Management zugesandt worden waren, unglaublich attraktiv aussah: graublaue Augen, lässig zerzauste Haare und eine Himmelfahrtsnase. Ein bisschen so wie die Mumins. Unglaublich süß! Unser Telefonat war ein wenig holprig, weil ich davon ausgegangen war, mich mit einem Gitarre spielenden, Bier trinkenden und Haschisch rauchenden Drei-Takte-Rüpel zu unterhalten, den nichts interessiert außer seiner Musik. Oder die von Led Zeppelin.

Falsch gedacht. Nachdem er höflich fragte, ob wir auch über etwas anderes reden könnten als nur über Bier, seine Musik und die von Led Zeppelin, verstieg er sich in gesellschaftspolitische Themen und brillierte mit sarkastisch-humorigen Einwürfen. Was für ein Kerl! Ich war wild entschlossen, sein Konzert sehr klasse zu finden. Sogar dann, wenn er auf eine leere Bohnendose eingedroschen und nur »Waaah-Waaaah« gegrölt hätte. Ich wollte unbedingt mit ihm ins Gespräch kommen, ihn näher kennenlernen und ihn für mich begeistern.

Gut, Letzteres stellte in Anbetracht meiner offensichtlichen Mittelmäßigkeit eine ziemliche Herausforderung dar. Aber für den Anfang – Gespräch und so – hatte ich eine Idee: Da ich damals für den wöchentlichen »Word-Rap«, ein Kurz-Interview, zuständig war, würde ich einen besonders geistreichen Text entwerfen, sprich: ein paar Fragen aus irgendwelchen Interviews aus der *Süddeutschen* abschreiben und ihm diese, wenn er sich neben mich gesetzt hätte, vorlegen. Fred würde den Word-Rap gleich ausfüllen, sich wahrscheinlich denken, dass meine Fragen gar nicht mal übel wären, und dann würde ich sagen: »Vielen Dank! Aus diesen Antworten sprechen Witz und Intelligenz. Das finde ich interessant. Und dich übrigens auch.«

Das war mein Plan. Ich fand ihn zwar ein wenig plump, aber insgesamt clever. Um also im optischen Bereich nicht auf den ersten Blick durchzufallen, brezelte ich mich nach allen Regeln der Kunst auf, was Waldemar, den künstlerischen Leiter des Kulturzentrums, zu der Bemerkung hinriss, ich sähe aus wie eine Prostituierte.

»Perfekt«, dachte ich, guckte aber ein wenig beleidigt. Niemand sollte meinen perfiden Plan durchschauen.

Und es lief wie geschmiert! Also, bis zu dem Zeitpunkt, wo er sich neben mich setzte, weil sonst kein anderer Sessel frei war. Er grüßte mich knapp, aber höflich, bestellte

Wein und wandte sich sofort Waldemar und den anderen Gästen und Kollegen zu, um über Musik und derlei Kram zu sprechen, weswegen wir alle hier waren. Ich wartete wie eine Muräne in ihrem Bau auf den entscheidenden Moment. Der kam auch, als Fred einen Schluck Wein trank. Zielsicher richtete ich mein Wort an ihn, der mich über den Glasrand hinweg überrascht anstarrte: »Hallo. Wir haben telefoniert. Darf ich mich vorstellen? Mein Name ist Heidi Herzog.«

»Aha. Ah ja. Genau. Herzog. Heidi«, murmelte er etwas abwesend, nachdem er geschluckt hatte.

»Wir haben ein Interview geführt«, rief ich mich in hoffentlich gute Erinnerung.

Er lächelte unverbindlich.

»Ich hoffe, meine Fragen waren okay?«, versuchte ich ihn bei Laune zu halten. Er warf den drei minderjährigen Bräuten, die um diese Uhrzeit schon längst bei ihren Eltern sein sollten, stattdessen aber fiebrige Blicke von der gegenüberliegenden Tischseite zu ihm rüberwarfen, einen kurzen Blick zu. Einen kurzen, uninteressierten Blick, wie ich meinte. Wer will sich denn schon mit diesen dumpfbackigen Kindern unterhalten, nur weil sie für ihr Alter ein bisschen frühentwickelt waren, wenn andere, gebildete, erwachsene Leute am Tisch saßen und gesprächsbereit waren?

»Ja, ja, waren sehr okay«, erwiderte er und lächelte. Er lächelte!

Ich griff nach meinem zweiten Glas Wein und leerte es in einem Zug. Mann, war ich durstig.

»Durstig?«, fragte er.

»M-hm«, antwortete ich und konnte meinen Blick nicht von ihm lösen. Diese Augen! Diese Lachfalten um die Augen herum.

Waldemar hüstelte, aber ich ignorierte es. War mir egal. Hätte er, von einem Asthma-Anfall niedergestreckt, röchelnd am Boden zu meinen Füßen gelegen – ich hätte es elegant übersehen. Ich sah nur noch diese Grübchen und diese blaugrauen Augen. »Ich hätte da noch ein Anliegen«, näherte ich mich in kleinen Schritten meinem Ziel, fischte schnell den Fragebogen aus der Tasche und hielt ihm diesen vor die Nase. Vor die sehr schöne Nase!

Er schaute mich fragend an. Ich erklärte ihm die Notwendigkeit, den Fragebogen auszufüllen, weil Word-Rap der Woche … blabla … Leser sicher begeistert sein … blabla.

»Oh, das ist aber nett«, dankte er artig, überflog die Fragen und schickte sich an, den Bogen Papier einzustecken.

»Nein! Nicht einstecken! Ausfüllen!«, rief ich, riss ihm den Fragebogen aus der Hand, entfaltete ihn und legte ihn neuerlich auf den Tisch. »Redaktionsschluss«, murmelte ich und spürte, wie mir das Blut in den Kopf schoss. Gleich würde es aus meinen Ohren zu dampfen und zu rauchen beginnen.

»Hm. Das ist natürlich ungünstig«, überlegte er laut. »Aber weißt du, ich denk lieber in Ruhe nach, ehe ich was sage oder schreibe.« Ach, das ging auch?

Ich kapierte, dass mein Plan zu scheitern drohte. Ich musste handeln! Sofort! Übersprang daher einfach den ersten Teil mit den witzigen und geistreichen Antworten, denen ich applaudieren wollte, und kam ohne Umschweife zum Hauptteil: »Ich finde, du bist nicht nur sehr klug, du siehst auch umwerfend aus.«

Okay, da gibt's nix zu beschönigen: Das war plump. Deshalb schnappte ich mir das dritte Glas Wein, das mir Albert, der Kellner, vorsorglich hingestellt hatte, und leerte es in mich hinein.

Als hätte ich den richtigen Code geknackt, blickte Fred mich direkt an.

Der Abend endete damit, dass ich betrunken mit einem fremden Mann in meinem Schlafzimmer stand, weil Benni bei seinem Vater schlief.

Ich hatte vorher noch nie einen One-Night-Stand im klassischen Sinn. Ja, ich weiß, das ist peinlich, wenn man mit knapp dreißig noch keine Erfahrung in diesem Bereich des gepflegten Hauptabendprogramms aufbieten kann, aber so war es halt.

Nun ja. Die Nacht prägte sich tief in mein Gedächtnis ein. Aber ich hatte nie den Mut, ihn zu fragen, ob er mit mir so etwas wie eine Beziehung haben wolle. Ich traute mich nicht, mich ihm zuzumuten. Und vor lauter Angst, dass er auf der Stelle davonlaufen würde, wenn ich ihm meine Gefühle gestand, schwieg ich lieber. Besser den Spatz in der Hand als die Taube am Dach.

Wobei: Wenn ich jetzt drüber nachdenke, habe ich nicht mal einen Spatz in der Hand, sondern schlicht einen Vogel.

»Pfiati! Pfiati! Servus! Weiter so!«, dringt es an mein Ohr. Die Gosauer-Partie macht sich auf den Heimweg. Hände werden mir gereicht, die ich abwesend drücke.

»Super G'schicht, da heroben!«, brummt Rupert Graupner voll des Lobes und klopft mir noch mal jovial auf die Schulter.

Zita winkt der fröhlichen Truppe abschließend hinterher. Ich stehe noch immer wie angewachsen an der Türschwelle – Fred gegenüber.

»Und wer is er?«, will Zita wissen und drängt zwischen uns in die Hütte.

»Fred ist er«, sagt Fred und reicht Zita die Hand.

»Soso. Und was will er da?« Sie feuert einen scharfen Blick auf ihn ab. Sie scheint ihn genauso sympathisch zu finden wie mich.

Ehe sie ihn zum Nachtisch frisst, schreite ich lieber ein. »Zita, der Fred ist ein, äh, lieber Freu… Bekannter von mir, der mich hier besucht.«

»Ah so.« Zita taucht ihre knorrigen und spindeldürren Arme in die Spüle und beginnt abzuwaschen.

»Wie lange willst du bleiben?«, wende ich mich an Fred, der seinen Blick durch die Hütte streifen lässt.

»Mal sehen. Bis ich nach Salzburg weiterfahren muss?«

Zitas Ohren scheinen sich nach hinten gedreht zu haben, so aufmerksam lauscht sie.

»Dann wird er aber a Problem haben«, stellt sie fest.

»Warum?«, will ich wissen.

»Wo will er denn schlafen, ha?«

»Naja, der Benni könnt heute vielleicht bei Lilo schlafen.«

»Soso.« Sie knallt einen Teller nach dem anderen auf die Holzplatte neben der Spüle. »Wirst wohl den *Hannes* fragen müssen, ob er des a so sieht.« Den *Hannes* betont sie wie eine meterhohe, rot angemalte Wand.

Fred wirft mir einen fragenden Blick zu.

»Ich klär das. Setz dich mal raus und trink was.« Ich drücke ihm ein frisches Glas Most in die Hand und schiebe ihn raus zur Bank.

Er flätzt sich lässig drauf und zwinkert mir zu. Oha.

»Was soll das denn?«, zische ich Zita ins Ohr.

Sie schiebt verbissen die Unterlippe nach vorne und trocknet die feuchten Teller ab.

»Nur, falls du das vergessen hast: Das hier ist *meine* Hütte und *meine* Alm. Und wenn ich einen Bekannten einlade, dann brauchst du ihn nicht wie den letzten Dreck zu behandeln, okay?«

Zita rubbelt ungerührt die Teller trocken. »Der tut dir ned gut«, knurrt sie.

»Wie bitte?«

»Host mi scho verstanden.«

»Äh … Ich glaube, du hast da was falsch verstanden. Es geht dich zwar überhaupt nichts an, aber nur fürs Protokoll: Fred ist ein alter Bekannter. Damit hat es sich.«

Zita hüstelt gekünstelt und geht dazu über, die Teller in ihre abgerockte Küchenkredenz zu räumen. Beim Vorbeigehen murmelt sie: »Alt bin i. Krampert bin i. Aber deppert bin i ned.«

Meine Empörung zeigt sich, indem ich feuerrot werde. Warum komme ich mir bloß so ertappt vor? Ich meine – hey, hallo? – ich kann rummachen, mit wem ich will. Und wegen dieser Sache mit Hannes … Also, die tut ja grad so, als würde ich ihn hintergehen?! Dabei war da ja … also gut, nix war's nicht. Aber ich habe mit ihm keine Beziehung. Oder hat er mich gefragt, ob wir jetzt eine Beziehung haben? Nein, hat er nicht. Ich bin ihm also keine Rechenschaft schuldig. Wo ist dann das Problem, dass Fred hier auftaucht?

»Der Hannes kommt dann eh noch runter. Er bringt uns Most und holt sich Brot ab«, brummt Zita und wankt eingeschnappt mit ihrem Hinkebein die Treppe ins Dachstübchen hinauf.

16

Hannes kommt tatsächlich kurz darauf angefahren. Hat ihn die Moralschachtel angerufen? Er begrüßt mich lächelnd, dann fällt sein Blick auf Fred, der rauchend und grinsend auf der Bank liegt.

»Servus«, sagt Hannes und reicht ihm die Hand. Mir fällt auf, um wie viel größer Hannes' Hand im Vergleich zu der von Fred ist. Fred beachtet ihn nicht einmal richtig und drückt die Zigarette auf der Bank aus, ehe er sie achtlos auf den Boden wirft. Ich werde sie später wegräumen, damit Zita ihm nicht den Kopf abreißt. Ich traue es ihr zu.

»Besuch?«, fragt mich Hannes, als wir in der Hütte stehen.

»M-hm. Ein alter Bekannter.« Ich konzentriere mich darauf, ihm nicht in die Augen zu sehen. »Ach, da fällt mir ein: Wäre es ein Problem, wenn Benni heute bei euch oben schläft?«

»Nein.« Hannes' Blick – ich sehe es aus den Augenwinkeln – pendelt zwischen Fred vor der Hütte und mir in der Hütte hin und her. Er fragt aber nicht nach. Sondern fährt sich mit der Hand durch die dunklen Haare und blickt konzentriert auf den Boden. »Na dann. Dann werd' ich mal wieder …«

»Ja. Besten Dank fürs Bringen« – ich zeige auf den Kühlschrank – »und für Benni.« Jetzt muss ich ihm in die Augen schauen. Und bemerke, dass die bernsteinfarbenen Sprenkel heute gar nicht glitzern. Das liegt sicher an der muffigen Dunkelheit hier drinnen.

»Gern geschehen«, murmelt er, zieht den Kopf ein und geht zu seinem Range Rover. Ich sollte jetzt etwas sagen, erklären, ihn so nicht gehen lassen.

»Du, Hannes«, rufe ich und laufe ihm nach.

Er dreht sich um. »Ja?«

»Was ich noch sagen wollte …«

»Ja?«

Mist. Jetzt fällt mir nichts ein. Weil ich ja nichts Spezielles, sondern nur irgendwas sagen wollte, um etwas zu sagen. Etwas Versöhnliches. Etwas, das zum Ergebnis hat, dass ich mich besser fühle.

Hannes zieht die Augenbrauen hoch, beugt sich ein Stück weit zu mir herunter und wartet.

»Also, ich …«

Die Sekunden ziehen sich wie alter Kaugummi. Denk nach! Denk nach! Aber mir fällt nichts ein, und so sagt Hannes:

»Ich muss dann mal. Die Arbeit wartet.«

»Ja«, gebe ich mich geschlagen und schaue ihm nach, wie er ins Auto steigt, den Motor anlässt und wegfährt.

»Wer ist das denn?« Fred liegt längs auf der Bank und schirmt sich die Augen mit der Hand ab, um von der Sonne nicht geblendet zu werden.

»Ein Nachbar. Seine Tochter ist mit Benni befreundet, und deshalb kann der heute oben bei ihnen auf der Jausenstation schlafen. Und du kannst hier schlafen.«

»Zünftig, zünftig«, sagt er und grinst. Ach, dieses Grinsen. »Wie wär's, wenn du mir die Gegend ein bisschen zeigst?«, schlägt er vor.

»Ja, sicher. Gern. Ich muss nur vorher Benni einen Zettel schreiben, damit er weiß, wo ich bin.«

»Benni?«

»Äh, mein Sohn.« Hat der nicht zugehört?

»Echt? Der heißt Benni? Wusste ich gar nicht.«

Also, eigentlich sollte er schon wissen, wie mein Kind heißt – nach fünf Jahren, in denen er in unregelmäßigen Abständen bei mir ein und aus geht.

Das Blöde ist: Fred kann sich wie ein ignoranter Idiot benehmen – ich kann ihm nicht langfristig böse sein.

Zita gebe ich kurz Bescheid, dass ich mir mit Fred die Füße vertrete, ehe wir aufbrechen.

»Wennst damit nur nicht wem anderen auf die Zehen steigst«, knurrt sie durch ihre halb offene Schlafkammertür hindurch.

Ja, ja, mach mir ruhig ein schlechtes Gewissen! Da hab ich mal ein wenig Attraktion hier oben, und schon wird es mir madig gemacht.

Kaum, dass ich das Gatter hinter uns zugemacht habe, will Fred wissen, wo ich hier klettern gehe. Könnte der nicht ein anderes Thema anschlagen? Irgendwas mit Horoskopen? Oder Mode?

»Ach, mal hier, mal dort«, lüge ich und zeige auf die mächtigen Kalkstöcke des Dachsteinmassivs, um ihn auf ein anderes Thema zu bringen.

»Was? Dort drüben?«

»*Nein*, um Gottes willen.« Auf die Spitze muss ich es ja nicht treiben. Wenngleich ich mir in der Rolle der kleinen Schwester der Huber-Buam schon sehr gefalle. Auch wenn ich selbst viel Fantasie brauche, um mir eine Verwandtschaft mit denen attestieren zu können.

»Und welches Niveau kletterst du?«

Niveau?? »Ja, also mal so, mal so. Mal ein bisschen weiter unten, und dann ein bisschen weiter oben.«

Fred schaut mich bewundernd an. Oder eher fragend? Ich bin mir nicht ganz sicher. Ein Themawechsel wäre jetzt geradezu ideal.

»Gehst du bouldern?«, will er wissen.

Gott sei Dank!

»Ja, hin und wieder in München. Hier geht das nicht.« Ich versuche mich maximal witzig zu geben: »Außerdem verliere ich manchmal den Halt, weil die Bahn so rutschig ist. Mann, da hat es mich schon mal auf die Schnauze gehauen …« Ich tue so, als würde ich stolpern, und lache über meine kurze Slapstick-Einlage.

»Welche Bahn?«

Ah, ich sehe schon: Ich habe sein Interesse geweckt.

»Na, die Bahn, auf der die Kugel rollt. »

»Die Kugel?«

»Natürlich! Oder womit gehst du bowlen? Mit Tellern – Ahahahaha!« Ich lache mich über meinen Gag fast schlapp. Mann, war der gut. »Mit Tellern!«, krähe ich und mache eine Bewegung in der Luft, als würde ich einen Teller wie einen Frisbee auf imaginäre Kegel schleudern. Bruhahaha!

»B-o-u-l-d-e-r-n«, buchstabiert Fred. »Das ist Klettern ohne Kletterseil und Klettergurt an Felsblöcken, Felswänden oder an künstlichen Kletterwänden.«

Oh. Ah. Habe ich noch nie gehört. Mir wird heiß vor lauter Peinlichkeit.

»Ach sooo. B-o-u-l-d-e-r-n meintest du«, versuche ich Zeit zu gewinnen. »Mit B am Anfang und N am Schluss.« Pause.

Fred nickt.

»Ja, das … das geht natürlich auch. Ach, da fällt mir gerade ein: Wie läuft es denn mit der Musik? Erzähl doch mal!«

Fred berichtet von seiner Tour, mit der er durch die Lande tingeln will. Im Stil von Lou Reed, aber vom frühen Lou Reed. Du weißt schon: Velvet Underground.

Kenn ich, ehrlich gesagt, nicht. Aber ehe ich mich noch mal kolossal zum Deppen mache, halte ich lieber die Klappe und mime die Wissende.

Fred erklärt: Die Gitarre sei insgesamt tiefer gelegt, die Riffs verhaltener … Er rezitiert:

»A spooky tone on a Fender bass
Played less notes and left more space
Stayed kind of still, looked kinda shy
Kinda far away, kinda dignified
How in the world were they making that sound?
Velvet Underground.«

Ähem. Also den spukenden Ton und die musikalische Weniger-ist-mehr-Attitüde habe ich verstanden, aber der Rest von Freds Gedicht erschließt sich mir leider nicht. Es ist aber sicher etwas sehr Kultiviertes oder anders wichtig, und daher sage ich: »Ah ja.« Das passt immer.

Dankenswerterweise fragt er mich aber nicht nach meiner Meinung – das tut er nie –, sondern berichtet weiter. Von seinem neuen Album, das er machen möchte, von spooky Musik, von irgendwelchen Veranstaltern.

Ich latsche neben ihm her und schaue ihm beim Reden zu. Ach, Fred. Seit Jahren fülle ich meine Tagträume damit aus, mir vorzustellen, wie es wäre, von ihm gemocht zu werden. Es ist ein gefährlicher Zauber, der das Nichterlebte umgibt. In Momenten wie diesem, wo mir bewusst ist, wie weit ich von ihm entfernt bin, spüre ich, wie der Zauber auf mir lastet. Das ständige Hoffen und Warten scheuert meine Seele wund. Doch ich kann nicht anders: Zu stark ist mein Wunsch, von Fred zu hören, dass er im selben Maße an mir hängt wie ich an ihm.

Wobei … verstehen würd ich's dann auch nicht. So wie ich mich ihm gegenüber benehme. Der kennt ja nicht mich, sondern nur die Karikatur von mir. Und welcher Mensch, wenn er denn nicht ein Priester oder ein Psychiater ist, kann die wahre Person hinter einer verschrobenen Karikatur erkennen?

Fred redet und redet – über sich. Kein Wort über die fantastische Aussicht, keine Frage, wie es mir geht und was ich hier mache. Meine Lust, mit ihm über Stock und Stein zu latschen, um mir seinen Independent-Musikkram anzuhören, sinkt mit jedem Schritt.

»Wir sollten mal lieber umdrehen. Sonst kommen wir ans andere Ende der Welt«, schlage ich vor.

»Wir könnten uns auch hinsetzen.« Fred umfasst mich mit beiden Händen an der Hüfte und drückt mich nach unten.

Oooh! Oooh!

»Fast romantisch, hm?«, flüstert er, und seine Hand wandert in meine Richtung.

Ich streiche über die pinkfarbenen Blütenblätter einer Alpenrose, die hinter einem großen Stein hervorlugt. Fred verfolgt meine Bewegung. Warum *fast* romantisch?

»Blümchensex?«, fragt er und schaut mich auffordernd an.

»Wie bitte?«

Hat der schon mal was von einer eleganten Überleitung gehört? Muss er wirklich sooo direkt sein?

Fred reißt den Kopf der Alpenrose ab und hält ihn mir vor die Nase.

»He, das darfst du nicht! Die sind geschützt!« Meine Stimme klingt eindeutig schärfer, als ich es beabsichtige.

»Ups – Sorry.« Er legt den abgerissenen Blumenkopf unter den Stein. »Sind ja noch genug andere da«, murmelt er. »Dann eben ohne Blümchen und nur mit Sex?«, knüpft er ohne Umschweife an.

Hm. Nein, eigentlich möchte ich das nicht. Hier nicht, jetzt nicht. Und überhaupt? Wo sind denn da die Gefühle? Ich bin ja kein zweibeiniges Alpin-Bordell. Er gibt mir allerdings das Gefühl, genau das zu sein: eine Zwischendurch-Nummer. Hatte Lydia Recht?

»Wenn ich ehrlich bin …«

»Sei's lieber nicht«, unterbricht er mich, lehnt sich zurück und verschränkt die Arme hinter dem Kopf.

»Warum nicht?«

»Weil es meistens problematisch wird, wenn Frauen ehrlich sind.«

Tja. Was soll man darauf sagen? *Mir doch egal, ich bin trotzdem ehrlich und labere dir jetzt die Ohren mit all dem voll, was ich schon längst sagen will?* Dann würde er wahrscheinlich aufstehen und gehen. Ich könnte natürlich die Zeit ein wenig hinausdehnen und mit ihm rumfummeln, bis es dunkel wird, und dann – zack – bin ich ehrlich. Denn das schau ich mir an, wie er im Stockfinsteren davonlaufen will. Hehe.

Aber irgendwie ist mir die Lust am Fummeln vergangen. Ich lehne mich ebenfalls zurück und drehe mich zu ihm, um ihn ansehen zu können.

»Ich freu mich echt, dass du gekommen bist.«

Fred grinst und zupft an meinem Shirt herum.

»Aber ich fürchte, so, wie du dir das vorstellst, wird das nicht laufen.«

Seine Hand wandert wieder zurück. »Was stell ich mir denn vor?«

»Naja. Das, was halt immer so war – zwischen uns.« Mann, ich krieg es gar nicht raus, so armselig ist das, was mir gerade bewusst wird. »Du willst schnellen Sex, ich will …« Das Wort »Beziehung« steckt in meinem Hals und weigert sich, sich die Blöße zu geben und rauszukommen. Es ist so peinlich, als würde man nackt auf einer Bühne stehen, wissend, dass sich jetzt gleich der Vorhang öffnet.

»Was willst du denn?«

»Gefühle. Zuneigung. Echtes Interesse.«

»Gefühle???« Er spuckt das Wort aus, als sei es schimmmliger Käse.

Ich rutsche ein Stück von ihm weg.

»Hm. Gefühle«, wiederholt Fred ein wenig sanfter, setzt sich auf und verringert den Abstand zu mir. »Ich, äh … Das ist ein wenig schwierig. Also, das ist jetzt natürlich neu.«

Neu? Ja, spinn ich? Was dachte der, warum ich seit Jahren auf Stand-by stehe?

»Heidi, ich bin nicht der gefühlige Beziehungstyp. Ich bin ein lonely rider, ein Freigeist, der sich nicht binden kann und will. Das würde meine Kreativität töten.«

Fred windet sich und schielt auf den Weg.

Oh nein, mein Freund, du bleibst hier! Fünf Jahre habe ich darauf gewartet, dass wir so was wie ein Gespräch führen. Ich lasse ihn nicht aus den Augen. Solange sie an ihm haften, klebt der hier fest.

»Ich könnte mir gut vorstellen, dass wir so was wie eine lockere Beziehung haben. Keine Verpflichtungen, die alles abtöten, was sich an, ähm, potenziellen Gefühlen so auftun könnte.«

Könnte? Höre ich richtig? Redet der in der Möglichkeitsversion? Konjunktiv?

»Versteh mich nicht falsch: In gewisser Weise haben wir ja so was wie eine Beziehung. Wir sehen uns regelmäßig.«

»Alle paar Wochen«, kann ich mir nicht verbeißen.

»Hey, das hast du immer gewusst, dass ich nicht der Mann bin, der täglich um fünf auf der Matte steht. Abgesehen davon: Ich wusste ja nicht, dass dir so daran gelegen ist, mehr Kontakt zu haben als bisher. Ich dachte, es wäre okay für dich?!«

Ja. Also. Das habe ich nun davon, dass ich möglichst unaufdringlich zu wirken versuche. Merke: Understatement bringt genau nichts!

Fred legt seine Hand auf meinen Nacken und kommt näher. Ich spüre seine Lippen an meinem Ohr. »Ich glaube, es könnte sehr nett werden, wenn du ein wenig lockerer bist. Nicht ganz so kleinbürgerlich und spießig.«

Spießig. Hm-hm. So habe ich das noch gar nicht betrachtet, dass Gefühle ein Ausdruck von Kleinbürgerlichkeit und Spießigkeit sind.

Freds Lippen wandern in Richtung meines T-Shirt-Ausschnittes. Ich schiebe seinen Kopf weg. Sorry, geht nicht. Keine Ahnung, warum, aber ich komme mir gerade so was von billig vor. Wie ein Sonderangebot im Discounter der Gefühle. Kostet nicht viel, nehmen wir mit.

Bei Hannes habe ich mich kein einziges Mal billig gefühlt. Im Gegenteil. Er behandelt mich wie ein kostbares Gut. Und wenn ich so darüber nachdenke: Ich habe es ihm wirklich nicht leicht gemacht, mich zu mögen.

Bilder wandern durch meinen Kopf. Stalker habe ich ihn genannt. Und mich über ihn lustig gemacht wegen seines Aussehens. Ich habe ihn belächelt und für dämlich gehalten. Ich sehe Hannes, wie er mit seinem Range Rover vor der Alm parkt und Zita aus dem Wagen hebt. Ich sehe ihn, wie er neben mir sitzt und mir zuhört. Keine Sekunde habe ich damit verschwendet, mich zu verbiegen, um ihm zu gefallen. Und trotzdem mag er mich. Und Benni, der jetzt ein paar Hundert Meter weiter bei ihm oben schläft. Hannes passt auf mein Kind auf, während ich hier neben Fred sitze … und *was* tue?

Was tue ich hier eigentlich?

»Wir sollten zurückgehen«, schlage ich vor.

Fred erhebt sich wortlos und klopft ein bisschen Erde und ein paar Grashalme von seiner knielangen grauen Cargohose. »Aber küssen darf ich dich? Wie heißt das? Auf der Alm, da gibt's die Sünd'«, flüstert er und legt seinen Arm um mich.

»… da gibt's koa Sünd'«, korrigiere ich – da presst er schon seinen Mund auf meinen und schiebt mir die Zunge zwischen die Zähne.

Nein. Nein, so geht das nicht. Ich beuge mich zurück und lege meine Hand auf seinen Mund.

»Tut mir leid, aber … Nein, kein Aber. Es tut mir leid. Sorry. Das funktioniert nicht. Mist, äh, ich wollte sagen: *Mir ist* gerade was klar geworden.«

Fred ist irritiert. Er fragt aber nicht nach, was mir klar geworden ist, und versucht auch keinen weiteren Annäherungsversuch.

So verläuft der Rückweg schweigend. Unangenehm, äußerst unangenehm. Ich bin sicher, er bereut es, hierhergekommen zu sein.

Vor allem, als ich Bennis Campingbett nach unten in die Stube schleppe, weil ich alleine schlafen will. Fred habe ich die Pritsche in meinem Zimmer überlassen. Ja, ich bin ein guter Mensch.

17

Fred hat mich bereits am Morgen verlassen. Er hat noch einen schnellen Kaffee getrunken, und wir haben uns mit Smalltalk über die blöde Situation gerettet.

Ich habe in der Nacht kein Auge zugebracht. Ich habe bemerkt, dass er beleidigt und gekränkt war. Es tat mir ehrlich leid. Wäre er nicht erst nach einer halben Ewigkeit dahergekommen – wer weiß? Vielleicht wäre alles anders gekommen. Besser? Nein, das glaube ich nicht. Er hätte sich nie dasselbe gewünscht wie ich.

Meine Illusion ist dahin, und in meinem Herzen ist nun ein Flecken verbrannter Erde. Schätze mal, zwei Quadratzentimeter groß.

Aber es ist nur ein Flecken, der bald zuwachsen wird. Mir ist gestern bewusst geworden, wie sehr ich Hannes schätze. Wie sehr ich ihn mag. Ehrlich, und nicht umständlich. Ich freu mich, wenn ich ihn heute sehe. Ich kann es kaum erwarten, ihn zu sehen. Hannes, lieber, großer Hannes!

»Der Bua soll unten im Dorf ein paar Sachen holen«, brummt Zita, als sie die ächzende Holzstiege runterhumpelt. »Ich muss mit dem Hannes zum Arzt.«

»Wegen des Gipses?«

Zita nickt und schenkt sich ordentlich Milch in ihren Kaffee.

»Tut dir was weh? Oder ist es eine Routinekontrolle?«

»Bledsinnkontrolle.«

Sie schlürft und beobachtet mich über den Tassenrand hinweg.

»Und? Wo isser?«

»Wer?«

»Der Mann.«

»Weg.«

»Soso.« Sie schlürft weiter und schaut mich forschend an.

Soll ich ihr erzählen, was passiert ist? Beziehungsweise, was nicht passiert ist? Dass sie Recht gehabt hat? Nein, lieber nicht. Zu viel Triumph tut ihr nicht gut. Da gehe ich besser mal zur Abwechslung – haha – Floris Stall ausmisten und bringe Dobermann und Daisy frisches Futter.

Ich schnappe mir die Sense und lasse sie hinter der Hütte durch den Teil der Wiese fliegen, den ich noch nicht abgemäht habe. Mittlerweile habe ich schon gelernt, mein Gleichgewicht so zu verlagern, dass es mich nicht bei jedem zweiten Sensenhieb fast den Abhang runterhaut. Langsam, Zentimeter für Zentimeter, wanke ich zur Hütte zurück – links die Sense in der Hand, rechts einen großen Arm voll Gras und Blumen. Dass Zita bislang nichts Gröberes zugestoßen ist, wundert mich. Die Sense hänge ich auf der Rückseite der Hütte auf den Haken, der dafür vorgesehen ist.

Mir fällt auf, dass die Holzplanken, die dem gemauerten Grundriss der Hütte aufsitzen, erneuert gehören. Faserig, silbergrau und schütter ist es, wie das Haar einer alten Frau. Wer wird das alles reparieren? Die Zeit läuft bald ab.

Flori steht mir im Weg, der eng an der Seitenwand vorbeiführt, und meckert mich begeistert an.

»Ja, ich weiß. Dein Futter.« Ich muss lachen. Sie ist so ein spaßiges Tierchen.

»Mamaaaaa!«, höre ich Benni rufen.

»Hiiiier«, schreie ich zurück und biege um die Ecke.

Hab ihn gar nicht kommen gehört. Benni nimmt mir das Gras ab, teilt es auf Flori und die Meerschweinchen auf und umarmt mich nach getaner Arbeit. Ach, tut das gut.

»Ich hab dich lieb, mein Käfer.«

»Sag nicht Käfer zu mir.«

»Na gut, mein Hase.«

»Mamaaaa!«

Meine Wangenküsse wischt er mit verkniffenem Gesicht weg. Dann setzen wir uns auf die Bank und schneiden dreißig Scheiben vom Brotlaib ab, den Zita vorbereitet hat. Wenn die Gäste kommen – und sie kommen täglich –, muss es schnell gehen. Da ist Vorbereitung die halbe Miete.

Benni holt sich das Geschirrtuch und poliert das Besteck. »Macht Lilo auch immer so«, erklärt er mir und lächelt.

Gutes Mädchen! Wenn sie auch noch täglich um 22 Uhr ins Bett geht, in der Schule fleißig lernt und keinen Alkohol trinkt, bin ich vollauf zufrieden. Oder spießig. Oder beides.

»Und? Wie war es gestern? Fand ich sehr nett, dass du oben schlafen konntest.«

Benni errötet und erzählt. Dass sie viel Spaß miteinander hatten. Dass sie Kaiserschmarrn gegessen haben. Lilos Oma habe den gemacht. Die sei total nett. Der Opa auch. Der sähe aus wie der Hannes in alt. Ach ja, der Hannes sei gestern nicht so gut drauf gewesen. Also, nicht unfreundlich, aber nicht so wie immer.

Ich kriege ein schlechtes Gewissen. Aber vielleicht wars gar nicht wegen mir … und Fred?

Die Lilo übrigens, plappert er munter weiter, die sei gar nicht so wie die anderen Mädchen, die er kennt. Sie sei keine Tussi und kein Opfer.

»Opfer?«

»Sagt man so. Ey, Mama – du bist echt nicht auf der Höhe. Und, Mama …«

»Ja?«

»Die Lilo würde mir sehr fehlen, wenn ich sie nicht so oft sehe.«

»Aha. Meinst du, weil wir bald nach München zurückgehen?«

Benni presst die Lippen aufeinander und unterteilt das Besteck nach Gabel, Messer und Löffel. Die rot-weiß karierten Servietten faltet er zu Dreiecken und steckt sie ebenfalls hinein. Ich sehe schon, da grummelt was in ihm.

»Bua! Da ist die Liste. Und da ist des Geld. Sei vorsichtig.« Zita hat sich schon fein gemacht für den Arzttermin. Ihre vierzehn Schürzen, oder wie viel sie übereinanderträgt, changieren heute vom fröhlichen Nebelgrau bis zum kontrastierenden Schwarz, und statt ihrer klobigen Bergtreter hat sie sich einen klobigen schwarzen Halbschuh angeschnallt. Sie legt Benni den Umschlag mit Geld und Kaufliste hin.

»Danke, Oma. Du siehst aber heute hübsch aus«, schmeichelt Benni ihr und grinst schelmisch.

»A so a Bledsinn.« Zita lacht und fährt Benni durch seine von der Höhensonne ausgebleichten Haare.

»Ich hab heute noch was vor«, sagt er, springt auf, schnappt sich seinen Helm und schwingt sich auf Hannes' Geländemotorrad.

»Weißt du, was er vorhat?«, frage ich Zita, die mit ihrem Einkaufskorb in der einen Hand und einer großen braunen Uralt-Ledertasche in der anderen aussieht, als ginge die verarmte Baronin von Hinter-Russbach auf Reisen.

»Bin i sei Mutter?«

»BiniseiMutter???«, mache ich sie mit quengeligem Ton nach, was mir wieder den allseits beliebten Blick einbringt, der einem das Gefühl gibt, Zita würde einem mit ihrem Schürhaken eine über den Kopf hauen.

Ihr heiliger Missmut währt aber nicht lange, und so setzt sie sich mir gegenüber auf die Bank und wartet. Wahrscheinlich auf Hannes. Ich will ihn auch sehen, und so räume ich schnell die Brotscheiben in die Hütte und suche mir eine andere Beschäftigung, die ich draußen erledigen kann. Zum Beispiel die Servietten zu falten. Vorher vergewissere ich mich im Spiegel, dass ich nicht zum Fürchten aussehe.

»Ist dir fad?«, will Zita wissen und mustert die drei Serviettenstapel, die ich auf den Tisch lege.

»Nein. Siehst ja, dass ich beschäftigt bin.«

»Ah. Beschäftigung nennt man das.« Sie zeigt mit ihrem knorrigen Finger auf die Packungen. »Das Herumgespiele mit dem Klumpert.«

»Ja, ja, mecker du ruhig. Den Gästen gefällt's.«

Ich falte eine Serviette nach der anderen zu einem Dreieck.

Wo bleibt eigentlich Hannes?

»Und? Kommt der noch einmal?«, will Zita wissen.

»Wer?«

»Der Mann.«

»Fred? Nein, ich glaube nicht.«

Zita verschränkt die Arme. »Is ned so g'laufen, wie er wollt?«

Also, das geht jetzt aber wirklich …

»Nein«, miaue ich entgegen meiner Absicht, ihr genau gar nichts zu erzählen.

»Soll i dir was sagen?«

»Lieber nicht.«

»I sag's trotzdem. Weil es ist wegen dem Herz. Des is a Kreuz. Wennst es verschenkst, dann kriegst zweierlei: Entweder einen Freund fürs Leben – oder eine Lektion fürs Leben.«

Ich schaue von meiner Falterei auf und blicke in ihr wettergegerbtes Gesicht. Sie hat Recht, diese alte Hexe. Und das weiß sie auch.

Motorengeräusch! Mein Herz flattert. Hannes bremst vor dem Gatter. Zita und ich stehen auf.

»Mei, der Hannes! A so viel fesch«, schreit sie noch einen Deut begeisterter als sonst und wackelt mit ihrem Gepäck in Richtung Gatter.

Hannes winkt kurz und hievt Zita auf den hohen Beifahrersitz. Tür zu, Motor angelassen, und weg sind sie.

Hä? Hat der mich nicht gesehen? Kann er nicht mal *Hallo* sagen? Oder wenigstens *Leck mich am Arsch*? Also ... also, das find ich jetzt schon heftig! Da gebe ich Fred wegen Hannes einen Korb, naja, oder so ähnlich ... und dann so was? Kein Muh, kein Mäh ...

»Mäh«, schreit Flori, weil sie nicht in ihren Verschlag reinkommt.

»Is ja gut, ich komm schon«, schreie ich zurück – hole aber vorher noch mein Handy aus der Kammer, um Lydia anzurufen. Wenn ich jetzt nicht sofort irgendjemandem alles erzählen kann, platze ich.

»... und heute Morgen ist er gegangen. War ziemlich sauer. Ich glaube, der will nie mehr wieder was mit mir zu tun haben.«

»Gut so«, schnurrt Lydia in den Hörer, nachdem ich ihr den schrecklichen Abend mit Fred geschildert habe. »Und was lernen wir daraus?«

»Im schlimmsten Falle nichts?«, schlage ich vor.

»Ganz schlecht, ganz schlecht. Aber im Bereich des Vorstellbaren – wenn es um dich geht, meine Liebe.«

»Jaja, sag's mir nur. Dann wärst du heute schon die zweite Person, die mir den Rücken zukehrt.«

»Wer ist die erste?«

»*Der* erste: Hannes.«

»Hannes? Soll der nicht tendenziell freundlich sein? Oder hast du dir den nächsten Problembären eingefangen?«

Ich erzähle ihr von seinem ebenso kurzen wie kühlen Auftritt. »Ich versteh das nicht. Sonst kommt er immer her, wir reden ein Weilchen ... und seitdem ... du weißt schon ... war da auch immer so was wie eine Berührung oder ein Lächeln. Also, ich finde das echt seltsam.«

»Weiß er, dass Fred bei dir geschlafen hat?«

»Nein. Ja. Ich meine: Dass Fred hier geschlafen hat, weiß er schon, weil Benni ja deswegen bei ihm und Lilo geschlafen hat.«

»Vielleicht isser ja eifersüchtig.«

»Quatsch. Denkst du?«

Lydia und ich einigen uns darauf, dass Männer entweder kompliziert oder emotional verwahrlost sind. Ich finde, dass das eine gute Lösung für die eigenen Probleme ist: sie jemand anderem in die Schuhe zu schieben. Ich erzähle ihr noch von Bennis Verliebtheit und von Lilo.

Ach, die Liebe, sage ich.

Ach, die Liebe, sagt Lydia, und weil das ein gutes Ende für ein Telefonat ist, legen wir auf.

Kurz drauf piept das Handy. Was will sie noch sagen?

»Schade.«

Aber das schreibt nicht Lydia, sondern Fred. Aha. Kommt er mir jetzt mit kryptischen Ansagen daher?

Obwohl: Es ist wirklich schade. Um die Zeit, die ich darauf verwendet habe, ihn für mich zu begeistern, jetzt, wo ich sehe, wie er wirklich tickt. Merke: Mache nie jemanden zur Priorität, für den du nur eine Option bist. Lydia hatte Recht, Zita hat Recht, und sogar ich komme spät, aber immerhin, drauf.

Was aber findet er schade? Dass aus dem seriellen One-Night-Stand in lichten Höhen nix wurde, oder dass aus den seriellen One-Night-Stands in München nichts mehr wird?

Ja, es ist vorbei. Fred ist weg. Weg aus meinem Leben. Komisch, es tut viel weniger weh, als ich dachte. Ich bin enttäuscht, aber im Sinne von ent-täuscht. Ich sitze keiner Täuschung mehr auf. Habe ich die Enttäuschung bislang verkannt? Ist sie kein negativer, sondern ein positiver Moment? Ist es vielleicht gar nicht so toll, wenn man sich, so wie ich es gern tue, an der Illusion abstützt, um über die Realität hinwegzukommen?

Ist Hannes auch nur eine Illusion? Zita ist es definitiv nicht. Weil, merke: Illusionen erkennst du daran, dass sie schön sind.

Das Gekreische von Bennis Enduro, mit der er sich den Forstweg zur Alm heraufschraubt, reißt mich aus meinen Gedanken. Ich stemme mich hoch und trabe zum Gatter.

Benni bremst, der Schotter spritzt. Er reißt seinen Helm vom Kopf, und ehe ich noch »Hallo, mein Hase« oder sonst etwas Peinliches sagen kann, wettert er los: »Diese blöde … Gans! Diese blöööööde …«

»Da hast du vollkommen Recht! Seh ich genauso! Und wenn du mir noch einen Namen nennst, kann ich höchstpersönlich Rache üben.«

»Sonja!«, knurrt er und hält mir die Schachteln mit Lebensmitteln hin. Mein Blick pendelt zwischen ihm und seinem Gepäck.

»Hä? Wie kommst du zu Sonja?«

Wir tragen die Kisten zum Tisch vor der Hütte. Benni lässt sich auf die Bank plumpsen.

»Ich hab dir doch gesagt, ich habe was vor, oder?«

»Äh … ja, hast du.«

»Ich wollte Oma und Opa besuchen.«

»Soso.«

»Ja. Weil es mit den Großeltern von Lilo immer so nett ist. Die sind zwar auch schräg, aber nett. Und da dachte ich mir, ich könnte doch versuchen, ein bisschen mehr Kontakt zu meinen eigenen Großeltern zu haben, oder?«

»Klingt gut. Ehrlich! Nur weil ich mit ihnen einen Wickel habe, sollst du nicht drunter leiden.«

»Genau. Und deshalb bin ich, nachdem ich das ganze Zeug gekauft habe, zum Hof von Oma und Opa gefahren. Und wer macht auf?«

Ich hebe fragend die Schultern.

»Die Sonja, die blöööööde. Jedenfalls hat die schon so komisch geschaut, als ich vor der Tür stand.«

»Hat sie geschielt?« Ich verdrehe meine Augen zu einem großartig debilen Schielen.

Benni schlägt mir auf den Arm und grinst. »Hör auf! Es ist nämlich nicht lustig.«

»Pardon. Also weiter. Ich höre!«

»Okay. Ehe ich noch Hallo oder so was sagen kann, sagt die zu mir – aber in einem Ton! – *Was willst du da?* So, als wäre ich ein grässliches Insekt.« Benni ahmt Sonjas pampigen Ton und ihren Gesichtsausdruck nach. »Sag ich, dass ich gerne meine Großeltern sehen würde. Ob die da sind. Sagt die einfach *Nein* und dass ich mich *schleichen soll*, weil ich hier nichts verloren habe und weder mich noch dich irgendwer sehen will.«

Paff. Das sitzt.

»Dann hat sie mir die Tür vor der Nase zugeschlagen.«

Wut kriecht in mir hoch. Dieses bösartige Weib!

»Dann bin ich wieder gefahren. Hab aber vor der Türe das Standgas so aufgedreht, dass es ihr den ganzen Dreck und Kies auf die Stufen beim Eingang geschleudert hat.«

Ich kann mich noch zurückhalten, ihn dafür zu loben. Mann, wie gehässig ist das denn? Was haben wir ihr denn getan? Vor allem: Was hat Benni ihr getan? Nichts. Genau nichts!

Ich hole uns etwas zum Trinken und schlage vor, dass wir die Lebensmittel in die Hütte bringen, ehe sie schlecht werden. Die Sonne steht nämlich schon wieder im Zenit und brennt mir in den Nacken.

Benni hilft beim Einräumen. Beide denken wir nach.

»Ach ja, sie hat mich noch gefragt, wie ich hier herkomme. Da hab ich erzählt, dass wir auf der Alm sind.«

Ich drehe mich abrupt zu ihm um. »Das ist ungünstig, dass du das erzählt hast.«

»Warum? Darf die das nicht wissen?«

»Naja, dürfen … Ich wollte es eigentlich nicht an die große Glocke hängen, dass wir hier heroben sind.«

Benni schaut mich fragend an.

»Ich möchte die Hütte hier verkaufen. Ohne große Nebengeräusche von meinen Eltern.«

»Verkaufen? Warum denn?«

»Äh, hallo? Das hab ich dir doch schon längst erzählt. Dass ich das hier verkaufe, und dann können wir auf Urlaub fahren.«

»Ich will aber nicht auf Urlaub fahren. Ich will hierbleiben. Ich will, dass die Hütte uns gehört. Und was wird aus Zita? Und aus Lilo?« Bennis Augen weiten sich, und seine Mundwinkel wandern nach unten. Scheint nicht sein Tag zu sein.

Ich kenne diesen Gesichtsausdruck! Er rührt mein Herz und hat stets zur Folge, dass ich anders handle, als ich es eigentlich vorhatte. Aber dieses Mal geht das nicht! Wir brauchen nämlich das Geld.

»Hör auf, so zu schauen! Wir werden schon eine Lösung finden. Was Lilo betrifft, und was Zita betrifft. Ja?«

»Wie soll die aussehen?«

Ich habe keine Ahnung und sage daher: »Ah ja.« Das passt immer.

Benni nimmt mich bei den Schultern: »Bitte, Mama! Verkauf die Hütte nicht. Es ist doch toll hier.«

»Mooooment! Vor kurzer Zeit noch hast du das hier alles gar nicht toll gefunden, junger Mann.«

»Ich hab meine Meinung geändert. Und wenn du mich lieb hast, dann änderst du deine Meinung auch.«

»Das ist Erpressung! Abgesehen davon: Wenn wir nach München zurückkommen, hab ich höchstwahrscheinlich keinen Job mehr, weil Zita mich mit ihrem Gipsdrama sieben Wochen hier in Geiselhaft gehalten hat. Ich brauche das Geld vom Hüttenverkauf. Ehrlich! Oder wovon sollen wir leben?«

Benni schneidet sich ein dickes Stück von dem Käse ab, den er aus dem Kühlschrank gefischt hat. Dann schneidet er sich eine Scheibe Brot ab und beschmiert sie mit Zitas sonnengelber Butter.

»Hiervon! Wir bleiben einfach da«, stellt er fest und beißt von Brot und Käse ab.

»Na, das schau ich mir an! Spätestens in zwei Monaten willst du wieder heim nach München. Es gibt hier kein Eishockey, kein Fußball, keine Xbox. Es gibt hier nichts. Glaub mir, ich weiß, was es heißt, hier jung zu sein. Und außerdem«, ich hebe belehrend meinen Zeigefinger, »hier gibt's auch keinen Papa.«

Bennis Mundwinkel wandern wieder nach unten.

Oh, das wollte ich nicht. Ich umarme ihn fest, um alles Elend aus ihm herauszuquetschen. »Ich werde eine Lösung finden, ja? Versprochen. Aber um eines bitte ich dich jetzt: Dass ich die Alm verkaufen will, ist top secret! Ein Geheimnis! Niemand – ich wiederhole: niemand! – darf davon erfahren.«

»Okay. Aber du verkaufst nicht!«

»Nicht versprochen.«

»Mamaaaaa!«, jammert er und schiebt die Unterlippe vor. Sieht aus wie Flori, wenn sie die Gäste um Fressen anbettelt. Aber das sage ich jetzt lieber nicht.

Außerdem klopft es vorsichtig an der Türe.

»Ist da jemand?«, fragt eine Dame im Wander-Outfit und zielt mit einem Nordic-Walking-Stock auf die Getränke- und Speisentafel, die wir neben den Hütteneingang platziert haben.

»Klar doch. Was darf's denn sein?«

Die Lady hat noch zwei weitere wanderfreudige Damen im Schlepptau, denen wir hausgemachten Holunderblütensaft hinstellen, den Benni aus dem Dorf mitgebracht hat, und Blumenbutterbrote. Flori ist ob des Besuchs mal wieder ganz aus dem Häuschen. Entweder leidet sie an Ziegen-Alzheimer, weil sie so tut, als wäre es eine tägliche Überraschung, dass hier fremde Leute auftauchen, oder sie freut sich echt so über unsere Gäste.

Unbestreitbar freuen die sich über Flori und streicheln begeistert ihr dickes, von der Sonne gewärmtes Fell.

»Wunderschön hier«, sagt Frau Wanderstock und deutet auf die Aussicht.

»Steht zum Verkauf«, sage ich – leise, damit Benni es nicht hört. Irgendwann sollte ich die Kunde unters Volk bringen, dass dieses Stückchen Land mit Altholz käuflich erwerbbar ist. Und noch ehe so was wie Sentimentalität aufkommt, will ich die Sache wie geplant durchziehen.

»Ach, nee! Warum wollen Sie das hergeben?«

»Ja, die Oma, die ist alt«, lüge ich und beuge meinen Rücken ein wenig, damit Frau Wanderstock checkt, wie alt die Oma ist. »Und ich ganz allein …«, den Rest des Satzes lasse ich in einem undefinierbaren Hustenanfall untergehen.

»Ach, Lungenkrebs? Rauchen Sie?«

Ich wedle abwehrend mit den Händen.

»Bronchitis? Hatte mein Mann auch.«

Lungenkrebs nein, Bronchitis ja. Bronchitis ist gut.

»Tee trinken, meine Liebe. Vieeel Tee trinken«, mahnt die Lady und leert sich zum Zeichen der Solidarität den halben Liter Saft in ihrem Krug auf Ex hinter die Binde.

Das nenne ich Loyalität! Wenn doch nur alle so wären.

Ich unterhalte mich noch ein Weilchen mit der Damenrunde, ehe sie sich frisch gestärkt in Richtung Preiner-Kogel-Gipfel auf den Weg machen.

»Da haben Sie aber noch ordentlich was vor sich«, stelle ich anerkennend fest.

»Sie haben keine Ahnung, was wir schon alles hinter uns haben. Wir sind verheiratet«, wirft Frau Wanderstock ein, was die beiden anderen Damen mit einem lauten Lachen quittieren.

Ach, die sind lustig. Noch. Mal sehen, ob sie in drei Stunden, wenn sie noch immer nicht beim Gipfelkreuz stehen, nicht doch noch ihre Männer als das geringere Übel betrachten. Benni und ich winken ihnen nach, bis sie bei der Biegung an der Hüttenecke hinter den Lärchen und Sträuchern verschwunden sind.

Nachdem wir abgeräumt und abgewaschen haben, machen auch wir uns ein leckeres Mittagessen und legen uns danach im Schatten in die Wiese. Schläfrig faul plaudern wir noch ein Weilchen, ehe Benni wegdöst.

Ich denke noch mal über die Sache mit Sonja nach. Und ärgere mich. Dass meine Eltern nicht kapieren, wen sie sich da ins Haus gesetzt haben. In mein Elternhaus! Oder wissen sie's und goutieren es? Das wäre ja noch ärger.

Und überhaupt: Warum sind manche Menschen so gehässig? Weil sie sich selber nicht leiden können? Können einen die anderen echt nur dann leiden, wenn man sich selber mag? Oder ist es doch eher umgekehrt? Was war zuerst da? Die Henne oder das Ei? Warum werden meine Pullis immer so krisselig wie Sonjas Haare, wenn ich sie wasche? Sollte ich Haarshampoo verwenden? Verwendet Sonja Waschpulver? Was ist der Unterschied zwischen einem Kompromiss und einem Konsens? Soll man es jedem recht machen, oder doch lieber sich selbst? Wird jemand die Hütte kaufen? Und wenn ja, was wird er oder sie zahlen? Kann ich Borscht wünschen, dass er seine Stimme verliert, ohne selber für diesen Wunsch bestraft zu werden? Warum werden meine Lider so schwer?

Ein dunkler Schatten, der sich über mein Gesicht legt, reißt mich aus meinem dösigen Nachmittagsschlaf.

Iiiiihhhhh!!! Eine Handbreit vor meiner Nase sehe ich Zitas Gesicht. Sie hat sich dicht über mich gebeugt und schreckt durch meinen Schrei zurück.

»Bist deppert?«, faucht sie. »So plärrn. Wegen nix!«

»Wer da deppert …!« Na, ich halte mich lieber nobel zurück. *Ich* kann das ja. »Du hast mich erschreckt! Wo kommst du überhaupt her? Und wo ist Benni?«

»Den hat der Hannes mit rauf zu sich genommen.« Zita räumt ihre braune abgefuckte Baroninnen-Tasche aus.

»Wie? Wo ist Hannes? Ich hab euch nicht gehört.«

»Du hast ja g'schlafen. Der Hannes ist gleich weitergefahren.« Zita holt Unmengen an Zeug aus der Tasche. Ich denke, dass das Ding in Wirklichkeit ein schwarzes Loch ist, als Tasche getarnt.

»Was hast du alles mitgebracht?«

Sie schlägt mir auf die Finger, als ich ein Plastiksäckchen inspizieren will.

»Auf! Hört! Sie!«

»Ahaha. *Aufhörtsie!* Welche Sprache ist das?«

»Meine.«

Gut. Dann wäre die Berechtigung derselben ja geklärt. Da, wo Zita draufsteht, ist Widerspruch nicht drinnen. So viel hab ich schon gelernt.

Apropos Widerspruch: Ich zeige auf ihre Beine. »Was ist mit dem Gips? Was hat der Arzt gesagt?«

»Wird scho was g'sagt ham«, murmelt sie und schaut böse.

»Und *was* hat er gesagt?«

»Jojo. A so und a so.«

»Zita!«

»Jo?«

»Hör auf, mich zu verarschen. Sonst ruf ich den Arzt an.«

Zita presst ihre schmalen Lippen aufeinander und feuert wieder einen ihrer gleißenden Blicke auf mich ab. »Wird scho wieder, hat er g'sagt.«

Ich lehne mich an die Tischkante, verschränke interessiert die Arme und beuge mich neugierig zu ihr. Sie lehnt sich im selben Maß, wie ich mich zu ihr neige, weg. Wie zwei negativ gepolte Magneten.

»Und wie lange ist der Gips noch oben?«

»Jo. A Zeitl noch.«

»In Tagen ausgedrückt heißt das …?«

Zita rollt genervt die Augen und zählt langsam, sehr langsam an ihren Fingern die Tage ab. »Eins … zwei … dr-e-i … Hoppla, jetzt hab ich mi verzählt.« Dann fängt sie wieder von vorne an. Sie spielt das Spielchen drei Mal, ehe es mir zu bunt wird und ich laut werde.

»ZITA! HALT MICH NICHT ZUM NARREN!«

Sie schaut mich voll unschuldiger Ahnungslosigkeit an, wohl in der Hoffnung, direkt in mein Herz zu gelangen und es zu erwärmen. Oder will sie doch ins Gehirn und dort für Chaos sorgen? Dort, wo mein Verstand versucht, noch alle beisammen zu halten. Ich schüttle energisch den Kopf. Nicht mit mir!

»Zwei Wochen mindestens«, knurrt sie verdrossen, nachdem die Sterntaler-Nummer nicht gezogen hat.

Mist. Immer noch zwei Wochen. Okay, damit muss ich leben. Wenigstens muss das Ding nicht länger oben bleiben.

So wie sie ständig herumspringt und arbeitet, habe ich schon befürchtet, dass ihr Bein Schaden genommen hat.

»Warum ist Hannes nicht noch geblieben?«, will ich wissen.

»Keine Zeit g'habt.«

Komisch. Früher hatte er immer eine halbe Stunde oder wenigstens ein paar Minuten, um zu plaudern. Oder um mich anzulächeln. Bilde ich mir das nur ein? Oder ist er sauer?

»Kommt er heute noch?«

»Weiß doch i ned.«

»Ach? Du weißt doch sonst immer alles«, kann ich mir nicht verbeißen.

»Eh alles. Aber des ned«, pariert sie und trägt wackelnd die Einkaufstüten ins Haus.

»Wart, ich helf dir.«

Ohne ein Wort des Dankes lässt sie sich ihren Krempel hinterherbringen und räumt das Zeug in die Kredenz und in den Kühlschrank. Kräuter hat sie gekauft. Und Gewürze. Und Käse, einen ganzen Laib. Der Benni würde morgen die restlichen Laibe holen. Vom Hansenbauer.

»Aber ned der mit dem Buckel, sondern der mit dem Stotterer.«

Ach, den gibt's noch? Der ist über drei Ecken mit mir verwandt, weil mit meiner Großtante Greti verheiratet. Die hatte vor Ewigkeiten ihren ersten Mann verloren. Er kam beim Mähen eines steilen Hanges ums Leben. Der Traktor, auf dem er saß, kippte um und rollte über ihn hinweg. Es war wirklich ein Drama, weil die damals junge Frau nicht nur mit drei Kindern, sondern nun auch mit einem großen Bauernhof dastand, den sie zu bewirtschaften hatte. Schnell war klar: Greti braucht einen Mann. Einen, der anpacken kann, der Kinder mag und Greti günstigerweise auch.

Nun muss ich dazusagen, dass das das größte Problem darstellte. Greti war nicht nur ein besonders schlichter Geist, sondern auch von wenig ansprechendem Äußeren. Ihr Gesicht platt, die Augen weit auseinanderstehend, der Blick verhangen und ausdruckslos. Die schiefen Schneidezähne taten ihr Übriges, um Gretis leicht dämliches Aussehen zu unterstreichen. Es war unausgesprochen ausgesprochen, dass es nicht leicht werden würde, für sie und die Kinder einen Mann respektive neuen Vater zu finden.

Doch, siehe da! Einer meldete sich. Ein schüchterner, liebenswürdiger, gar nicht mal sooo unattraktiver Junggeselle. Doch mit einem Sprachfehler. Er stotterte. Greti war nicht begeistert. Mangels Alternativen stimmte sie aber zu, dass der Mann, Adalbert, probeweise bei ihr am Hof leben und arbeiten solle. Adalbert schuftete und schuftete, reparierte dies und das, spielte mit den Kindern, versorgte Hof und Haus, und irgendwann »versorgte« er auch Greti.

Als meine Mutter beim sonntäglichen Besuch bei meiner Großmutter nachfragte, wie es denn mit Adalbert stünde, verzog Greti abschätzig den Mund und flüsterte mit hochrotem Kopf: »Aufreiten kann er ned, und stottern tut er auch. Aber arbeiten kann er, und drum bleibt er da.«

Ja, nicht alle Ehen werden im Himmel geschlossen. Adalbert und Greti sind übrigens noch immer verheiratet, haben bald nach der Hochzeit noch zwei Kinder bekommen und sind auf Käseproduktion umgestiegen. Das war Adalberts Idee.

»Juhu! Ist da wer?« Eine neue Partie wanderlustiger junger Leute mit Baby-Huckepack-Rucksack steht bei uns im Garten und wünscht gut gelaunt Speis und Trank.

Ich schneide gleich den Hansenbauer-Käse auf, um ihn an Mann und Frau zu bringen. Gemeinsam mit der Blumenbutter geht das Zeug weg wie die sprichwörtlichen warmen Semmeln.

Die Dämmerung zieht schon auf, als die fünf sich auf den Heimweg machen. Zita gibt ihnen unsere kleine Zweittaschenlampe mit, damit sie den Weg nicht verlieren. Sie sollen sie unten bei der Gondelstation, dort, wo ihre Autos stehen, abgeben.

Oh, das ist aber entzückend!, rufen die Leutchen und werfen mir einen Blick zu, der sagen soll: Was kannst du dich glücklich schätzen, sooo eine liebe Großmutter zu haben.

Ja-haa. Wenn die wüssten! Vor ihnen steht der Wolf, ehe er das Rotkäppchen gefressen hat. Da war er auch noch freundlich.

Nein, ganz so schlimm ist es nicht mehr. Oder sagen wir mal so: Zita und ich haben Zeiten des Waffenstillstands in unserer nicht vorhandenen Beziehung.

Leutselig schiebt sie mir ein frisches, dickes, kratziges graubraunes Handtuch hin. »Fürs Waschen. Morgen früh.«

»Danke.«

Duschen! Ach, wie wäre das schön! Oder baden! Zwei Mal pro Woche wasche ich mich ausgiebig in der Hütte, indem ich kaltes Wasser am Ofen erhitze. Die restlichen fünf Tage lebe ich mit hygienischer Schocktherapie mittels Eiswasser am Brunnen. Aber es sind nur noch zwei Wochen, und dann kann ich wieder ein zivilisiertes Leben führen. Und Zita wird auch ein zivilisiertes Leben führen – in einem schönen Altenheim. Wird's in Gosau sicher eines geben.

Vielleicht kommt sie auch bei Verwandten unter. Zum Beispiel bei uns daheim. Wir sind ja verwandt. Ich könnte sie ja an Sonja vermitteln. Der Gedanke ist so lustig, dass ich laut lachen muss. Zita, wie sie Sonja mit Blicken tötet. Zita, wie sie sich bei uns breitmacht und allen Anwesenden den Nerv raubt. Eigentlich würde ihnen das recht geschehen. Und ich bin sicher, Zita würde sie für alle Sünden bestrafen. Besonders Sonja.

»Is wos?«, will Zita wissen und zieht sich ein schwarzes wollenes Cape, das sie aus der Hütte geholt hat, über ihre spitzen Schultern. Seit ein paar Tagen zieht hier oben die abendliche Kälte ziemlich an.

»Ach, nur ein unterhaltsamer Gedanke. Warte, ich hole mir meine Jacke.«

Wären nicht ihre schlohweißen Haare, würde Zita mit ihrer schwarzen Tarnkappe im Halbdunkeln vor dem dunklen, verwitterten Holz der Hütte verschwinden. »Die Viecher! Die Flori muss in den Stall, und auf die Ratzen g'hört des Gitter rauf.«

»Jawoll, Ma'am«, ich schlage die Hacken zusammen und tue, was mir gesagt wird.

Zita grinst.

Flori lässt sich nur widerstrebend in ihren kleinen Stall schieben, wohingegen Dobermann und Daisy mit stoischem Desinteresse zur Kenntnis nehmen, dass der Himmel über ihren Köpfen vergittert wird.

»Darf ich?« Nachdem ich alles erledigt habe, setze ich mich neben Zita auf die Bank an die Hüttenwand.

Das Holz, den ganzen Tag von der Höhensonne beschienen, strahlt noch ein bisschen Restwärme aus. Schweigend lassen wir unsere Blicke über das Panorama schweifen. Wie fast jeden Tag ragen die schroffen Bergspitzen, die uns einkesseln, in allen Grau- und Blauschattierungen in den Himmel. Ein paar wenige Wolkenfetzen am Horizont wirken wie mit schneller Hand hingepinselt: ein heller Strich, der wie bei einem Aquarell an den Rändern ausfranst und verläuft. Die untergehende Sonne beleuchtet die Striche mit einem fast unwirklich wirkenden Farbton, der von orange bis pink changiert.

»Mei, is des schön«, seufzt Zita und leert sich begeistert ihren obligatorischen halben Liter puren Most hinter die Binde.

»Stimmt.« Ich begieße ebenfalls den Ausblick – allerdings mit meiner verwässerten Mixtur aus Most und Wasser.

»Zita, hast du eigentlich noch lebende Verwandte?«

»Sicher.«

»Wen denn?«

»Dein Vatter.«

»Vatter.« Das ist typisch Dialekt. Ob bei Mutter, Vater oder Butter – es werden immer die zwei T in der Mitte betont.

»Und wen noch?«

Zita holt aus und weist mit einer raumgreifenden Bewegung über das Tal. »Und halt alle anderen da unten. Oder fast alle.«

»Und bei wem wohnst du, wenn du nicht hier heroben bist?«

»Beim Sepp.«

»Bei welchem Sepp?« Seppen gibt's bei uns ja viele.

»Beim Hinterwinkler Sepp. Der Großcousin von deinem Vatter.«

Keine Ahnung, wer das sein soll.

»Bist du da gerne?«

»Nein.«

Ja klar, was habe ich erwartet.

»Alt isser. Langsam isser. Bled isser. Und reden tut er zu viel.«

»Alt bist du auch, wenn ich das mal so sagen darf.«

Zita setzt ihren Krug Most an die Lippen und schaut mich eindringlich an. »Aber bled bin i ned. Und zu viel reden tu i auch ned.«

Damit hat sie wohl Recht.

»Und du? Wo treibt's dich so herum?«, will sie wissen.

Ich erzähle ihr von München. Von meiner Arbeit und von Borscht, dem blöden Sack. Ich mache ihn nach, wie er mich und die anderen ständig runterputzt. Ich imitiere Renate, wie sie sich über Borscht lustig macht. Ich erzähle ihr von unserer Wohnung in der Blütenstraße und von Bennis Eishockey-Spielerei.

»Und Mann hast keinen?«, fragt sie nach.

»Nein.«

»Wundert mi eh ned.«

Ich schaue sie scharf an, gehe aber nicht auf ihren blöden Kommentar ein. Und nein, ich will auch gar nicht wissen, warum sie das nicht wundert. Stattdessen breite ich mein Seelenleben vor ihr aus. Mir ist grad danach. Nach Friede und Ausbreitung. »Bisher hatte ich die Hoffnung, dass mit einem Bestimmten was werden würde … aber die Sache ist gelaufen.«

»Der, der da war«, stellt sie fest.

Ich nicke.

»Des ist koa Guter.«

»Ich weiß. Du hattest Recht.«

»Hab immer Recht.«

»Jaja.«

Die Dunkelheit kriecht die Berge hinauf, am Himmel glitzern die ersten Sterne.

»Warst du verheiratet?«, frage ich sie.

Zita schürzt ihre Lippen und schaut zu den Sternen.

»Nein. Der Poidl und i haben keinen Trauschein gekriegt.«

»Warum nicht?«

»Weil er a Knecht war. Und noch dazu a Welscher.«

»Hä? Ich kenn nur Welschriesling.«

»A Fremder. Aus Frankreich. Von da isser herkommen im Krieg. Davong'rennt isser, ham die Leut g'sagt. A feiger Hund. Aber i hab g'sagt, er war g'scheit. Mei, so g'scheit war er. Und so fleißig. Und so liab war er.«

»Hä? Wieso hat er dann Poidl geheißen?«

»Mir haben ihn einfach so g'nannt. Sein' echten Namen hat koaner verstanden: Pascal-Phillipe Tujandour.« Sie spricht den Namen ganz langsam und mit der Färbung unseres Dialekts aus und hopst beschwingt über die Silben. Das hört sich an wie: »Paskallfilip Tutschanndurr.«

Ja, das versteh ich, dass die ihn der Einfachheit halber *Poidl* gerufen haben.

Es war 1946, erzählt Zita, als er in Hinter-Russbach aufgetaucht war. Armselig, aber sauber und gepflegt. Vom Elend, das in Europa tobte, mitgenommen, aber nicht hoffnungslos. Bei ihrem Verwandten, dem Sepp, sei er damals vor der Türe gestanden. Mit nichts als einer alten braunen, großen Ledertasche.

»Deine alte Tasche? Die große braune?«

Zita nickt und lächelt. Bis auf Wechselwäsche, eine Hose,

ein Hemd und eine speckige Jacke habe er nichts gehabt. Zita – sie war damals gerade sechzehn geworden – war von ihm sofort hingerissen.

Weil im Krieg viele Männer aus der Gegend gefallen waren, war auch bei ihnen im wahrsten Sinn des Wortes Not am Mann. Die Waldarbeiten, um Brennholz zu beschaffen, wurden damals – und auch heute noch, wenn's eng und steil wird – nicht mit Traktoren erledigt, sondern mit Kaltblutpferden. Die wurden mit einfachen Befehlen derart gut trainiert, dass sie zentimetergenaue Bewegungen ausführen konnten. Nachdem ein Baum gefällt worden war, musste er an die Leinen des Geschirrs, das das Pferd um Brust und Hals trug, angehängt und heimgeschleppt werden. Eine falsche Bewegung des Tieres, und es wäre vom Gewicht des Stammes den steilen Abhang hinuntergerissen worden. Meist mitsamt dem Bauern. Zita konnte zwar gut mit den Pferden, die meistens nach ihrer Fellfarbe benannt wurden – Braune, Füchsin, Helle –, aber sie hatte nicht die Kraft, die Stämme zu fällen und anzuleinen. Deshalb wurde der Franzose als Knecht aufgenommen. Geschuftet habe er wie ein Tier.

»Aber immer gelächelt. Er war immer so …« – Zita öffnet ihre knorrigen Hände, als hoffe sie, der passende Begriff würde wie eine Sternschnuppe vom Himmel hineinfallen – »… Er war so fein. Er war nie grob – zu die Viecher ned, zu den Leuten ned. Zu mir ned.«

»Wie hat er ausgesehen?«

Ein bezauberndes Lächeln huscht über ihr gegerbtes Gesicht. Sie schließt die Augen. »Groß war er. Kurze, dunkle Haare mit bissl so Locken.« Sie ahmt eine Bewegung einer sanften Welle nach. »Braune Augen hat er g'habt. Wunderschöne hellbraune Augen. Wie Haselnüsse. Wie Bernstein.«

»Wie der Hannes.«

Zita schaut mich unverwandt an, als würde sie etwas sagen wollen. Tut es aber nicht.

»Und weiter?«

»Dreißig Jahr war er da. Bei mir. Wir waren heroben – und halt unten beim Sepp. Mei, war des schön.«

»Und weiter?«

»Dann isser gestorben. Herzinfarkt. Von einem Tag auf den anderen. I war sechsundvierzig und hab g'laubt, mei Leben is aa vorbei.«

»War's aber nicht.«

»Eh ned. Gott gibt, Gott nimmt. Und es is ja was blieben.«

»Was denn?«

Zita schaut mich schon wieder so komisch an. Sagt aber wieder nichts. Und ich traue mich auch nicht, nachzufragen, weil eben dieser seltsame Blick. Wie ein Stoppschild.

»Jetzt liegt er am Friedhof. *Unser Poidl,* haben's g'schrieben. Damit ihn jeder kennt. Weil sein richtigen Namen hat ja keiner aussprechen können. Und außerdem war er beliebt. Sehr sogar.«

Oh! Ein Franzose auf unserem Friedhof in Hinter-Russbach. Schön langsam gewinne ich den Eindruck, dass die Grabstätte hinter der kleinen Kirche richtig kosmopolitisch ist. Abgesehen vom Franzosen-Poidl liegt dort nämlich auch ein Mensch begraben, der bei uns immer nur als »der Araber« bezeichnet wurde. Er starb in den Zwanzigerjahren auf der Durchreise nach wohin-auch-immer-er-wollte. Um ihm die letzte Ehre zu erweisen, beschlossen Pfarrer und Bürgermeister, ihm einen Stein zu stiften, auf dem sie in »arabischer« Sprache etwas schreiben lassen wollten, damit er sich auf unserem katholischen Friedhof nicht allzu fremd fühle. Blöderweise war niemand weit und breit der arabischen Sprache und Schrift mächtig, und so malte der »Totengräber-Lois«, wie unser Nebenerwerbsbestatter hieß, einfach Zeichen drauf, die so wirken, als seien sie arabisch. Oder hebräisch. Oder halt aus dem Orient. Eine nette Geste, die schon so manche Historiker und Linguisten, die gerne durchs Salzkammergut reisen und die uralten, windschiefen Grabsteine und Kreuze bewundern, die ohne System und Ordnung auf der Böschung hinter der Kirche stehen, an der Übersetzung verzweifeln ließen.

Verzweifelt war Zita nach Poidls Tod auch, wie sie mir erzählt. Sie habe sich hier auf der Hütte zurückgezogen. Und gearbeitet. »Arbeit hilft bei so was!«, nickt sie bekräftigend.

»Ich geh lieber zum Psychiater.«

Sie hebt fragend ihre Augenbraue und schüttelt den Kopf.

»Aber du hast ihn dann schon verstanden, oder? Hat er dann Deutsch gelernt? Oder woher ist er gekommen – von wo aus Frankreich?«

»Er war ein Bergfuchs! Er ist aus den Pyrenäen gekommen, weißt eh, die Bergerl da unten. Drum hat er sich da recht gut einleben können bei uns. Bei mir. Aber woher genau, hab i vergessen. Irgendwas mit Luz oder so … Er war irgendwie genauso wie mir. Und irgendwie ganz anders. I weiß auch ned. Und g'scheit war er. Der hat so schnell verstanden, was du ihm g'sagt hast, so schnell hast du gar ned g'schaut! A so viel liab und gescheit war er! *Monnn Amuuaaahh*, hat er zu mir g'sagt, der Poidl«, erinnert sie sich. Soll wahrscheinlich Mon Amour heißen.

»Und *schee tämm*«. Aha. Je t'aime.

»Er hat dich geliebt.« Ach, mir wird ganz schwer. Da sitzt die alte Beißzange, und in ihr leuchtet wehmütig ein verschrumpeltes Herz. Wie ein Glühwürmchen. Ich lege meine Hand auf ihre. Ich kann nicht anders.

»Jojo. Passt scho«, knurrt sie, wieder ganz in Form, und zieht ihre Hand zurück.

Dann halt nicht.

In meiner rumpeligen Kemenate, kurz vorm Einschlafen, denke ich noch einmal über das nach, was sie mir erzählt hat. Und komme mir unglaublich mies vor, weil ich die Hütte verkaufen will. Verkaufen *muss* – ich tu's ja nicht gerne.

Na ja. Halb muss ich, halb will ich.

Und warum sagt zu mir keiner *Je t'aime*? Warum ist Hannes so komisch, so abweisend? Warum wird mein Herz schwer, wenn ich an ihn denke? Wenn er mich morgen nicht besucht, dann latsche ich eben zu ihm rauf. Irgendein Grund wird mir schon einfallen. Ich möchte wissen, woran ich bin. Und außerdem möchte ich auch einen Grabstein, auf dem *Unsere Heidi* steht. Und ein ganz trauriges Gedicht über mich, bei dem alle weinen müssen, weil sie so ergriffen sind. Ich möchte auch in den Himmel gewünscht werden, wenn ich unter der Erde bin.

18

Mann, was hab ich für einen Blödsinn geträumt! Dass ich im Regen stehe, und Fred wird vor meinen Augen aufgeweicht, sodass am Ende, als der Regen vorbei ist, nur mehr eine Pfütze von ihm bleibt. Und ich hab's schlicht zur Kenntnis genommen. Also, ein bisschen traurig war ich schon, dass er einfach im Boden versickert. Und dann stand Zita vor mir und rief: »Arbeit hilft! Arbeit hilft!«

»Heidiiii, kumm oba!«, höre ich Zita rufen, als ich mich aus meinem Bett schäle und mir mein Ringelshirt überziehe.

»Jahaa. Gleich!«, schreie ich zurück. Schnell die Haare zum Pferdeschwanz gebunden und in meine knielange Jeans geschlüpft. Was will die denn schon frühmorgens von mir?

Halb benommen, weil ich noch keinen Kaffee getrunken habe, stolpere ich die ächzende Treppe hinunter.

Und sehe Sonja und einen fremden Mann am Stubentisch sitzen.

»Griasdi«, zischt sie und haut dem Kerl mit dem Ellbogen in die Seite.

Zita lehnt mit verschränkten Armen gegenüber den beiden am steinernen Spültrog. Der Libella-Kühlschrank surrt. Es herrscht dicke Luft. Das ist eindeutig kein guter Morgen.

»Ja, du auch«, knurre ich schon mal vorbeugend. Die ist sicher nicht hier, um mir Freude zu bereiten.

»'s Gott«, murmelt der Mensch neben ihr und schiebt einen schmalen Pappordner hin und her, der vor ihm auf dem Tisch liegt. Fühlt sich, scheint's, ein wenig unwohl.

»Des ist der Herr Oberhauser. Er is a Notar«, klärt Sonja mich auf und lächelt feist.

»Oberhauser«, sagt Herr Oberhauser und knöpft sich den obersten Knopf seines grün-weiß karierten Hemdes auf.

»Und?«, will ich wissen und werfe Zita einen fragenden Blick zu. Hat sie die beiden eingeladen? Was wollen die von mir?

»Es gingert um die Alm da«, fängt Sonja an und bläst sich blasiert eine ihrer strohigen Strähnen aus dem Gesicht.

»Scho wieder«, kann sich Zita nicht verbeißen und verdreht die Augen. »Achtzig Jahr lang hab i mei Ruh' g'habt, und jetzt kommen's fast a jede Woch'n daher …«

Herr Oberhauser schlägt den Ordner auf und holt ein paar Zettel heraus, die er fein säuberlich nebeneinander auf die grob gehauene Tischplatte legt.

Kaum dass er seinen Mund öffnet, um zum Sprechen anzuheben, fällt ihm Sonja mit schneidender Stimme ins noch nicht gesprochene Wort: »Die Alm nämlich, die g'hört mir. Äh, uns. Gell, Herr Oberhauser? Herr *Notar* Oberhauser?!«

Der Amtsschimmel wiegt den Kopf hin und her. »Also, die Sache ist so …«

»… ist so, dass die Alm zum Hof g'hört, und den haben ja der Matthias und ich bekommen«, fährt sie fort. »Gell, Herr Oberhauser?«

Der nickt. »Ja, den Hof haben Sie und Ihr Gatte überschrieben bekommen. Von den Schwiegereltern, also den Eltern der Frau Herzog.«

Zita ist neugierig geworden. »Ah so? Die blede Krätzn is die Schwägerin?«, fragt sie mich und zeigt auf Sonja, als wäre die taub und hätte nicht gehört, was Zita da eben gesagt hat.

Ich muss grinsen. Ach, Zita, bin ich froh, dass du gerade da bist.

Sonja holt tief Luft, der Notariatsamtsschimmel klopft beschwichtigend auf den Tisch.

»Mogst an Kaffee?«, fragt Zita und hält mir einen Becher vor die Nase.

Sie tut so, als wäre ich ihre beste Freundin. Vielleicht bin ich noch gar nicht wach? Schnell werfe ich durch das matte Fensterglas neben dem Kühlschrank einen Blick nach draußen. Nein, es regnet nicht. Es ist kein Traum. Sondern ein Albtraum.

»I mag einen Kaffee«, raunzt Sonja.

»Kriagst aber keinen«, schnauzt Zita zurück.

Meine Schwägerin reißt die Augen auf. Ja, ja, willkommen auf der Sausteigalm. Fünf-Sterne-Service – aber nur für jene, die Zita hier willkommen heißt.

Dem Notar ist die offensichtlich feindselige Stimmung unangenehm. Nervös schiebt er seine Papiere hin und her.

»Red weiter«, fordert Sonja ihn wenig galant auf.

»Sie«, er zeigt auf mich, »sind nicht – wenn ich das, was ich an Unterlagen habe, heranziehe – nicht erbberechtigt, was diese Liegenschaft hier … ähm, die Sausteigalm betrifft.«

»Ach?«, bemerken Zita und ich gleichzeitig.

»Und wieso nicht?«, frage ich nach. »Meine Eltern haben mir die Alm überschrieben.«

»Jaaaa. Das schon. Aber zu Unrecht.« Der Grünkarierte holt aus seinem Rucksack einen weiteren Ordner und zitiert irgendwelche Regelungen aus dem Jahr 1821, wonach Forste sowie wirtschaftlich genutzte und ungenutzte Grünflächen und Liegenschaften, die zum Almverband Hinter- und Vorder-Russbach gehören, nur gemeinsam mit dem eingeschriebenen Erbhof vererbt werden können.

»Warum das?«

»Damit es nicht sein kann, dass irgendwelche Zugezogene den Bauern das Land streitig machen können«, belehrt mich Sonja.

»Ich bin aber nicht irgendeine Zugezogene!«

Sonja lacht böse auf.

Zita feuert einen abgrundtief ablehnenden Blick auf sie ab. Der gemeinsame Feind eint uns! Wenigstens der.

Notar Oberhauser zitiert noch aus irgendwelchen historischen Gesetzestexten, aus denen hervorgeht, dass meine Sausteigalm zu meinem Elternhaus gehört und damit in das Erbe von meinem Bruder und seiner doofen Frau fällt.

Mir wird schlecht. Das gibt's doch nicht.

Zita scheint auch nicht sehr erfreut zu sein. Ganz bleich ist sie geworden und hält sich am Spültrog fest.

Anders Sonja.

Siegessicher grinst sie mich an. »I schlag vor, du schleichst di von da heroben. Du und dein Bankert.«

»Außi«, knurrt Zita und zeigt auf die Tür. »Wenn sich wer schleicht, dann du! Und dein Aktenfresser kannst glei mitnehmen. Des schau i mir an!«

»Ja, ja. Schön ruhig bleiben«, zischt Sonja, erhebt sich aber doch relativ schnell von der Eckbank und weist ihren Amtsschimmel mit einem Kopfnicken an, es ihr gleichzutun.

Ich kann gar nichts sagen. Ich stehe unter Schock.

Der grün-weiß Karierte wirft uns noch einen entschuldigenden Blick zu, ehe er ins Freie wieselt. Sonja marschiert hoch erhobenen Hauptes und fies grinsend hinaus.

»Soll's der Teifi holen!«, wünscht ihr Zita noch was Schlechtes hinterher. Na, mit Sonja trifft es wenigstens die Richtige.

Es vergehen sicher zehn Minuten, in denen ich Kaffee schlürfend beim Ofen stehe und vor mich hinglotze. War das jetzt alles wahr?

Zita rührt seelenruhig einen Teig an. Ich stelle die Tasse auf dem Trog ab und werfe einen Blick durchs Fenster hinaus. Niemand mehr zu sehen.

»Hast du das jetzt mitgekriegt? War das wirklich?«, frage ich Zita.

»Ja.«

Mein Blick fällt auf das Schreiben, das der Notar liegen gelassen hat. Ich überfliege die erste Seite.

Nachträgliche Übertragung der Liegenschaft Nr. 23437/398230, vulgo »Sausteigalm«, an die erbberechtigten Matthias und Sonja Herzog, Niederleiten 15, 5632 Hinter-Russbach.

Meine Hände zittern.

»Die hat mir mein Zuhause genommen, und jetzt nimmt sie mir auch noch das«, murmle ich und lasse mich auf die Eckbank sinken.

Zita wischt sich die Hände am Geschirrtuch ab und setzt sich mit einem Humpen Kaffee zu mir.

»Red!«, fordert sie mich auf. »Was is da los? Ha?«

Ich rede – wie befohlen. Erzähle Zita von der Erbangelegenheit: von Paula und den dreißigtausend Euro, von Matthias und Sonja und dem Hof, von mir und der Alm. Wer was warum bekommen hat – und in meinem Falle: Wer warum was nicht. Ich breite ein paar Ausschnitte meines Lebens wie die Landkarte einer eher unschönen Landschaft vor ihr aus.

Vom geplanten Verkauf erzähle ich natürlich nichts. Nur, dass ich eben die Alm geerbt habe.

Zita hört mir zu. Dann und wann sagt sie *Aha* und *Ah so* und *Kreiz Teifi*, aber ansonsten lässt sie ihr Kriegsbeil im Schaft ruhen. Wahrscheinlich liege ich so was von am Boden, dass es ihr gar keine Freude macht, noch draufzuhauen.

Ich brauche jetzt frische Luft. »Bin draußen«, murmle ich und stoße die Hüttentüre auf, die ein jämmerliches Quietschen von sich gibt.

Wie im Automodus öffne ich Floris Stalltür, um die Kleine rauszulassen. Sie blinzelt mich mit ihren dicht bewimperten Augen und den eckigen Pupillen an. *Määäh*, quäkt sie und reibt ihren Kopf an meinen Knien.

»Selber Mäh!«

Das Gitter von Dobermann und Daisy nehme ich, wie an den vorhergegangenen gefühlten neunundneunzig mehr oder weniger guten Morgen, von ihrer Ranch; und Flori steckt, ebenso wie an den vorhergegangenen gefühlten neunundneunzig Morgen, ihre Nase zu den Meerschweinchen, um sie wachzumeckern.

Antriebslos latsche ich hinter die Hütte, um die Sense vom Haken zu nehmen und den Tieren ihr Futter für heute zu mähen. Mein Blick fällt auf den abrasierten Teil der Böschung, wo ich schon gewütet habe. Dort, wo ich anfangs zu mähen begonnen habe, ist schon wieder frisches, kurzes Gras nachgewachsen. So wird das wohl auch in Bezug auf meine Sausteigalm sein: Ich werde keine Spuren hinterlassen. Hinter mir wird Gras über die Sache wachsen … und alles ist gut.

Gut? Nein! Oh, nein! So einfach kommt mir diese – wie

hat Zita gesagt? – *blöde Krätzn* nicht davon. Die reißt sich tatsächlich alles unter den Nagel. Und beschimpft mein Kind! Wie die den abserviert hat, als er seine Großeltern sehen wollte …

Zorn steigt in mir hoch. Ich lasse die Sense mit aller Wucht durchs Gras rasen. Dieses boshafte Weib! *Ratsch.* Und noch einmal: *Ratsch.* Für jede Gemeinheit, die sie mir bisher an den Kopf geknallt hat, hole ich aus und jage die Klinge durch die Wiese.

»Bist wahnsinnig worn????«, schreit Zita, die hinter mir an der Hüttenecke steht, und wedelt sich mit der Hand vor dem Kopf. »Mir ham koan Kuhstall, sondern nur drei Viecher. Und die sind klein! Du mähst ja die ganze Böschung ab! Des wird ja alles hin!«

Oha. Ich habe tatsächlich einen zehn Meter langen Streifen niedergemäht. Schweiß rinnt mir von der Stirn den Hals hinunter. Hab ich gar nicht bemerkt, dass ich so schwitze.

»Du hast doch gesagt, dass Arbeit hilft, oder?«, schreie ich zurück und lehne mich erschöpft an den Sensenstiel an.

»Geh lieber zu dei'm Psychodings«, brüllt Zita und bedeutet mir, zu ihr zu kommen.

Mit hängendem Kopf, einer Armbeuge voll Gras und der Sense tappe ich mich den steilen Abhang zur Hütte entlang. »Da«, ich reiche Zita das Mähwerkzeug, das sie wortlos auf den Haken hängt.

Dann marschiere ich den kleinen Schleichweg die Wand entlang zu den Tierchen. Ich werfe den Meerschweinchen ihren Grasanteil in die Ranch und Flori ihren großen Anteil vor den Stall. Zita holt aus einer ihrer Schürzen noch ein paar geschnittene Äpfel und streut sie für Dobermann und Daisy aus.

»Putzen! Ich putze jetzt die Hütte«, teile ich der verwunderten Zita mit.

Die nimmt mich daraufhin am Arm und schiebt mich zur Bank. Mein Blick fällt auf unsere krakelige Speisekarte. Alles bio! Alles selbst gemacht! Wie schön. Alles für die Wüste!

»Hinsetzen! Zuhören!«, kommandiert Zita und rückt zu mir auf. »Die Blede da …«

»Sonja.«

»Genau. Die Blede. Die tut dir ned gut«, stellt Zita fest.

»Sag mal, gibt's eigentlich irgendwen, der mir guttut?«

»Ah jo. I wissert scho wen. Aber um den geht's jetzt ned.«

»Den?«

Zita legt sich den Zeigefinger beschwörend auf den Mund. »Die Blede kriegt mei Alm ned!«, stellt sie fest und schaut drein wie eine mächtige Gewitterwolke. »Die kriagt mei Alm noch weniger wie du.«

Ach, wie tröstlich. »Aber so, wie es aussieht, ist sie drauf und dran, sich die Alm unter den Nagel zu reißen. Ich bin so sauer. Ich bin so wütend auf meine Eltern! Weißt du was? Ich fahr heut' runter und stell denen einen Baum auf! Ich hau endlich auf den Putz. *So nicht!«*, rufe ich zornig. Ist es nicht der Gipfel der Unwürdigkeit, um das kleine arschige Bisschen, das ich geerbt habe, auch noch streiten zu müssen?

»Mead, mead, mead«, murmelt Zita und knetet ihre knöchrigen Finger.

»Was?«

»Hat der Poidl immer g'sagt, wenn's richtig hundig worden is: Mead. Schei… Woaßt eh.«

Ah, *merde*! Ja, das klingt im Französischen, wenn man's nicht unbedingt so ausspricht wie die Zita, viel eleganter als unser deftiges *Scheiße*.

Wir denken beide nach, ob es klug ist, mit meinen Eltern zu reden, und kommen zum Ergebnis, dass ich Benni anrufe, ob der mich ins Dorf und zu meinen Eltern runterbringen kann. Doch Benni geht nicht ran.

»Na gut, dann latsche ich halt runter und versuche später von dort Benni anzurufen, damit ich nicht wieder hier raufgehen muss.«

Zita nickt und knetet ihre oberste Schürze.

»Oder Hannes«, füge ich leise hinzu, »vielleicht kann der mich holen?«

Zita schiebt ihre linke Augenbraue zögerlich nach oben.

Soso. Hab ich mir das also doch nicht eingeredet, dass er nicht gut auf mich zu sprechen ist. Auch schon egal. Rund um mich bricht alles zusammen, und der Boden unter mir gleich mit weg. Verlustmaximierung heißt das wohl.

Ich schnappe mir meine Tasche, stecke mir noch eine Flasche Wasser ein und halte Zita das Handy vor die Nase: »Wenn Benni kommt, sag ihm bitte, dass ich bei Oma und Opa bin. Aber sag ihm nicht, was passiert ist, okay? Ich muss ihm das selber irgendwie beibringen. Und wenn Gäste kommen …«

Zita wendet sich murmelnd ab und verzieht sich in die Hütte.

»Also, wenn Gäste kommen«, plärre ich ihr nach, »dann gib bitte Wasser in den Most. Sonst gibt's Verletzte hier heroben! Ich brauch nicht auch noch eine Klage am Hals, weil sich jemand die Speiseröhre verätzt hat.«

Über Stock und Stein latsche ich den Weg entlang, den ich vor ungefähr einem Monat hierher gegangen bin. Himmel, was ist in dieser Zeit alles passiert?! Alles, aber auch wirklich alles ist anders gekommen, als ich gedacht habe. Und jetzt, wo ein Ende meiner alpinen Odyssee in greifbarer Nähe ist, tut's einen Knall, und Sonja macht mir einen dicken Strich durch die Rechnung. Als hätte das Theater mit Zita nicht gereicht!

Ich wiederhole: Ich fahre hierher, weil es laut Renate eine gute Idee ist, um innerhalb von maximal zwei Tagen die Verhältnisse zu klären und am dritten Tag die Alm an den nächstbesten Höchstbietenden zu verscherbeln. Ende gut, alles gut. Aber hier ist weder alles, geschweige denn das Ende gut. Der Unfall, das Krankenhaus, die irre Zita, die Einöde … Fred, genau! Der ist auch gekommen. Und sofort wieder abgereist. Je länger ich drüber nachdenke, desto sicherer bin ich mir: Ich bin ihm einfach zu dick.

Benni, mein kleiner Benni. Der ist hier oben schlagartig groß geworden. Und glücklich. Ich will gar nicht dran denken, wie es ihm das Herz zerreißen wird, wenn Sonja die Alm bekommt.

Andererseits: Wenn ich die Alm verscherble, hat Benni auch nichts davon. Naja, einen Urlaub. *Das ist nicht Nichts, junger Mann! In deinem Alter habe ich nicht mal davon zu träumen gewagt, irgendwo in den Süden zu fliegen …*, ertappe ich mich, ihm im Geiste eine Rede zu halten – wissend, wie stinkig er sein wird.

Ich biege von der Schotterpiste zum Treppelweg ab, der zum Parkplatz runterführt. Und komme nach einer halben Stunde an dem Baum vorbei, wo ich Hannes … äh, getroffen habe. Um Luft zu schnappen und einen Schluck Wasser zu trinken, lehne ich mich dagegen und lasse die Szene Revue passieren. Hey, so schlecht war meine Ausrede gar nicht, als ich da oben saß! Ich hätte noch was viel Blöderes sagen können. Zum Beispiel … fällt mir grad nichts ein. Und, haha, wie Hannes ausgesehen hat! Fürchterlich! Eigentlich hätte ich mehr Angst vor ihm als vor seinem Pferd haben sollen.

Ein Blick auf die Uhranzeige beim Handy sagt mir, dass ich weitergehen soll. Dann schaffe ich es, pünktlich zu Mittag bei meinen Eltern zu sein. Nicht, dass ich mitessen möchte, aber wenn auf dieser Welt was fix ist, dann, dass um 12 Uhr alle bei Tisch sitzen und essen. Und! Zwar! Pünktlich!

Den Weg bergab zum Parkplatz rutsche ich fast auf den Schottersteinen hinab. Die Kiesel unter meinen Turnschuhen rollen ideal im Schritttempo, sodass es sich anfühlt, als wäre ich eine Planierraupe. Ich sehe wahrscheinlich von hinten auch ein bisschen so aus. Aber schnell bin ich! Fast in der halben Zeit, die ich damals für den Aufstieg gebraucht habe, bin ich beim Parkplatz angelangt.

Doch wo ist mein Auto? Das stand doch hier in den Büschen … zwischen den Brennnesselstauden. Oder doch auf der anderen Seite? Tatsächlich. Ich habe die Seiten verwechselt. Doch der Kübel ist derart zugewachsen, dass es unmöglich ist, sich ohne Zitas Brotmachete zur Fahrertür durchzuschlagen, ohne einen fetten Nesselausschlag am ganzen Körper zu bekommen.

Egal, die zwei Kilometer ins Dorf schaff ich auch noch. Also weiter. Ich brauche sowieso noch Zeit zum Nachdenken.

Ich komme mir vor wie in einem B-Movie-Western, als ich unter der gleißenden Mittagsssonne den Güterweg auf mein Elternhaus zugehe. Ich, die Rächerin der Enterbten, also im eigenen Auftrag … und vor mir der wuchtige Erbhof mit den dicken roten Geranien in den Blumenkästen und der imposanten Streuobstwiese, die ich durchqueren muss.

Was soll ich sagen, wenn Sonja aufmacht? Ich lege mir zur Sicherheit ein paar handfeste Schimpfwörter zurecht. Und sollten Sie jetzt anmerken, dass man mit Aggression keine Probleme lösen kann: *Bei uns schon!*

Mit grimmigem Blick pflücke ich im Vorbeigehen eine Kirsche von unserem, pardon, deren Kirschbaum und steck mir das pralle rote Ding in den Mund.

»MMMHH! Ooohhh! Sooo guuuut«, schmelze ich vor Entzücken dahin und versuche dabei trotzdem noch ziemlich grimmig dreinzuschauen. Ich bin schließlich nicht in friedlicher Mission hier. Lieber keine Kirschen mehr essen. Später dann, wenn ich wieder von dannen ziehe. Siegreich, ruhmreich … und wahrscheinlich verstoßen. Aber für eine Handvoll Kirschen wird's noch reichen.

Klopfen? Pfah, so weit kommt's noch, dass ich an mein – ich betone: *mein* – Elternhaus klopfe! *Wer bin ich,* frage ich Sie?

Ich klingle lieber.

Einmal, und noch einmal.

Dann öffnet sich die rostrote bemalte, schwere Holztüre mit dem üppigen Eisenbeschlag, und meine Mutter streckt auf Nasenhöhe ihren Kopf heraus.

»Heidi?«

»Oh, wie schön! Wenigstens meinen Namen kennst du noch!«, komme ich gleich zur Sache und schiebe mich an ihr vorbei ins breite Vorhaus, das nach hinten zur Tenne und zum Stall hinausläuft.

Meine Mutter schaut fragend und schließt bedächtig die Türe.

»Magst zum Essen kommen?«

»Nein, danke! Ich bin schon ang'fressen genug«, strapaziere ich die bei uns heimische Wortwendung, dass man, wenn man extrem sauer ist, sprichwörtlich angefressen ist.

»Ah so?! Hast einen Wickel beinander?«, fragt sie scheinbar ahnungslos und bedeutet mir, in die Stube zu kommen. Ha! Als würde ich darauf reinfallen!

Dort sitzen mein Vater, Matthias und die blöde Sonja und löffeln Suppe.

»Mahlzeit miteinander«, grüße ich knapp, ohne irgendjemandem die Hand zu geben, und lehne mich just an die gegenüberliegende Wand, genau dort, wo in der Ecke unser martialisch leidender Jesus hängt. *Achtet die Zeichen!*, mahne ich die Anwesenden im Geiste und schiebe bedeutungsschwer die Unterlippe vor. Ich weiß selbst nicht, ob das jetzt eine spezielle Droh- oder wenigstens Leidensgebärde ist, aber ich ziehe schon mal die Blicke auf mich.

Alle drei hören auf zu essen und glotzen mich an.

»Griasdi«, zischt Sonja.

Ich möchte gerne mit einem der Jagdszenenteller, die an der anderen Wand hängen, auf ihre Dauerwellen zielen. Da fällt mir auf: Sie sieht mit ihrer Frisur genauso aus wie Richard Branson, wenn er laut kreischend aus einem seiner Hubschrauber springt.

»Servus«, murmelt mein Bruder und wirft meinem Vater einen unsicheren Blick zu.

Der sagt daraufhin: »Schön, dass du dich auch wieder mal blicken lässt.«

»Ob das schön ist, werden wir noch sehen. Blicken lass ich mich deswegen, weil es was zu besprechen gibt.« Ich zeige auf Sonja und Matthias. »Und die beiden gehen raus!«

»Mir essen. Dann kannst reden!«, knurrt Matthias.

Sonja schlägt zustimmend die Augenlider auf und lächelt.

»Magst auch mitessen?«, will meine Mama wieder wissen, die mit einem Teller und Besteck in der Hand neben mir steht.

Ich schüttle den Kopf. »Gut, dann rede ich, und ihr hört's zu.«

Mein Vater nickt, meine Mutter schiebt ihr Besteck auf die Seite und blickt mich auffordernd an. Nur mein Bruder und seine Holde schaufeln unbeeindruckt weiter das Essen in sich hinein.

Ich erzähle, dass Benni hier war und seine Großeltern besuchen wollte.

Pause.

Meine Eltern sind überrascht.

Ich erzähle des Weiteren davon, wie er von Sonja abgekanzelt wurde.

»Aber …«, protestiert sie, doch mein Vater braucht nur einmal seine Hand zu heben, um ihr klarzumachen, dass sie die Klappe halten soll.

»Über des reden wir später«, zeigt er auf sie, und sein Blick verdüstert sich.

Ich erzähle von der Alm, von Zita …

»Wer is jetzt die Zita noch einmal?«, unterbricht mich Mutter.

»Von der Jodelbauer-Rosi-Alttant die Schwester, des Sauberger-Hannerl, die mit dem Sauberger Karl annodazumal verheirat' war, und von denen die Tochter«, leiert mein Vater.

»Ah, da schau her.«

Genervt nehme ich meine flammende Rede wieder auf. Die haben einfach kein Gefühl für Dramaturgie. »Also. Dann haben wir die Hütte repariert und halbwegs schön gemacht …« Ich berichte davon, was wir uns da oben aufgebaut haben, dass ich jeden Tag das Gras mähe, die Tiere versorge, dass wir Brot und Kuchen backen und unsere Gäste sehr zufrieden sind mit uns. Ich erzähle von Benni, wie es ihm dort oben gefällt, wie gut er sich mit Lilo versteht, dass er mit der Geländemaschine die Lebensmittel bringt und mithilft. Kein Detail, das ich auslasse – und zugegeben: Alle Details werden krass verschönert. Auch die gelogene innige Zuneigung, die Zita und mich verbindet. Denn die Familie muss ja zusammenhalten. Blut ist dicker als Wasser, nicht wahr?

Alles und noch ein bisschen mehr bringe ich also aufs Tapet, bis hin zu dem Augenblick, als Sonja mit ihrem Notar aufgetaucht ist. Heute Morgen.

Pause. Meine Eltern schauen erst mich fragend an, dann sie und anschließend Matthias.

Der bohrt seinen Blick in den Suppenteller.

Aha. Die haben das Ding hinter dem Rücken meiner Eltern gedreht.

Der perfekte Moment, um noch ein Schäuflein nachzulegen: Es sei ohnehin schon eine zum Himmel schreiende Ungerechtigkeit, dass ich nur die Alm bekommen habe, inklusive der Verantwortung für die alte Zita, und nun würden sie mir diese auch noch wegnehmen wollen? Ob das denn gerecht sei? Mein Blick fällt auf das Kreuz im Herrgottswinkel. Ob das den *christlich* sei? Sohn Gottes, lass einen Blitz auf den Esstisch niederfahren.

Apropos Sohn: »Was wollt's denn noch alles haben? Mein Kind auch noch???«, schließe ich meine Rede mit Tränen in den Augen. Ach, ich tu mir grade so leid.

»Sicher ned«, zischt Sonja und streicht sich überheblich durch ihren Mopp am Kopf.

»Still!«, mahnt mein Vater sie und verschränkt nachdenklich die Arme vor der Brust. Dann schaut er meinen Bruder eindringlich an. »Hast du davon g'wusst?«

»Wovon?«

Mein Vater deutet mit einem Kopfnicken zu Sonja.

»Naja«, murmelt mein Bruder und rutscht unsicher an seinem Platz hin und her.

»Gesetz ist halt Gesetz«, bringt sich Sonja ein. »Und wenn die Erbregelung so ist, wenn das so Tradition ist, dann isses halt so.«

Ich schaue meine Eltern hilfesuchend an.

Sonja steht aprupt auf und kramt aus dem Sekretär die Mappe, die ihr Notar bei seinem Besuch auf der Alm in seiner Aktentasche hatte.

»Da steht's! Schwarz auf weiß. Schau, Vatter.«

Vatter! Ich kotz' gleich.

Mein Vater nimmt wortlos die Mappe, greift hinter sich zur Fensterbank nach seiner Lesebrille und liest sich im Schneckentempo den Sermon durch, der sich über vier Seiten erstreckt.

»Magst dich nicht setzen?«, will meine Mutter wissen. »Und was essen?«

»Nein, danke.«

»Des kann aber dauern«, zeigt sie auf Vater.

Ich schüttle erneut den Kopf.

»I geh jetzt. Hauptspeis' ess ich nachher«, murmelt mein Bruder, erhebt sich schwerfällig und trottet mit einem Kopfnicken an mir vorbei hinaus.

Auch Sonja erhebt sich.

»Du bleibst da«, sagt mein Vater mit einer Stimme wie zur Grundsteinlegung und weist sie an, sich wieder zu setzen.

Nach einer gefühlten halben Ewigkeit, einigen *Soso*s und

*Da-schau-her*s blickt er auf und sieht abwechselnd mich und Sonja an.

»Und?«, will ich wissen.

»Naja. Des steht so da, wie's die Sonja sagt.«

»Wie?«

»Mei, Vater, bist dir sicher?«, nähert sich meine Mutter der Mappe und steckt ihre Nase rein. »Des is aber nicht so, wie wir wollten.«

»Aber da steht's so geschrieben.«

»Geschrieben, geschrieben … Und das ist alles, was du dazu zu sagen hast? Da steht es so geschrieben?« Ich muss aufpassen, dass meine Stimme nicht überschnappt.

Sonja lächelt fies und legt ihre Hände in den Schoß.

»Wenn's da so geschrieben steht! Und wenn's die Tradition so will … Was soll ich da machen? Müssen wir halt was anderes finden. Kriegst halt was anderes dafür«, versucht mein Vater sich herauszuwinden.

»Was denn? Den alten Traktor, der hinten in der Scheune steht?«

Meine Mutter schürzt die Lippen und macht eine abwehrende Bewegung. »Ach, Heidi …«

»Ja, also? Was …«

»Mir fällt jetzt auf die Schnelle auch nix ein. Da müssen wir in Ruhe drüber nachdenken«, schindet mein Vater Zeit.

Ich glaube, ich explodiere gleich!

»Ich will aber die Alm! Das schau ich mir an, ob ihr die mir einfach nehmen könnt. Einfach so!«, rufe ich. »Das akzeptiere ich sicher nicht!« Ich wende mich zur Tür. Mein Blick fällt auf das schillernde Kippbild von Papst Benedikt XVI. »Der ist übrigens schon längst nicht mehr Papst! Aber vielleicht hängt er ja aus Tradition hier.«

Drei Köpfe wenden sich dem Bild zu.

»Mei, Vatter. Stimmt«, murmelt meine Mutter und knetet sich verlegen die Hände in ihrer gestreiften Schürze.

Ich warte noch einen kurzen Moment, ob nicht doch irgendwer sagt: »Haha, Scheeeerz!« oder wenigstens »Warte, Heidi. Lass uns reden! Das kann's echt nicht sein …«

Aber nix. Sie sitzen da wie drei Holzpflöcke und schauen mich ausdruckslos an.

War's das jetzt? Anscheinend ja.

Ich drehe mich am Absatz um, gehe und knalle die Stuben- und dann die Haustüre hinter mir zu.

Auf dem Rückweg durch den Obstgarten habe ich nicht einmal mehr Lust, mir eine Handvoll Kirschen mitzunehmen. Sie passen nicht zum salzigen Geschmack meiner Tränen, die dick und leise über meine Wangen in den Mundwinkeln zusammenlaufen. Tradition! Ich fass es nicht! Was sind denn das für Eltern? Nicht mal einen Versuch haben sie gemacht, sich irgendwas zu überlegen. Nichts! Gar nichts!

Mit hängenden Schultern, schniefend und schluchzend trotte ich den Güterweg zurück zur Bundesstraße, die ich zwei Kilometer entlanglatsche, um zum Parkplatz zu kommen, wo mein Auto steht und von wo aus ich zur Sausteigalm raufkomme. Es ist ein zwei Kilometer langer Trauermarsch, auf dem mir bis auf ein paar Auto- und Motorradfahrer, die keinen Blick für mein Elend haben, niemand begegnet.

Ich fühle mich leer, wie eine ausgetrunkene Cola-Dose. Die Enttäuschung über das Verhalten meiner Eltern sitzt mir so tief in den Knochen, dass ich es nicht einmal schaffe, ausgiebig in Selbstmitleid zu baden. Also, so richtig: Keine Sau hat mich lieb. Das Leben ist schlecht – vor allem zu mir. Ich bin zu dick, und hässlich bin ich auch.

Beim Parkplatz angekommen, lasse ich mich matt und müde auf die Holzbank fallen, auf der Hannes und ich gesessen haben, als wir Benni abgeholt haben. Durchatmen. Tränen abwischen. Durchatmen. Alles Elend und alle Traurigkeit kommen aus mir heraus, und ich schluchze, dass es wahrscheinlich bis zum Gipfelkreuz zu hören ist.

Warum tut das so weh? Und warum klingt das so unwürdig? Wie eine Tröte, auf die jemand draufsteigt und aus ihr ein letztes jämmerliches Quaken herauspresst. Gott sei Dank sind keine Wanderer unterwegs, die mich jetzt so sehen können.

Da läutet mein Handy. Benni ist dran.

»Mama? Wo bist du?«

Ich schlucke meine Tränen herunter und hole tief Luft: »Am Parkplatz. Kannst du mich holen?«, miaue ich kläglich ins Telefon, bemüht, halbwegs heiter zu klingen und meine Stimme nicht brechen zu lassen.

»Mama? Is was?«

»Naaain.« Schneuz.

»Mama, was machst du beim Parkplatz?«

»Ich war bei Oma und Opa.«

»Hä? Warum?«

»Erzähle ich dir später. Kannst du mich holen?«

Benni zögert. »Ähm, das ist jetzt blöd … weil …«

Na, super! Der Nächste, der mich im Stich lässt. Mein eigenes Kind. Schon spüre ich die nächste Flut Tränen in mir hochsteigen.

»Der hintere Reifen ist kaputt. Hannes richtet ihn dann her. Das wird aber noch dauern. Aber vielleicht kann er dich holen, wart mal …«

Noch ehe ich widersprechen kann, höre ich, wie er mit

Hannes spricht. Lausche angestrengt in den Hörer, was Hannes zu Bennis Bitte, mich zu holen, sagt. Höre aber nur sonores Murmeln. Wahrscheinlich sagt er: Mir doch egal. Soll sie doch selber den Berg rauflatschen. Genau, das wird er sagen. Und beleidigt dreinschauen. Ich werde mir wahrscheinlich den Weg hinauf den Knöchel verstauchen, weil Murphys Gesetz und so. Wenn's dick kommt, dann aber volle Kanne. Und dann, wenn ich unter Schmerzen am Wegesrand liege und nicht mehr weiterkann, wird Benni kommen und mich holen. Falls er mich noch erkennt. Denn wenn es weiterhin so heiß ist, werde ich austrocknen und wie Ötzi, die Bergmumie, aussehen. Benni wird fürchterlich weinen und wimmern: »Mamaaa? Mamaaaa!« Und Hannes wird daneben stehen. Schuldig bis in die Knochen. Nur weil er zu beleidigt war wegen Was-weiß-ich, um mich zu holen.

Wenn ich ihn das nächste Mal sehe, werde ich ihm meine Meinung sagen. Wie ignorant er ist. Und welche Folgen das hat.

»Er kommt in einer Viertelstunde runter. Du, Mama, kann ich heute wieder bei Lilo und Hannes schlafen?«

Äh, aha. Na dann …

Eigentlich wäre es mir lieber, wenn ich Benni heute Abend fest drücken und mich mit ihm gegen die Schlechtigkeit der Welt solidarisieren könnte. Aber es ist wohl besser, wenn ich erst Zita anheule und Benni mit meinen Gefühlen verschone.

»Okay. Aber morgen früh kommst du dann. Ja?«

»Ja.«

»Ich hab dich übrigens lieb, Hase. Und ich sehe nicht aus wie der Ötzi. Weine nicht um mich.«

»Mama?«

»Jaja. Schon gut … *Hase*. Bis später. Oder morgen. Hab dich lieb. Sehr, sehr lieb.« Ach, ich muss schon wieder weinen.

Ich lege auf, ziehe meine Wasserflasche aus der Tasche, trinke die letzten zwei lauwarmen Schlucke und schnäuze mir die Nase. Na super! Hannes wird der Schlag treffen, wenn er mich so sieht, wie ich auszusehen glaube: mit verquollenen und rotverheulten Augen – hässlich wie die Nacht. So sehen Versager aus. Da tröstet es mich nicht einmal, dass ich noch nicht verdörrt bin.

Ach, warum läuft nichts so, wie ich das will? Mein Leben ist eine Katastrophe: Ich bin höchstwahrscheinlich meinen Job in München los, weil ich hier für nichts und wieder nichts herumgetrödelt habe, und die Alm kann ich auch nicht verkaufen. Nicht einmal zur Rächerin der Enterbten habe ich es geschafft. Hannes mag mich nicht mehr, und Fred findet mich auch zu dick. Deprimiert schiebe ich mit dem rechten Fuß die grauen Schottersteinchen hin und her. Monoton, sinnlos. Am besten, ich rufe, bis Hannes kommt, Lydia an und erzähle ihr, was passiert ist.

»Diese Schnepfe! Das lässt du dir nicht gefallen! Ganz sicher nicht! Meine Eltern haben einen super Rechtsanwalt an der Hand. Den hetzen wir ihr auf den Hals«, tobt sie ins Telefon. »Und deine Eltern haben nichts gesagt? Ich fass' es nicht!«

»Nö. Kein Wort. Wie immer halt. Die Tradition, blabla …«

»So schnell wirfst du die Flinte nicht ins Korn. Jetzt bist du da wochenlang oben gesessen und hast diese Geierwally ertragen, und dann sollst du einfach verschwinden?«

»Sieht so aus.«

»Soll ich unseren Anwalt anrufen?«

»Lass mal lieber. Bis ich dem erzählt habe, was passiert ist, hat mir der schon sechshundert Euro verrechnet, auf denen ich möglicherweise auch sitzen bleibe, wenn's so weitergeht wie bisher.«

Lydia stöhnt. »Ach, mir tut das so leid. Was sagt Hannes dazu?«

»Der weiß noch nichts. Außerdem redet er ja neuerdings nicht mehr mit mir. Alles Mist, Mist, Mist.«

»Weißt du was? Du kommst erst mal heim, und dann überlegen wir gemeinsam«, schlägt sie vor.

Heim. Da sitz ich hier in Hinter-Russbach, da, wo eigentlich mein Daheim sein sollte, und fühle mich fremd und ungemocht, ausgenommen und verarscht.

Wobei: So ganz stimmt es nicht. Zita war heute Morgen richtig nett zu mir. Ausgerechnet Zita. Ein Treppenwitz der Geschichte.

Ich sehe Hannes' Range Rover die Schotterpiste runterbrettern.

»Lydia, Hannes kommt mich holen. Wir reden später, ja?«

»Kopf hoch, Schätzchen. *Everything is okay in the end. And if it's not okay, it's not the end.*«

Wenn die Gute damit nur Recht hat.

19

Hannes bremst seinen Wagen, die Steine spritzen wie immer nach allen Seiten. Ich packe meine Tasche und steige ein.

»Danke fürs Holen«, murmle ich und versuche mein Gesicht von ihm abzuwenden. Wäre ich jetzt froh, wenn es spät in der dunklen Nacht wäre. Da werden sogar Eulen wie ich zu Nachtigallen.

»Is was passiert?« Er dreht den Motor ab und schaut mich ernst an. Keine Umarmung, keine Berührung, kein Lächeln.

Okay, ich bin fraglos eine Eule. Ich schüttle den Kopf, obwohl mir danach ist, ihm alles zu erzählen. Er sieht einfach aus wie der menschgewordene Fels in der Brandung. Ich möchte mich gerne daran klammern, um nicht von den tosenden Wellen in den Abgrund gerissen zu weden. Dann müsste ich ihm aber auch sagen, dass ich die Alm verkaufen wollte.

Ich wähle lieber einen Mittelweg. Die halbe Wahrheit. »Die Sausteigalm gehört ab jetzt meiner Schwägerin. Also, meinem Bruder und meiner Schwägerin.«

»Die eine da, die wir in Gosau im Markt getroffen haben?«

Ich nicke.

»Na, servus. Und wie kommt das?«

»Wie viel Zeit hast du?«

Hannes schaut auf seine Uhr.

Mein Blick fällt auf seinen braunen Unterarm. Ach, wie gerne würde ich jetzt von ihm umarmt werden. Oder mich an seinen Hals werfen. Und getröstet werden. Er scheint aber kein Interesse an dergleichen zu haben.

»Bis wir oben bei der Zita sind«, antwortet er knapp und schaut aus dem Seitenfenster.

»Bist du böse auf mich?«, will ich wissen und rutsche auf dem Beifahrersitz nervös hin und her.

Hannes überlegt. Lange. »Nein«, sagt er dann, »bös' bin ich nicht.«

»Warum bist du dann so abweisend?«

»Bin ich das?«

Ich nicke. »Ja, das bist du.«

Er blickt konzentriert auf das Lenkrad. »Ich lass mich nicht gern zum Idioten machen.«

»Hä? Was meinst du? Ich hab dich doch nicht zum Idioten gemacht.«

Er presst die Lippen zusammen und wirft mir einen kurzen Blick zu. »Wennst meinst.«

Was, bitte, hab ich jetzt schon wieder verbrochen? Das gibt's doch nicht! »Hab ich irgendwas nicht mitgekriegt?«

»Kann sein. Dafür hab ich einiges mitgekriegt.«

Er fährt sich durch die dunklen kurzen Haare und streicht sich über den Dreitagesbart. Hoffentlich lässt er sich nicht wieder so zuwachsen wie früher. Er sieht grad so wahnsinnig gut aus.

»Ich checks nicht. Ehrlich. Was habe ich denn getan?«

»Ich hab euch gesehen«, flüstert er und zieht die Stirn in Falten.

Während ich überlege, wen er wo gesehen hat, dreht er den Zündschlüssel um, startet den Wagen und fährt los.

»Wen hast du gesehen? Bitte klär mich doch auf!«

Hannes schweigt und fixiert die Schotterpiste, die wir steil bergauf nehmen. Dann, nach zwei Kurven und einer gefühlten halben Stunde, sagt er mit gepresster Stimme: »Dich und den Kerl.«

Äh, welchen Kerl? Dann durchfährt es mich: Der meint Fred!

»Fred?«

»Was weiß ich, wie der Schnösel heißt.«

Oha. Lydia hatte mal wieder Recht.

»Du, der Fred ist nur ein …«

»Jaja. Passt schon. Brauchst mich nicht für total blöd halten.«

»Das tue ich doch nicht«, rufe ich verzweifelt und fasse mit beiden Händen auf seinen Arm. *Bitte, bleib bei mir, geh nicht fort! Wegen dir hab ich ihn doch in die Wüste geschickt! Ich hab mich doch für dich entschieden! Ich habe mir versprochen, dich zu mögen – so, wie du bist!*

Ein kühler Blick streift meine Hände, die ich daraufhin sofort wieder zurückziehe.

»Du verstehst da was falsch. Wirklich! Na gut, der Fred und ich … da war mal was … Aber nicht jetzt, also so, wie du denkst.«

Hannes schweigt.

»Du denkst, dass da was gelaufen ist?«

»Pfff. Denken.«

Ich überlege krampfhaft, wann Hannes Fred und mich gesehen hat – und vor allem, was da geschehen ist. Da war doch nichts?! Der saß doch nur bei uns auf der Bank, als Hannes da war. Mehr nicht. Also, wenn das schon reicht, damit Hannes mich zurückweist und mit mir nichts zu tun haben will … Vielleicht ist das der Grund, warum er, wie Zita erzählt hat, keine Frau gefunden hat. Weil er hysterisch eifersüchtig ist. Oder – Moment! Hat Zita geplaudert? Hat sie mich als die volle … öhm … Schlampe hingestellt, die ihn hintergeht und verarscht? Könnte sein. Dass sie mir meinen Plan, sie von der Alm zu manövrieren, auf diese Weise zurückzahlt.

Mann, ist das anstrengend, wenn sich jeder an jedem rächt. Dabei ist das mein gutes Recht – die Alm zu verkaufen! Ich habe sie schließlich geerbt. Kann ich doch nichts dafür, dass ausgerechnet sie hier oben auf meinem Besitz sitzt. Sie sollte Sonja mit ihrem heiligen Zorn verfolgen. Die will uns von der Alm, von unserer Alm schmeißen.

Äh … Also, wenn ich so nachdenke und vergleiche, fällt mir auf, dass Sonja genau dasselbe tut, wie ich es mit Zita tun will.

Mich schüttelt es. Nein, das ist ja fürchterlich. Bin ich so wie Sonja? Mir wird heiß und kalt. Ja, tatsächlich. Ich bin wie Sonja. Keinen Deut besser. Oh, wie grässlich ist das denn? Ich wünsche jemandem die Pest an den Hals, der sich genauso benimmt, wie ich mich benehme. Ich habe, ohne mit der Wimper zu zucken, alles drangesetzt, um Zita das zu nehmen, was ihr lieb und teuer ist.

Ich bin ein schlechter Mensch! Ich bin genauso schlecht wie meine Schwägerin. Fehlt nur noch, dass ich so krisselige Haare habe wie sie.

Schuld und Scham legen sich auf mich, schwer wie Beton. Die Erkenntnis darüber, was ich an Gemeinheit vorhatte, beutelt mich förmlich. Das wollte ich nicht. Ehrlich! Ich wollte doch nur auch was von meiner Erbschaft haben. Ich, ich, ich.

»Du! Der Benni und die Lilo wollten mit uns reden«, unterbricht Hannes meine Selbstgeißelung.

»Hm. Vorher muss ich dir aber noch was sagen. Dir und Zita.«

»Soso.« Wir halten vor dem Holzgatter meiner … äh, wessen Alm auch immer. Zita kommt uns entgegengehumpelt, zwei Krüge Most in der Hand.

»Mei, so viel schiach bist! Wie schaust denn du aus?«, schreit sie und lugt interessiert auf meine roten verquollenen Augen. »Is ned so gut g'laufen?«, will sie wissen und hält mir den Most hin.

Ich nicke und stürze mir das Gesöff, natürlich pur, ohne Wasser, hinter die Binde. Meine Zunge wird schlagartig pelzig, und meine Geschmacksknospen schreien nach Erster Hilfe. Das Gebräu könnte man als lokales Betäubungsmittel beim Zahnarzt verticken.

Hannes drückt Zita, nimmt dankend den zweiten Krug und geht wortlos zur Bank vor unserer – oder wessen auch immer – Hütte.

Zita schiebt mich hinterher und plappert wie ein Papagei: »Und? Was war? Sag scho. Sag scho.«

Wir drei setzen uns. Ich stelle den Krug auf den klobigen Tisch. Ach, dieser schöne Tisch! Hier hat mich Hannes geküsst. Ich werfe ihm einen schüchternen Blick zu, der nicht erwidert wird. Ach ja, und dort drüben, am Abhang, wo es senkrecht die Böschung zum nächsten Latschenfeld runtergeht, hat er mich umarmt. Ich war glücklich. Ich war verliebt. Richtig verliebt. Ich bin es noch immer. Jetzt aber leider unglücklich. Es gibt eigentlich nichts mehr, was noch schiefgehen könnte.

Und deshalb fange ich an auszupacken.

Zita schürzt ihre Lippen und schaut Hannes an. »Des haben die g'sagt? Mehr ned? Ja, mögen die dich gar nicht?«, kommentiert sie meine Schilderung dessen, was bei meinen Eltern geschehen ist.

Ich blicke Hannes unsicher an. Er hat bis jetzt geschwiegen. Wenn ich nun alle Karten auf den Tisch lege, wird er nie mehr ein Wort mit mir reden.

Ich tu's trotzdem. Wenn verlieren, dann auf voller Länge. Was das Scheitern angeht, war ich schon immer der Typ, der aufs Ganze geht. Wenigstens in der Hinsicht bin ich konsequent.

»Dort oben in meiner Kammer liegt ein Vertrag«, wende ich mich an ihn. Meine Hände zittern, meine Stimme versagt mir fast. Ich schraube gerade den Hammer zusammen, mit dem er, wenn ich fertig bin, auf mein Herz schlagen wird.

»Ich wollte Zita die Alm wegnehmen. Weil ich der Meinung war, dass sie mir gehört und ich das Recht dazu habe. Weil sie mir ja vererbt wurde. Die Alm.«

Hannes zieht überrascht die Augenbrauen nach oben und schaut Zita an. Sie nickt und reckt ihr spitzes Kinn nach vorne. So, als würde sie sagen: Jaja, so ist sie, die grausliche Heidi. Lass lieber die Finger von ihr.

»Ich bin nur hiergeblieben, als Zita sich wehgetan hat, weil sie unterschrieben hat, dass sie verschwindet, wenn der Bruch abgeheilt ist. Sie wollte ja nicht im Krankenhaus bleiben.«

Zita schüttelt energisch den Kopf. »Na, do bleib i ned!«, bekräftigt sie.

Hannes nickt.

»Und dann …«, meine Stimmbänder scheinen sich vor dem, was ich sagen werde, zu fürchten, und versuchen, sich an den Wörtern vorbeizudrücken. »Uuu-hund … dann hätte ich sie einfach hier rausgeworfen.«

Bumm.

»Und die Hütte an den Nächstbesten verkauft, der sie haben will.«

Bumm.

Hannes holt tief Luft und schaut in den Himmel. Minutenlang. Sein Adamsapfel zuckt.

Zita faltet ihre knochigen Hände: »Jojo. So is des.«

»Warum hast du mir nix erzählt?«, wendet er sich an sie.

Zita grinst hintergründig und zuckt mit den Schultern. »Wenn ich in meinem Leben was g'lernt hab, dann Folgendes: Wer Unrecht tut, dem geht die Rechnung ned auf. Du brauchst bloß warten, bis des Blatt sich wendet. Wie sagt der eine Dicke, der so liab lacht?«

Fragende Gesichter.

»Im Fernsehen isser auch!«

»Der Bulle von Tölz? Ottfried Fischer?«, will Hannes wissen.

»Naaaa. Der aus China, der dicke …«

»Buddha?«

»Genau. Der hat g'sagt: Unrecht, dem angetan, der schuldlos wia a Kind, zum Täter kehrt's zurück, wie Staubwurf gegen Wind«, doziert sie.

»Wo hast den Spruch her?«

»Vom Poidl, selig. Der hat den Dicken mögen. Also: Wovor hätt ich mich fürchten sollen? Ich hab bloß a bissl Zeit braucht.« Zita lacht und zeigt auf ihren Gips.

Was ist da jetzt so lustig?

»Drei Wochen«, wendet sie sich an mich. »Drei Wochen, haben's im Krankenhaus gesagt, muss i einen Gips tragen.«

»Wie?«

Ich versteh nicht ganz und ducke mich unter den Tisch, um zu gucken, ob sie ihren Klumpfuß noch hat. Ist ja kaum was zu sehen mit ihren einundzwanzig Schürzen und Kitteln, die sie täglich mit sich herumträgt.

Zita streckt ihren Fuß aus. Doch, der Gips ist noch dran. »Und dann, nach drei Wochen, haben's mir den Gips runtergenommen. War ja die Zeit um. Meinen Haxen haben's bissl einbandagiert, und fertig. Des hat mir ned g'fallen. Drum bin i rausgehumpelt und hab zum Hannes g'sagt, i muss zum Hochleitner Hans. Weißt eh, der Tierarzt in Gosau. Ich hab g'sagt, i muss wegen der Flori.«

»Und i hab mich noch gewundert, was du bei einem Tierarzt machst. Du warst noch nie wegen einer Ziege beim Tierarzt. Und außerdem bist so lang drinnen blieben.« Hannes fasst sich grinsend an die Stirn.

Ich kapier's noch immer nicht.

Zita kichert vergnügt. »Jaja. Keiner hat was g'wusst. Dem Hans hab i g'sagt, i brauch einen Gips. Hab ihm erzählt, dass i wen erschrecken will. Was ja so auch gestimmt hat. Und dann hat er mir einen schönen Gipshaxen g'macht. Aber einen bequemeren als den ersten. Hihihi!«

Nein!

Zita schüttelt sich vor Lachen und knufft Hannes in die Seite. »Und du hast gar nix g'sehn, weil i hab ja mein schönes, langes Ausgeh-Gwand ang'habt. Und du ... du warst fast umg'fallen!« – Sie zeigt auf mich und meckert vor Begeisterung wie ihre Ziege.

Ich fasse es nicht! Die Alte hat mich von hinten bis vorne verarscht!

Obwohl: Respekt! Wie ist sie da nur drauf gekommen?

»Jetzt juckt er mi eh scho recht narrisch, der Gips. Magst ihn ned runterschneiden mit der Flex?«, bittet sie Hannes.

»Ich nehme lieber die Metallzange. Wart, i hol sie aus dem Auto.« Er steht auf, drückt sich an mir vorbei – so, dass er ja nicht anstreift.

Ich blicke ihm traurig nach. Aus und vorbei. Da geht er, der liebe, schöne, große, starke Hannes, der mich verachtet. Zu Recht, zu Recht. Schon wieder steigen Tränen in mir hoch. Mann, so viel Flüssigkeit hab ich doch gar nicht gespeichert.

Während Hannes in seinem Range Rover nach dem Werkzeug kramt – die Kiste hat er ja aus beruflichen Gründen immer dabei –, beruhigt sich Zita wieder. Wenngleich ihr breites Grinsen keinen Zweifel darüber lässt, wer hier wem zeigt, wo der Hammer hängt. »Bled g'rennt. Machen wir doch des Beste draus«, versucht sie mich aufzumuntern.

Ich hebe resigniert die Schultern. Was soll ich da jetzt noch machen, damit auch nur irgendwas gut wird? Dass ich die Alm verloren habe, das ärgert mich zwar. Aber wirklich weh tut mir, dass Hannes mich für das Allerletzte hält. Ich mag ihn doch! So sehr. Soll die blöde Sonja ihre Alm bekommen – solange sie Zita in Ruhe lässt –, aber ich möchte bitte, bitte, dass Hannes mich wieder mag. Nur ein kleines bisschen. Ich würde viel drum geben.

»Die Blede da, die blede Krätzn, die kriagt mei Alm ned«, stellt Zita fest und haut auf den Tisch.

Ich glaube, mit derselben Entschlossenheit ist damals die Erde erschaffen worden. Oder wenigstens die Feinstrumpfhose. Auch ein Meilenstein in der Geschichte der Menschheit.

Hannes kniet sich vor Zita ins Gras. Sie lupft ihre Kittel

und zieht den grauen Wollsocken aus, den sie über die offene Spitze beim Gips gezogen hat. Vorsichtig schneidet er mit der Zange in den Gehbehelf und bricht ihn, als er durchgeschnitten ist, nach beiden Seiten auf.

»Mei, des stinkt. Schnell sauber machen«, kräht Zita und wieselt zum Brunnen, um dort ihren Fuß im Wasser zu waschen. »Heidi, bringst mir die Seife aus der Kuchl«, weist sie mich an.

Ich hole ihr das Gewünschte, und ein Handtuch noch dazu, und setze mich gegenüber von Hannes auf die Bank.

Er würdigt mich keines Blickes. Ich möchte ihm so viel sagen. *Es tut mir leid,* zum Beispiel. Und: *Bitte, fangen wir von vorne an.* Naja, nicht ganz von vorne, sondern von da ab, wo er sich rasiert hat und die Haare hat schneiden lassen. Ich möchte auch sagen: *Ich habe dich doch so wahnsinnig lieb. Lass mich jetzt nicht einfach so im Regen stehen, auch wenn ich es verdient habe.*

Aber ich sage nichts. Ich kann nicht.

Nachdem Zita den Gips entsorgt hat, verabschiedet sich Hannes von ihr. Nicht von mir. Er drückt und herzt sie und sagt ihr, dass alles gut wird. Sagt er ihr. Nicht mir.

Sie schiebt ihn in die Hütte, weil sie ihm noch etwas geben will.

Dann fährt er. Biegt um die Kurve oberhalb der Hütte und ist weg. Ich gehe in meine Kammer und lege mich ins Bett. Wenn ich aufwache, kanns nicht mehr schlimmer kommen. Insofern kann ich beruhigt schlafen. Fatalismus hat auch seine guten Seiten.

Als ich aufwache, höre ich von draußen Stimmen. Eine Partie Wanderer hat sich bei uns eingefunden und wird von

Zita bedient, die herumspringt, als hätte sie irgendwelche verbotenen Substanzen geschluckt, die garantiert nicht auf ihrer Wiese wachsen.

»Da, bring des raus: Drei Brote, eine Käsejause und zwei Kuchen.« Sie türmt alles auf ein Tablett und hält es mir hin.

Äh, hat sie vergessen, dass mit unserer Jausenstation hier bald Schluss ist?

»Okay, okay«, murmle ich verschlafen und bringe unseren Gästen das Bestellte.

Oooh! Mhhmm! Lecker! rufen die und mampfen fröhlich das Zeug in sich rein. Wenn die wüssten …

Ich schaue kurz nach Dobermann und Daisy, um ihnen frisches Wasser zu bringen. Alles klar, auf ihrer Ranch.

Flori umkreist die Wanderer in der Hoffnung, wieder etwas abzukriegen.

Zita sitzt indes drinnen am Küchentisch und zählt Geld. Ich lehne mich an den Türstock, um die Gäste im Auge zu haben, falls die noch etwas wünschen.

»2976 Euro«, flüstert Zita und steckt die Scheine und die Münzen, die wir in einer ihrer alten Dosen gehortet haben, in dieselbe. »A Mords-G'schäft!«, freut sie sich und reibt sich die Hände.

»Hm. Aber leider bald Geschichte.«

»Schau'n ma mal, dann wird' ma scho seh'n.«

Keine Ahnung, wohin sie da schauen will.

Unsere Wanderer wollen bezahlen und tun das sehr großzügig. Weil's so gut geschmeckt hat. Und diese Aussicht! Und Ihre Oma! Ach, die ist lustig. Genauso wie Ihre Ziege.

Ich lächle dünn, verabschiede die Leute und lege Zita das Geld hin.

Sie zählt mit unseren Ersparnissen zusammen. »3023

Euro«, stellt sie zufrieden fest und räumt die Gelddose in die hinterste Ecke der Kommode.

»Und jetzt?«, frage ich.

»Jetzt back ma Brot. Ist fast alles weg, und der Hannes braucht für oben auch wieder was.«

Der Hannes. Schon wieder sticht es in meiner Brust.

»Der ist sauer auf mich.«

Zita nickt.

»Hast du ihm was wegen … Fred erzählt?«

Sie schüttelt den Kopf. Warum redet er dann davon, dass er uns gesehen hat? Entweder lügt Zita, oder … Ich kanns mir nicht erklären.

»Glaubst du, dass ich es irgendwie gutmachen kann?«

Sie schaut mich fragend an.

»Ich meine, wegen dir und … und wegen Hannes.«

»Mei … irgendwie wird's immer gut, wenn du es gut meinst.« Sie deutet auf mein Herz, mein gebrochenes. Dann greift sie nach dem Mehl, das sie in einem großen Papiersack neben dem Kühlschrank gelagert hat, und nimmt mit einer kleinen Schaufel eine halbe Schüssel voll heraus. »Stad' schauen bringt nix. Hilf mir lieber.«

Und so fangen wir an, Brot zu backen. Brot für halb Hinter-Russbach. Wenigstens verhungern muss ich nicht. Noch nicht.

20

Ich habe geschlafen wie ein Stein. Und das, obwohl ich mir am Abend den Bauch mit warmem Brot vollgeschlagen habe. Erst als mein Magen zu schmerzen begonnen hat, habe ich gemerkt, dass ich komplett zu essen vergessen hatte.

Am Gatter parkt Bennis Motorrad, wie ich beim ersten Blick aus meinem kleinen Fenster sehe. Oh, wie schön! Endlich ein Mensch, der mich mag.

»Benniii«, rufe ich die Holztreppe runter.

»Hiiier«, schreit er zurück.

»Gusch!«, schreit Zita, »I krieg glei einen Herzinfarkt!«

Schnell werfe ich mir mein Shirt über, springe in die Jeans und trample die Stufen runter. Benni sitzt beim Frühstück. Ich drücke und herze ihn, als hätten wir einander vor ein paar Jahren zum letzten Mal gesehen.

»Mamaaaa! Lass mich!«, nölt er und wischt sich mit der Hand dort über die Wange, wo ich ihm ein paar dicke Schmatzer hingedrückt habe.

»Ja, mein Hase.«

»Mamaaaaaaa!«

Weil Zita die Tiere füttert und Flori rauslässt, kann ich mit meinem Kind allein reden. Und erzähle ihm, was gestern passiert ist. Benni wusste ja, dass ich die Alm verkaufen will.

»Mama, ich glaube, das war keine gute Idee. Aber dass Sonja die Alm kriegt …«

»Eigentlich Matthias.«

»Der hat doch eh nichts zu melden. Ist auch egal. Jedenfalls finde ich das total bescheuert. Und was ich noch bescheuerter finde: Dass ich Lilo dann nicht mehr sehe. Wir wollten auch deswegen mit dir und Hannes reden.«

Hannes. Schon wieder ein Stechen in mir.

»Der Hannes hat gemeint, wir könnten heute die Hütte zumachen und raufkommen.«

»Wer – wir?«

»Na, du und ich und die Zita.«

»Hat er gesagt, dass *ich* kommen soll?«

»Ähm … wirst du jetzt kompliziert? Er hat jetzt nicht deinen Namen buchstabiert, aber nachdem Lilo und ich mit euch reden wollen und er irgendwie auch mit Zita reden will, werden's schon wir drei sein, die kommen sollen.«

Soso. Hmhm. Ich habe Angst, dass er vor Ort zu mir sagt: *Und du drehst gleich wieder um und gehst.* Ich könnte es sogar verstehen. Rein theoretisch.

»Also, was jetzt? Ich nehm das Brot mit, das er mir aufgeschrieben hat, und ihr kommt's dann rauf? Oder soll ich euch einzeln holen?«

»Mi sollst holen«, kräht Zita und zeigt auf ihren Fuß. »Der tut noch nicht so, wie i des will.«

»Na gut, Oma. Dann springst du gleich auf, weil das Brot hau ich in den Anhänger. Die Mama kommt dann nach. Oder soll ich dich auch holen? Mir machts nix aus, ich fahre gerne.« Er imitiert mit beiden Händen die Lenkstange.

»Ich weiß nicht …« Auf dem Teufelsding da herumbrettern … Aber wenn Zita sich das traut, dann auch ich. »Na gut, mein Ha–«

»Mamaaaaa!«

Wir tragen sechs Brotlaibe nach draußen und verstauen sie, in Tücher eingewickelt, in Bennis Anhänger. Dann hievt er Zita auf den Sitz hinter sich und lässt die Maschine an. *RRROAAAARRRRR* dröhnt es. Benni lacht lauthals, Zita rafft sich ihre Kittel nach oben.

»Und du sperr zu! Und schreib, dass mir heute geschlossen ham!«, schreit sie über den Lärm hinweg.

Ich tue, wie mir gesagt, putze mir noch die Zähne und versuche mich halbwegs optisch so in Form zu bringen, dass mein Äußeres nicht auch noch ein Grund wird, von Hannes abgelehnt zu werden.

Als ich fertig bin, kommt auch schon Benni angefahren.

»Spring auf!«

Mir wird fast schlecht vor Angst, als wir die Schotterpiste steil bergauf fahren. Es ist schon im Auto eine Herausforderung, aber mit der Geländemaschine, auf der man jeden Schlag spürt, ist es der blanke Horror. Der Motor jault, Steine fliegen, Benni und ich müssen streckenweise mit den Beinen mitstrampeln, damit die Maschine nicht schlappmacht.

»Zwei Leute sind fast zu viel«, schnauft Benni, als wir oben bei den Steinlechners angekommen sind. »Oder du nimmst ab, Mama.«

»Sehr witzig!«

Vor dem Eingang tummeln sich Touristen, die mit der Gondel hergebracht wurden. Man erkennt sie daran, dass sie keine feuerroten schweißnassen Gesichter haben.

Lilo wieselt zwischen ihnen herum und serviert Kaffee und andere Getränke. Zita winkt mir zu. Neben ihr sitzt eine Frau, etwa so alt wie meine Mutter, mit dunkelbraunen Haaren, die von grauen Strähnen durchzogen sind und die sie zu einem kolossalen Dutt zusammengesteckt hat.

Sie reicht mir die Hand und stellt sich vor. »Hanni, die Mama vom Hannes«, sagt sie, und ihr riesiger Busen, den sie in einer weißen Bluse mit Rüschenbesatz versteckt hat, wogt, als sie aufsteht und sich zu mir beugt.

»Heidi. Heidi Herzog.«

»Ich weiß. Hab schon viel von dir gehört.«

Ui, ui, ui … das fängt nicht gut an.

»Der Benni ist ein ganz lieber Bub! So schön, dass er sich so gut mit unsrer Lilo versteht.« Sie lächelt, was mich ungemein erleichtert.

Und dann tritt Hannes vor die Türe. Groß, mächtig, die dunklen Haare zerstrubbelt, in seiner vergilbten Jeans und mit einem dunkelblauen Hemd, unter dem sich seine Muskeln abzeichnen. Ich spüre, wie ich um einen halben Meter kleiner werde.

Er nickt mir zu. Ich nicke auch.

»Also, i muss wieder – weißt eh, die Leut warten ned«, sagt Hanni und drückt mir die Hand. Ach, die ist nett.

»Komm her«, schreit Zita und bedeutet mir, mich neben sie zu setzen.

Hannes setzt sich uns gegenüber hin. Lilo winkt mir und deutet auf eine Tasse Kaffee. Ja, gerne. Kann ich brauchen.

»Ich hab mir das mit deinem Vater gestern angeschaut.« Hannes zieht die Mappe, die der Notar bei uns gelassen hat, unter dem Tisch hervor.

»Woher hast du …?«, will ich wissen.

»I hab's ihm gegeben«, antwortet Zita.

»Es ist ein bissl kompliziert, aber vielleicht nicht ausweglos. Die Satzung mit dem Erbrecht stimmt jedenfalls«, fängt Hannes an und legt die einzelnen Blätter vor uns auf den Tisch.

Lilo kommt um die Ecke und stellt mir den Kaffee hin. »Papa, wir wollten doch mit euch reden.«

»Gleich. Gib uns noch eine halbe Stunde, und dann reden wir. Ja?«

»Okay.«

»Jetzt red!«, ist Zita ganz ungeduldig.

»Eh. Nur mit der Ruhe.« Die Sache ist, wie er erklärt, tatsächlich kompliziert.

Es ist nämlich so, dass die Alm, genauso wie die Steinlechner-Alm und alle anderen bewirtschafteten Hütten und Liegenschaften hier, Teil der Almgemeinschaft sind. Diese Gemeinschaft besteht aus den Bauern, die bei uns im Dorf, aber auch bis hinaus nach Gosau, Erbhöfe besitzen. Und hier oben, rund um den Preiner Kogel, ihre Hütten und Forste haben. Die Bauern treffen einander regelmäßig auf der Steinlechner-Alm, weil Hannes der Forstwirt ist und eben auch Mitglied der Almgemeinschaft. »Die haben überall ein Wort mitzureden, und wer weiß, ob nicht irgendwem was einfällt. Sie haben jedenfalls ein Einspruchsrecht bei Übergaben. Auch wenn davon, soweit mein Vater weiß, noch nie Gebrauch gemacht worden ist.«

»Und gegen was können die einsprechen?«, will Zita wissen.

»Wenn zum Beispiel jemand die Alm an jemand Unrechten weitergeben will«, antwortet er und schaut mich eindringlich an.

Schätze mal, er meint mich damit. Na gut, dann kann ich ja einpacken. Wer wird schon für mich eintreten? Sogar wenn die Bauern nicht davon wüssten, dass ich die Alm verkaufen wollte.

»Und du redest mit denen?«, frage ich devot.

»Nein, ich nicht. Du!« Entschlossen zeigt er auf mich.

Ich?

»Sie?«, fragt Zita überrascht.

»Genau. Sie.«

Warum, sagt er nicht. Wahrscheinlich, weil er mich der totalen Lächerlichkeit preisgeben will. Quasi an den Pranger stellen. Es reicht noch nicht, dass auf meinem Hirn im kleinen Kreis »Charakterschwein« lodert. Er will wohl, dass diese ganzen Bauernschädel mit dem Finger auf mich zeigen: Da, schauts euch die Tochter vom Gaderlbauern an. Der hat schon g'wusst, warum er sie außen vor lässt. Und dann macht die Kunde die Runde. Möglicherweise stellen sie unten am Parkplatz noch ein Gedenkschild auf, auf dem mein Gesicht, mein Name und der Hinweis *Achtung, unrechte Person!* eingraviert ist.

»Lieber nicht«, sagen Zita und ich gleichzeitig.

»Ich wüsste nicht, was ich dort zu sagen habe«, füge ich hinzu.

»Und außerdem: Di' versteht jo keiner«, ergänzt Zita.

Hannes packt die Zettel zusammen. »Gut, dann nicht. Dann lebt's damit, dass die Alm an die … deinen Bruder fällt.«

»Nein!«, rufen Zita und ich gleichzeitig.

Sie zielt mit dem Finger auf mich: »Du gehst da hin, und du redest mit denen.«

»Gut. Ich weiß zwar nicht, was ich sagen soll …«

»Dann überleg dir was.« Hannes steht auf und ruft nach Lilo und Benni.

Die kreuzen kurz darauf Hand in Hand um die Kurve. Na, wenn das kein Statement ist.

Die Hände bleiben auch zusammen, als sie sich setzen

und umständlich das Wort ergreifen. Ich sollte mir auch jemanden organisieren, der mir die Hand hält, wenn ich vor die Bauern treten soll. Hab aber keinen.

»Wir wollen zusammenbleiben«, beginnt Benni und schaut mich fest an.

»Okay. Dagegen hab ich nichts. War das alles?«

»Mama, wenn wir nach München zurückgehen, dann kann ich die Lilo nicht mehr sehen.«

Lilo schaut mich traurig an. Ja, Mädel, ich kann mit dir mitfühlen, glaub mir. Nur, dass meine Situation um einiges blöder ist als deine.

»Und, Mama, ich bin ja doch schon fast sechzehn. Also, was ich sagen will: Ich hab dich wirklich gern. Echt! Ich verbringe auch gern Zeit mit dir.«

Mir dünkt, da lauert irgendwo ein *Aber*.

»Aber ich möchte nicht mit zurück nach München.«

»Hää? Du willst hierbleiben?« Mich haut's fast vom Stuhl.

»Nein. Er will nicht hierbleiben«, Lilo zeigt auf das Haus und die Scheune.

»Ich will, genauso wie Lilo, ins Internat. Nach Salzburg.«

Bumm. Wer hat mir jetzt auf den Kopf geschlagen?

Ich bin wie paralysiert. Nehme einen Schluck kalten Kaffee, der mir bitter auf der Zunge liegt. Mein Kind verlässt mich. Mein Kind! Wo ich doch … Hallo? Zur Erinnerung: Mein Plan hat so ausgesehen, dass er bis fünfunddreißig oder so bei mir wohnt, und dann, wenn er groß genug ist, auszieht. In die Wohnung nebenan. Meinetwegen auch in die Wohnung einen Stock unter oder über mir.

Irgendwo haben meine Pläne eine Schwachstelle. Keiner geht auf.

»Aber Benni?«

Ich bin total perplex. Muss mir die Beine vertreten. Muss nachdenken. Alle gehen weg von mir. Alle. Und jetzt sogar mein Benni. *Mein* Benni. »Ich komme gleich wieder«, sage ich und erhebe mich wackelig. Mir ist schwindlig.

Langsam gehe ich hinter Hannes' Haus. Dort, wo der Blick so schön ist … schön war. Damals, als überhaupt noch alles halb in Ordnung war oder wenigstens so schien, als würde sehr bald alles in beste Ordnung kommen. Ha, und ich dachte damals, ich hätte Ärger am Hacken.

Merke: Ärger ist relativ.

Abseits des Trubels setze ich mich ins Gras, ziehe die Knie an und lege meinen Kopf drauf. *Schön ruhig bleiben, Heidi*, rede ich mir gut zu und atme tief ein und aus. Fakt ist: Mein Kind will von mir weggehen. Fakt ist: Jetzt hab ich niemanden mehr. Nie-man-den. Obwohl: Lydia hab ich noch. Die ruf ich jetzt an. Ich muss wissen, ob sie sich nicht auch noch aus meinem Leben verabschiedet.

Nein, das habe sie nicht vor, erklärt sie mir. »Aber warum willst du das wissen? Stimmt was nicht mit dir?«

Ich erzähle, was seit gestern los gewesen ist. Das mit Zitas Trick, und dass Benni ins Internat nach Salzburg will.

Lydia lacht.

»Lach nicht! Es ist nicht lustig. Absolut nicht«, fahre ich sie an. Stimmt doch auch.

»Ach, Schätzchen. Jetzt mal eins nach dem anderen: Das mit der Alm und der blöden Regelung ist natürlich extrem doof. Aber wenn Hannes sagt, dass es da möglicherweise irgendeine Lösung gibt, auch wenn sie im Mikro-Bereich liegt, dann ist noch nicht alles verloren. Das mit Hannes – naja, ich hab dir gesagt, dass er eifersüchtig ist. Zum einen. Zum anderen kann ich aus seiner Sicht schon verstehen, dass er stinkig ist, weil du die Alm verkaufen willst. Oder wolltest. Der versteht sich doch mit Zita sehr gut, oder?«

»Hm. Ja.«

»Vielleicht kriegt er sich ja noch ein. Und wenn nicht: Du weißt ja, wie ich das sehe. Hau die Kerle in einen Sack und schlag drauf. Es trifft nie den Falschen.«

»Ach, Lydia.« Ich muss widerwillig grinsen. »Der ist nicht so. Echt nicht. Den würdest sogar du mögen.«

»Blöd nur, dass er dich grad nicht so mag.«

»Ja, danke. Ich hätt's sicher bald vergessen.«

»Und wegen Benni: Mensch, Heidi! Wie alt warst du, als du ins Internat gegangen bist? Vierzehn? Und hast du dir darüber Gedanken gemacht, dass das deine Eltern vielleicht ein bisschen kränken könnte? Der Benni will doch nur mit Lilo zusammen sein. Hallo? Er ist verliebt! *Ver-liebt!* Ich will gar nicht dran denken, zu welchen irren Taten du bereit warst, wenn du dich verliebt hast. Und du weißt, wie schnell das bei dir geht. Ich sage nur: Angus, der Architekt!«

»Ich hab mir nur falsche Brüste aufgeklebt.«

»Und stundenlang depressive Lieder von Radiohead und Leonard Cohen gehört, damit du interessant wirkst. Dabei warst du mit dem Typen nicht mal wirklich liiert.«

»Aber auch nur, weil die Klebebrüste davonspaziert sind.«

Wir müssen beide lachen. Ja, Lydia hat Recht.

»Heidi, Benni hat nichts gegen dich, und es ist sicher nicht so, dass er mit dir nicht mehr leben will. Er wird erwachsen, und er sucht sich die Frauen nun selber aus. Das ist normal und kein unfreundlicher Akt. Oder willst du einen kranken Typen wie Borscht großziehen? Den hast du dann die kommenden fünfzig Jahre ununterbrochen am Arsch kleben.«

»Nein, will ich nicht. Aber die Schule …«

»Dann geht er eben in eine andere Schule. Ich habe in der Oberstufe drei Mal die Schule gewechselt. Und gut war's! Außerdem finde ich es eine kluge Sache, dass er Entscheidungen treffen kann und sie auch trifft. Das spricht von Selbstbewusstsein und Größe.«

»Leider zu einem schlechten Zeitpunkt.«

»Kann er ja nicht wissen. Und wer weiß, wofür das alles gut ist. Fred, der Warmduscher, hat sich jedenfalls im Zuge deiner Almgeschichte erledigt. Und das ist schon mal ein erster Erfolg.«

Erfolg, pffff. Aber stimmt. Mir ist vieles klar geworden. Wenngleich die Erkenntnis generell nicht gerade sexy ist oder glücklich macht.

»Du gehst jetzt zurück und sagst Benni, dass das für dich okay ist. Dann kommst du heim nach München, und wir reden über alles. Die Suppe wird nie so heiß gegessen, wie sie gekocht wird. Hoppla … Guten Tag!«

»Bitte?«

»Nein, nicht du. Gäste sind gekommen. Heidi, ich muss aufhören. Alles wird gut. Ja?«

»Nein, aber okay. Wir hören voneinander.«

Ich stecke mein Handy in die Hosentasche und lege wieder den Kopf auf die Knie.

Möglicherweise hat sie Recht. Nachdem sämtliche meiner Entscheidungen falsch waren, beschließe ich, auf Lydia zu hören, und trabe schweren Herzens zurück zu den anderen.

Die blicken mich erwartungsvoll an.

»Was sagst du dazu? Und wie soll das mit der Schule gehen? Er müsste seinen Wohnsitz, äh … hier haben – in Österreich jedenfalls«, wende ich mich an Hannes. Die Frage, wer das Internat bezahlt und wie viel das genau kostet, stelle ich mir jetzt lieber gar nicht erst. Ich habe schon genug Probleme am Hals.

Hannes schaut Benni und Lilo an, als würde er kurz überprüfen, ob beide dem, was er denkt, standhalten können. »Für mich ist das schon recht. Das neusprachliche Gymnasium ist eine gute Schule, und Lilo fühlt sich im Internat wohl. Ich glaub nicht, dass es dem Benni schaden würde.«

Höre ich da einen Subtext durch? Dass es für ihn *besser* wäre, würde er fortan das Weite suchen? Weil ich ja so ein mieser Charakter bin?

»Ich werde auch wirklich viel lernen. Ich streng mich echt an, Mama. Und ich kann in Salzburg auch Eishockey spielen. Und ich komme ja jedes Wochenende heim zu dir« – er wirft Lilo und Hannes einen schnellen Blick zu – »oder fast jedes Wochenende.«

»Bist du wirklich einverstanden?«, fragt Lilo scheu und schaut mich bittend mit ihren großen grünbraun-bernsteinfunkelnden Augen an. Ich glaube, sie mag meinen Benni wirklich. So wie ich – nur eben anders.

Ein Seufzen löst sich aus meiner Brust. Herr, ich gebe ihn frei! Meine Pläne sind ohnehin zum Scheitern verurteilt, also lasse ich den letzten Zügel jetzt auch noch aus der Hand.

»Ja, bin ich.«

Benni und Lilo fallen mir um den Hals. Mann, tut das gut. Zwei Menschen auf dieser Welt, die mich nicht ächten.

»Danke, Mama. Ich weiß, wie schwer dir das fällt«, flüstert Benni mir ins Ohr und drückt mir einen langen Kuss auf die Wange. Ich glaube, er hat keine Ahnung, wie schwer mir das fällt. Es fühlt sich an, als hätte mir jemand den Arm abgeschnitten. Passt gut zu meinem gebrochenen Herzen, zu meinem verbogenen Rückgrat und meiner schwarzen Seele.

Selig und gelöst springen die beiden davon. Da zieht es, das Glück. Und ich schau ihm hinterher. Und dann in Hannes' Augen. Er hält meinem Blick stand. Ist wohl der Dank dafür, dass ich klein beigegeben habe.

Zita legt ihre Hand auf meine. »Is' schwer, ein Kind gehen zu lassen. Ich weiß.«

Woher? Die hat doch gar kein Kind. War wohl anders gemeint.

Hannes klopft auf den Tisch. »Wegen der Alm: Ich hab alle Bauern von der Almgemeinschaft angerufen. Die waren sehr interessiert. Sie kommen morgen alle um fünf zum Stammtisch.«

»Dann kommen wir um sechs«, hält Zita fest.

»Passt.« Er wendet sich mir zu, sagt aber nichts.

Aber ich spüre, dass da noch was ist, was ihm auf dem Herzen liegt. Wenn es doch nur ich wäre.

Während Zita oben bei den Steinlechners bleibt, marschiere ich zu unserer oder wessen-auch-immer Alm hinunter. Der morgige Abend liegt mir im Magen. Alles geht so schnell. Wie ein Stein, der ins Rollen kommt. Erst langsam, dann immer schneller, bis es zum Schluss *RAMMS* macht. Blöderweise rollt er gerade im letzten Stadium – im Affentempo – auf *mich* zu. Ich warte auf das *RAMMS*.

Was soll ich denn den Bauern erzählen? Aus dem Stegreif kann ich mich nicht hinstellen und eine Salve von Argumenten auf sie niederlassen.

Apropos Argumente: Welche hätte ich eigentlich? Wäre es nicht klüger, einfach aufzugeben, meine Koffer zu packen und heim nach München zu fahren? Ich könnte unter diese ganze Sache einen dicken, fetten Schlussstrich ziehen und sie zu den Akten in die Abteilung »blöd gelaufen« legen. Aber ist da überhaupt noch Platz?

Andererseits: Warum so schnell aufgeben, nur weil Sonja die Schrauben anzieht? Wann weiß man, ob man um etwas kämpfen soll – und wann nicht? Wann weiß man, ob man unnötig Energie verschwendet und wann es sich auszahlt? Was habe ich davon, wenn ich es schaffe, die Alm in meinem Besitz zu halten? Gerechtigkeit. Das ist wohl das einzige Argument, das ich den Bauern gegenüber ins Rennen bringen kann.

Aber was habe ich von Gerechtigkeit? Kann ich davon meine Miete zahlen? Nein. Nicht, wenn die Zusammenarbeit mit Borscht beendet ist. Und das ist sehr wahrscheinlich. Ich sollte vielleicht mal bei Renate vorfühlen, ob mir Borscht schon meine persönlichen Unterlagen samt Werkvertrag aus dem ersten Stock auf den Parkplatz geworfen hat.

Andererseits: Mein Geld zu verdienen, indem ich wieder in der Redaktion antanzen muss, täglich schlechte Laune zu haben, weil ich mich für diese dummdreisten Artikel fremdschäme, die ich auf Borschts nervtötendes Geheiß schreiben muss, ist jetzt auch nicht so die Alternative. Nein, ich möchte dort nicht mehr hin. Es fühlt sich an, wie bei achtunddreißig Grad Außentemperatur in die finnische Sauna zu gehen. Und außerdem: Es reicht, dass ich mich für mich selber schämen muss. Da muss ich mich nicht auch noch für meinen Beruf schämen.

Aber was tun? Fakt ist: Ich schließe aus, dass ich die Saussteigalm, wenn sie denn wider alle Erwartungen doch an mich fällt, verkaufe. Das kann ich Zita nicht antun. Nicht mehr. Ich meine, Unrechtes tun, wenn es einem nicht bewusst, oder sagen wir mal: nicht soo ganz bewusst ist, dass es Unrecht ist, ist ja entschuldbar. Oder?

Es ist ein seltsamer Zustand, wenn man, die Zukunft betreffend, keinen Plan mehr hat, nur reagieren kann und nicht mehr agieren. Das gefällt mir gar nicht. Es macht mich unsicher. Du weißt nicht, ob es ab jetzt steil bergauf, geradeaus oder steil bergab geht. Das ist, wie des nächtens zur Sausteigalm zu wandern.

Die habe ich nach einer halben Stunde – noch bei Tageslicht – erreicht. Mein Blick fällt auf unser notdürftig zusammengeschustertes Konstrukt, mit dem wir die lose Dachrinne abgestützt haben. Lange wird Zita hier nicht mehr leben können. Die Bude wird ihr bald über dem sturen Kopf zusammenfallen.

Flori begrüßt mich begeistert. Glaubt wohl, ich sei ein Gast.

Ich gebe den Tieren Wasser, setze mich in die schattige Ecke neben dem Stall und rufe Renate an. Die hebt nicht ab. Vielleicht redet sie jetzt auch nicht mehr mit mir?

Doch, tut sie – nach ein paar Minuten klingelt das Telefon.

»Ich musste dich wegdrücken. Borscht stand grad neben mir«, flüstert sie. Ich höre, dass sie herummarschiert, höre eine Türe knallen, und dann schreit sie fröhlich ins Telefon: »MENSCH, HEIDIIII! ENDLICH!! Ich dachte schon, du wärst von einem Murmeltier gefressen worden!«

»Wenn's nur das wäre.«

»Oh, oh … das hört sich nicht gut an.«

»Wo wir grad bei unerfreulichen Themen sind: Wie ist denn die Stimmung bei euch?«

Renate schnauft wie eine alte Dampflok in den Hörer. Okay, alles klar.

»Wie ist denn die Stimmung bezüglich meiner Person?«, komme ich zum Grund meines Anrufes.

»Du meinst jetzt Borscht, oder?«

»Wen sonst. Die Layouter?«

»Von denen haben zwei gekündigt, weil Borscht sein Herrscher-Syndrom mal wieder bis zum Anschlag ausgelebt hat. Er hat die Jungs ständig zur Sau gemacht. Die Armen! Gut, dass ich mir nicht mal ihre Namen gemerkt habe. Es zahlt sich einfach nicht aus.«

Bei uns in der Redaktion ist es ähnlich wie auf einer Galeere: Man mag sich untereinander, nimmt aber achselzuckend zur Kenntnis, wenn mal wieder einer von Bord geht. Und da soll ich wieder arbeiten?

»Und was dich betrifft, Süße … Ich glaube, Borscht hat sich schon eine Liste mit schwachsinnigen Aufgaben zusammengeschrieben, mit denen er dich dafür bestrafen kann, dass du so lange weg warst.«

»Oje. Aber meinen Vertrag gekündigt hat er noch nicht?«

»Was soll er dir kündigen und damit riskieren, dass er die Artikel selber schreiben muss? Oder die Seiten leer bleiben?«

»Er wird wohl schon auf der Lauer nach einem neuen Redakteur liegen. Opferbereite, weil junge Journalisten gibt's ja genug.«

»Diese ahnungslosen Kinder, die in ihr Unglück laufen.«

»Die Armen.« Meine potenziellen Nachfolger werden sich die Klinke in die Hand geben. Einer nach dem anderen.

»Und ich«, flüstert sie gedämpft, »bin auch am Absprung!«

»Waaaas?«

»Jahaaa«, flötet Renate, und ich höre, wie sie sich eine Zigarette anzündet. »Ich mache eine Ausbildung zur Lebensberaterin. Da guckste, was?«

Renate, die Lebensberaterin? Ich sehe sie vor mir: das rote Haar wie ein bengalisches Feuer, der breite Mund und das laute Lachen. Ja, doch! Wer, wenn nicht Renate? Solange sie keine Ratschläge auf der Basis ihrer Horoskope gibt, könnte die Gute für jeden Orientierungslosen ein Gewinn sein.

»Find ich gut, ehrlich. Du hast hiermit schon deine erste Kundin.«

»Klientin, Schatz! Womit kann ich dienen?«

»Soll ich noch mal in der Redaktion antanzen, oder eher nicht?«

»Eher nicht«, entgegnet sie sofort. »Das Leben ist zu kurz, um es sich von einem Arsch wie Borscht zur Hölle machen zu lassen. Die Zeit, die du hier absitzt, ist Lebenszeit, meine Liebe. Lebenszeit, die er dir finanziell abgelten muss. Aber so viel Geld kann der Vollpfosten dir gar nicht zahlen, als dass es in Relation dazu steht. Beende die Zusammenarbeit und such dir was Neues. Du wirst was finden. Das weiß ich!«

»Ja?«, miaue ich. »Aber ich kann die Alm nicht verkaufen. Ich steh de facto vor dem Nichts.«

»Das hat wenigstens den Vorteil, dass alle Möglichkeiten offen sind, nicht wahr?«

»Wie schön! Ich merke schon, wie sich Optimismus in mir breitmacht.«

»Was hast du denn die ganzen Wochen in der Einöde gemacht?«

»Erst einen Nervenkrieg gegen Zita geführt, den ich übrigens auf ganzer Länge verloren habe, und nebenbei gekellnert und Jausenteller hergerichtet. Jetzt bin ich grad dabei, für Gerechtigkeit zu sorgen.«

»Klingt, äh, klingt … interessant. Kannst du mir vielleicht die Zusammenhänge erklären? Bist du grad dabei, einen bewaffneten Bauernaufstand zu organisieren? Und wenn ja, gegen wen? Wenn ich da nicht eine fette Reportage rieche.«

Ich schildere Renate kurz den Verlauf der unerfreulichen Dinge. »Oh, wir haben ein Bombengeschäft gemacht. War echt lustig. Und dann eben Sonja, das Föhnwunder.«

Renate grollt am anderen Ende der Leitung. »Deine Schwägerin erledigen wir mit Voodoo. Stech, Abrakadabra, und aus die böse Maus. Aber weil du sagst, dass das Geschäft so gut gelaufen ist: Hey, das ist doch die Lösung! Du wirst Kellnerin!«

»Sehr lustig! Dafür habe ich studiert, oder? Dass ich in München leer gefressene Teller spazierentrage?«

»Mädel, du bist eine äußerst schwierige Kundin!«

»Klientin.«

»Genau. Also, da muss ich noch länger mit dir reden und drüber nachdenken. Aber lass dir raten, ganz ohne Sterne: Hierher kommst du nicht mehr. Meine Zigarette ist übrigens alle, und ich muss zurück ins Haus. Sonst spinnt der Unselige wieder. Mach's gut! Wir sehen uns bald!«

Ich strecke mich im Gras aus und lasse meinen Blick den morschen Dachvorsprung entlangwandern. Kellnerin. So ein Quatsch! Obwohl, Spaß hat es hier schon gemacht. Ich könnte Lydia fragen, was sie davon hält, wenn ich, nur zur Überbrückung, irgendwas in der Art mache. Vielleicht kann ich ja bei ihr kellnern, damit ich wenigstens nicht total finanziell abstürze, und bis ich was Interessanteres gefunden habe. Was auch immer das sein kann.

21

Gemurmel dringt aus der Gaststube bei Hannes, vor deren schwerer Holztüre ich stehe. Ich habe mir, um Sympathiepunkte zu sammeln, mein Kleid angezogen. Alle anderen Klamotten sind außerdem ziemlich mitgenommen, weil ich in den vergangenen Wochen das Zeug nur notdürftig mit Seife waschen konnte.

Wobei: Vielleicht hätte ich auf Mitleid machen können, indem ich voll gammelig daherkomme? Ich habe auch schon überlegt, mir einen von Zitas Schürzenkitteln auszuborgen, um vertrauenswürdig zu wirken. Hab es aber dann doch gelassen. Ich glaube, Zita verleiht ihre Outfits nicht so gerne.

Mit dem Erbvertrag in der schweißnassen Hand stehe ich nun also vor der Tür, hinter der die Bauern von der Almgemeinschaft sitzen. Sie haben sich garantiert schon jetzt das Maul über mich zerrissen …

Zita hat gestern so lange herumgetrödelt, dass es zum Heimkommen zu spät geworden ist. Deshalb hat Benni mich angerufen, dass sie – und er – oben bei Hannes schlafen. War mir ganz recht. Ich wollte allein sein und nachdenken.

Und jetzt geht gleich die Türe auf, und ich werde diesen Einfaltspinseln zum Fraß vorgeworfen. Was die wohl wissen? Über mich? Über meinen Plan, den ich begraben habe? Die werden den Teufel tun und versuchen zu helfen, damit mir die Alm doch nicht weggenommen wird. Sie werden mit dem Finger auf mich zeigen … Boa, mir wird übel.

Plötzlich steht Hannes hinter mir. So nah, dass ich eine Gänsehaut bekomme. So intensiv, als würde ich von einem Energiefeld angezogen werden.

»Geh' mit mir rein«, sagt er mit seiner ruhigen, tiefen Stimme. Er legt mir die Hand auf den Rücken, öffnet die Türe und schiebt mich, ehe ich noch zögern kann, in die Stube.

Ein paar schütter behaarte Köpfe drehen sich zu uns um.

»Hans, Franz, Sepp, Schurl, Karl, Lois, Schorsch!«, zieht Hannes die allgemeine Aufmerksamkeit auf sich, indem er die Anwesenden direkt anspricht.

Sieben Augenpaare wandern von Hannes zu mir und bleiben neugierig an mir haften. Das Murmeln verebbt. Gespannte Stille. Nur das hysterische Surren von Fliegen, die verzweifelt versuchen, durch die geschlossene Fensterscheibe nach draußen zu kommen, ist zu hören.

Ich komme mir vor wie in einem dramatischen Heimatfilm. Einem, wo im Nebenzimmer unter lautem Schreien eine Frau ein schrumpeliges Kind gebiert oder wenigstens der Stall zu brennen beginnt. Schwaden von Pfeifenrauch-Tabak ziehen durch die Stube, hängen wie Nebelfahnen über dem langen und klobigen Tisch, ehe sie sich in die fast raumhohe Holzvertäfelung der Wand fressen. Krüge werden abwechselnd gehoben und mit einem dunklen *Tonk* am Tisch, der den halben Raum einnimmt, wieder abgestellt.

»Grüß Gott«, sage ich artig und blicke devot zu Boden.

»Schau, schau« – »Wer isn des?« – »Teifl, Teifl«, höre ich ein paar der Bauern raunen.

»Das is die Gaderlbauern-Heidi«, stellt mich Hannes vor, mit Betonung auf »das«.

Klingt danach, als hätten sie von mir geredet, und nun würde ich ihnen leibhaftig erscheinen. Die Leibhaftige. Sehr passend. Hannes schiebt mich an das Kopfende des Tisches, wo er einen Stuhl zurechtrückt, sich aber selber draufsetzt. Mich lässt er stehen. Wohl, damit alle gut auf mich zielen können, wenn sie mich dann zur Strafe mit ihren Krug-Pappuntersetzern bewerfen werden.

»Schau, schau. Die kleine Gaderlbauer.« – »Teifl, Teifl.«

»Die Heidi will mit euch reden«, erhebt Hannes seine Stimme wieder und nickt mir auffordernd zu.

Ich würde mich jetzt lieber hinsetzen und mich betrinken. Tu ich aber nicht, sondern nehme all meinen Mut zusammen und blicke jedem der Anwesenden fest in die Augen. Auch Hannes, was mir am schwersten fällt. Zu groß ist meine Angst, dass er wegschaut. Doch er hält meinem Blick stand. Emotionslos? Ich kann's nicht sagen.

»Ja, also, wo fange ich an?«, fange ich an. Und dann erzähle ich, warum ich hier bin; dass ich mit meinem Sohn Benni in München lebe und die Sausteigalm hier geerbt habe.

Aus den Augenwinkeln sehe ich, dass Zita in die Stube gekommen ist. Die Bauern grüßen sie respektvoll mit wortlosem Nicken und wenden sich wieder mir zu. Zita lehnt lässig an der Wand, die Hände tief in ihrer Schürze vergraben.

Ich berichte selektiv, also ein paar relevante, aber unsympathische Punkte aussparend, dass Zita und ich eine Art kleine Jausenstation aufgemacht haben und dass das Geschäft gut läuft.

»Soso.« – »Do schau her.« – »Teifl, Teifl!«

Und dass meine Schwägerin und mein Bruder die Alm für sich beanspruchen. Weil diese zum Erbhof gehören würde. Aber ich möchte die Sausteigalm behalten.

»Warum du?«, fragt einer der FranzHansSchorschs und zieht langsam an seiner Pfeife.

»Weil … weil … ich hab sie doch vererbt bekommen!«

»Na und?«, mischt sich ein anderer ein und lehnt sich gelangweilt zurück.

»Aber ich fände das sehr ungerecht!«, werfe ich verzweifelt ein.

»Is aber Tradition!«, entgegnet ein anderer.

»DU SAG WAS, Karl!«, plärrt Zita, woraufhin der Karl zusammenzuckt. »Du kannst dir deine Tradition auf deinen kramperten Hut stecken! Wenn's nämlich danach ginge, dann hättest du deinen Forst auch ned, sondern der Hansenbauer hätt' ihn.«

Ein paar der Bauern glucksen. Karl grinst listig hinter seinem mächtigen Schnurrbart hervor.

»Madl, was willst denn du mit der Alm?«, will der, der am hintersten Ende des Tisches sitzt, wissen.

»Naja, ich … ich …« Ich merke, dass ich zu zittern beginne. Die Nerven.

»Sie will mir helfen!«, reißt Zita das Wort an sich, löst sich wie ein dunkler Schatten von der vertäfelten Wand und geht auf mich zu.

»So viel liab is sie, die Heidi«, schreit sie begeistert und stemmt die Hände in die Hüften. »Hab ja gar nimmer g'wusst, wie ich die alte Hütten zusammenhalten soll. Fault ja an jeder Ecken scho des Holz. Und dann hat die Heidi g'sagt: Zita-Oma …«

Äh? *Was* habe ich gesagt?

»… Zita-Oma, hat's g'sagt: Wir richten die Alm her. Weil wir wollen ja die Tradition hochhalten, gell, Heidi?«

Sie nickt mir zu. Ich glotze sie an. Was habe ich gesagt?

Zita übergeht nonchalant mein baffes Schweigen und mäandert weiter: »Jojo, so viel liab und g'scheit ist sie. Weil, sie hat dann gemeint, dass mir das so guttun würde, wenn wir a bissl Leben auf die Alm bringen. Idee! Jaus'n verkaufen! Und von dem Geld richten wir die Hütt'n her. Damit die noch recht lang steht. Und damit ich noch recht lang drin wohnen kann. Weil ihr alle wisst's, dass i da oben daheim bin. Und einen alten Baum versetzt ma ned. HABT'S DES KAPIERT?«

Zustimmendes Murmeln geht durch die Runde.

Dann verfinstert Zita ihren Blick, als würde sie in der Ferne eine biblische Plage auf uns zuwalzen sehen. Sie hebt ihre Hand … jetzt teilt sie sicher gleich den Tisch in zwei Teile.

»Die Sooonja«, intoniert sie mit dumpfer, unheilbringender Stimme und feuert ihre Schürhakenblicke von einem zum anderen, »die Sonja wird mi sofort von der Alm vertreiben. *Mich!* Dabei ist die gar nicht von da, sondern von drüben«, haucht sie beschwörend und deutet rücklings aus dem Fenster.

»Naa, des geht ned!« – »Teifl, Teifl«, sind sich die Bauern einig, dass das gar nicht geht. Was auch immer »drüben« ist, es ist nicht von hier und damit suspekt.

»Ich bin scho hier heroben g'wesen, da wart's ihr alle noch ned einmal auf der Welt«, macht Zita weiter und nimmt jeden Einzelnen ins Visier. »Mein Poidl selig hat euch allen geholfen, eure Hütten da aufzubauen oder herzurichten.«

»Jo, jo, der Poidl, selig.« – »Mei, der Poidl!«

»Wenn's ihr die Sausteig schon dem Dirndl nicht vergönnt's – dann vergönnt's die Alm wenigstens mir. Sonst holt euch der Teifl!«

Sieben Augenpaare blicken Zita erschrocken an. Die trauen ihr das wahrscheinlich zu. Warum auch nicht …

Hannes macht Zita Platz, die sich zufrieden auf den Sessel fallen lässt und ungefragt den Krug Most schnappt, den KarlHansFranz, oder wer auch immer neben ihr sitzt, vor sich stehen hat.

»Vergelt's Gott«, murmelt sie und stürzt sich den Inhalt in die Kehle. KarlHansFranz nickt und bedeutet Hanni, die hinter der Schenke steht, ihm einen neuen zu bringen.

Die Bauern denken nach. Ich stehe noch immer am Tischende. Keiner sagt was. Es herrscht langes Schweigen. Seeehr langes Schweigen. Der Pfeifenraucher schüttelt einfallslos den Kopf und legt sein Rauchzeug ab. Zwei der Bauern kratzen sich ratlos die glänzende Stirn.

»Schaut ned gut aus, Zita«, gibt der HansFranzSepp neben Zita zu.

»Ned gut«, wiederholt ein anderer.

»Ich weiß auch ned«, sagt der Schnurrbärtige und schiebt sich seinen dunkelgrünen Lodenhut zurück.

Doch Zita nimmt das nicht hin. Sie gibt Hannes einen Rempler. Der windet sich, woraufhin sie ihm gegen das Bein tritt.

Er presst die Lippen zusammen und räuspert sich. Alle Blicke richten sich auf ihn.

»Ihr wisst's, wie ich zur Zita steh«, beginnt er und wirft ihr einen liebevollen Blick zu. »Ich werd nicht zulassen, dass die Zita von heut auf morgen von ihrer Alm g'worfen wird. Und wenn ich mir anschau, wie die Schwiegertochter vom Gaderlbauern, die Sonja, aber auch die Eltern und der Bruder mit der Heidi umspringen, dann kann ich mir ausrechnen, wie die mit der Zita umgehen werden. Fakt ist: Wenn die Heidi die Alm wirklich hergeben muss, heißt das, dass auch die Zita alles verliert. Ihr meint's vielleicht, die Heidi hätt's nicht verdient. Weil sie keine unsrige ist. Ihr kennt's die Heidi ned.«

Oje, oje, oje. Jetzt wird's persönlich. Ich ziehe schon mal den Kopf zwischen die Schultern. Jetzt packt er aus über mich.

»Ich kenn die Heidi auch noch nicht lang. Aber … aber …«

Zita tritt ihm noch mal gegen das Bein.

»Aber … ich kann euch garantieren, dass sie ein guter Mensch ist und würdig, ihr Erbe anzutreten.«

Wie? Was? Hat der jetzt gesagt …? Häää?

Hannes holt tief Luft. Die Bauern gaffen ihn neugierig an.

»Mein Herz hängt an der Heidi«, flüstert Hannes und schiebt sich verlegen die Hände in die Hosentaschen seiner Jeans.

Ein Schauer geht durch mich hindurch; Lichtwellen, von innen her angeknipst; ein Gefühl des Glücks zaubert mir ein Lächeln aufs Gesicht.

Hannes schaut zu Boden, richtet dann seinen Blick kurz auf Zita, ehe er die Almgemeinschaft wieder direkt ins Visier nimmt. »Ich will nicht, dass sie geht. Und ich will, dass meine Großmutter auf der Alm bleibt …«

Großmutter? Welche Großmutter? Hat Zita irgendwo ein Kellerloch gegraben, wo sie seine Großmutter versteckt? Kommt ja bei uns in Österreich hin und wieder vor.

Hannes nimmt Zitas Hand. Ach, *das* ist seine Großmutter. Jetzt übertreiben sie aber. Ich meine, okay, wir lügen hier schon seit geraumer Zeit, dass sich die Balken biegen, aber man muss schon auch wissen, wann's genug ist.

Und sein Herz? Ist das auch gelogen? Also, dass es an Zita hängt, gewiss nicht. Aber dass es an mir hängt? Ist das Teil der Inszenierung? Bitte, lass das nicht gelogen sein. Bitte! Ich halte mich an Zitas Stuhllehne fest.

Wie durch einen Filter sehe ich die zugeknöpfte Bauernschaft, die ungläubig Hannes anstarrt. Es ist bei uns am Land nicht üblich, am Stammtisch eine Liebeserklärung zu machen. Es ist generell nicht üblich, eine Liebeserklärung zu machen.

»Ja, dann sag ich jetzt einmal Prost, sag i«, schlägt Hans-FranzKarl vor und erhebt seinen Krug.

»Prost«, raunen auch die anderen und setzen sich die Krüge an ihre großteils schnurrbebarteten Münder.

»Danke«, flüstere ich ganz leise Hannes zu.

Er dreht sich zu mir um und lächelt schief. Mein Herz hüpft.

Zita lehnt sich zufrieden zurück und murmelt: »Na, geht doch.«

Dann schlägt einer – wie sich herausstellt, der Kreuzpointner Schurl – mit der Faust auf den Tisch:

»I hab's! Jetzt weiß ich's!«

»Was?«, sind die anderen neugierig.

»Jetzt habt's mich zu schnell gefragt«, winkt er ab.

Weiter Schweigen, begleitet vom Paffen des Pfeifentabaks und vom Surren der Fliegen. Einer der Bauern fängt mit seinem Nachbarn ein Gespräch über die Holzpreise an. Ein dritter mischt sich ein. Der vierte, gegenüber, wendet sich auch dem Gespräch zu, und mir scheint, die Sache ist gelaufen. Eins, zwei, drei – Chance vorbei.

Schon ereifern sich alle über die sinkenden Holzpreise, als derselbe von vorhin, der Kreuzpointner, ruft: »Aber jetzt hab ich's!«

Schockartiges Innehalten. Keiner fragt nach, was er haben könnte, um es ihm nicht noch einmal verlustig gehen zu lassen.

Der Kreuzpointner holt mit einer ausladenden Bewegung ein Stofftaschentuch aus seiner Hosentasche, entfaltet es, als würde er den Zaubertrick des Abends präsentieren, schnäuzt sich hinein, dass man glaubt, es haut ihm das Kleinhirn bei den Nasenlöchern raus, holt Luft und sagt:

»Es ist nämlich so: Das Überschreiben in der Familie, also, dass die Alm automatisch dem Erben zufällt, gilt ja nur dann, wenn's im Erbvertrag genau so niedergeschrieben ist. Oder?«

Fragende Blicke.

»Des muss doch genau so im Übergabevertrag vom Erbhof stehen, dass der Hof mit der Alm übergeben wird. Wenn die Alm oder der Forst nicht im Erbhofvertrag steht, haben wir«, er deutet auf jeden Einzelnen am Tisch, »das Vorkaufs- und Pachtrecht.« Ein Raunen geht durch die Menge.

»Genau!«, quiekt einer der Bauern, ein kleiner, unauffälliger Kerl mit hoher Stimme. »Beim Rauberger Lois is auch so gewesen. Gell, Lois?«

»Jo. Wir haben's übersehen, dass des niedergeschrieben g'hört. War zwar wurscht, weil ich meine Geschwister eh ausbezahlt hab. Aber ich hab einen neuen Vertrag machen müssen. Und des Notarsgfrast hat mir wegen einem einzigen Satz, den er schreiben hat müssen, gleich einen Tausender abgenommen. Der hundige Hund, der!«

Kollektive Entrüstung über den Notar macht sich breit. Dann wenden sich alle Köpfe wieder mir und Hannes zu.

»Was steht im Erbvertrag?«, will der Kreuzpointner wissen.

Ich halte Hannes die Mappe hin. Der öffnet sie und liest sich jede Zeile dessen, was meine Eltern verfügt haben, durch. Ganz genau. Dann schüttelt er den Kopf. »Steht nur drinnen, dass der Gaderlbauerhof an den Sohn, den Matthias, übergeben wird. Von der Alm steht da nix – außer, dass die der Heidi überschrieben wird.«

»Na, dann hammas schon«, ist Zita zufrieden.

»Jetzt müssen wir nur wen finden, der sein Vorkaufsrecht in Anspruch nimmt. Will wer von uns die Alm haben?«, fragt der Kreuzpointner.

»Ich will die Alm haben«, sagt Hannes, noch ehe jemand anderer den Mund aufmachen kann.

Schweigen. Die Bauern überlegen. Dann fragt der Pfeifenträger: »Hat wer was dagegen?«

Murmeln. Nein, keiner hat was dagegen.

»Dann ist das so beschlossen. Hannes, schreib alles auf, wir unterschreiben hernach.«

»Danke«, sage ich – auch wenn die Alm jetzt nicht mir, sondern Hannes gehört.

»Jo, jo.« – »Teifl, Teifl!« – »Passt scho.«

Ich bin ehrlich dankbar, weil ich sicher bin, dass die Dinge ihren richtigen Weg gegangen sind. Hinter mir schließt sich das sinnbildliche Fenster. Vor mir geht eine Türe auf – die Stubentüre. Zita schiebt mich nach draußen.

Ich drücke ihre Hand. Zita streichelt mir mit ihrem krummen Daumen darüber.

»Und du bist seine Großmutter?«, frage ich und zeige auf die Stube, wo Hannes ist.

»Jojo. Aber du bist ned verwandt mit ihm. Weil i gar ned richtig verwandt bin mit deinem Vatter. Meine Mutter, des Sauberger-Hannerl, hat mich bloß großzogen. Meine leibliche Mutter kenn i gar ned. Und dann is der Poidl kommen. Weißt eh. Und dann is aa gleich passiert. Siebzehn war i, wie der Leopold, der Vater vom Hannes, gekommen ist. Wir haben ja nix g'habt, der Poidl und ich. Und der Poidl, weißt eh, war noch dazu ned von da. Und weil die Steinlechner Resi keine Kinder hat kriegen können, hat sie ihn genommen, den kleinen Leopold. So war er auch immer bei mir, weil i war ja fast des ganze Jahr heroben auf der Alm. Sie hat ihn gern g'habt, die Resi. Wie ein eigenes Kind. Hat ihn mir aber nie weggenommen. Nie hat sie einen Zweifel dran lassen, dass ich die Mutter bin. Groß war sie, die Resi. Äußerlich und innerlich.«

Was? Wie? Wo? Ich bin ganz verdattert. Warum hat mir das nie jemand aus unserer Familie erzählt, wo doch sonst über jeden geredet wird. Wussten meine Eltern das gar nicht?

»Aber jetzt, so wie es gekommen ist, kommt die Sausteigalm in die Familie. In unsere, wennst weißt, was ich mein. Wenn du ned gewesen wärst, wär des alles ned so gekommen. Dann wär sicher irgendwann irgendwer gekommen, der mich von da vertrieben hätt.«

Nein, das geht ja nun wirklich nicht! Mein schlechtes Gewissen schwappt wie ein Schwall kaltes Wasser über mich.

»Zita, ich … es tut mir so leid.«

Zita grinst.

Hannes kommt zu uns heraus, den unterschriebenen Zettel, auf dem festgehalten ist, dass er das Vorkaufsrecht hat, in der Hand. Zita steigt von einem Fuß auf den anderen. Wie ein junges Mädchen, das sich freut. Hannes lacht und wendet sich mir zu.

»Ich werd's noch heute deinen Eltern sagen. Magst mitfahren?«

Ich weiß nicht. Eigentlich nicht. Mein letzter Ausflug liegt mir noch im Magen. Wie werden sie reagieren? Obwohl sie sich mir gegenüber so verhalten haben, sind sie dennoch meine Eltern. Werden sie enttäuscht sein? Ich meine, sie verlieren die Alm – Grund und Boden. Nichts bei uns am Land ist ein schlimmerer Verlust als das.

»Fahr bitte mit!« Hannes zeigt auf den Range Rover.

Zita schubst mich, um mir deutlich zu machen, dass ich nicht Nein sagen soll, und wackelt lächelnd zurück ins Haus. So sehen Siegerinnen aus.

Und so stehen wir da, Hannes und ich. Sekunden verstreichen. Eins, zwei, drei.

»Hast du das vorhin ernst gemeint?«, frage ich ihn.

»Was?«

»Was du gesagt hast. Über mich. Und dich. Und das mit dem Herzen.«

Hannes legt den Kopf schief und wirft mir einen langen Blick aus seinen bernsteinbraunen Augen zu. *Sag bitte ja!*

»Ja.«

Mein Herz hüpft. Meine Beine setzen sich in Bewegung. Ich gehe die zwei Schritte, die uns trennen, auf ihn zu und lege meinen Kopf auf seine Brust. Dort drinnen, wo sein Herz ist, bin auch ich. Trotz allem. Nirgendwo anders will ich sein. Ich spüre seine Lippen auf meinem Haar. Er legt seine starken Arme um mich und hält mich fest. Er löst das unausgesprochene Versprechen, das er mir vor ein paar Wochen gegeben hat, ein. Jetzt. Ich ziehe seinen Kopf zu mir herunter und drücke meine Lippen auf seine. Noch nie hat ein Kuss so süß geschmeckt wie dieser. Noch nie habe ich mich so geliebt gefühlt wie jetzt. Noch nie habe ich für einen Mann so tief empfunden.

Auf der Fahrt ins Dorf komme ich noch mal auf Fred zu sprechen. Es ist mir noch immer nicht klar, warum Hannes gesagt hat, ich hätte ihn zum Deppen gemacht.

»Ich hab euch gesehen – oben auf der Wiese beim Wald. Ihr habt …«

»Moment! Nicht *ihr habt*. Sondern *er hat* versucht, mich zu küssen«, kläre ich ihn auf, was tatsächlich gewesen ist. Nämlich nichts. »Außer, dass mir in dem Moment klar geworden ist, dass ich wen anderen will. Dich«, flüstere ich und lege meine Hand auf seine, die den Schaltknüppel umfasst.

Hannes lächelt sein schiefes Lächeln.

»Und ich dachte, Zita hätte dir irgendwelche fiesen Geschichten erzählt.«

»Hat sie nicht. Im Gegenteil.«

»Gegenteil?«

»Sie hat lang und breit auf mich eingeredet, dass ich ein fester Trottel bin, wenn ich dich einfach gehen lasse.«

»Was? Das hat sie?«

Hannes nickt. »Sie hat mir gestern Abend erzählt, dass der Schnösel und du … naja, dass das ned so war, wie es für mich ausgeschaut hat. Und dann hat sie noch einiges über dich gesagt.«

»Was?«

»Sag ich nicht.«

Oha, kommen da Zitas Gene durch?

Meine Eltern sind überrascht, als Hannes und ich in der Dunkelheit bei ihnen auftauchen. Sonja und Matthias sind nicht da, und so erklärt Hannes nur den beiden, warum er das Vorkaufsrecht für die Sausteigalm hat – und dass er es in Anspruch nimmt.

Mein Vater hört zu, meine Mutter knetet betreten ihre Schürze. Ob wir was zu essen wollen? Nein, danke.

Nachdem Vater Hannes' Ausführungen gelauscht und

den von den Bauern unterschriebenen Zettel begutachtet hat, meint er, dass das wohl in Ordnung ginge. Nichts geht über althergebrachtes Recht. Ich habe, ehrlich gesagt, mit mehr Widerstand gerechnet.

»Wie viel willst denn zahlen für die Alm?«

»Zwanzigtausend Euro«, schlägt Hannes vor.

Mein Vater schaut mich an. »Das Geld gehört der Heidi. Bist einverstanden?«

Wie? Was? Zwanzigtausend Euro? Für mich???? Das gibt's doch gar nicht! Ich bin platt.

»Ja, ja, sicher. Das ist großartig, aber …«

»Kein ›Aber‹«, stoppt mich Hannes.

Ich strahle ihn dankbar an. Er wirft mir ein Megawatt-Lächeln zurück.

Wir besprechen das weitere Prozedere – Notar, Vertrag … und dann der obligatorische Handschlag, der bei uns alles besiegelt.

Gerade als wir aufbrechen, stolpern Sonja und Matthias ins Haus.

»Was machst'n duuu da?«, ist Sonja überrascht.

Ich setze mir dasselbe Lächeln auf, das Zita vorhin spazieren getragen hat, und wackle hinter Hannes zur Haustür hinaus. So sehen nämlich Siegerinnen aus.

Sausteigalm, einen Monat später

Den alten Vertrag mit Zita habe ich verbrannt, und wir haben mit Most – pur – unseren neuen Anfang begossen. Aber fragen Sie nicht! Ich musste mich zwei Tage lang von der Feier erholen. Anders als Zita. Die ist anscheinend immun gegen das Zeug.

Den Werksvertrag mit Borscht habe ich schriftlich gekündigt, damit kein Zweifel darüber bleibt, dass ich nie mehr wiederkomme. Er hat mich noch ein paar Mal anzurufen versucht, aber ich habe einfach nicht mehr abgehoben. Es gibt keinen Grund mehr, mir sein gehässiges Gesabber anzuhören.

Bennis Vater Harold war damit einverstanden, dass Benni das Internat in Salzburg besucht. Es liegt schließlich nicht länger als eine Stunde Fahrt von München entfernt. Außerdem hat Harolds Mutter angeboten, die Schulgebühren zu übernehmen. Gut betucht, wie sie ist, reißt ihr das kein Loch ins Budget, und ich finde auch, dass es eine kluge Investition in den Enkel ist. Wahrscheinlich will sie somit der Gefahr vorbeugen, dass er dem Lebenswandel seines Vaters nacheifert.

Ich bin für eine Woche nach München gefahren, nachdem Hannes meinen alten Golf aus den Brennnesseln herausgeschnitten hat, und habe alles Notwendige geregelt. Die Woche hat mir klargemacht, dass ich beides haben möchte: Mein zeitweiliges Leben in der Stadt, aber auch ein Leben mit Hannes.

Er ist ein Mensch, der in jeder Hinsicht Größe hat. Dass

ich die Alm verkaufen und Zita einfach rauswerfen wollte, trägt er mir nicht mehr nach. »Hat man ein Unrecht verziehen, muss man es aus dem Gedächtnis löschen«, ist er überzeugt. Ich natürlich auch.

Lydia habe ich die Blumenbutter und Zitas Brot mitgebracht. Sie war begeistert und hat uns angeboten, ihre Lieferanten zu werden. Ein Kühltankwagen, der die Milch der Bauern nach Salzburg bringt, nimmt nun auch unsere Sachen für Lydia mit. Dort werden sie von einer Spedition nach München gebracht. Lydia serviert die Butter und Zitas unsterbliches Sauerteigbrot als Appetitanreger.

Zita ist sehr stolz darauf, dass ihre Leckereien so gut ankommen und uns Geld in die Kasse spülen. Lydias Einladung, zu einem feinen mehrgängigen Abendessen zu kommen, hat sie natürlich angenommen. Sie, die Botschafterin des guten Geschmacks. Hust.

Zehntausend Euro von dem Geld, das ich für die Alm bekommen habe, stecken wir gerade in die Renovierungsarbeiten. Alles wird von Grund auf erneuert und verschönert. Zita hat sich eingebildet, dass die Alm weiß angestrichen werden muss, damit sie sich von den anderen abhebt. Hannes und ich haben versucht, es ihr auszureden. Aber wer Zita kennt, weiß: sinnlos. Komplett sinnlos.

Dobermann und Daisy werden, so wie Flori, fix oben bleiben und im Winter zu den Steinlechners in den Stall übersiedeln.

Hannes' Eltern sind sehr lieb zu mir. Und natürlich zu Benni, der gemeinsam mit Lilo auf Wolke sieben schwebt.

Ich bleibe jetzt erst mal hier bei Hannes, bis die Renovierung auf der Sausteigalm fertig ist und ich einen neuen Job gefunden habe.

Ich habe begonnen, Zitas Biografie niederzuschreiben. Sie ist jetzt dreiundachtzig, und ich meine, so schrullig und schräg, wie sie ist, sollte sie niemals vergessen werden. Ich sehe es auch ein bisschen als Wiedergutmachung, ihr eine Art Unsterblichkeit angedeihen zu lassen, indem ich sie zwischen zwei Buchdeckel stecke. Manchmal, wenn sie mir auf den Nerv geht, wünsche ich mir, sie würde tatsächlich ausschließlich in meinem Buch existieren. Das könnte ich nach Belieben zuklappen.

Jedes zweite Wochenende, wenn Benni seinen Vater besucht, fahre ich mit ihm zurück nach München, in meine Wohnung. Ich besuche dann Lydia und Renate, und wir lachen, blödeln und reden die halbe Nacht durch. Renate hat tatsächlich den Hut auf das *Aktuelle Blatt* gehauen und sorgt jetzt als Lebensberaterin in spe für Erleuchtung. Oder wenigstens für Lacher.

Zita, die wie ich während der Renovierungsarbeiten auf Hannes' Jausenstation wohnt und mithilft, blüht auf, als sei ihr zweiter Frühling angebrochen. Sie will auf jeden Fall die Jausenstation auf der Sausteigalm weitermachen. Deshalb ist sie heimlich losgezogen und hat, passend zum weißen Holz der Hütte, alle Schilder, die Benni und Lilo gemalt haben, weiß lackiert und mit goldenem Lack drei fette Sterne draufgepinselt. Die hat sie bei Lydia im Restaurant entdeckt – am Eingang. Und weil dort ja ihr Brot und ihre Blumenbutter verkauft werden, nimmt sie die kulinarische Auszeichnung für sich in Anspruch.

Wenn es jetzt bald kalt wird, will sie mit mir nach München kommen und im Spätherbst und im Winter bei mir wohnen. Das kann ja heiter werden …

Glossar

Apfelbunkel, der: Apfelkuchen

den Hut draufhauen: das macht man sprichwörtlich, wenn es einem reicht

Finanz, die: österr. für Finanzamt

Fritatte, die: Pfannkuchen

G'fraster, die: Nervensägen, Tunichtgute; meist in Kombination mit »elendig«

Kirtag: Kirchweihtag (der dritte Sonntag im Oktober)

krampert: gebrechlich

das Kraut ausschütten, jemandem: es sich mit jemandem verscherzen

das Kraut nicht fett machen: bedeutet, dass etwas keinen Einfluss hat oder eine Situation kaum verbessert

Kredenz, die: Anrichte

Obers, der: österreichisch für Sahne

Schank, die: Tresen im Gasthaus

staad: still

Zaugg, hantige: »Herbe Zange« oder »Beißzange« sagt man bei uns zu einer Person, die eher zubeißt, als dass sie spricht, und die den Charme einer Kreissäge versprüht

Zitate und Quellenangaben

Seite 38
»Ich wäre so gerne die Kippe, die er heimlich raucht, der englische Rasen, auf dem er läuft, oder das Weizenbier, das er auf dem Oktoberfest säuft«, ist entlehnt dem fabelhaften »Seifenspendersong« des Kultduos *Queen Bee* aus dem Album »Abseits ist, wenn keiner pfeift«, tacheles!

Seite 42
»Ein freundlicher Blick durchdringt die Düsternis wie ein Sonnenstrahl« ist ein Zitat von Albert Schweitzer (1875–1965), deutsch-französischer Arzt, Theologe, Musiker und Kulturphilosoph, der 1952 den Friedensnobelpreis erhielt.

Seite 47
Die Literaturstellen sind zitiert aus Charlotte Brontë, »Jane Eyre«, dtv 1998, S. 646 (aus dem Englischen übersetzt von Gottfried Röckelein).

Seite 53
Das Zitat »Moralische Entrüstung ist Neid mit einem kleinen Heiligenschein« stammt von Herbert George Wells (1866–1946) in: Gabriele Cerwinka, Gabriele Schrank: »Nervensägen – So zähmen Sie schwierige Typen im Berufsalltag«, Linde Verlag Wien, 2013, S. 156.

Seite 53
»Wenn die Moral nicht in ökonomische Kategorien übersetzt wird, dann bringt es nichts. Moral muss einen Preis bekommen« ist zitiert aus: Friedhelm Hengsbach (*1937): aus www.zitate.de, abgerufen am 24. 6. 2014

Seite 85
Der Satz »Es fällt nicht auf, wenn jemand aus der Rolle fällt, solange er die Haltung nicht verliert« stammt von Daniel Mühlemann, *1959, Naturfotograf, Aphoristiker und Übersetzer, aus: www.aphorismen.de / zitat / 153226, abgerufen am 24. 6. 2014

Seite 87
Die spanische Redewendung bedeutet: »Besser eine verlorene Freundschaft als zerplatzte Eingeweide!«

Seite 104
Die Sentenz mit dem Abendbrot stammt von Francis Bacon: THE ESSAYS (1601) by Francis Bacon, http: / / oregonstate.edu / instruct / phl302 / texts / bacon / bacon_essays.html, abgerufen am 4. 5. 2014

Seite 237
Die Liedstrophe ist entnommen aus »Velvet Underground«, geschrieben von Jonathan Richman, veröffentlicht u. a. auf dem Album *Miscellaneous.*

Seite 292
Das Zitat »Everything ist okay in the end, and if it's not okay, it's not the end« stammt von John Lennon.

Seite 299
125. Vers des Dhammapada (»Pfad der Lehre«): ein Text aus dem Pali-Kanon, einer zentralen Überlieferung des Theravada-Buddhismus.

Seite 337
»Hat man ein Unrecht verziehen, muß man es aus dem Gedächtnis löschen« ist zitiert nach Christine von Schweden (1626–1689, Königin 1632–1654), Unterstützerin der Künste und der Wissenschaften.

Danke an

Christian (Held, Helfer, Freund und noch vieeeel mehr); Laurin (Gib das Handy weg und dreh diese vrdmte XBox ab!); Renate Kasza (Grande Madame & schützende Hand über meinem geneigten Haupt); Petra Ruth Obermann (große, liebe, fürsorgliche Schwester); Anni Neubauer (meine beste Freundin in guten wie in schlechten Zeiten).

Georg Simader, Lisa Volpp und Caterina Kirsten von COPYWRITE: Der beste, coolste und aufmerksamste Agent und seine w-u-n-d-e-r-b-a-r-e-n Damen. IHR SEID EIN WAHNSINN! Danke! Danke! Danke!

Nora Tomaschoff von Goldmann: umsichtig, weitsichtig und nachsichtig. Merci!

Eva Wagner: Universallexikon mit ausgefeilter Sprachkenntnis, Genauigkeit, Humor, Witz und Geduld. Wer ist das? Meine Lektorin! Danke!

Dr. Boris Todoroff: Ein echter und wahrhaftiger Salzkammergutler mit goldenen Händen und goldenem (Wiener) Herz! Best Doc in town!

Fanny Schönau

ist das Pseudonym der österreichischen Autorin Karin Bischof. Karin Bischof, Salzkammergut-Export mit gut sortierter Sneakers-Sammlung, hat österreichweit als Redakteurin ihrer Affinität zu Wort und Sprache Ausdruck verliehen und grenzüberschreitend Richtung Deutschland den Weg zur Autorin eingeschlagen.

GOLDMANN
Lesen erleben

Sophie Kinsella
Shopaholic in Hollywood

500 Seiten
ISBN 978-3-442-47987-0
auch als E-Book und
Hörbuch erhältlich

Becky Brandon, geborene Bloomwood, ist endlich angekommen – und das nicht nur im Leben und in der Liebe, nein, in Hollywood! Der Rodeo Drive und die Stars: Becky ist in ihrem Element. Und wie kombiniert man seine Leidenschaft fürs Shoppen mit dem Wunsch, selbst einmal über den roten Teppich zu laufen? Ganz einfach – der Shopaholic wird Stylistin für die Stars. Leichter gesagt als getan, denn die Crème de la Crème von Hollywood ist nicht gerade für jedermann offen. Doch Becky wäre nicht Becky, wenn sie nicht durch verrückte Aktionen auffallen würde. Nein, auch Hollywood kann ihr nicht lange widerstehen ...

Anna Friedrich
Holly
Die verschwundene Chefredakteurin

160 Seiten
auch als Hörbuch-Download
und E-Book erhältlich

Holly ist die glamouröseste Frauenzeitschrift auf dem Markt. Holly sagt, was Mode ist, und bestimmt die Trends. Die Jobs bei Holly sind hart umkämpft und heiß begehrt. Dementsprechend nervös ist die junge Simone Pfeffer, die neu zu Holly stoßen soll, vor ihrem Treffen mit der Chefredakteurin Annika Stassen. Die fast 50-jährige Stassen ist nicht gerade begeistert von Simones ungewöhnlicher Rolle in der Redaktion. Doch dann passiert etwas Unbegreifliches: Annika Stassen verschwindet spurlos und bleibt unauffindbar. Was steckt dahinter? Von einem Tag auf den anderen ist Deutschlands größte Frauenzeitschrift führungslos. Und das Chaos bricht aus …

Holly – die neue Kultserie!